» IL CAMMEO «

VOLUME 452

I LIBRI DEL MARE

VENTO DI PRUA

di AMEDEO
SORRENTINO

PREFAZIONE DI
SIR CHAY BLYTH

OTTO TAVOLE FUORI TESTO

LONGANESI & C.
MILANO

www.longanesi.it

ISBN 88-304-2290-8

PREFAZIONE

Ho accettato con gioia di scrivere la prefazione a *Vento di prua*, il libro di Amedeo Sorrentino sulla Global Challenge, una delle regate più competitive nella storia della vela.

In gioventù ho navigato con skipper di tutte le nazionalità, anche italiani, ed è stato straordinario vedere per la prima volta un italiano al comando di una barca della Global Challenge.

In questa edizione della regata si è registrato il più alto numero di equipaggi internazionali, con velisti provenienti da Paesi lontanissimi tra loro, da Hong Kong agli Stati Uniti, dalla Francia all'Australia, e anche di skipper internazionali – scozzesi, inglesi, australiani, finlandesi – a testimoniare la rilevanza mondiale della competizione.

Amedeo è stato uno degli oltre trecento candidati ad avere presentato la domanda di partecipazione alla Global Challenge e, dopo aver partecipato a rigorose selezioni, è stato scelto tra i dodici skipper in gara. Le prove sono durate un anno, e l'abilità e la competitività degli skipper viste durante la regata hanno confermato le capacità di chi aveva superato una così difficile selezione.

Dai dati del sito ufficiale della regata (www.globalchallenge2004.com) constatiamo che in Italia l'evento è stato seguito con crescente interesse, e questo grazie ad Amedeo e al suo equipaggio, che hanno lavorato instancabilmente, e allo sponsor, Sony VAIO, il quale, fornendo le tecnologie di comunicazione a bordo, ha reso possibile seguire passo passo i risultati del VAIO Team.

La Global Challenge 2004/05 è stata una competizione eccezionale, e ad Amedeo e all'equipaggio di *VAIO* vanno i miei complimenti per i risultati che sono riusciti a conseguire in questa regata.

Sir Chay Blyth
Presidente, Challenge Business

VENTO DI PRUA

A mio figlio Virgilio Alfa

Questa strada ha un cuore?
È l'unico interrogativo che conta.
Se ce l'ha, allora è una buona strada.
Se non ce l'ha, è da scartare.

CARLOS CASTANEDA, *A scuola dallo stregone*

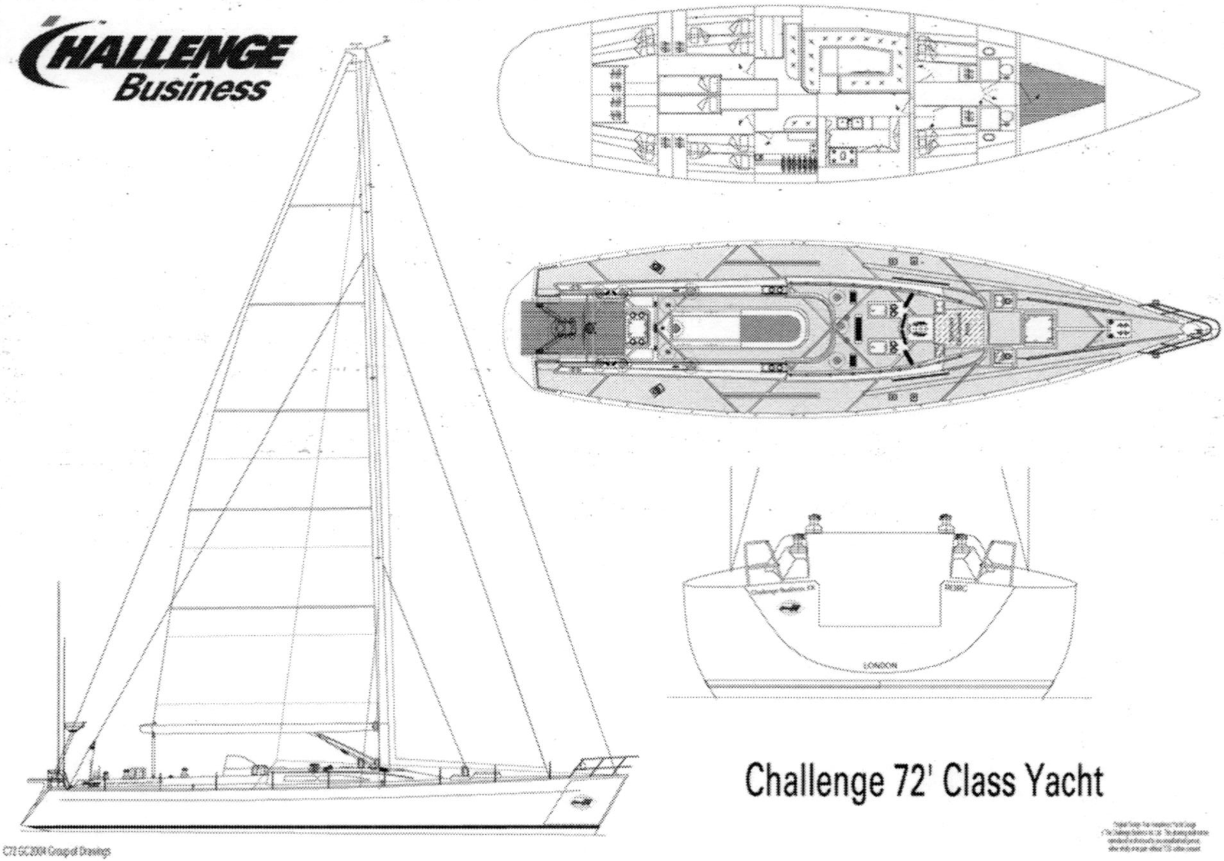

Challenge 72' Class Yacht

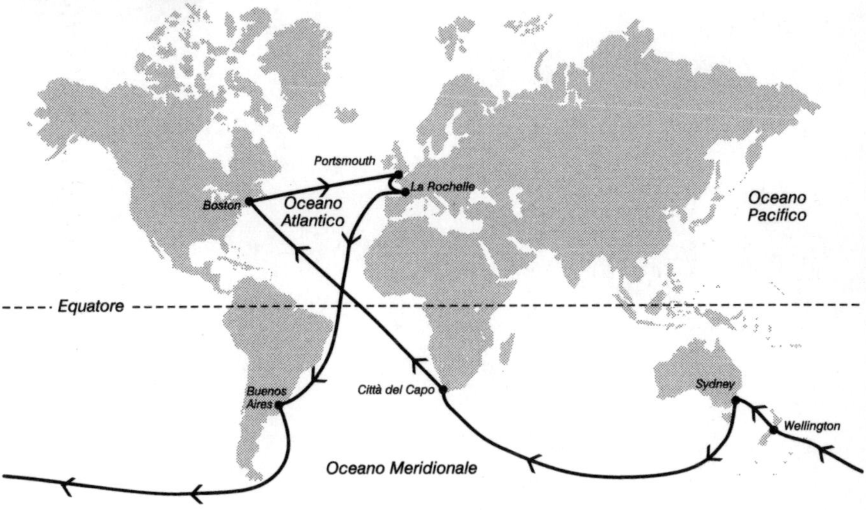
Portsmouth
La Rochelle
Boston
Oceano
Atlantico
Oceano
Pacifico
Equatore
Buenos
Aires
Città del Capo
Sydney
Wellington
Oceano Meridionale

Il mio migliore amico si chiama Vittorio. La nostra amicizia è nata sui banchi di scuola della prima liceo, nel '68. Suo padre, Angelo Procaccia, un pezzo d'uomo, uno dei primi e pochi velisti di quell'epoca, voleva trasmettergli l'amore per il mare e la vela, ma non riuscì nel suo intento. Fece invece innamorare me al posto del figlio. Mi fece innamorare dell'avventura, degli spazi aperti e dell'ignoto. È per questo che oggi sto girando il mondo al contrario.

Fu da allora, da quelle prime gite in barca, che lentamente si insinuò in me un sogno che fortemente, assolutamente, volevo realizzare: fare il giro del mondo in barca a vela! Poi andai all'università. Studiavo medicina e leggevo di personaggi epici del mondo della vela oceanica come Tabarly, Moitessier, Doi Malingri, Eric Pascoli, Chay Blyth, Pierre Sicuri. Personaggi che cominciarono a popolare le mie fantasie, lasciando in me un segno indelebile.

Finalmente, nel 1976 riuscii a imbarcarmi sullo Swan 48 *Tany Kely*, ribattezzato *Marlboro*, nella tappa transoceanica Rio de Janeiro-Portsmouth: partii come ultimo dei marinai e tornai a casa come navigatore. Seguirono diciassette anni intensi di musica, con il primo locale underground della capitale, il Jazz Festival, diversi altri eventi e concerti... La vela rimaneva relegata a un hobby estivo, necessario break dalla vita tumultuosa e « adrenalinica » dello show business.

Ma nel 1992 il richiamo del mare si fece sentire ancora una volta: mi si presentava l'occasione di partecipare ad alcune tappe del Rally Around the World su una barca d'epoca, il *Cheone* del mio amico Marcello. Partecipai. Un paio d'anni dopo, alla vigilia dei miei quarant'anni, decisi di mollare tutto e a bordo di uno sloop di 42 piedi in acciaio, che mi ero costruito quasi tutto da solo a Padova, realizzai il sogno di una vita! Feci il mio primo giro del mondo a vela! Fu l'esperienza più bella di tutta la mia esistenza, almeno fino allora.

Come tutti i veri viaggi, oltre a regalarmi esperienze irripetibili ed emozioni forti, quest'avventura mi cambiò dentro e quando tornai ero un altro. Non mi sentivo più adatto alla vita di terra e non avevo altro sogno che godere il mare e curiosare per il mondo.

Il mare divenne il mio mondo professionale, passionale ed esistenziale. I Caraibi, la mia dimora. Ma quando il sole tropicale sembrava ormai destinato a segnare a ritmo di salsa e merengue il resto dei miei giorni, una serie di coincidenze mi ha rimesso in moto e tutto è cambiato nuovamente.

Ho sposato Alessandra e ho avuto il mio primo figlio, Virgilio, nato proprio mentre circumnavigavo la Gran Bretagna, come si addice alla maggior parte dei marinai. E alla vigilia del mio cinquantesimo compleanno ho nuovamente un sogno da realizzare: sono in procinto di doppiare capo Horn, girando il mondo al contrario, la navigazione più importante e impegnativa della mia vita errante. La prima volta di uno skipper italiano in una regata controvento, insieme a un equipaggio di diciassette volontari non professionisti.

Questa che sto scrivendo è la semplice storia di un nomade «semimoderno», frutto di molte coincidenze, ricca di ricorrenze, povera di rimpianti, condita con un notevole senso dell'avventura e, forse, con qualche rimorso... E segnata, nel bene e nel male, dagli avvenimenti della vita. Come l'incidente di Priscilla, mia sorella, in coma dal 1989, che mi scrive in questo libro. Ma è anche una storia di volontà, di età, di emozioni, di incontri, di mare...

Quello che posso raccontare è la lunga strada – o, meglio, la lunga rotta – che mi ha condotto da Curaçao al centro di Londra, al Saint Katharine Dock.

Sarà un libro un po' mostruoso, perché scritto a tre mani e pensato da tre teste, che vivono dentro di me. È come se tre skipper manovrassero la stessa barca. Come un animale mitologico a tre teste di dantesca memoria. La mia mano è guidata dal viaggiatore nomade che non lascia traccia su questa terra; quella di Priscilla, mia sorella, paralizzata, inerte, silente, non si muove; quella di Flavio, mio fratello più giovane, è l'altra che potrebbe e dovrebbe scrivere, ma è l'unica mano di scrittore che non scrive.

Insieme, muoveremo le dita su questo pianoforte, facendo, spero, musica: Amedeo, il navigatore che scrive i testi; Priscilla, la profonda voce femminile che canta fuori dal coro; Flavio il critico censore. Che cosa si suona? Che cosa si racconta? Di solari e musicali nomadismi marini, contrapposti a glaciali silenziose immobilità, criticati dal fratello serio e riflessivo. Di musica per la vita. Di mare.

1
SPANISH WATER

Spanish Water è una grande baia naturale nell'isola di Curaçao. È protetta da un ingresso stretto e tortuoso, quasi invisibile dal mare. Vi trovano ricovero barche di tutti i tipi e dimensioni, dirette e provenienti da ogni parte. Non ci sono uragani, ma soffia sempre un forte vento secco. L'acqua è pulita e la gente è tranquilla. Curaçao è un'isola sospesa tra l'Olanda e il Caribe, tra i bianchi e i neri, tra i coloni e i colonizzati. Si parla il papiamento, un idioma locale, cocktail di sette lingue diverse, dal portoghese al dialetto precolombiano locale.

Anch'io ho trovato riparo a Spanish Water, dopo che il mare tranquillo di Los Roques era divenuto tempestoso per le mie barche e per il mio Floating Village... Entrare in questa baia è un po' come tornare al tempo dei pirati: si getta l'ancora, anonimi e protetti dalle intemperie.

Proprio da qui comincia la mia avventura con la Global Challenge.

Ron, giunto a Spanish Water molto tempo prima di me, insieme alla giovane e bella Gourette, ha costruito una casa su una spiaggetta. Poi ha comprato una barca d'occasione e ha fabbricato un moletto per ormeggiarla. I suoi amici, uno alla volta, gli hanno chiesto il permesso di legare le cime delle loro imbarcazioni davanti a casa sua, e lui ha costruito un moletto per ciascuno. Così è nato il marina di Kimakalki. Io ho occupato gli ultimi venticinque metri di molo con le mie barche dell'egira roquena: la *Sorrentilla II* e il *Guaicamar*.

Sono dunque seduto sul moletto di legno pericolante a godermi il sole tropicale e i ritmi rilassati di questo posto. Apro una rivista inglese di vela e mare, *All at Sea*, e leggo distrattamente, scorrendo le pubblicità di paradisi naturali, vele e motori, frigoriferi e dissalatori.

Finché un articolo attira la mia attenzione. « Alla fine di novembre 2002 scade il termine di presentazione delle domande per la selezione degli skipper della prossima Global Challenge, la più dura delle regate intorno al mondo effettuata con equipaggi di marinai non professionisti... » leggo.

Seppur scettico, sono un po' superstizioso, un po' fatalista e, soprattutto, credo che le coincidenze significhino qualcosa.

La domenica precedente, rientrando dopo una piccola regata locale, ho riconosciuto in una baia il *Taratoo* all'ancora, il katch dei miei amici Fabio e Patrizia. Insieme abbiamo circumnavigato il globo partecipando al Rally Around The World '94-95.

Quando ci s'incontra tra marinai, nelle baie, nei porti, nei paesi o navigando tra le isole, è sempre una festa: i legami più forti si creano per mare, come se l'acqua avesse una lunga memoria che conserva ed esalta le amicizie che vi si stabiliscono. Quindi, festa!

Mi accosto e grido: « Fabio! Patrizia! Ehi, del *Taratoo*! » Due teste sbucano dall'osteriggio. Mi riconoscono, le braccia si agitano, le barche si sfiorano, Fabio si mette a urlare... Il tempo di fissare un appuntamento. « Ci vediamo in rada più tardi, a bordo, per cena... »

Siamo nel pozzetto, cullati dalla leggera risacca. È tardi. I racconti si sono esauriti, gli stomaci riempiti, i volti distesi, il tono eccitato delle voci è tornato a livelli tranquilli come il mare di sera. Con un bicchiere in mano, chiacchieriamo di tutto. Fabio mi parla della Global Challenge, questa regata controvento per pazzoidi del mare, dalla quale, mi dice, sono emersi i personaggi che calcano la scena internazionale della vela oceanica, come Pete Goss, Mike Golding, Conrad Humphries. Ascolto, curioso e distaccato, come si ascoltano le storie di mare in pozzetto la sera. Poi ci salutiamo: ci incontreremo domani a terra per fare cambusa.

Ora mi rivedo, seduto sullo sgabello del Sarafundi, che è

un po' bar e un po' ristorante, dove si ritrovano tutti i marinai che galleggiano a Spanish Water. Ci si arriva con il dinghy, un gommone che si usa per guadagnare terra quando si è all'ancora, lontani dalle banchine. C'è la birra, ci sono un PC inumidito con una connessione a Internet, un telefono e un paio di lavatrici: tutto ciò che serve ai nomadi del mare.

Cristophe è un francese solitario: la moglie lo ha lasciato per saltare in corsa sulla barca di un altro skipper – succede, per mare – e girare il mondo... È un po' brillo e ha voglia di parlare. Io lo ascolto, in uno stato d'attenzione sospesa, ma mi risveglio improvvisamente quando per l'ennesima volta sento parlare della Global Challenge...

Tre volte in una settimana, non è solo una coincidenza! Chiaramente si tratta di un messaggio: è tempo di levare le ancore e di salpare per mari ignoti!

Mentre sto scrivendo sono già a bordo di *Kunachi*, la mia barca da regata, davanti al mio lap top. Ho risposto al messaggio su quel giornale inglese distribuito gratuitamente. Sono lo skipper, il primo e unico italiano, di una barca che è in procinto di partire per la Global Challenge 2004. Sono passati ventiquattro mesi da quell'annuncio e quarantanove anni da quando mia madre mi ha regalato questa vita così avvincente!

Di tutte le isole, probabilmente Curaçao è la penultima delle piccole Antille e l'ultima dove avrei pensato di attraccare. Aruba è quella più a ovest, lungo la collana di queste perle caraibiche che a semicerchio si protendono da Portorico verso l'Atlantico, per poi volgere a sud e infine a ovest, lungo la costa sudamericana. Solo chi è diretto a Panamá passa da Curaçao, e solo chi vuole viaggiare nel Pacifico va a Panamá in barca a vela. Io non volevo andare nel Pacifico, per lo meno non in quel momento, ma ho finito per passarci un anno della mia vita.

La prima volta che approdai ai Caraibi fu dopo avere navigato in solitario dalla Martinica a Santa Lucia con una barca noleggiata. Era il 1980 e l'arrivo nella piccola isola-Stato dei Caraibi prevedeva una prima tappa d'obbligo nella baracca del doganiere, che rivestiva anche i ruoli d'ispettore di frontiera, poliziotto, sindaco e capo indiscusso di tutto il nord-ovest dell'isola!

Superato il controllo passaporti e pagata la tassa d'entrata a Santa Lucia, il programma proseguiva nel vicino villaggio, dove, come ogni venerdì sera, si ballava per strada. Succedeva di tutto e... girava di tutto! Turisti giunti non si sa come, musiche e odori tropicali, umidità, colori e speranza che si stagliavano dalla povertà più assoluta. All'epoca, un medico americano stava iniziando a costruire un marina nella parte settentrionale dell'isola. Mi trattenni per qualche giorno: incontrai diverse persone, facemmo amicizia e mi proposero di restare per partecipare alla realizzazione del progetto, ma non accettai. Non era il momento di fermarsi.

La seconda volta fu durante il mio primo giro del mondo nel '94: la tappa prevedeva una sosta al Rodney Bay Marina, ancora una volta a Santa Lucia. Come tutte le soste delle regate a tappe, anche questa fu rapida. Giusto il tempo di riposare, preparare la barca e rimuginare su quell'opportunità scartata anni prima. Il Rodney Bay Marina era ora perfettamente attrezzato e funzionante, ospitava numerosi eventi velici internazionali tra cui l'affollata ARC – Atlantic Rally for Cruisers –, la traversata atlantica per croceristi che parte ogni anno dalle isole Canarie a novembre, e il prestigioso Rally Around the World al quale stavo partecipando.

Tornai ancora nel mar dei Caraibi nel novembre del 1995, dopo aver terminato il mio primo giro del mondo ed essere tornato per un breve periodo in patria. Trovai l'Italia in uno stato di profonda depressione, aggravata per quel che mi riguardava dalla morte di mio padre, che avevo iniziato alla vela come lui aveva iniziato me alla vita. Ripartii lasciandomi alle spalle mia sorella Priscilla, attonita nella sua immobilità, la bara di mio padre nel cimitero di Frosinone, dove tornava a riposare, e poi mia madre, mio fratello e gli amici. Mi accompagnavano la *Sorrentilla II*, lo sloop d'acciaio con cui avevo circumnavigato il globo, Maura, la mia compagna di allora, e l'amico Lucio, detto Luco, che voleva provare l'esperienza della traversata atlantica... oltre a un paio di zingari del mare raccolti sul molo di Las Palmas de Gran Canaria.

Si apre la selezione e dopo circa un mese ricevo una e-mail dalla Challenge Business, la società che organizza l'evento. Mi chiedono ulteriori dettagli, curriculum, incontri, colloqui, settimane di training. Seguono verifiche durissime: test psicologici e attitudinali e prove a mare che di lì a un anno culmineranno poi nella fatidica telefonata.

Già, la telefonata. È il 29 settembre del 2003 e sto veleggiando in solitario verso Bari sul *Terza Santa Maria*, un Sangermani, una goletta d'epoca di 23 metri. Sono giunto al termine della mia stagione di skipper, dopo avere portato Franco e la sua numerosa famiglia in giro per il Peloponneso. Il sole è grande, rosso, siamo al tramonto e scende proprio dietro al porto. Mentre le luci della città si accendono, suona il mio cellulare. Leggo il numero sul display: «0044...», il prefisso della Gran Bretagna! La chiamata che aspettavo con ansia e timore è finalmente arrivata!

La voce appartiene a Jeremy, il responsabile della selezione degli skipper della Global Challenge 2004. Mi parla e io ascolto una mistura di termini inglesi, fruscio elettronico, vele che sbattono... non capisco! Sono solo in coperta e ho il cuore in gola. Lo interrompo: «Dimmi!... *Yes or not?*» «*Yes! You're one of the Global Challenge skippers!*» Mi mancano le parole e mi giustifico, spiegandogli che sto entrando in porto. Chiudo la comunicazione e comincio a urlare e a saltare come un ragazzino! Ma sono solo in mezzo al mare, e sono stato selezionato! Fra trecentoquaranta candidati hanno scelto me! Sono tra i dodici skipper che parteciperanno alla regata intorno al mondo con equipaggio, controvento e controcorrente! Improvvisamente, cambia tutto il mio futuro, prossimo e remoto, e non riesco ancora a capire quanto!

Entrando nel porto di Bari, finisce una storia e ne comincia un'altra.

La notte mi giro e rigiro nel letto, sognando di corsi e di selezioni. L'inverno appena trascorso l'ho concentrato e focalizzato su quest'obiettivo. All'inizio pensavo fosse anche troppo dura per me. Poi, lentamente, ho acquistato fiducia nelle mie possibilità e confidenza con me stesso, riscoprendo valori che pensavo di aver perso, come la fiducia nel futuro, l'autostima, l'amore per gli altri.

Alla fine, dopo tanto rigirarmi nel letto, trovo il sonno, la pace e il riposo. Mi risveglierò contento. La nuova avventura sta per cominciare e io ce la farò!

Fra tre giorni iniziano le regate del circuito Prada per le barche d'epoca. Io faccio parte dell'equipaggio dell'*Alcor II* del mio amico Alessandro, e devo cominciare ad allenarmi...

Leggevo *On the road* di Kerouac; Marcuse dell'esperienza psichedelica e non lo capivo. Andavo al cinema a vedere *Blow up* e *Zabriskie Point* e amavo *Easy Rider*.

Ricordo un viaggio a Londra con Vittorio: Carnaby Street, la scuola d'inglese, la prima discoteca e il primo bacio con la lingua, eccitante e disgustoso. E poi a Roma, su un barcone fermo sul Tevere, noi scandalosi ragazzi *perbene* che ci riunivamo a fumare spinelli.

I pomeriggi passati in piazza Pasquino, in uno stretto e lungo locale, dove con le cuffie, seduto per terra, ascoltavo gli ultimi LP d'importazione.

E le notti romane, che si riducevano in un boccale di birra da un litro trangugiato in un sorso alla mitica Birreria Peroni, in piazza Santissimi Apostoli. E poi il giovane Peroni, velista e imprenditore, che ricordo mentre volavamo insieme verso le isole Marchesi, per salire a bordo di due barche diverse per la tappa verso Tahiti. E, ancora, Roberta, compagna di Gaetano; siamo rimasti amici, forti di un legame fatto di sbornie, di navigazioni e di nomadismo culturale...

C'è poi la mia carriera calcistica. Ne ricordo piaceri, amarezze, dolori (al ginocchio!) e due partite in particolare.

Una allo stadio Olimpico, nella quale, come A.S. Frosinone, eravamo stati chiamati ad allenare la Nazionale italiana. Il coach non mi fece entrare all'inizio del secondo tempo, come mi aveva promesso, e nemmeno al quindicesimo minuto della ripresa. M'incazzai e forse per la prima volta gli dissi qualcosa di forte. Solo alla fine mi fece entrare. Mi marcava – anzi, forse ero io a marcare lui – Rocca, soprannominato Kawasaki perché correva sulla fascia come una moto. Giocai e, unico della mia squadra, riuscii pure a fare un tiro in porta, vicino al palo sinistro, con un debole rasoterra. Vidi Albertosi, un mito per me, distendersi sulla palla e parare...

Tornai una volta ancora sul prato dell'Olimpico, vent'anni dopo, quando organizzai il primo concerto di musica allo stadio. Anche quella fu una forte emozione: Pat Metheny salì sul palco correndo e iniziò a suonare. Poi fu la volta di Miles Davis (del quale ero il promoter italiano), per il suo ultimo concerto in Italia e quella che sarebbe stata anche la sua ultima apparizione sui palcoscenici mondiali.

Un'altra partita nella mia memoria. Un allenamento, tra l'Almas, la mia squadra, e una compagine mista di attori e amici nella quale giocava anche Pasolini, scrittore, poeta e regista di *Uccellacci e uccellini*! Vederlo in pantaloncini insieme a Sergio Citti e tanti altri personaggi dei suoi film fu per me uno shock. Pasolini apparteneva ai miei legami culturali e il mondo del calcio non si conciliava per niente con quello intellettuale e artistico che faceva parte della controcultura derivata dal mio liceo gesuita. Non ricordo la partita, ma solo lui, Pasolini, asciutto, in pantaloncini, sul campo di pozzolana che, quando cadevi, ti graffiava le cosce.

Io giocavo al calcio con totale dedizione e abnegazione. In ogni partita davo tutto ed ero energia pura, sana forza di volontà. Giocavo, oserei dire, allo stato animale. I primi calci, il gergo romanesco da campo di periferia, gli sputi, le botte e le scorrettezze mi rimarranno sempre impressi. Oggi leggo di calciatori multimilionari e ricordo che all'epoca anch'io avevo dei soldi in tasca che i miei compagni di liceo si sognavano. Potevo offrire una cena alle mie amiche che, appena sedicenne, andavo a prendere con la Seicento di mamma, grazie alla mia patente inglese. Il prezzo che pagavo era quello di essere lontano da casa e dai miei amici cinque giorni la settimana.

Dopo una breve carriera nei campi di periferia di Roma, infatti, fui ingaggiato dal Frosinone, che militava in serie C. A Frosinone trascorrevo parte della settimana, tentando inutilmente di conciliare i miei studi di medicina con gli allenamenti. Esordii a diciassette anni non compiuti in prima squadra. Diventai semiprofessionista e scoprii con sorpresa che il mio stipendio di centoventimila lire veniva decurtato delle tasse e arrivava dentro una busta bianca stampata in rosso e nero...

Mio padre mi seguiva sempre in trasferta e dagli spalti fischiava il suo motivo caratteristico, che avrei sempre riconosciuto di lì a tanti altri. Giocavo come attaccante e lui m'invitava continuamente ad allargarmi sulla fascia. Io invece andavo sempre dritto, al centro, verso la meta. Scoprii solo dopo la sua morte che aveva ragione e imparai tardivamente che talvolta gli ostacoli, come i terzini, vanno aggirati, non sempre affrontati. Anzi, a dire il vero, forse ancora non ci credo del tutto. Comunque, testardo com'ero, segnai il mio primo gol in serie C e papà dovette rassegnarsi a finanziare l'Alfa Romeo, come mi aveva promesso! La mia carriera terminò qualche anno dopo, con i legamenti del ginocchio sinistro lacerati a Caserta da un terzino del c...

Però, quella lunga sosta per la convalescenza mi permise, più tardi, d'imbarcarmi nell'avventura della vela oceanica.

Amedeo, questi tuoi ricordi si attorcigliano su loro stessi senza senso, come flash di una macchina fotografica, immagini stroboscopiche di una ballerina in una discoteca, sfalsate, aritmiche e parossistiche, veloci ma nello stesso tempo rallentate.

Solo alla fine, quando la tua voce interiore e il tuo istinto mettono ordine in coperta, addugliano le cime, puliscono le manovre, chiariscono la prora e forse anche la rotta, solo alla fine di ogni capitolo, gli scatti si riannodano in una trama che, chiara dentro di te, deve essere tradotta in un linguaggio comprensibile ai tuoi marinai.

Come ogni gergo di bordo vuole. Fratello, metti in ordine la barca, adduglia le cime, componi gli oggetti, finalizza la rotta che hai sconvolto per essere pronto a disfarla e disorientarla nel capitolo seguente...

2

LA SORRENTILLA

Un giorno Peppe mi dice: « Andiamo a farci un viaggetto, io e te, un paio di giorni... » Mi piaceva andare in giro con mio padre.

È alla guida della sua Alfa Romeo, sorridente come sempre, e parliamo del più e del meno, mentre raggiungiamo l'Argentario. C'è pochissima gente, siamo fuori stagione. Ci fermiamo a pranzare in un ristorante all'aperto, respirando l'aria forte del porto. E poi su per gli stretti tornanti, fino al castello che sovrasta Porto Ercole. Scendiamo dalla macchina, ci affacciamo insieme sul panorama di mare, porto, barche e vita sotto di noi.

Peppe comincia a parlarmi: tumore, cancro... Io sono giovane e non capisco. Ma lui mi spiega e io ascolto senza accettare il vero significato delle sue parole. Anche Peppe non lo accetta il vero significato... Affanculo! « Che ti piacerebbe Amedeo? » mi chiede. Gli rispondo: « Peppe, una barca per me sarebbe un sogno! » Ho appena preso la patente su un 9 metri. « ... Non costano molto. Sottocoperta c'è una piccola cucina, cinque cuccette dove potremmo dormire tu, mamma, io, Flavio e Priscilla. C'è anche un piccolo bagnetto con tanto di lavandino! » Mi guarda e sorride. Affanculo tumore e preoccupazioni: ci compriamo una barca!

Mio padre non aveva mai navigato prima. Aveva appena avuto la conferma di avere un cancro alla vescica, ma acquistò un 33 piedi che sarebbe diventato la barca di famiglia e che mi avrebbe consentito di iniziare giovanissimo la mia carriera di skipper.

Questa barca ha allietato la sua vita per altri quindici anni, gli ultimi dei quali trascorsi navigando quasi tre mesi all'anno per tutto il Mediterraneo e perfino ai Caraibi. Ciao Peppe e grazie ancora per tutto questo.

La *Sorrentilla II* è ora la mia barca. È una White Lady. È molto femminile e particolare: elegante, senza essere « firmata ». O meglio, è stata progettata da Alfeo Scattolin, un designer padovano che la concepì alla fine degli anni '70 per una coppia d'insegnanti che voleva girare il mondo. Stranamente, finì esposta – ancora incompleta, senza bulbo e timone – al Salone nautico di Genova del 1977.

Con mio padre, mia madre Adriana, mia sorella Priscilla e mio fratello Flavio, ogni anno ci prendevamo un paio di giorni di vacanza che trascorrevamo fra Camogli e la Fiera di Genova. Mio padre mi aveva seguito nella mia passione per il mare e con il nostro Carter 33 giravamo in lungo e in largo la Sicilia, la Tunisia, la Grecia e la Iugoslavia. Anche per lui, come per me, fu subito amore quando vide questo scafo di 12 metri.

Il cantiere dove fu costruito era in realtà una carpenteria metallica di Padova che fabbricava cisterne d'acciaio; il progettista aveva disegnato precedentemente solo la propria barca. Ma la bella linea dello scafo, la tecnica di costruzione e il costo irrisorio ci spinsero a gettarci in questa nuova avventura. La comprammo e io finii per passare tutto l'inverno e la primavera successivi a Padova, contribuendo alla trasformazione di una carpenteria metallica in cantiere navale, dove imparai anche come si faceva una buona saldatura.

La barca fu terminata con successo: io decisi il piano di coperta, il *rigging* – ovvero alberi, sartiame e tutta l'attrezzatura di coperta – e la motorizzai con il primo Volvo Penta con la trasmissione S drive, che attraverso un foro nello scafo consentiva di sostituire il tradizionale asse dell'elica con una sorta di piede poppiero rivoluzionario per quei tempi. Per ottenere l'autorizzazione dal Registro navale italiano, l'ente preposto al controllo della qualità delle imbarcazioni, io, Scattolin e i fratelli Griggio, proprietari del cantiere, dovemmo lottare.

A settembre dell'anno successivo, il 1978, varammo la barca a Venezia. Facemmo gasolio nel canale della Giudecca e partimmo per circumnavigare l'Italia e raggiungere Anzio, dove facevamo base. Dopo avere costruito la *Sorrentilla*, sia Scattolin sia il Cantiere Griggio ebbero un rapido e crescente successo, la produzione s'incrementò e passarono poi alla costruzione degli scafi in alluminio.

La *Sorrentilla*, prima di cinque esemplari fabbricati in acciaio, naviga ancora dopo ventisette anni, un giro del mondo e tre traversate atlantiche sulle spalle... anzi, sotto lo scafo. Sì, perché, pur essendo elegante, è molto resistente alla fatica. Il suo passo con onda oceanica è confortevole e sicuro, e al suo interno ti fa sentire come nel ventre della mamma, caldo e protettivo. Ti culla, ammortizza i brutti colpi di mare e s'inclina dolcemente fino a poggiare la sua larga pancia sull'acqua. All'esordio, aveva una striscia blu lungo tutta la fiancata che avrebbe dovuto snellirla, ma ci rendemmo conto che era slanciata senza accorgimenti, docile e aggressiva, anche se tutta bianca.

Dopo essere stata la barca di famiglia per tanti anni, la riscattai da mio padre e nel 1992 la ricostruii completamente, da cima a fondo, per partecipare al Rally Around the World. Ora sta aspettando il mio ritorno a Curaçao.

La mia White Lady ha una certa età adesso, è una signora di ventisette anni, che per un'imbarcazione in acciaio non sono pochi! Sta per diventare una barca d'epoca, che non ha mai perso il desiderio di avventura e la voglia di viaggiare, conoscere, esplorare i mari.

Che cosa guardate tutti, lì di fronte a me? È una mia foto di tanto tempo fa, con i capelli lunghi al vento, quella scattata a Olimpia, in Grecia? Quando tu con Frida e io con Corrado lasciammo la barca all'ormeggio sicuro e ci arrampicammo su per il pietroso sentiero, fino alle rovine?

È quella la foto che tu, fratello, e tutti gli altri guardate prima di guardare me.

Non c'è posto per i ricordi nella mia mente assottigliata dall'anossia... non c'è posto per la consapevolezza del mio corpo paralizzato, non bello da vedere... Non percepisco il vostro comportamento, quindi non preoccupatevi. Ma avvicinatevi: quello che sento è la vostra presenza...

La *Sorrentilla* è appena entrata in acqua, dopo quasi nove mesi di cantiere. È stata completamente ridipinta di bianco, il pozzetto nuovamente foderato di teak, la timoneria revisionata, oltre a un'altra miriade di lavori e lavoretti che hanno riempito la lista del « da fare » sul tavolo da carteggio.

Gli elenchi dei lavori, in barca, somigliano a una reazione chimica a catena inarrestabile. Forse sono addirittura più simili a una reazione atomica! Si comincia con i quattro, cinque lavori di maggiore importanza, poi ciascuno di essi si sdoppia, si triplica e infine si moltiplica in una serie di sottolavori, subacquisti e manutenzioni correlate. Non fai in tempo a riscriverla in bella copia, che già devi aggiungere una ventina di nuove voci, da prua a poppa, quindi in coperta e, simultaneamente, in sentina. Se poi fai un salto in uno yacht chandler, una sorta di profumeria-gioielleria truccata da ferramenta, scopri improvvisamente che ti mancavano una decina di accessori, attrezzi e, soprattutto, prodotti chimici che sgrassano, sverniciano, lubrificano, rimuovono la ruggine, sbiancano, inamidano, sigillano, incollano, accendono, illuminano, spengono, salvano, ammortizzano, allungano, accorciano, stuccano e magicamente risolvono un sacco di problemi...

Il portafogli raramente è sufficiente a soddisfare tutte le necessità, mentre la lista dei lavori, che è gratis, non ne tralascia nessuna! Quando si volta pagina, l'elenco è già diventato ingestibile, più simile a una seduta di psicanalisi senza soluzione che a qualcosa che appartiene al mondo della tecnologia e, tanto meno, all'arte del navigare.

Ho conosciuto marinai e capitani che nella lista del «da fare» si realizzano, altri che al contrario si avviliscono; alcuni che la usano, tanti che la contemplano e veramente pochi che depennano tutte le voci.

La lista dei lavori è qualcosa che vive con la barca, con il suo armatore e con la coscienza collettiva barca-armatore-skipper-equipaggio, perché spesso travalica i confini, s'insinua nella mente, anche di chi in barca è venuto soltanto a farsi un piatto di spaghetti: la lista dei lavori domina!

Detto questo, l'ultimo lavoro estrapolato dalla mia lista, prima di muovermi alla volta del marina di Kimakalki, è stato il cambio dell'olio e dei filtri, e poi via dal cantiere di Curaçao, che è stato la mia casa, il mio ufficio e la mia officina negli ultimi mesi. Partiamo, finalmente. Io, Fabio, il mio marinaio e la *Sorrentilla*, verso il mare aperto, attraverso il ponte galleggiante che unisce le due anime della città di Willemstad: Punda e Otrobanda. Questo ponte, conosciuto come la «Swinging Old Lady», la vecchia dama ondeggiante, è stato costruito nel 1988 e battezzato dalla regina di Olanda, Emma. È costruito interamente in legno e poggia su sedici barche. Si muove grazie a due poderosi motori diesel che lo fanno ruotare di novanta gradi in meno di due minuti! È perfettamente funzionante, in barba alle nuove tecnologie, e si apre decine di volte al giorno, per noi come per la più grande delle navi da crociera, tra quelle che settimanalmente fanno sosta in queste isole.

Appena in mare aperto la barca sembra ritrovare la gioia di navigare, ma subito dopo aver issato un paio di vele, l'allarme del motore comincia a suonare. La pressione dell'olio precipita a zero! Spengo subito tutto: rischiamo di fonderlo. Apro il vano, tra i fumi densi, con la paura di un danno irreparabile. Avevo dimenticato di rimettere al suo posto il tappo dell'olio... Si va a vela! Sono solo una trentina di miglia, arriveremo con il tramonto.

Si avvicina il Natale e con esso il 29 dicembre, il giorno del mio compleanno, e la fine del 2002. Ho spedito poche settimane fa il mio curriculum alla società organizzatrice della Global Challenge per candidarmi come skipper per il prossimo giro del mondo e qualche giorno fa ho ricevuto una e-mail di risposta. Mi hanno detto che hanno ricevuto la mia candidatura insieme ad altre trecentoquaranta... *Trecentoquaranta!* E io che pensavo fossimo in pochi così matti da voler girare il mondo controvento passando per i Tre Capi! Nonostante il numero sia sconcertante, pur mantenendomi scettico per natura e scaramanzia, sento che la cosa non finirà qui.

Comincio a chiedermi se veramente voglio fare il giro del mondo controvento e controcorrente, in condizioni estreme, difficili, scomode e pericolose. Non so darmi una risposta: è tanto che non faccio regate o navigazioni così impegnative. Il mio primo giro del mondo l'ho terminato dieci anni fa; l'ultima traversata dell'Atlantico risale al 1999, con il *Cheone*... E poi il tropico impigrisce, con i suoi pesci facili da pescare, le sue calde acque e la sua vita *easy-going*...

La *Sorrentilla*, bianca di vernice, all'ormeggio lungo la banchina, mi guarda e m'interroga, anzi, mi provoca! Stimolandomi, mi domanda: «Sarai capace? Ce le hai ancora le palle per un'impresa del genere?» Non fateci caso, ma se hai una barca da venticinque anni è normale parlarle. Io la guardo e raccolgo la provocazione.

Ricevo una richiesta da un amico, un vecchio cliente del Floating Village: vuole fare una settimana di charter a vela, partendo da Los Roques, dov'è già stato, diretto in luoghi ancora più deserti e profumati di avventura. Un altro segno, un'altra coincidenza. Non vado a Los Roques da oltre due anni, da quando fui costretto ad abbandonare l'arcipelago in fretta e furia con quello che restava della mia piccola flotta, dopo che ero stato raggiunto da intimidazioni inequivocabili. Il Floating Village era diventato troppo, troppo in vista! Il neopresidente della repubblica, appena eletto, aveva inviato chiari, e neanche troppo velati, segnali di xenofobia e io fui uno dei primi a pagarne lo scotto. Il Venezuela era in preda al caos e a uno sciopero a oltranza che durava già da più di un mese: il paese era allo sbando, il carburante scarseggiava, scene di violenza e di fame abbondavano in televisione.

L'arcipelago di Los Roques è completamente isolato, per sfortuna o per fortuna. Sicuramente a me piace così. Rispondo al mio amico cliente, proponendogli di andarlo a prendere a Gran Roque il 6 gennaio 2003, per navigare insieme alla volta di Las Aves de Barlovento, poi da lì fino a Bonaire, e ancora a Curaçao, da dove avrebbe fatto ritorno, via Caracas, a Milano.

Lo schema si delinea. Con i ricavi del charter potrei far quadrare il mio bilancio, in rosso dopo i lavori sulla *Sorrentilla* e con l'occasione darei anche l'ultimo saluto a Los Roques, sfruttando appunto il suo isolamento. Ma, soprattutto, sarò in grado di rispondere alla mia barca, alla sua domanda che, con fare sornione, continuava a formularmi dalla banchina: « Sarai capace? Allora, ce le hai le palle oppure no? »

Navigherò di bolina, da solo, da Curaçao a Los Roques, con la *Sorrentilla*, controvento e controcorrente, per scoprire se mi piace ancora.

In questa parte del mar dei Caraibi l'aliseo a gennaio soffia mediamente a venticinque-trenta nodi, sempre da est, ovvero sul naso di chi vuole andare verso Los Roques, e la corrente viaggia con il vento, stessa direzione e intensità, due, anche tre nodi, sempre contro. Sono circa duecento, forse trecento miglia da percorrere in solitario, considerando i bordi da fare con il mare formato.

Parto il 1° gennaio 2003: ho cinque giorni per arrivare. Appena esco dal ridosso dell'isola, il pilota automatico mi abbandona e mi ritrovo a bolinare con tre mani di terzaroli, trinchetta e yankee contro trenta nodi di vento e onde di tre, quattro metri! Devo decidere se rientrare per riparare l'autopilota. Mi domando se avrò questa opportunità, passato capo Horn o in mezzo ai quaranta ruggenti. Mi rispondo che andare senza pilota automatico per cinque giorni è nulla rispetto a girare il mondo controvento e decido di continuare.

Non posso lasciare il timone, perché la barca con queste onde orza al vento immediatamente. L'unico modo per poter scendere sottocoperta è legarlo, il che mi lascia uno o due minuti di tempo, prima di straorzare, per prendere qualcosa da mangiare oppure per dare un'occhiata alla carta nautica, per stimare la posizione, prima di tornare in fretta e furia al timone per evitare una virata accidentale.

Proseguo in questo modo per undici ore e, benché sia partito prima dell'alba, capisco che non arriverò a ridossarmi prima del buio: ma conosco Bonaire, so che ci sono delle boe per le barche dei subacquei vicino alla spiaggia. Spero di individuarne una dove ancorarmi in modo da riposarmi un po'. La raggiungo dopo mezzanotte: sono esausto, ma riesco ad afferrare la cima di ormeggio e ad abbittarla. Poi, dopo avere puntato la sveglia sulle cinque del mattino crollo addormentato in cuccetta. Sono costretto a partire prestissimo per coprire le quaranta miglia che mi separano da Las Aves, dove devo arrivare con la luce per ritrovare un ridosso e dare ancora.

La sveglia mi scuote, le energie lentamente affiorano dal sonno: questa sfida mi eccita e la stanchezza sembra passare. Mollo l'ormeggio e, non appena metto la testa fuori dall'estremità dell'isola, ricomincio a bolinare, sempre al timone, sempre senza sosta: la barca viaggia a tre nodi e mezzo o quattro, massimo di velocità *over ground* (la velocità rispetto al fondo del mare): il vento, il mare e la corrente contrari impediscono performance migliori. Dopo alcune ore comincio ad accusare la stanchezza, ma non posso lasciare il timone se non alla cappa, per mangiare qualcosa, fare il punto sulla carta... perdendo però terreno, perché quando ti metti alla cappa, la barca, pur mantenendo la prua nella giusta direzione, scarroccia all'indietro di qualche nodo.

Trovo il modo di andare avanti. Mi pongo mentalmente un obiettivo di quattro miglia, che è la distanza che posso coprire al meglio in un'ora. Poi, comincio a misurare quanto manca all'obiettivo, quanto percorro in cinque minuti, che passano via veloci, poi in dieci minuti, e anch'essi passano, e ancora in quindici, in mezz'ora, in un'ora, e finalmente sono quattro miglia in meno all'arrivo. Quindi, ricomincio con le successive quattro miglia e così per dieci, undici, dodici volte. Il vento aumenta a trentacinque nodi e il mare con esso. Io continuo, non mollo, non posso! Vado avanti mentre si fa notte e non c'è nemmeno la luna: ormeggiarsi in queste condizioni a Las Aves de Sotavento non è la cosa più facile.

Mi aiuta la fortuna: quando sono a cinque miglia dall'atollo e il mare comincia a calmarsi, vedo una luce. È una barca a vela all'ancora, a ridosso di una striscia di sabbia che conosco, ma che non sarei mai riuscito a individuare questa notte con il buio pesto. La punto, la uso come bersaglio e la luce si avvicina o, meglio, io mi avvicino... Confermato: è una barca a vela, meraviglioso riferimento che mi permette di calare l'ancora in cinque metri di fondo sabbioso. Crollo ancora una volta, distrutto e affamato, in cuccetta.

Tra Las Aves de Sotavento e Las Aves de Barlovento, mia prossima tappa, ci sono poco più di diciotto miglia. Mi illudo, quindi, di avere più tempo a disposizione e ne approfitto per dare un'occhiata al sartiame che si è un po' allentato nelle ultime quarantotto ore. Do un paio di giri agli arridatoi per tesare le sartie alte e le intermedie, poi riparto.

Ho aspettato che facesse giorno per fare questo lavoro, e quindi sono un po' in ritardo sulla tabella di marcia. Le condizioni del vento e del mare, soprattutto la corrente contraria, mi giocano un brutto scherzo, e il buio mi coglie impreparato a quattro miglia dall'ingresso dell'atollo.

Las Aves de Barlovento è un atollo corallino a forma di ferro di cavallo, disseminato di isole e isolette di poche centinaia di metri di diametro, banchi di sabbia bianca finissima: è un paradiso completamente disabitato, deserto, dove ho dato vita a Yakara, un breve, folle e unico progetto di charter estremo, che solo pochissimi amici e clienti hanno potuto assaporare.

Ma torniamo alla navigazione. Una cosa è vivere in questo paradiso di corallo e sabbia di giorno, con il caldo, la luce alta del sole che ti evidenzia come con un pennarello fosforescente tutti i bassifondi, e un'altra è farvi ingresso di notte, senza luna! Con la poca luce del sole rimasta e quasi annusando i banchi di sabbia, riesco a entrare nelle acque calme e a gettare l'ancora accanto a un catamarano di francesi, talmente increduli nel vedere uno sloop a chiglia avanzare nella notte da farmi visita nonostante l'ora tarda! La mia stanchezza raggiunge livelli estremi, come la mia soddisfazione: crollo addormentato ancora una volta. Domani mi aspetta la tratta finale, fino a Cayo de Agua, avamposto occidentale di Los Roques.

Lascio l'ormeggio col buio, prima dell'alba, per soddisfare i termini della mia tabella di marcia, e commetto un errore di presunzione. Mi sento sicuro perché ieri notte sono entrato e quindi penso che uscire sia lo stesso. Invece mi ritrovo per ben tre volte quasi arenato! Ho issato la randa prima di levare l'ancora, perché una volta in mare aperto non avrei avuto modo, senza il pilota automatico, di tenere la prua al vento il tempo necessario per issarla. È la stessa manovra che ho fatto ieri e il giorno precedente, ma adesso ho terra e bassifondi sottovento fra me e l'uscita... Entro con motore, randa con tre mani di terzaroli e per tre volte mi trovo in un cul-de-sac. Senza uscita! Sono costretto a fare dietrofront e, quando quasi mi do perso sul fondale che sfiora la chiglia, riesco per fortuna a inforcare un canale che mi porta fuori.

Il sudore freddo si asciuga con l'aliseo, ma continuo a grondare se solo oso pensare a che cosa sarebbe successo: spiaggiato da solo, alle quattro del mattino, in un atollo deserto! Ma è andata bene, l'adrenalina è alta e mi spinge verso Los Roques!

Il vento si calma un po', l'andatura migliora e mi consente di arrivare piacevolmente con un solo lungo bordo di venticinque miglia, proprio dietro l'isoletta di Cayo de Agua. L'ormeggio è esterno all'atollo e l'ho visto usare spesso dai pescatori che non entrano nell'arcipelago, ma vi si fermano solo per la notte. Il sole che tramonta mi scalda le spalle, la striscia bianca di sabbia di fronte ai miei occhi, immersa in questo mare di acquerello, il volo dei pellicani che si tuffano al lato della *Sorrentilla* mi fanno capire che Los Roques mi aspettava per quest'ultimo commiato. Che ha capito quanto ho amato questo posto, quante energie e passione gli ho donato, a dispetto dei suoi governanti e di alcuni miseri ospiti pseudonaviganti. Dormo sereno. Domattina entrerò con il sole in faccia nell'arcipelago: malgrado si possa navigare solo a vista e con il sole alle spalle, io me lo posso permettere perché conosco bene il luogo e so che mi accoglierà nel migliore dei modi.

Mi fermo un momento nel pozzetto con un bicchiere di Ron Pampero Anniversario, accarezzo la mia barca e finalmente le rispondo. « Sì, mi è piaciuto da morire! Mi piace ancora navigare, soffrire, per poi arrivare! Stancarmi per poi riposare soddisfatto... Mi piace bolinare. E ho le palle per fare un'impresa come la Global Challenge! »

Domani mattina, con tutta randa, fiocco e trinchetta, bordeggerò lungo le spiagge protette di Los Roques fino a Gran Roque. Scenderò a terra, ma solo per il tempo necessario a raccogliere i miei ospiti e a portarli a bordo, per poi iniziare come da programma la nostra crociera.

Ho già avuto le risposte: la *Sorrentilla* mi ha fatto capire quello che amo e quello che non mi piace... E Los Roques, accogliendomi con la sua pace, mi ha dato la sua benedizione per le prossime avventure di mare, come l'amante di un marinaio, forse rassegnata e già malinconica, ma con il viso sereno e gli occhi velati di emozione.

Stazione di Ventimiglia: treni che vanno e che vengono, bancarelle, caffè, gallerie interrotte sotto Monaco. È una bella giornata di ottobre del 2003 e sto andando a Cannes per le regate delle barche d'epoca, che mi porteranno a Montecarlo, Cannes e poi a Saint-Tropez. L'atmosfera mi piace. Mi rendo conto che sto bene quando viaggio, mi sento vivo e vitale. Sto bene in movimento, il nomadismo mi appartiene, scorre nelle mie vene. Stazioni, aeroporti, navi, treni, barche, porti... ovunque si parta e si arrivi, io mi sento bene.

Sono a Montecarlo e sto per imbarcarmi sull'*Alcor II,* un Sangermani d'epoca.

Appena avuta la notizia di essere stato selezionato per la Global Challenge, ho stilato un programma di massima per la mia preparazione mentale, fisica e tecnica. E partecipare al circuito Prada costituisce il primo passo. Tre settimane: regate lunghe di trasferimento e corti triangoli giornalieri; equipaggio numeroso, barche pesanti, tanti avversari agguerriti.

La prima esperienza è stata bella e negativa: nulla ho messo in pratica di ciò che avevo appreso nella settimana finale di selezione-training della Global Challenge a Hayling Island. Tommaso e io, il capitano dell'*Alcor II*, amico oltre che stimato collega, incontrato in Grecia durante l'estate, ci eravamo ripromessi di rivederci per una seria veleggiata. Ieri ci siamo incontrati/scontrati all'albero durante una manovra: io numero due a centro scafo, lui responsabile della prua. Mi sono reso conto che non importa solo come sei dentro, ma come appari agli altri. Non ho rispettato il suo comando, anzi, l'ho completamento ignorato! Lui se n'è risentito, tanto da abbandonare la coperta e ritirarsi in cuccetta. Io non mi sono reso conto di nulla, fino alla fine, a regata terminata, a manovre concluse e spinnaker ammainato.

Come al solito, non ascolto. Sensibilità dove sei? Proprio una bella lezione: ho sbagliato tutto, ho dimenticato anche la seconda scotta del gennaker!

E dire che queste regate dovrebbero costituire parte della mia preparazione... Sono venuto per esercitarmi con equipaggi numerosi, in condizioni *tirate*. Bene! Cominciamo male.

Ma ne faccio tesoro: in fondo è importante rendersene conto.

Impara ad ascoltare! Presta attenzione agli altri. ASCOLTA!

3
CAOS E COINCIDENZE

La mia è una storia di caos: quello che provoco io. E coincidenze: tutte quelle che la vita mi regala e mi ha regalato, anche mio malgrado. Le coincidenze sono il flusso vitale, la giusta via. Senza di esse sarei completamente perso, sbandato, senza direzione. Sono soprattutto la mia salvezza: mi risvegliano, mi scuotono e sempre mi indicano una nuova strada. Poi, non appena sono in cammino, comincio a creare disordine tutt'intorno. Si tratta di pure energie confuse, ma per me vitali.

Generano consensi e successi, delusioni e perdizione. E poi, come d'incanto, si ricomincia di nuovo. Ancora luce, coincidenze, intuizioni, indicazioni... Si riparte, e ogni volta sembra quella giusta, la definitiva... che già s'ingarbuglia e crea le premesse per la prossima. La mia vita è stata tutta un incasinarmi nell'attesa della successiva coincidenza.

Ci sono anche coincidenze, più o meno tristi, che incidono sulla vita, che ti creano opportunità e te ne nascondono altre. Il mio non è fatalismo. Il fato non perde tempo a mostrarti la strada: decide per te e basta. Le coincidenze vanno lette, interpretate, seguite, e anche ignorate. Prevedono sempre un ruolo attivo da parte dell'interessato: non da spettatore, ma da protagonista.

Quanta attenzione presto a questa o quella coincidenza? Sicuramente se non mi fossi rotto il menisco a sedici anni e se non avessi giocato a tennis al Circolo Tennis Roma non avrei conosciuto Gigio Russo, ora alla guida della North Sails Italia e allora giovane promessa della vela... E se non avessi conosciuto Gigio, non sarei andato a Saint-Malo, alla partenza del Triangolo Atlantico... Molto probabilmente se non ci fossi andato, non avrei partecipato alla Rio-

Portsmouth... e così via. Una serie infinita di coincidenze, concatenazioni e degne conseguenze. Belle e brutte.

Anche questa nuova avventura è il risultato di coincidenze: se non fossi stato costretto ad abbandonare Los Roques, forse non sarei finito per un anno isolato a Bonaire e poi a Curaçao. E se non fossi stato a Curaçao proprio in quel momento, forse non avrei letto l'articolo sulla selezione degli skipper della Global Challenge.

Certo, viene da domandarsi che cosa sarebbe stato meglio... A questa domanda, però, ho la risposta: la vita, la migliore vita possibile è sicuramente quella che sto vivendo!

Amedeo, se tu non fossi andato a Capri in quella bella, maledetta stanza affacciata sui Faraglioni, non mi sarei addormentata per sempre!

Se mi fossi stato vicino, forse avresti potuto darmi quel briciolo d'energia in più per inalare quella boccata d'aria che mi è morta in gola... nel momento più bello della vita di una donna... Chissà quali forze oscure ti hanno trascinato via, lontano da me, dove non potevi proteggermi.

Eppure pochi giorni prima, uscendo, ti avevo detto appoggiata allo stipite della porta del tuo ufficio: «Ho paura...» E tu, sollevando lo sguardo, mi avevi chiesto: «Di che?»

Fratello, fratello! Hai finalmente imparato ad ascoltare qualcosa d'altro, oltre il tuo cuore?

Ho sempre subito un'attrazione fatale per le isole deserte, per gli atolli bassi e disabitati, per questa vita sospesa sul livello del mare, tra poca terra, con tanto mare intorno, tutto illuminato da questo orizzonte di trecentosessanta gradi, interrotto solo dalle linee verticali dei tronchi delle palme.

Tuamotu, Los Roques, Las Aves, Maldive, San Blas... solo il nominarle mi apre il cuore, mi rilassa l'animo e mi porta a sognare. Credo sia il fatto di poterle circumnavigare o di poter camminare intorno a esse sulla battigia scavalcando tronchi e aggirando mangrovie; forse è per la loro promiscuità col mare intorno; o forse perché in genere sono appena più alte di un uomo eretto sulla superficie del mare con la bassa marea...

Sono a Curaçao da troppo tempo e la Global Challenge è un sogno lontano nel futuro che, per scaramanzia, tengo fuori dalla mia mente. Le San Blas, dimenticate dagli uomini e dal turismo, al confine tra lo Stato di Panamá e la Colombia, sono la mia prossima meta. La prima volta che le conobbi stavo veleggiando verso Colón, porto d'entrata nel canale di Panamá, sul versante atlantico. Era la terza tappa del Rally Around the World ed ero a bordo della *Sorrentilla* con Maura, la mia compagna di vita e di mare, Anna, il mio unico e insostituibile mozzo scelto, Alfredo, un altro caro amico che apparirà spesso in questi racconti quanto nelle mie navigazioni e Flavio, mio fratello. Eravamo in buona posizione per raccogliere un significativo successo di tappa dopo due risultati poco esaltanti: la barca filava alla grande... All'improvviso, un'onda entrò nel pozzetto, attraversò il tambuccio e scrosciò nella dinette, facendoci prendere un grande spavento!

Io stavo steso sul divano, sottovento. Era il mio turno di riposo: il mare era grosso, la barca volava a otto nodi e a dodici in planata. Alfredo, appena subentrato al timone, aveva preso un'ingavonata, la barca si era inclinata e coricata sull'acqua... Si era appena ripreso, quando una seconda onda si franse fragorosamente nel pozzetto! Anna, appoggiata al tambuccio all'ingresso della dinette, mi piovve letteralmente addosso, quasi nuotando attraverso i quattro metri che ci separavano. Il rumore assordante non superò il mio urlo: mi si riversò addosso una montagna d'acqua... Mi tuffai, tentando di risalirla, gridando: «Alfredo! Alfredooo!» Finché una voce tremante rispose: «Ci sono... Ci sono. Tutto okay...»

Il proseguo della navigazione fu veloce, il mio computer

portatile decisamente annegato e la nostra posizione in regata buona. Stavamo lottando per il primo o il secondo posto della nostra classe.

Secondo il portolano «... i venti predominanti da est giunti in prossimità dell'arcipelago delle isole San Blas tendono a girare a nord-nordest...» Percorremmo le ultime settanta miglia bolinando contro i venti settentrionali in vista delle isole coralline.

Giungemmo secondi a Colón, dopo lo yacht inglese *Hockey of Hamble,* il nostro avversario snob, che issava l'*Ensign*, la bandiera del Regno Unito, blu anziché rossa, a evidenziare indebitamente l'appartenenza a un esclusivo royal club. Ironia della sorte, proprio a Hamble finii per passare l'ultimo mese in Inghilterra prima della partenza della Global Challenge.

Le San Blas rimasero dimenticate a poppa, dietro la nostra scia. Non feci nemmeno caso che alcuni avventurosi partecipanti alla regata approfittarono della sosta a Panamá per visitarle, noleggiando un piccolo aereo da turismo.

Fu uno dei tanti incontri casuali, o un'opportuna coincidenza, che me le riportarono alla mente. Ero a Bonaire e avevo deciso di festeggiare con Anja, il mio istruttore subacqueo, il conseguimento del brevetto Divemaster della PADI, la Professional Association of Diving: la mia passione per le immersioni subacquee era iniziata alle Maldive vent'anni prima e ora era coronata dal primo brevetto professionale. Avevamo fatto un'emozionante immersione, accompagnati da Dominique Serafini, a un relitto fantasma di un windjammer adagiato su un letto di catrame, a settanta metri di profondità, e per festeggiare l'esplorazione e il mio successo avevamo deciso di regalarci una vacanza di una settimana nell'isola di Providencia.

Providencia è colombiana, anche se galleggia nel mar dei Caraibi di fronte al Nicaragua, molto più a nord dunque della Colombia. Mentre passeggiavamo lungo la baia di Santa

Isabella, che mantiene intatto il sapore di un porto di pirati, riconobbi lo scafo rosso del *Nomade*, la barca dei miei amici romani Paolo e Alessandra. Anche loro erano in giro per mare da una decina d'anni: non avevamo perso i contatti, perché ci sentivamo spesso via radio, ma era da qualche tempo che non li vedevo. Mi feci accompagnare a bordo da una barca che stava lasciando il molo e saltai in coperta a sorpresa! Come succede spesso per mare, subito si stapparono bottiglie e cominciarono le chiacchiere, i sogni, i programmi futuri e i racconti del recente passato. Paolo mi parlò dei sei mesi che aveva trascorso alle San Blas, due stagioni consecutive... Conoscendo i loro gusti, simili ai miei, drizzai le orecchie prestando attenzione: condizioni meteo ideali per otto mesi l'anno, vento da nord venti nodi, secco, temperatura venticinque-trenta gradi, pesce a volontà, costi irrisori, vita sociale tribale, isole deserte basse e sabbiose... L'attrazione fatale cominciò a farsi sentire e si insinuò subdolamente nella mia mente.

Decido di salpare da Curaçao con la *Sorrentilla* a fine gennaio 2003 per partire alla volta delle San Blas, rotta diretta. Lascio dietro di me il marina di Kimakalki e Ron e Gourette a guardia del *Guaicamar*, ma non sono solo: all'ultimo momento, quella che doveva essere una navigazione in solitario si trasforma in una veleggiata a due.

La mattina della partenza, infatti, Catherine, la compagna di Dominique, preannunciata da una telefonata, mi raggiunge.

Dominique e Catherine sono una coppia stupenda. Lei, editrice di successo, dirige la sua azienda in Canada via Internet da Bonarie. Dominique è un personaggio unico, subacqueo senza eguali, compagno d'avventure di Jacques Cousteau, amico del povero Jacques Mayol e di Umberto Pellizzari; istruttore di freediving, apneista, pescatore subacqueo, delfinista, illustratore, disegnatore e scrittore; nonché armatore di un bellissimo catamarano di 15 metri.

Immergersi con le bombole a cinquanta metri di profondità e disegnare i profili dei relitti sottacqua, fotografarli e tradurli in libri: ecco quello che sta facendo ai Caraibi da qualche anno.

Pochi giorni prima Dominique era partito per la Francia e Catherine, rimasta sola, aveva deciso di regalarsi questa sua prima esperienza di vela oceanica: Curaçao-San Blas no stop! Una settimana circa di navigazione in un mare tra i più ostici dei Caraibi! Eh, sì, perché la corrente del Golfo, o meglio la sua controcorrente lungo il continente sudamericano e il mare prodotto dall'aliseo che rinforza e s'incanala si scontrano con direzioni opposte, generando un mare alto e scosceso, difficile da navigare e che ha sempre procurato danni alle imbarcazioni.

Scomparsa Curaçao di poppa, non siamo ancora al traverso di Aruba, che Catherine si dimostra insostituibile: ci alterniamo al timone perché alla *Sorrentilla* si è rotto il pilota automatico. Si tratta di quattro ore di veglia e di altrettante di riposo, velocità medio alte, mare grosso e vento forte sempre di poppa. Navigazione fantastica! All'alba del sesto giorno arriviamo, stanchi ma orgogliosi, alle porte della barriera corallina: entriamo nella *passe*, lo stretto passaggio che si apre tra le due mura di corallo, gettiamo l'ancora in uno specchio d'acqua turchese e ci regaliamo qualche giorno di riposo, facendo morire d'invidia Dominique col quale riusciamo a parlare con il telefono satellitare di Catherine.

Così entro nelle San Blas: in sordina, silenzioso, per evitare gli errori fatti in passato. Come quando arrivai a Los Roques nel 1997 con il Floating Village: una flotta di cinque catamarani, tre barche a vela e una cinquantina di ospiti, provocando uno shock a tutto l'arcipelago!

Comincia la lenta e discreta esplorazione di questo luogo incantevole, isolato nel tempo e nello spazio, popolato da gente meravigliosa che ti fa venire voglia di cambiare vita, che ti insegna tutto ciò che non puoi imparare sui libri: ti trasmette una cultura antica, fatta di uomini, mare e natura amica. Centinaia di isole «tascabili», trecentosessantasei, pare una per ogni giorno dell'anno più «una per gli dei», secondo le antiche leggende degli indios Kuna, ultimi discendenti della razza precolombiana che tre secoli fa decise di trasferirsi su queste isole. Ancora oggi, le San Blas sono un territorio autonomo, il Kuna Yala, affidate completamente alla gestione degli indigeni.

Provate a immaginare le Maldive di venticinque anni fa, prima dell'insediamento dei villaggi e delle strutture turistiche, e avrete una pallida idea di che cosa sto parlando. Le donne kuna vestono ancora all'antica; la società è patriarcale; tutti portano vistosi monili al naso che li difendono dagli spiriti maligni chiamati *Olo*. Non ci sono strade che si snodano sulla costa che fronteggia le San Blas: solo giungla pluviale inestricabile. Le isole si possono raggiungere esclusivamente via mare o con le *avionetas*, piccoli aerei da turismo che atterrano sulle piste in cemento costruite dagli americani il secolo scorso.

Siamo a 9 gradi di latitudine nord, 79 ovest: queste le coordinate del paradiso! Io mi ci sono perso. Ho ospitato qualche amico a bordo, navigando tra le isole; ho suggellato la mia relazione con Alessandra a base di aragoste e pesce crudo; ho ritrovato il piacere della crociera pura e selvaggia, dell'acqua potabile attinta dalla sorgente dei fiumi, della pesca in apnea – quel tanto che serve per nutrirsi –, dell'amicizia stretta con i pochi e speciali marinai che battono queste isole con rispetto. Qualche squalo ogni tanto si aggirava curioso e sorpreso intorno alla barca, domandandosi che cosa stavamo facendo lì: la stessa espressione la si poteva leggere sui volti dei Kuna, che si avvicinavano per vendere il pesce o le *molas*, le loro tessiture locali.

Ero perso, dunque, in questo paradiso da qualche mese, quando dovetti lasciare all'ancora la *Sorrentilla* e salire su un piccolo aereo per Panamá City: dopo avere fatto rifornimento di viveri, avrei dovuto incontrare Alessandra che arrivava dall'Italia.

Panamá City è una città che mi piace: viva, latina e americana allo stesso tempo, a dimensione umana pur essendo metropoli e, come molti cocktail, frizzante ed effervescente. Abbonda anche di Internet café, così ne approfittai per controllare la mia posta elettronica.

Sorpresa! La Global Challenge, dopo una prima selezione basata soltanto sui curricula inviati dai trecentoquaranta skipper, ne aveva selezionati centottanta e io ero tra questi! Insieme alle congratulazioni per avere superato la prima fase, la e-mail conteneva anche una richiesta: dovevo rispondere a un approfondito questionario di « intelligenza emozionale », composto di sessantanove domande: l'ultima moda in fatto di selezione di risorse umane. Non avrei affrontato l'impresa da solo, ma dovevo coinvolgere anche altre sei persone: un familiare, due collaboratori, due dipendenti e un superiore. Tutti dovevano compilare lo stesso questionario e inoltrarlo, completo in ogni sua parte, in pochi giorni... Ma io ripartivo l'indomani mattina per le San Blas, dove non solo non c'era Internet, ma nemmeno il telefono, nessun tipo di energia elettrica...

Inviai a cinque miei amici, tra superiori e dipendenti, il questionario supplicandoli di rispondere e di inviarlo direttamente alla Challenge, e mi ritrovai con Alessandra, con gli occhi chiusi, sofferente il jet lag di sei ore, alle undici di sera nello stesso Internet café, a farle compilare un questionario in inglese in qualità di mio familiare, anche se in realtà ancora non si parlava di matrimonio. Terminammo a notte fonda. Per fortuna che a Panamá City i supermercati fanno orario continuato, ventiquattr'ore su ventiquattro e potemmo fare la spesa per la nostra crociera di quindici giorni. Erano le due di notte. Unico vantaggio: non c'era fila alle casse!

L'Italia e l'Inghilterra sono separate da 29 euro di biglietto aereo. Lo avevo già scoperto in occasione delle selezioni, quando da Milano ero volato diretto a Southampton, e ne ho conferma sul volo per Londra Stansted. Questa magia dei *low fare ticket*, i biglietti a tariffa ridotta, però, è destinata a infrangersi e a riportarti alla dura realtà non appena osi portare qualche chilogrammo in più o se hai bagaglio extra. Oppure se acquisti un *ticket* del treno per Londra centro: costa due volte il biglietto aereo e, se ci aggiungi il costo della metropolitana, eguaglia il prezzo di una buona cena a Roma! E ti rimane ancora da pagare il taxi per l'ultima tratta! In ogni caso, con questi voli sicuramente risparmi il viaggio in agenzia e lunghe attese. Tutta la transazione, infatti, si svolge via Internet, dalla prenotazione del posto a sedere all'acquisto del biglietto, incluso il noleggio dell'auto, l'albergo o quant'altro ti può essere necessario.

Questo è quello che ho fatto appena rientrato a Roma, prima di partire per Montecarlo per le regate delle barche d'epoca: comprare il mio *low fare ticket* per il preannunciato *Skipper Announcement* del 13 novembre a Londra.

Mi spediscono una bozza di contratto: ha così tante pagine che la consegno al mio avvocato Giulio il quale, da quando è venuto a Los Roques in vacanza, segue per me barche e affari.

Sappiamo entrambi che il contenuto dell'accordo non è discutibile. In sostanza, dice che mi pagheranno e che il 15 marzo 2004 comincerò a lavorare fisso a Southampton per la preparazione della regata; e che il 13 novembre 2003 ci sarà la presentazione ufficiale dei dodici skipper alla stampa a Londra. La cosa più buffa di tutte è che se divulgo la notizia, se rivelo che sono stato selezionato per la Global Challenge prima della presentazione ufficiale, mi cancellano dalla faccia della terra, inserendomi automaticamente nella feccia della stessa! Queste clausole di *confidentiality*, tipiche del mondo anglosassone, in Italia forse fanno sorridere, ma in Inghilterra no.

Comincia così questa farsa, nella quale dico che probabilmente mi affideranno una barca al prossimo giro del mondo, ma che ancora non lo so... Tengo in una strana sospensione la famiglia e gli amici, per scoprire poi a Saint-Tropez che non tutti gli inglesi rispettano queste regole!

4

WHITBREAD, LA REGATA INTORNO AL MONDO

L'idea del giro del mondo a vela in equipaggio era nata intorno al 1970. Nel 1966, Francis Chichester aveva concluso il giro del mondo in solitario con una sola tappa in Australia. Poi, nel 1969 Robin Knox-Johnston era stato il primo uomo a circumnavigare il globo in solitario senza scalo in trecentododici giorni. I tempi erano maturi per seguire quella rotta in una vera e propria regata, una competizione per equipaggi. Così almeno la pensavano Otto Steiner della Royal Naval Sailing Association e il colonnello Bill Whitbread, proprietario di un marchio famoso per la birra. Nasceva così la Whitbread Ocean Race, la prima regata intorno al mondo, che per i velisti sarebbe diventata un mito.

Alla prima edizione, partita l'8 settembre del 1973, parteciparono diciassette imbarcazioni molto differenti tra loro: dai due alberi di 25 metri alle barche veterane come uno Yawl del 1936. C'era anche il *Pen Duick* del navigatore francese Eric Tabarly e il *Great Britain II* di Chay Blyth, con un equipaggio di paracadutisti mutuati dalla marina militare.

Tre le imbarcazioni italiane: il *Guia* di Giorgio Falck (che arriverà quinto), il *CS&RB* di Doi Malingri e Alessandro Lojacono (ottavo) e il *Tauranga* di Eric Pascoli (decimo). La vittoria andò allo Swan *Sayula*. La prima edizione fu anche tragica: il mare fece tre vittime, tutte le barche furono danneggiate e tre costrette al ritiro. Nonostante tutto, la Whitbread – combattuta in quattro lunghe tappe oceaniche – fu destinata a durare e a crescere, diventando un appuntamento fisso ogni quattro anni e a trasformarsi nell'odierna World Volvo Open Race.

A proposito della Rio-Portsmouth. Era il 1976 e avevo cercato tramite Gigio Russo di avere un imbarco sul *Tany Kely* di Giorgio e Silvia, che partecipavano al Triangolo Atlantico: la regata andava da Saint-Malo a Città del Capo, passando per Rio de Janeiro, con arrivo finale a Portsmouth. A Saint-Malo rimasi a terra, perché l'equipaggio era al completo. A Città del Capo neanche a parlarne: Giorgio Di Mottola, che avrebbe poi vinto la tappa Cape to Rio, aveva reso famosa e ambita la partecipazione a questa bellissima regata e a bordo non c'era posto per nessun altro. Mi chiamarono, però, per la tappa da Rio a Portsmouth: si trattava di bolinare, andatura ricorrente in questo libro e nella mia vita, contro l'aliseo di sud-est prima e di nord-est poi, per oltre cinquemila miglia e quasi quaranta giorni. Lo skipper era Alessandro Lo Jacono, eclettico velista, pittore, cresciuto alla scuola di Niccolò Puccinelli e di Doi Malingri. A Malingri aveva fatto il secondo nel giro del mondo.

Eravamo in otto a bordo del *Tany Kely*, che per l'occasione era stato ribattezzato *Marlboro*. Strinsi amicizia con l'attrice Isa Barsizza, che stoicamente cucinò per trentotto giorni nonostante il mal di mare! C'erano anche tre francesi e uno svizzero, quest'ultimo un giornalista di *Forza Sette*, un mensile italiano di nautica.

Rompemmo lo strallo di prua subito dopo che il *Guia* di Giorgio Falck affondò sotto un attacco di orche. Tabarly, con l'equipaggio del *Pen Duck VI*, vinse la regata. Io, nonostante la sosta forzata alle Azzorre per riparare lo strallo, a ventun anni ero diventato un navigatore oceanico: responsabile della navigazione astronomica, fungevo anche da secondo per lo skipper.

Ma i marinai tornano quasi sempre a casa. Andando incontro al loro destino. Nel mio caso, mi attendeva un futuro nel mondo della musica, ma allora ancora non lo sapevo.

I giorni che mancano allo *Skipper Announcement* non passano mai! Ma certo, prima di questa data, mi dico, devo tornare a Curaçao per sistemare le mie *bambine*, le barche con le quali ho navigato e fatto charter ai Caraibi negli ultimi anni. Non solo debbo sistemare due barche, ma anche provare a me stesso che riuscirò in una decina di giorni a compiere un'impresa al limite delle possibilità: mettere a punto motori, generatori, pompe di sentina e, soprattutto, eseguire un calatafaggio di emergenza in acqua per ridurre le falle. Falle che sono normali per una barca di legno che fa piccolo cabotaggio locale, ma che potrebbero diventare fatali per la traversata che dobbiamo affrontare. Questo per il *Guaicamar*. Quanto alla *Sorrentilla,* la barca per fortuna è già in cantiere e devo soltanto dare il via agli operai per il rifacimento della scassa dell'albero, prima di poterla affidare ad Alfredo, mio amico e suo prossimo capitano. Inoltre, non posso assolutamente mancare a Londra, il 13 novembre, per l'annuncio ufficiale alla stampa degli skipper della prossima Global Challenge; e dopo l'annuncio debbo tornare a Roma, perché il 19 novembre ho fissato la data del mio matrimonio con Alessandra! Un calendario abbastanza incalzante, quasi come un altro test per questo giro del mondo che mi impone di formare uno staff da zero, per raggiungere un obiettivo in condizioni quasi estreme e limitate nel tempo.

E invece sono ancora fermo e attonito al gate 22 di Fiumicino, con il mio biglietto standby tra le mani: il volo per Amsterdam è chiuso e non c'è posto per me! A volte, però, i programmi impossibili si avverano: l'hostess di terra mi scambia per un dipendente della stessa compagnia aerea per cui lavora una sua amica, e io mi ritrovo imbarcato nella cabina di pilotaggio!

Ormai ci sono e non ho il coraggio di confessare che non sono un collega. Emozionato, allaccio le cinture di sicurezza e comincio a raccontare della mia passione per la vela e della mia prossima avventura. Tutto fila liscio fino alla domanda che il comandante mi pone a bruciapelo: quali aerei ha la mia compagnia e quanti? Rispondo: «MD11» ed è una cazzata! Questi sono aerei che fanno il lungo raggio e io ho anche appena raccontato che la mia è una compagnia nazionale che fa corto raggio! Momenti di imbarazzo per entrambi... Io mi vergogno come un ragazzino e credo anche di essere diventato rosso!

Finalmente arrivo ad Amsterdam e corro all'imbarco per il volo intercontinentale, continuando a chiedermi come faccio ancora, alla mia età, a fare queste cazzate... Ma sembra non esserci posto nemmeno su questo aereo! Mi imbarcano all'ultimo momento in business class, una gran bella fortuna dovendo volare dieci ore!

È sorprendente come alcune volte, malgrado ti assuma dei rischi, tutto ti vada bene, fili liscio come l'olio, ogni cosa s'incastri e si concateni con la successiva, come se scivolasse su un'onda lunga spinta dal vento giusto: massima velocità, minimo sforzo, assetto confortevole. Talvolta, invece, senza prenderti alcun rischio, ti trovi di fronte a una serie infinita di contrattempi, freni, impedimenti, e non avanzi di un metro, rimani fermo, faticando come un dannato. Sembra non esserci maltempo, ma un'onda piccola, irsuta ferma la barca a ogni istante con un sussulto, il vento bizzarro non la spinge a sufficienza, l'andatura è scomoda e faticosa...

In un mese sono riuscito ad andare due volte in Colombia, a Cartagena, dove stavano sostituendo i sei madieri alla *Sorrentilla*. Affido quest'ultima ad Alfredo: lo so, ha perso la sua barca venti miglia al largo del Brasile su un reef, però mi fido ciecamente di lui e la *Sorrentilla* sembra accettare di buon grado questa temporanea separazione consensuale. Lo credo! Piuttosto che stare di nuovo ferma in cantiere, preferisce il futuro avventuroso che Alfredo ha in serbo per lei: Natale alle San Blas, poi su fino in Nicaragua, Honduras, Costarica e Guatemala, dentro il Rio Dulce per la stagione degli uragani. Nuovi lidi per la mia Signora in Bianco!

Cartagena de los Indios è stata una sosta magica, per me e per la barca. I colombiani sono adorabili, gentili e smentiscono quotidianamente con i loro comportamenti la brutta fama che li accompagna. Sono anche ottimi carpentieri e la chiglia gode con i suoi sei madieri nuovi e la nuova scassa dell'albero di acciaio inox.

Lasciata la *Sorrentilla* ad Alfredo e Alice, pronta al varo, ritorno poi a Curaçao, dove c'è un *vecchio signore* che mi aspetta.

Immaginate un uomo sulla sessantina (o forse più), lungo, slanciato, bello da morire, con una gran classe e uno stile da far invidia ai più giovani.

È in blu, ma anche il bianco, più tradizionale, gli dona molto. È sempre disponibile, aperto a tutti, mai volgare, con quella discrezione e quello charme con i quali i veri signori sanno far entrare le persone in intimità.

Preferisce i mari caldi dei Caraibi; il salotto di vimini in coperta, ma anche il prendisole di prua lo eccitano invitandolo alla musica e al divertimento.

Ma il meglio di sé lo offre la sera, a cena, stuzzicando la vostra curiosità, intorno alla tavola di massello di mogano rossiccio imbandita, lasciandovi accarezzare da una piacevole brezza che filtra dalle finestre a manovella. A tarda sera, dopo un bicchiere di rum in coperta, vi invita a scendere lentamente le scale, giù nel suo ventre, per scoprire l'intimità delle sue cabine e del comodo letto matrimoniale poggiato su due grandi cassettoni di mogano. Vi permetterà di sedere davanti allo specchio della toletta, dove vi soffermerete storditi dalla giornata di sole che vi ha regalato, prima di entrare in bagno, dove la piccola vasca che fronteggia il lavello vi sembrerà quella di un Grand Hotel dei tempi passati.

Così vi dà la buonanotte il *Guaicamar*. Sussurrandovi storie. E aspettando, in silenzio, vigile e discreto, che la mattina gli solletichiate le reni scendendo la scaletta a poppa, per passare dalla plancetta al mare fermo e trasparente, dove ama sostare e navigare... per raccontarvi ancora di lui, di mare, di vita, di sogni...

Ho solo due settimane per alare in secco il mio vecchio signore. Solo due settimane per trovare un ospizio all'amato *nonno*: devo partire e non potrò occuparmene per un po'... Sofferenza, sensi di colpa, fredda determinazione...

Porto a termine anche questa operazione. Il *Guaicamar* adesso è in secco nel polveroso e ventoso sterrato del Dry Dock di Curaçao.

La piccola sfida è vinta e torno a Roma soddisfatto: le mie creature sono sistemate e io sono pronto a ripartire per Londra, per diventare ufficialmente uno degli skipper della Global Challenge.

Ho la giacca blu e il vestito buono, trovato non so dove, visto che vivo per quasi dodici mesi ai Caraibi! Arrivo la sera prima e vado dritto nella stanza d'albergo, sentendomi importante. L'indomani, alle ore dodici, ci sarà l'annuncio ufficiale e saranno presentati alla stampa i dodici skipper selezionati per la Global Challenge, ai quali sarà affidata una delle dodici identiche barche di 23 metri appositamente costruite per la più dura delle regate intorno al mondo.

Incontro e abbraccio Jeremy, Simon e Sir Chay Blyth, ideatore di quest'impresa. Vedo altre facce note e tanti altri ragazzi e ragazze che non conosco. Le divise gialloblù della Challenge sono ovunque, l'organizzazione è efficace e la stampa comincia ad arrivare.

Mi limito a bere un paio di bicchieri di vino rosso, quel tanto che si rivelerà utile a sciogliere la mia parlantina in inglese, senza arrivare a biascicare le parole. Ci mettiamo in fila: Sir Chay illustra le peculiarità della regata, dominando la scena da skipper duro e da oratore consumato. Noi siamo fuori dalla porta: ci chiamano e ci presentano a uno a uno, in ordine alfabetico. Io sono tra gli ultimi a entrare in scena... tra i più alti, certamente il più *maturo* e l'unico latino!

Ci sentiamo addosso gli sguardi curiosi dei giornalisti e i flash cominciano a lampeggiare; ci avviciniamo e cominciano le domande. Ci lasciamo andare a qualche bicchiere in più per vincere la tensione e, quando la conferenza stampa finisce, usciamo all'aria aperta.

Siamo sotto il Tower Bridge. Ci scattano foto: siamo tutti attorno a una sfera che simboleggia il globo terrestre e io mi arrampico sul polo, lassù in alto, dov'è anche il mio stato d'animo. Sento di avere raggiunto l'apice!

Credetemi, non è facile farsi affidare un Challenge 72 e il suo budget per fare il giro del mondo. Non è facile neanche assumersi la responsabilità di gestire la vita e le aspettative dei quindici membri fissi dell'equipaggio, dei quattordici *leggers* e anche dei loro familiari. E soddisfare le aspettative degli sponsor: ogni barca assumerà presto il nome di un prodotto o di una società. Dovremo inoltre fornire la giusta immagine di noi stessi e della regata ai network televisivi, scrivere per la carta stampata e parlare alla radio. Meglio non pensarci...

Un ultimo bicchiere e andiamo tutti a festeggiare al pub di fronte: siamo quattordici skipper, dodici titolari e due riserve. Ci conosciamo tutti perché fino a ieri eravamo insieme nelle selezioni e costituiamo già una tribù: siamo differenti, siamo gli skipper della Global Challenge 2004! I bicchieri adesso si svuotano senza freni, la birra scorre a fiumi, io continuo a bere vino rosso quasi a proclamare la mia origine italiana.

Mi si avvicina una ragazza, mi rivolge qualche domanda e io rispondo qualcosa d'incomprensibile in inglese. Scopro così che ci sono degli infiltrati: la notizia è trapelata e molti dei partecipanti alla regata, chiamati «marinai volontari», sono venuti a conoscere i volti e i nomi degli skipper selezionati, quasi a volersi rassicurare prima di proseguire la loro preparazione.

Solo nel gennaio 2004, durante il Salone nautico di Londra, conosceranno, infatti, la barca sulla quale saliranno e lo skipper con il quale faranno equipaggio.

Da parte mia, sono ansioso di tornare a Roma: fra meno di una settimana mi sposo. Sì, mi sposo con Alessandra il 19 novembre! Ma questa è una navigazione differente.

Tornato dallo *Skipper Announcement* ho quattro giorni per preparami mentalmente, anche se ho già fatto la promessa di matrimonio. Chi si è sposato per la prima volta di fronte a un'autorità civile, alla vigilia del cinquantesimo compleanno, mi può capire. Compro il vestito nuovo, le scarpe, le fedi dal mio amico Corrado, che me le confeziona con un rito particolare... tutti coloro ai quali le ha regalate hanno visto il loro matrimonio terminare in fallimenti, separazioni, divorzi... io preferisco pagarle. L'idea è di fare una cerimonia molto semplice, riservata a sei invitati: Nonnaferro, mia madre; Flavio e Marina, mio fratello e la sua consorte; Guido e Roberta, i genitori di Alessandra; Claudia, la sorella. All'ultimo momento, però, si aggiungeranno i miei nipoti Corrado e Leonardo e faranno capolino a sorpresa un paio di cugine.

Matrimonio civile alla Passeggiata Archeologica, cena al Grand Hotel, viaggio di nozze di ventiquattr'ore: andata e ritorno dal ristorante dell'hotel fino alla suite 236 dello stesso, offertaci come regalo di nozze. Da buon navigatore e viaggiatore, alle dodici in punto del grande giorno faccio la mia entrata in albergo con un programma ambizioso: mollare la piccola borsa con gli abiti del giorno dopo, una doccia, un massaggio, manicure e pedicure nel beauty center dell'hotel in modo da essere lindo e profumato per la cerimonia.

Mentre sono all'apice delle cure corporee, sul lettino, manipolato dall'esperta massaggiatrice, ricevo la telefonata di Alessandra. « Sei pronto? La macchina è già arrivata e io sto scendendo! » Sono le quindici, la sala comunale è prenotata per le sedici e io sapevo che la sposa solitamente arriva sempre in ritardo... « Veramente sto facendo un massaggio, ma appena finito vengo! » Le lacrime straripano dalla cornetta. Alessandra scoppia in un pianto disperato... sembra che io abbia irrimediabilmente rovinato il giorno più bello della vita alla mia amata futura moglie!

Manca un'ora, c'è tutto il tempo, ma non importa. Salto giù dal lettino completamente unto di olio canforato, m'infilo i pantaloni e sono già in ascensore, poi la maglietta e sono nell'atrio, le scarpe e sono nel parcheggio. Mentre stabilisco il record di percorrenza sul chilometro lanciato nel traffico di Roma, ho già telefonato a mia madre che mi aspetta nell'androne di casa sua, pronta con pantalone nuovo stirato di tutto punto, camicia immacolata, giacca, scarpe slip e... i calzini? «Dove hai messo i calzini?» «I calzini? Non li ho comprati i calzini!» Così arriverò al mio matrimonio trafelato, ma in anticipo, indossando le calze nere di seta a gambaletto di mia madre nascoste sotto il vestito buono.

Frammenti di vita, pezzi di esistenza, che si sovrappongono suonando armonie all'unisono. Ma è ora di partire, di andare al Nord, dove soffia il vento freddo.

5
LA PREPARAZIONE

Riportammo il *Tany Kely* a casa, al Circeo. Dopo oltre due mesi di navigazione tornavo a Roma.

La mia amica Paola una mattina mi telefonò. « Amedeo, ho trovato un locale a Trastevere! Con alcuni amici vorremmo aprire un posto particolare... ti può interessare? » Così cominciò l'avventura di Murales, il nostro locale.

Eravamo sedici soci e per prendere ogni decisione si indiceva un'assemblea/seduta psicanalitica/lotta politico-ideologica/sesso-collettivo! Servivamo una pasta e fagioli cucinata a turno, a mille lire al piatto, inclusa la birra. La foto di Mao troneggiava davanti alla tazza del WC!

Era l'epoca in cui Nanni Moretti, dall'altra parte di Trastevere, lanciava al Filmstudio il film autoprodotto in superotto *Io sono un autarchico*; l'epoca in cui ci incontravamo con Pepito Pignatelli del Music Inn, con Antonello Venditti e Francesco De Gregori al Folk Studio di Giancarlo Cesaroni; l'epoca in cui le donne aprivano locali femministi. L'epoca in cui tutti eravamo, più o meno, radicali-comunisti-incasinati e, soprattutto, idealisti e confusi.

In tre mesi il locale diventò il più « di tendenza » della capitale! Dario Salvatori scrisse, sul *Messaggero*, che eravamo il primo locale punk di Roma! Andammo a vedere sul vocabolario che cosa significasse: « spazzatura »! Gli telefonammo offesi, ma quando lui ci spiegò che cosa accadeva in quel momento a Londra, fummo contenti.

Successe di tutto in quello scantinato di via dei Fienaroli. Passava anche di tutto. E mentre il jazz, all'insegna di Charlie Parker, entrava nelle profondità della cantina di Trastevere, fuori, tra manifestazioni e bottiglie molotov, ammazzavano Giorgiana Masi.

Amori, musica e voglia di fare evasero dal Murales: cominciò l'Estate romana, con Renato Nicolini, assessore *d'assalto* alla Cultura del Comune di Roma. Si aprirono le danze, i parchi, i monumenti alla città e ai cittadini. Gli Intillimani suonarono alla basilica di Massenzio, che poi divenne l'arena cinematografica della Capitale: grande scandalo per i benpensanti.

E così, mentre il gruppo originale del Murales si cominciava a sfaldare, la musica cresceva e finì per traboccare dalla cantina di Trastevere nella città: nacque il Festival Jazz di Roma, che ci vide organizzare sedici edizioni, dal 1977 fino al 1992; poi Ballo Non Solo, Alla ricerca del ballo perduto a Villa Ada e tanti altri eventi.

Passai anche per un crac finanziario, a soli trent'anni: circa un miliardo di lire di *buco*! Mi rimboccai le maniche e in tre anni avevo scongiurato il fallimento e pagato tutti i debitori.

Diventai manager dei concerti di Miles Davis, Pat Metheny, B.B. King. Andavo con Alberto Alberti, mio amico, manager e mentore, due volte l'anno a New York, dove si pianificavano le tournée europee per l'anno successivo. Collezionai grandi successi... ma alla fine dell'estate prendevo la *Sorrentilla* e fuggivo per due mesi in Grecia, Turchia, Iugoslavia, per depurarmi, disintossicarmi dallo stress prima di tornare nuovamente al lavoro, al ritmo della musica...

Fino a quella sera allo stadio Olimpico.

Ero con te e Paco quando bagnammo la prua della *Sorrentilla* con le acque atlantiche. Ero con te e Corrado quando da Malta giungemmo in Sicilia. Ero con te e Giancarlo in Grecia, quando ci riposammo sotto gli ulivi. Ero con te e Vincenzo lungo le aride coste iugoslave. Ricordi quando nella tranquillità di Spetzai passammo una settimana soli, io e te? Fu unica e indimenticabile occasione nella quiete fraterna. Ero con te per mare ma anche in terra.

Ero con te quando salimmo al Campidoglio per la conferenza

stampa di Ballo Non Solo... una delle nostre creature, quella che ebbe maggiore successo... e nelle tante edizioni del Festival Jazz di Roma...

Ma ero con te anche quando precipitasti nell'insuccesso e mi ci trascinasti.

Fratello, ne abbiamo fatte di cose insieme, eh?

A terra: 4 gennaio 2004

La mia preparazione per affrontare la regata intorno al mondo consiste in un paio d'ore giornaliere di attività fisica, precisamente 60 minuti di marcia a 7 chilometri orari e circa 50 minuti di esercizi fisici, la maggior parte dei quali senza attrezzi, tesi a rendere più elastici, a stirare le articolazioni e i muscoli per correggere i difetti di postura. Oltre alla preparazione fisica c'è quella mentale, forse più importante: nella sfera della psiche le cose si fanno sempre più complicate. Per ora mi limito a trascrivere appunti, che mi fanno render conto di quanto superficiale e poco profonda sia la mia preparazione; a leggere qualche libro, come *L'atto di volontà* di Roberto Assagioli, che mi fa capire quanto poco conosco del funzionamento della mente.

Sono finite le abbuffate di Natale e Capodanno e i festeggiamenti per il mio compleanno. Sono davanti al mio nuovo PC e ascolto la BBC via Internet mentre preparo l'incontro con l'equipaggio. Cerco di concentrarmi tra mille pensieri. Ho vicino il mio *low fare ticket* per Londra, partenza 14 gennaio: mancano meno di dieci giorni e non ho ancora deciso l'approccio, essenziale per dare il via alla campagna (mi piace questa parola che sa di napoleonico!). Avevo buttato giù degli appunti da mostrare alla mia ex compagna di vita e di musica Federica, che in questo frangente ho soprannominato «Nostromo», perché mi sta aiutando nella delicata operazione, così come ha fatto in altre occasioni. Ieri mi ha fatto avere i suoi commenti e mi ha steso: devo ricominciare daccapo!

A terra: 6 gennaio 2004
Mentre il tappeto nero si srotola sotto i miei piedi a 7 chilometri orari, penso. C'è il televisore acceso che vomita rumori, paure confuse, allarmi, smielate, colori falsi... parlano del dollaro. Pure la radio saltella con me, a ritmo di *pompa-music*, ruttando rumori.

Ho il fiatone, e penso. Ricerca o fuga? Cerco l'acqua cristallina, l'aria pura, il silenzio, la voce del vento sussurrata. O fuggo da tutto questo casino? Affronto la natura forte e talvolta incazzata alla ricerca di qualcosa che non posso trovare. O scappo da tutto questo rumoroso ciarlare, da questa frenesia vibrante che non porta a niente e, soprattutto, che non sono in grado di governare? «La risposta è dentro di voi, ma è sbagliata!» dice un «vomitartista»! La risposta vera, pura, stilettata arriva da Carlo Verdone, con l'approvazione dello strizzacervelli: «Che cos'abbiamo contro la fuga? La fuga è un vero atto di coraggio! È facile ricercare, andare avanti, scoprire, mettere certezze su certezze una davanti all'altra. Difficile è scappare, correre via, senza freni, senza costruire nulla, senza chiodi da ficcare nella parete, ma solo canali scivolosi che non sai dove conducono».

Continuo a marciare con lo sguardo dritto nello specchio dei «nostri corpi, dateci oggi la vista anabolizzante quotidiana, amen...» e non ho la risposta.

Con Elisabetta, la mia personal trainer, ho concordato le azioni da intraprendere il 17 gennaio quando, a Londra, mi affideranno i diciassette membri del mio equipaggio *mangia-skipper*. Le azioni sono quattro: 1) li fotograferò; 2) fornirò loro un paio di cartelle, cercando di spiegare quanto sono stati sfigati a trovare uno skipper come me che, come se non bastasse, è pure italiano. In altre parole, come smentire il mio curriculum vitae; 3) farò riempire un formulario sulle attitudini personali: gli anglosassoni amano i quiz; 4) darò una serie di compiti a casa.

La lezione di educazione fisica sarà preparata con l'assistenza di Elisabetta. Quindi, al lavoro!

A terra: 13 gennaio 2004

La partenza per Londra si avvicina e il carico di lavoro aumenta. Ieri con Elisabetta, nella veste di preparatrice, Federica in quella di consulente e Paola, che è quasi una sorella per me, in quella di traduttrice, ho messo a punto le cose da fare in occasione dell'incontro con l'equipaggio. Questa è la lettera che consegnerò a tutti i membri dell'equipaggio, in occasione del primo incontro.

Cari naviganti, nel darvi il benvenuto a bordo voglio presentarmi, aggiungendo qualche dettaglio a quanto avete letto o saputo su di me, fornirvi un indirizzo di massima sugli obiettivi che ritengo primari per affrontare la Global Challenge e, più di ogni altra cosa, avviare fin da subito la preparazione personale e di gruppo per questa impresa. Ho cominciato a navigare sulle derive all'età di quindici anni e sono passato prestissimo sugli yacht di altura. A vent'anni ero skipper di un Sloop di 33 piedi e a ventidue ho partecipato alla quarta tappa della Whitbread, da Rio a Portsmouth, come marinaio, diventando navigatore nel corso della tappa. Ho navigato in molte parti del mondo sulle barche più disparate. Ho fatto quasi due giri del globo, sei traversate atlantiche e, soprattutto, ho trascorso gli ultimi dieci anni della mia vita, undici mesi su dodici, a bordo d'imbarcazioni a vela e a motore, classiche e moderne. Ma qualcosa mi accomuna a tutti voi o a quasi tutti: non ho mai doppiato capo Horn. La mia vita è cambiata a quarant'anni, quando decisi di partire per il Rally Around the World, lasciando la mia attività imprenditoriale. Ed è cambiata ancor più tre mesi fa, quando ho vinto la selezione come Global Challenge's Skipper e, a quarantanove anni, ho deciso di sposarmi e di avere un figlio subito prima di partire per quest'avventura. Credo fermamente che ci siano molti modi per essere buoni marinai, ma noi penseremo a non fare danni a noi stessi e alla barca sulla quale navigheremo; penseremo a nutrirci e a riposare quanto meglio potremo; cercheremo, insieme, l'armonia con noi stessi e con gli altri, con la barca, con il vento e con il mare, che consentirà a quest'avventura di cambiare profondamente e in meglio la nostra vita. Per affrontare nel modo migliore la Global Challenge dobbiamo bruciare le tappe e, compatibilmente con la disponibilità di ciascuno, iniziare fin da subito la nostra preparazione fisica, mentale e, soprattutto, di gruppo. Dobbiamo cercare d'incontrarci tutti almeno tre volte al mese; entrare in comunicazione l'un l'altro via Internet già da adesso... Varerò inoltre alcune iniziative da intraprendere a livello personale e di gruppo. Sarà un'avventura unica per tutti noi! La porteremo avanti con coscienza e leggerezza nello stesso tempo, approfondiremo per elevarci, faticheremo per riposarci, patiremo per gioire e alla fine riusciremo a ottenere la soddisfazione che solo l'esecuzione armonica di un'opera può dare. Tutto ciò sarà possibile se nessuno di noi prenderà una stecca, quindi iniziamo a pensarci come un'orchestra, come un tutt'uno e non come individui e cominciamo la ricerca della nota perfetta: noi, la barca, il vento e il mare all'unisono. Diamo inizio alla nostra navigazione, mollate gli ormeggi marinai!

6
ANNUNCIO ALL'EQUIPAGGIO

Questa è *La ballata del mare salato* di Corto Maltese, o di Hugo Pratt, se preferite: «Il profumo del mare era intenso, pungente, arricchito di tutti gli umori scaturiti dalle profondità dell'oceano. Quell'aroma si insinuava nelle narici, dilatava i polmoni e li caricava della sua energia vitale».

Domani mattina parto per Londra, dopo tre ore di training-discussione con Elisabetta e una serata a teatro: Antonella Laganà al teatro Brancaccio recitava nel *Malato immaginario* di Molière. È stata una buona occasione per salutare Peppe e tanti altri amici che non vedevo spesso.

Arrivo a Londra e a mezzogiorno mi fanno un sacco di foto con gli altri undici skipper. Ci sono molti giornalisti e si finisce, come il solito, al pub a bere birra.

A terra: 14 gennaio 2004

In occasione del Salone nautico di Londra sono stati riuniti tutti i volontari iscritti alla Global Challenge. In una sala riservata, sono stati estratti gli equipaggi e sono stati abbinati agli skipper e agli sponsor che hanno voluto ufficializzare la loro presenza in quella sede. L'abbinamento è definitivo, nessuno potrà più chiedere di cambiare barca, equipaggio o skipper.

Per gli equipaggi, l'assegnazione dello skipper con il quale dovranno circumnavigare il globo e convivere per oltre un anno è un momento particolarmente importante. Per lo skipper, altrettanto. Infatti, è dimostrato che la cultura, lo stile e lo spirito di gruppo fanno la differenza nella performance della Global Challenge. Quindi il *team building* e, in particolare, la prima impressione sono fondamentali per la riuscita dell'impresa.

Per l'incontro d'apertura ho ipotizzato le seguenti azioni:

- invitare lo staff a cena in un ristorante italiano. Mi presenterò tramite una lettera a tutti i componenti dell'equipaggio e, una volta seduti a tavola, prima di cena chiederò a ciascuno di presentarsi con un breve discorso. Io prenderò appunti, annoterò le motivazioni che li hanno spinti a partecipare a quest'avventura e farò scattare una foto a ognuno mentre si presenta;
- terrò un breve discorso introduttivo con i temi esposti nella lettera di presentazione e darò loro la mia disponibilità per esaminare situazioni o esigenze particolari, spirituali, religiose, dietetiche eccetera. Lascerò che formino spontaneamente, in base alle proprie attitudini, dei gruppi di lavoro: uno sulla preparazione fisica, un altro sull'alimentazione e la medicina alternativa e quello più delicato sulla preparazione mentale;
- per finire, prima di fissare la data del prossimo incontro, lancerò due iniziative di gruppo: una consisterà nell'indicare entro una settimana il libro da portare «in caso di naufragio su un'isola deserta». Poi sceglieremo i nove libri che costituiranno la biblioteca di bordo, durante questo giro del mondo; e ancora, farò aprire un forum su Internet per tutti i membri dell'equipaggio, che dovrà essere coordinato a turno.

Sto ripassando mentalmente il da farsi, quando arriva una telefonata: Chay presenzia a un pranzo con dei potenziali sponsor e vorrebbe che uno skipper della Global dicesse due parole dopo il pranzo. «*Can you do it Amedeo*?» mi chiede. «*Yes! Why not!*» gli rispondo. Se non vi preoccupa il mio inglese, per me va bene.

Giacca, cravatta, pantaloni stirati, la stessa mise che indosserò la sera per il *Crew Announcement*, mi ritrovo col microfono in mano a raccontare di quando Lenny, il mio uragano al contrario, mi affondò il *Pandora* al largo di Saint Martin nel 1999. L'uragano si muoveva al contrario, verso est, e io e il comandante di una nave militare inglese commettemmo lo stesso errore di previsione: per sfuggirgli, andammo verso sud-est. E Lenny pure.

Uragani al contrario, giri del mondo al contrario, gioco un po' sulle parole e intrattengo per qualche minuto gli ospiti. Poi attacca Chay e racconta di quando era in procinto di attraversare l'Atlantico a remi e, salito a bordo della lancia per la prima volta, qualcuno dal molo gli sussurrò che doveva girarsi spalle alla prua...

Il pranzo finisce, tutti sono soddisfatti e io stupefatto: ho parlato in inglese a una platea di businessmen!

A terra: 18 gennaio 2004

Il *Crew Announcement*! Provate a immaginare uno skipper al quale stanno per affidare, dopo un anno di selezione e training, i suoi quindici emeriti sconosciuti membri dell'equipaggio per fare il giro del mondo! E poi, provate a immaginare quindici marinai o neomarinai che hanno sottoscritto e pagato quattro anni prima la partecipazione a questa circumnavigazione, che stanno aspettando che gli assegnino la barca e uno skipper con il quale vivranno oltre dodici mesi a contatto di gomito. Be', questo momento, il primo incontro, è avvenuto ieri sera al London Boat Show.

La cronaca? Atmosfera elettrizzante e cerate gialle della Global Challenge che si aggiravano fin dal mattino per i corridoi affollati del Salone nautico. I bar che spillavano ettolitri di birra scura per le gole assetate dei marinai. Il tutto in un crescendo di tensione e d'eccitazione, che hanno raggiunto il culmine quando, radunati tutti i componenti degli equipaggi in una sala, i nomi di questi ultimi sono stati proiettati su un maxischermo e sono stati associati agli skipper.

Poi, l'incontro, i sorrisi, le strette di mano, le T-shirt, la foto di gruppo e via, a cena nel ristorante italiano Amerigo Vespucci di Canary Wharf, dove Giovanni, il titolare, ci ha accolti entusiasta: aveva conseguito da poco la patente nautica e si era comprato una barca l'anno precedente, per vivere il mare. Vino, pasta, buon cibo, allegria e presentazione di tutti a tutti. L'avventura era iniziata!

A notte inoltrata ci siamo ritrovati ubriachi, skipper e marinai, nella hall dell'albergo dove alloggiavamo: era stata una giornata estenuante, carica di emozioni e tensioni, ma eravamo soddisfatti, eccitati e determinati!

A terra: 23 gennaio 2004

Tutto comincia ad accelerare. Ho incontrato per la prima volta diciassette persone, che ho portato a cena: ho offerto ben sedici bottiglie di vino rosso di buona qualità, che hanno vuotato le mie tasche ma rallegrato gli animi di tutti. Poi siamo andati al pub, dove altri marinai alticci rotolavano sulla pista da ballo, tutti in qualche modo legati, provenienti dalla o destinati alla Global Challenge!

Qualche domenica prima a Fiumicino, il comandante Pierpaolo Juan, che mi ha rilasciato la patente nautica il secolo scorso e che mi ha insegnato i primi rudimenti della vela, mi aveva detto: «Perché non le poggi sul tavolo e gli dai delle martellate sopra? Dev'essere meglio che fare il giro del mondo controvento!» Detto da lui, non era stato proprio incoraggiante...

Il mio equipaggio non si rende assolutamente conto di cosa stia per affrontare, ma sono tutti superattivi! Mi sommergono di e-mail, telefonate, appuntamenti, comunicazioni! Insomma, mancano ancora otto mesi alla partenza, ma è come se fossimo agli otto minuti prima dello start.

A bordo: 24 gennaio 2004

Fra i tanti libri passati nelle mie mani mentre sono alla ricerca di quello da proporre per la biblioteca di bordo, ne trovo uno di Einstein, *Come io vedo il mondo*. L'ho aperto a una pagina qualsiasi e, combinazione, leggo questo passo: «Ma in ogni caso c'è un altro grado della vita religiosa, sebbene raro nella sua espressione pura, ed è quello della religiosità cosmica.

Essa non può essere pienamente compresa da chi non la sente perché non vi corrisponde nessun'idea di un dio antropomorfo... Troviamo uomini penetrati di questa religiosità superiore e che furono considerati dai loro contemporanei più spesso come atei, ma sovente anche come santi... »

Mi è venuto in mente qualche giorno fa, quando il mio amico Pasquale mi spiegava che il modo migliore di conoscere le stelle è guardarle stesi per terra e lasciarsi penetrare dal mistero che emanano, dalle domande inquietanti e luminescenti che ci pongono sul da dove veniamo, dove andiamo, chi siamo...

A terra: 27 gennaio 2004

Ho trascorso la mattinata a guardare, ricordare e memorizzare tutti i membri dell'equipaggio, i miei marinai o, forse, i miei compagni di viaggio. Ho osservato i volti sulle foto, riletto gli appunti che avevo preso durante la cena a Londra. Sono tornato con la memoria alle sensazioni provate, a come li avevo sentiti a pelle.

Adesso ragiono, penso, butto giù annotazioni, idee e assisto al loro scambio di e-mail, d'impressioni: non ho mai fatto questo lavoro sui miei partner, per me è tutto nuovo e interessante. Sono un buon gruppo e forse, tra loro, pochi hanno davvero un carattere difficile.

Nel pomeriggio mi sono incontrato con Elisabetta per elaborare la strategia in vista della prossima riunione a Londra. Ho già affidato compiti operativi: a Ruby i corsi teorici, a Grant il forum su Internet, a Hugh le comunicazioni, a Rob la prevenzione incidenti...

Quindi, ho ricevuto un po' di telefonate di potenziali marinai. Le cose cominciano a muoversi, l'elefante si desta!

A terra: 31 gennaio 2004

Abbiamo cominciato a lavorare in gruppo. La prima cosa che avevo chiesto loro di fare era stata quella di scegliere un libro ciascuno da portare intorno al mondo; il gioco prevedeva anche, per mancanza di spazio ed eccesso di peso, di ridurre il numero totale dei libri da diciassette a nove.

Incredibile, ma vero. In dieci giorni, diciassette persone sono riuscite a mettersi d'accordo e a selezionare nove libri! Sono in inglese e il mio *Meditazioni di Marco Aurelio* è stato scartato: nel prossimo incontro a Londra scoprirò con quale criterio e al costo di quali lotte clandestine hanno fatto la loro scelta!

Poi, poiché tutti pensano che sia uno scherzo, dirò che questi sono gli unici libri che saranno ammessi a bordo, salvo che tutti i marinai non li leggano prima della partenza. Ecco la lista:

Douglas Adams, *The Hitchhiker's Guide to the Galaxy*
Dan Brown, *The Da Vinci Code*
Jilly Cooper, *Riders*
Stephen Hawking, *A Brief History of Time*
Jon McGregor, *If Nobody Speaks of Remarkable Things*
Pear's Encyclopaedia
Joe Simpson, *Touching the Void*
J.R.R. Tolkien, *The Lord of the Rings Trilogy*
The Complete Works of Oscar Wilde

7
ROMA-PLYMOUTH

A terra: 9 marzo 2004
Grande meeting di quasi tutto l'equipaggio a Roma! Con mia grande sorpresa dodici dei quindici marinai della barca sono atterrati a Roma venerdì sera. La barca è in cantiere a Plymouth per le ultime modifiche, mentre io e tutto l'equipaggio continuiamo il nostro *team building*... in altre parole, facciamo gruppo. Il «fare gruppo», la squadra, dopo un lungo approfondimento è diventato il motivo conduttore della nostra preparazione, convinti come siamo che sarà l'elemento chiave del nostro giro del mondo.

Quante cose sono cambiate da quando, appena due mesi fa, ero tutto concentrato su me stesso e sulla mia performance...

Ho alloggiato tutti a Trastevere, in una piccola pensione. Abbiamo snocciolato per due giorni, durante il weekend, meeting e dinamiche di gruppo, pranzi e cene, sessioni di preparazione fisica e mentale, spostandoci con le quattordici biciclette che avevo noleggiato. Ho terrorizzato i membri della mia squadra, facendo loro attraversare l'enorme corsia di piazza Venezia, di notte, nel traffico del sabato sera, con le biciclette e senza luci! Li ho anche portati in una palestra in piazza di Spagna e, con l'aiuto di Elisabetta, si sono immersi in una sessione di preparazione mentale e stretching che li ha letteralmente scioccati! Fare le cinque del mattino venerdì al Testaccio Village e poi, da soli, il giorno dopo, in giro fino alle quattro per Trastevere, sono stati altri due validi test dei turni di quattro ore che praticheremo a bordo.

Abbiamo eletto Selarum nostra sede per le riunioni, un bar gelateria unico nel suo genere: la sua collocazione, in uno dei rarissimi giardini di Trastevere; il suo stile soffuso, con la musica brasiliana dal vivo in sottofondo, i muri verniciati con le «terre» e le sedie di vimini lo avevano reso famoso. Adesso è vuoto e ci ospita, facendo da quinta alle nostre concitate riunioni. Sono incontri nei quali ci riempiamo della sensazione di essere un team unico. Forse il più originale, cosmopolita gruppo di pazzoidi disposti a mollare tutto – casa, famiglia, lavoro – per oltre un anno e a spendere trentamila sterline per vivere la più scomoda, pericolosa e dura regata intorno al mondo.

Il nostro team, il migliore della flotta, dava così vita alla SQUADRA. Era questo il nostro nome provvisorio...

Sebbene cominci a godermi le cose della vita con una nuova consapevolezza, non riesco bene a distinguere presente e passato. Talvolta alle tre del mattino, perso nel mio ballare in una discoteca tra ragazzine e ragazzini, mi chiedo solo per un attimo se sono ridicolo... Ma non mi rispondo, perché di questo non sono consapevole. Invece, mi piacciono e sono consapevole delle cose che succedono intorno a me, di come le percepisco ora, vale a dire più profondamente; di come riesco ad arrivare alla loro vera essenza e di quanto mi sia impossibile spiegarla.

Adesso che sto allenando, preparando e formando la squadra, attorniato da ragazzi e ragazze che vogliono sapere, apprendere, imparare come si fa, non ho quasi nulla da dire. Non mi capiscono... L'«essenza delle cose», come la descrivi? Mi limito a far gesti e a pronunciare incomprensibili parole in inglese... Poi li lascio fare... Che imparino da soli!

Per questo ballo. E quando ballo sono come loro, ho la stessa età. Ballo bene e non me ne importa un fico secco di quanto a loro possa sembrare vecchio.

Anche quando decido che andrò a fare un giro del mondo controvento, mica ci penso che ho quasi cinquant'anni, che mi stanco e che non sono in forma... Nuoto, corro, pedalo e sono meglio della metà di loro, che hanno la metà dei miei anni. Ed è vero! Oppure no? Chissene...!

A terra: 24 marzo 2004

Plymouth è il più grande porto militare e commerciale dell'Inghilterra. Nel cantiere della Challenge ci sono dodici barche identiche: nove sono già in acqua e tre ancora nel capannone per gli ultimi ritocchi. Decine di tecnici, ingegneri, ex marinai, ragazzi e ragazze si affaccendano negli uffici.

Arriviamo, io e gli altri skipper, in una mattina ventosa, con mare forza 9 nella Manica. Cominciamo i corsi d'introduzione alle barche e a tutto ciò che a esse è connesso: manutenzione, approvvigionamenti, riparazioni, ricambi, tecnologia. Sorseggiando un caffè, ci presentiamo velocemente, durante una riunione di mezz'ora con Andrew, il capo che presiede alla ricostruzione e alla preparazione delle barche. Quindi, iniziamo la prima lezione, che verte sulla manutenzione di impianto idraulico, pompe, winches e altre attrezzature.

Sono visibilmente emozionato: per la prima volta tocco con mano i pezzi della *mia* barca. Ci spostiamo nel magazzino. Ci presentano lo staff che terrà il corso di preparazione. Non vedo l'ora di scoprire i segreti più reconditi di queste barche! Mostri capaci di picchiare controvento per ventimila miglia! Arriva anche Alex, un agente immobiliare con moglie e due figli piccoli, un membro del mio equipaggio, l'unico, oltre agli skipper, autorizzato a partecipare alla scoperta delle barche.

Apriamo finalmente la porta dietro la quale si celano questi segreti... Ci ritroviamo davanti a una tazza del cesso della barca, danneggiata in una delle precedenti regate! Qualcuno spiega il suo funzionamento e perché si è rotta... Sono cominciati i corsi d'induzione! Evviva!

A terra: 2 aprile 2004

Dopo dodici mesi di selezioni, quattro di preparazione, corsi, meeting, training, sogni, deliri, prove di resistenza, finalmente sono salito a bordo della mia barca. Niente formalità, nessuna spiegazione, ma una forte emozione. È accaduto così, semplicemente, un pomeriggio. Qualcuno ha detto: «Be', adesso la barca è nelle tue mani. La responsabilità è tua».

E così, trascorsi sedici mesi da quando, nel novembre del 2002, mandai la mia domanda di ammissione, sono salito a bordo, da capitano dello scafo numero 47. Sarà una coincidenza, ma la sera stessa, dopo un mese di consultazioni, discussioni, elaborazioni, Michela, la nostra più giovane *crewgirl* del team di terra, ci regalava la magia di un nome: la squadra di diciotto scombinati nel cervello si chiamerà KUNACHI!

Questo è un nome che riflette alcuni dei nostri valori: in dialetto italo-calabrese *cunaci*, che è poi l'esatta pronuncia della parola, significa «pietra dura»; mentre per la popolazione indù, *kunachi* è il «vimini»: solida come pietra, la nostra barca, e un equipaggio flessibile come il vimini, che si piega ma non si spezza!

Un nome destinato a scomparire all'arrivo di uno sponsor.

A terra: 6 aprile 2004

Il *Cheyenne* è arrivato ieri sera verso le dieci nel marina di Mount Batten, a Plymouth. *Cheyenne* è il nuovo nome del *PlayStation*, il catamarano lungo 40 metri di Steve Fossett, che ha appena battuto il record di velocità nel giro del mondo senza scalo con equipaggio. Ha attraversato la linea del traguardo impiegando meno di sessanta giorni a circumnavigare il globo. Il traguardo era situato sull'estrema punta nordoccidentale della Francia. Il porto più vicino da raggiungere era Plymouth.

Tre colpi di cannone hanno salutato l'ingresso in porto

del catamarano. I razzi a mano di emergenza hanno illuminato i volti stanchi e felici dell'equipaggio. Quando finalmente si sono attraccati alla banchina, champagne e birra, abbracci e bambini. Un'atmosfera festosa per accogliere chi ha sfidato se stesso e il mare e rientra soddisfatto e vittorioso in porto.

Gli skipper della Global e io riflettevamo sul fatto che noi impiegheremo per percorrere una sola tappa quasi quanto il *Cheyenne* per girare il mondo! Viene da pensare a Jules Verne e ai suoi mitici « 80 giorni », ormai un sogno del passato anche per chi *corre* in barca a vela...

A terra: 20 aprile 2004

Finalmente *Kunachi* galleggia nel porto di Plymouth!

Con la sua scritta amaranto, anzi, color del vino, sulle fiancate, che sono per una barca a vela come i seni per una donna. Barca consegnata, avventura cominciata! Giovedì partiremo per Londra. Il Tower Bridge si aprirà appositamente per noi partecipanti. Faremo un paio di volte su e giù, tanto per molestare lo scarso traffico della mattina del Primo Maggio, e poi ci ancoreremo nel centro della City londinese, a Saint Katharine Dock. Parlo al plurale, perché ci saranno tutte e dodici le barche che parteciperanno alla Global Challenge, con i loro pazzi scatenati velisti non patentati, « cricisti » di mezza età ormai imbarcati!

Non penserete mica che per comandare una barca a vela di 23 metri serva saperla timonare? Assolutamente no! L'attività più difficile è il molto inglese *team building*, che in italiano suona come « costruttore di gentaglia », « palazzinaro di velisti », « abusivo del mare ». Insomma, *team building* è stare tutto il sabato chiusi in un ufficio in Saint James Street, nel centro di Londra, senz'aria condizionata perché i locali erano stati dati in prestito dalla società di un membro dell'equipaggio. La sera alle sette io ero distrutto per avere ascoltato dodici, dico dodici, velisti-alieni che parlavano inglese!

Mi sono presentato così: «Chiamatemi Margaret!» Come l'ex primo ministro inglese. Mi avevano accusato di scarsa autorità. Io, che sono mesi che sto studiando per essere meno autoritario, per riuscire una volta su cento ad ascoltare il parere del mio prossimo, per non interrompere gli altri prima ancora che accennino a parlare! Io, additato da sempre come un testardo!

Tutto si è concluso bene. Siamo finiti in un ristorante francese, dove, nell'attesa che si liberasse un tavolo, ci siamo resi conto che tra un *budget*, un *marketing plan*, un *project management* e un *volemose bene*, tutti eravamo un po' più vicini l'uno all'altro, che alla fine è l'unica cosa che conta.

A terra: 21 aprile 2004

La pioggia aumenta, il ritmo incalza: leva l'ancora marinaio che si parte! Ultimissime da Plymouth dove, mentre il *Cheyenne* si crogiola nel meritato riposo, io, il mio equipaggio e altre undici barche ci affanniamo negli ultimi preparativi prima del trasferimento a Londra. Intanto, una nota su domenica scorsa: William e Grant, due dei nostri, hanno preso parte alla maratona di Londra, che è un po' come quella di New York, una festa nazionale. William e Grant hanno terminato insieme la gara dopo quattro ore e dieci minuti tra gli abbracci dei genitori del primo, giunti dagli Stati Uniti, i nostri e anche quelli di qualche bella ragazza!

Durante il weekend siamo andati anche a una cena di beneficenza organizzata da Geoff. Questi aveva da tempo deciso di raccogliere fondi a favore di una scuola locale per disabili e Chay aveva aderito all'iniziativa. Così, sabato scorso, tutto l'equipaggio, inclusa Michela, arrivata dall'Italia, si è trasferito nella scuola in questione. Abbiamo servito vino, venduto biglietti di una riffa, messo in palio oggetti e, alla fine, abbiamo condiviso la soddisfazione di Geoff, che è riuscito a raccogliere quasi trentamila sterline. Non male per una cena di poco più di tre ore!

8

IL PONTE DI LONDRA

A terra: 1º maggio 2004

L'alba è appena trascorsa e dopo quarantott'ore di navigazione da Plymouth giungiamo sotto il Tower Bridge di Londra. Una piccola folla ci aspetta all'arrivo. Marco, il mio amico dei tempi del liceo, è sulla testa dell'albero, all'altezza del ponte che si apre al nostro passaggio. Mi aveva chiesto di salire a bordo in febbraio, quando ci incontrammo al solito ristorante con qualche amico per festeggiare il mio nuovo e importante incarico. Mi avevano ascoltato, facendomi complimenti ma domandandosi come avessi fatto a convincere gli inglesi che un italiano arruffone e notoriamente disordinato potesse istruire e comandare un equipaggio di non professionisti in giro controvento per il mondo! Marco, invece, incuriosito e affascinato, voleva provare e mi chiese di partecipare, anche per un breve trasferimento. Non capivo se scherzasse o facesse sul serio, ma gli proposi di prendere parte al primo viaggio, quello inaugurale.

Il 28 aprile alle 19.53 era con la sua borsa a tracolla davanti al bel *Kunachi*, ormeggiato all'inglese, alla banchina dello Yacht Heaven Club di Plymouth e mi chiedeva il permesso di salire a bordo.

Kunachi, quarantacinque tonnellate di acciaio, armate a cutter. Ha un albero di trenta metri; strallo di prua con garrocci per le quattro vele di prua; genoa, fiocco uno, due e tre; strallo intermedio con trinchetta e trinchetta da tempesta ingarrocciata. La cala vele a prua contiene anche quattro spinnaker: uno da 0,75 once, due da 1,5 e il flanker da 2,2. Un pozzetto sotto l'albero, chiamato *snakepit* per i chilometri di cime che vi si arrotolano: da qui, tramite i tre grossi winches, si comandano tutte le manovre. Tutte meno le scotte, che proseguono la loro traiettoria fino ai due pozzetti a poppa (quello principale, dove si manovra anche la scotta della randa, e quello del timoniere, dove arrivano le scotte della trinchetta). Maniche a vento, osteriggi: tutto in coperta è sovradimensionato e infonde una sensazione di robustezza.

Ma *Kunachi* è anche una barca da regata, maneggevole da timonare, molto bilanciata, sicuramente gran boliniera.

Dopo una cena trascorsa a ridere e scherzare sulla mia ricetta di fettuccine del comandante con avocado, formaggio e pepe, siamo andati a dormire. Ci siamo fatti una bella tirata fino alle cinque, ora in cui qualcuno sarebbe dovuto salire in testa all'albero per riparare la centralina del vento, il cui ripetitore in plancia non dava segni di vita!

A parte il fatto che non era l'unica cosa da aggiustare e gli operai a bordo in alcuni momenti erano più numerosi dell'equipaggio, ho avuto la conferma che in tutti i cantieri ci si riduce all'ultimo momento per terminare i lavori. Come a Fiumicino! Insomma, dovevamo salpare alle 7.00 e invece abbiamo preso il largo alle 9.10. Tutte le barche, in formazione davanti allo yachting club e con le bandiere a riva. Sky News, BBC e la telecamera della figlia di Marco hanno ripreso il saluto degli equipaggi e forse Nettuno, il dio del Mare, ci ha benedetto!

Ma queste sono veramente tutte piccolezze, come dice Marco, di fronte alla maestosità di *Kunachi* quando spiega le vele. Allora ci si dimentica di quello che è successo a terra, perché il vento comincia a fischiare tra le sartie, le drizze tese, l'albero e le nostre orecchie, creando quella dolce musica che tanto aspettavamo.

Chiudiamo le cerate, serriamo il bavero e sentiamo una vibrazione che elettrizza la pelle.

È la prima partenza. Oltre al freddo vento del Nord, che alza una piccola onda sotto costa, c'è una fitta pioggerella.

Qui la chiamano con un eufemismo «*very english, dumpy weather!*» ossia «aria umida, che scende dolcemente e che non dà molto fastidio!»

Marco ha conosciuto l'intero equipaggio: Hugh, Ben, Pat, Thijs, Geoff, Grant, Catherine, Kathryn, Dan, Rob, William, Duncan, Charlie, Joanne, Alex e Amanda. Sono quasi tutti inglesi, tranne un messicano, un'australiana, un olandese e un italiano, cioè io, il comandante.

Ognuno ha esperienze diverse nella vita, ma lo stesso sogno di andare per mare: chi per passione, chi per curiosità, chi per sfida e chi per cambiare un poco la vita, forse per darle un senso. A mano a mano che *Kunachi* prende l'abbrivio, le spiegazioni dei perché si dissolvono e un equipaggio prende forma. Ci accorgiamo che è così dalla notte dei tempi e che è stato così per migliaia di equipaggi. Il rito si ripete continuamente.

Rotta nella Manica, verso lo stretto di Dover. Appena usciti dalle acque calme di Plymouth, dove torneremo solo a giro del mondo terminato, facciamo rotta a est verso il Tamigi e Londra, schivando il traffico delle navi mercantili e delle petroliere.

Appena fuori, in mare aperto, La Manica ci riserva la prima raffica di vento. Ore 13.15: ventisette nodi di vento reale. Mare formato con onde fino a tre metri. Pioggia fitta ma non forte. Bolina con uno sbandamento di venti gradi. «Okay, ragazzi. Ho bisogno della vostra attenzione. È il comandante che vi parla. Siamo su questa barca tutti insieme per la prima volta. Dobbiamo diventare un gruppo unito, veloce nelle manovre e senza esitazioni. Ci troveremo spesso in condizioni difficili con tutto contro: il vento, il mare e la stanchezza. Sta a voi decidere se farla diventare una barca competitiva, che morde sempre e raramente scappa e ha il dovuto rispetto per il mare, oppure una barca da crociera con un equipaggio di mollaccioni in giro per il mondo. Questa è la nostra prima bolina, con vento a trenta nodi. Bisogna avere a riva sempre le vele giuste, questo significa un sacco di lavoro per tutti e qualche sbucciatura sulle nocche.

Diamo una mano di terzarolo alla randa e vediamo che cosa succede! »

Il resto è finalmente il piacere della pura navigazione, la prima volta con *Kunachi*, la *mia* barca; la prima volta nel Tamigi, su, fino a Londra; la prima volta con il mio equipaggio.

Abbiamo appuntamento con le altre imbarcazioni della flotta all'imboccatura del Tamigi alle quattro del mattino. Risaliamo come in corteo fino al ponte di Londra, che si apre al nostro passaggio. Amici e parenti venuti da ogni dove ci salutano. Siamo emozionati. Dobbiamo imboccare una chiusa subito a valle del ponte per entrare nel Saint Katharine Dock, trasformato in un moderno marina.

La manovra è difficile, a causa della corrente, e graffio lo scafo appena verniciato contro il moletto laterale che non ho visto. Mi incazzo con me stesso e col mio equipaggio, che non mi ha indicato l'ostacolo. Nascono le prime incomprensioni a bordo: mi rendo conto che il team ha una preparazione specifica elevata, ma non conosce le basi dell'andare per mare a vela.

A terra, poi, si aprirà la festa che ci inghiottirà. Sarà una settimana eccitante nel centro di Londra, piena di sponsor, amici, parenti, giornalisti, visitatori. « Eri a Rio nel '76 quando anche il *Gran Louis* partecipava al Triangolo Atlantico? » mi sentirò chiedere. « Certo. Ero sul *Tany Kely Marlboro*, perché? » Riconoscerò l'accento francese. « Io sono il nipote dell'armatore di quella barca in quella regata. Ricordo quando, da piccolo, mio nonno mi portava a bordo... » mi risponderà.

Ancora coincidenze, incontri in questo piccolo mondo di navigatori. Solo pochi mesi fa ero a Portofino a bordo del *Virtuelle*, a regatare per il Trofeo Zegna, e avevo come skipper Patrick Thiery, che era stato lo skipper del *Gran Louis* in quella regata, nel Triangolo Atlantico. Il più giovane tra gli skipper oceanici: aveva solo ventun anni. Così, dopo ventotto anni, un cerchio fatto di armatore, skipper e marinaio si chiude intorno a noi, raminghi sul mare.

La festa finisce, riprendiamo il mare diretti a Southampton. L'Ocean Village Marina sarà la nostra sede per i prossimi sei mesi; il Solent sarà la nostra palestra di preparazione e l'isola di Wight la meta dei nostri weekend.

La prima esperienza di navigazione con il *Kunachi* è appena terminata, ma il primo ammutinamento è nell'aria.

Siamo appena entrati in porto a Southampton, il tempo di ormeggiare e capisco che qualcosa non va. Nel vano motore una batteria è esplosa con fuoriuscita di acido, il motore non si arresta, l'acido ha corroso i cavi elettrici preposti allo spegnimento. Dobbiamo aprire e interrompere il flusso di gasolio che lo alimenta con un'operazione manuale.

Conosco perfettamente il motore Perkins, ne avevo due identici sul *Cheone*. Così chiamo William per mostrargli come fare. Il mio inglese non è ancora all'altezza e la sua paura dettata dall'inesperienza fa il resto: nasce un equivoco, ma è solo un sintomo che non capisco. Più tardi, tutti insieme, faremo il debriefing della navigazione, discutendo su che cosa era andato bene e cosa no, cercando di capire dov'era possibile migliorare... Percepirò della negatività, chiederò lumi, chiederò fiducia, ma non otterrò risposte.

Arriva finalmente un periodo di riposo, dopo dieci giorni intensi di vita a bordo, spesi nel trasferimento da Plymouth a Londra prima e da Londra a Soton (Southampton) poi. Ci salutiamo. Domani andrò a Roma: Alessandra entra nel nono mese di gravidanza e io ho quattro giorni di break dalla barca.

Mi sono appena svegliato, è il primo giorno a casa, accanto al pancione di Alessandra. Suona il telefono, appare una chiamata dall'Inghilterra. «*Hi Simon. Yes, tell me!*» Ascolto stupito: quattro membri del mio equipaggio hanno scritto alla Challenge chiedendo ufficialmente le mie dimissioni da skipper di *Kunachi*!

Diario di bordo: 7 giugno 2004
Round Britain & Ireland Challenge, regata no-stop attorno a Inghilterra, Irlanda e isole Shetland. Le barche, solo otto, sono le stesse che partiranno per il prossimo giro del mondo al contrario il 3 ottobre. Anche gli skipper sono gli stessi. Gli equipaggi, invece, sono differenti: tranne Geoff, Thijs e me, ci sono altri dodici sconosciuti appassionati velisti con i quali circumnavigheremo la Gran Bretagna.

Si gira in senso orario. Partiamo da Southampton il 30 maggio, dopo una settimana di preparazione della barca e dell'equipaggio. Io sono un po' teso e me ne rendo conto. Alessandra è in procinto di partorire, sono andato a trovarla per un giorno solo, ieri l'altro. Ho atteso quarantanove anni prima di fare il mio primo figlio... L'equipaggio è disorientato dallo skipper italiano, passionale e che non parla perfettamente inglese.

Si parte e in Italia la notizia della regata è attutita dalla molto più sponsorizzata Transat, la traversata dell'Atlantico, in cui gareggia anche Giovanni Soldini.

Arriva il momento della partenza... emozioni contrastanti... la bandiera s'incattivisce nello strallo di poppa, il cavo di acciaio che sorregge l'albero dalla poppa della barca. Perdiamo minuti preziosi, ci distraiamo, partiamo male, penultimi. Mi metto al timone, inviperito, e dopo due ore di bordi tirati, di bassifondi rasentati, passiamo secondi. Ci dirigiamo a ovest, verso l'uscita della Manica... arriva la notte, poi il giorno, poi la notte.... Giovanni Soldini, che è partito ventiquattr'ore dopo da Plymouth, ci sfila davanti con il suo trimarano leggero come una piuma. Lo chiamo per radio, ma non mi sente.... La notte mi confondo con le correnti e siamo di nuovo dietro.

Mi svegliano le risate del mio equipaggio a tavola: sarà una bella giornata. Mi siedo e chiedo il mio porridge per colazione. Mi rispondono che è ora di pranzo e che c'è il cuscus. Sono le dodici: cambio del turno. Ho perso il senso del tempo. La notte a 62 gradi di latitudine nord non esiste. C'è sempre una luminosità opalescente che oscilla tra il post-tramonto e la pre-alba. Ieri ho cazziato il turno Romeo per mancanza di passione, dedizione e spirito di sacrificio! Harry è scoppiata in un pianto dirotto e io mi sono sentito una merda. Con un tatto tutto inglese ho trattato invece il turno Alfa. Durante tutta la notte abbiamo recuperato posizioni, con una bolina tirata a trenta nodi di vento. Il buon umore del mio equipaggio mi mette in condizione di fare la mia prima scelta coraggiosa. C'è una bassa pressione in arrivo e invece di andare verso l'Irlanda, per la rotta più breve, tiro dritto in direzione ovest... Prendiamo il vento per primi, ci lasciamo dietro cinque barche, risaliamo verso la testa della regata.

Siamo terzi quando abbiamo appena doppiato *Mother Fucker*. Muckle Flugga è il capo più a nord del Regno Unito ed è una specie di mito da queste parti, come lo era capo Nord per me da ragazzo. *Kunachi* è all'inseguimento di *BP* e di *Team 7,* del mio amico Clive.

A nostra volta siamo inseguiti da *Barclays*, uno scafo sponsorizzato da una prestigiosa banca. Questo mi preoccupa un po' meno, perché per tutta la vita sono stato alle prese con le banche!

Mentre siamo all'inseguimento delle due barche che ci precedono, sento il bisogno di telefonare a casa: Alessandra non risponde, è in clinica, sta partorendo con dieci giorni di anticipo! Virgilio ha deciso di non aspettare il ritorno del padre per nascere. Figlio di un marinaio! Alessandra mi ha regalato il mio primo figlio! È mercoledì 2 giugno, il giorno della Festa della Repubblica. Alessandra ha portato avanti la gravidanza da sola in questi ultimi tre mesi, mentre io ero in Inghilterra. Virgilio è nato con parto naturale e senza dubbio Alessandra, nonostante sembri un « confetto », come la chiamo io, è decisamente forte.

Nel frattempo, ho preso confidenza con la barca e con l'equipaggio e ho acquistato sicurezza in me stesso. Ma nonostante ciò, perdiamo terreno... Ci avviciniamo alla Scozia, giriamo il punto più a nord del percorso, a oltre 62 gradi di latitudine nord, dove non fa mai buio durante la notte... Quando gli inseguitori stanno per raggiungerci e perdiamo il contatto con le due barche davanti a noi, m'incavolo, strillo, sbraito, mi appassiono... spavento il mio equipaggio, che però reagisce: percorre centodieci miglia in undici ore e ancora una volta mi dà il coraggio e la fiducia per un'altra decisione rischiosa.

È previsto il vento da est, inusuale, raro, impossibile in queste condizioni. Io ci credo, me lo succhio, lo invento, me ne vado quaranta miglia più a est di tutti. Arriva e lo prendo per primo, gli altri sono fermi, io invece volo guadagnando quarantacinque miglia!

Arrivo tardi all'appuntamento radio, faccio appena in tempo a dare la mia posizione, a chiedere quella delle altre barche e... Siamo primi! *Kunachi* è in testa. Adesso diventa veramente difficile.

Nessuno capisce la nostra scelta vincente finché non arriviamo nello stretto di Dover ed entriamo per primi nella Manica con una manciata di miglia di vantaggio. Le nostre barche sono tutte identiche: stesso scafo, stesse vele, stessi strumenti, stessa velocità.

Comincia un appassionante duello tipo Coppa America tra noi e *BP*, che ci inseguirà per sedici ore. A sei ore dall'arrivo la guerra di nervi e lo stress si cheteranno: opteremo, infatti, per un bordo che risulterà sbagliato.

Arriviamo dietro il primo scafo, a distanza di circa venti minuti, dopo avere percorso oltre duemila miglia. Siamo sul podio, ma soprattutto siamo l'equipaggio più sorridente e soddisfatto all'arrivo. Io sono raggiante: soltanto un altro italiano, Carlo Di Mottola, partecipò e vinse questa regata. Fu venticinque anni fa.

Non c'è bisogno di aspettare la premiazione, mi mettono su una macchina e, ancora bagnato di champagne, mi portano all'aeroporto... C'è un volo per Roma e un figlio appena nato che mi aspetta!

9

REGATA DI QUALIFICAZIONE

Diario di bordo: 4 luglio 2004

Mentre tutti si apprestano a partire con la famiglia o senza, mentre i bambini vanno al campeggio o magari alla scuola di vela di Caprera, oppure verso altri luoghi ameni, villaggi turistici, barche a noleggio, case al mare, *noi* salpiamo di nuovo.

È cominciata la regata di qualificazione per il giro del mondo. Nonostante *Kunachi* e il suo skipper abbiano partecipato e quasi vinto il Giro d'Inghilterra, il nuovo equipaggio selezionato tra persone di ogni provenienza, nazionalità, età, deve provare a se stesso e alla Challenge Business, cioè agli organizzatori, che è in grado di muoversi da *zeros a heroes*.

Dunque, ripartiamo. Siamo dodici barche, dodici skipper e duecentotrenta persone d'equipaggio, tutti dilettanti. Il percorso è segreto e ci sarà comunicato via satellite giorno per giorno. Comprese alcune simulazioni. Per esempio: « Avete disalberato, procedete con vele di fortuna! » Oppure: « Siete andati a fuoco! Tutti in coperta all'addiaccio ». E altro ancora, che aspettiamo di conoscere, ansiosi, per fare di questa prova la più reale emulazione di quanto potremmo incontrare nei terribili oceani del Sud.

Naturalmente la natura, come sempre, si fa beffe delle decisioni umane. Navighiamo, infatti, con un sole che spacca le pietre, il mare piatto come olio, una brezza che sembrerebbe leggera persino in Sicilia ad agosto e con trenta gradi centigradi. Tutti in costume verso Plymouth, il nostro primo waypoint! Ma nei prossimi giorni una bassa pressione ci regalerà condizioni ben più impegnative.

Diario di bordo: 6 luglio 2004
Il terzo giorno di navigazione usciamo dalla Manica in sesta posizione, dopo due giornate di vento variabile che ci hanno visti alle prese con spinnaker, strambate, incroci con altre barche. Abbiamo incrociato anche Dee Caffari, lo skipper al femminile di *Firm*, alla quale ho dovuto cedere il passo, per galanteria, ma soprattutto perché aveva la precedenza.

Questa mattina, finalmente, è arrivato un po' di vento e ci stiamo dirigendo verso la Fastnet, una roccia che spunta a sud dell'Irlanda e che ha dato il nome all'omonima regata. Nell'ultimo bordo sotto spinnaker abbiamo recuperato su *Firm* e continuiamo a essere in sesta posizione... Procediamo con due mani di terzaroli e venticinque nodi di vento sul naso. L'atmosfera a bordo è ottima. Il cibo è un po' scarso e cresce l'attesa per le manovre di emergenza che saremo chiamati a fare come esercitazione.

Lentamente, ci caliamo nei piccoli e grandi compiti quotidiani: il mondo intorno a noi si allarga a trecentosessanta gradi, ma si rimpicciolisce a bordo, nella routine dei turni, delle manovre, dei compiti. Ho anche il tempo di rileggermi un libro di Joseph Conrad. «Ah, quegli interessi commerciali che guastano la vita più pura che sia sotto il sole! Perché il mare deve essere adoprato per commerciare, e peggio ancora, per guerreggiare? Perché ucciderci e trafficarci sopra? Sarebbe stato tanto più bello navigarlo alla ventura, con ogni tanto un porto e un cantuccio di terra per stenderci le gambe, comprare qualche libro e variar di pietanze un pezzetto...»

Diario di bordo: 8 luglio 2004
Scivoliamo su un mare calmo alla volta della mitica Fastnet Rock e il bollettino mi sembra un po' irreale: «Gale force 9». In altre parole, burrasca forza 9 da nord. Scarico una cartina meteorologica dal computer di bordo e ne ho la conferma: stiamo andando dritti dritti in lavatrice, prelavaggio, lavaggio e centrifuga inclusi! Per fortuna la burrasca non ri-

sulterà poi così dura, soprattutto perché in questi giorni è accaduto di tutto.

Infatti, seppure per esercitazione, ci siamo confrontati con le esperienze più disparate.

Prima Ben si è rotto la schiena su un winch: lo abbiamo imbalsamato, curato dallo shock, trasportato sottocoperta e messo lungo sul paiolo. Ho chiamato il servizio di assistenza medica inglese di Falmouth, quello del comitato di regata e anche il CIRM (il Centro italiano radio medico), che ha risposto subito, mettendomi in contatto con il medico di turno. L'ho ringraziato in anticipo, spiegandogli che si trattava di un'esercitazione... Certo, è un bel conforto: telefono satellitare e medici disponibili ventiquattr'ore su ventiquattro per un consulto. Abbiamo finito di curare Ben e abbiamo dovuto ricominciare... Kathryn ha iniziato ad accusare giramenti di testa, sonnolenza, polso rapido; ci ha chiesto dell'acqua, dicendoci che aveva fatto un goccio di pipì molto scura... Con William e Pat, manuale di medicina di bordo, riusciamo a diagnosticare una forma acuta di disidratazione...

Ma non è finita: una volta curata Kath, ci avvisano via satellite che abbiamo appena urtato lo spigolo di un container caduto accidentalmente fuoribordo da un mercantile, procurando una falla allo scafo con il rischio di un affondamento! Con la plastica del parabordo e una tavoletta di legno tappiamo la falla, che per fortuna è sulla linea di galleggiamento; cambiamo bordo e ci dirigiamo verso il porto più vicino, dopo avere richiesto assistenza via radio all'imbarcazione meno distante da noi.

Ma non è ancora finita... Un'altra rottura! Questa volta è una delle valvole di sfiato di un serbatoio, che ci costringe a smontare mezza barca per arrivare al punto di riparazione.

Quando, finalmente, le condizioni del mare si calmano e ci prepariamo a rilassarci, si rompe, ma questa volta per davvero, la valvola del gabinetto, che si riempie di acqua di mare... Ma ormai siamo abituati a tutto... A quasi tutto.

Rientrando verso la Cornovaglia, sotto spinnaker, con il

vento che soffia a venti nodi reali, ricevo l'ennesimo messaggio via satellite: «*As soon as you read this message your steering system is gone!*» Traduzione: «Appena leggi questo messaggio il timone non funziona più!»

Ordino al mio timoniere di abbandonare la ruota e comincio convulsamente a dare ordini sull'ammainata di spinnaker senza timone... che bella giornata!

Il mare alla fine si calma davvero e possiamo ricominciare a veleggiare verso Plymouth.

Diario di bordo: 9 luglio 2004

Dopo un'intensa giornata nella quale abbiamo strambato con lo spinnaker una decina di volte, stiamo rientrando nel Solent. Ci attende la fase finale dell'ultima regata di qualificazione.

La scorsa notte, mentre dormivo saporitamente, anche grazie a una puleggia che mi aveva centrato in faccia durante una manovra, sono stato svegliato al grido di «*FIRE! FIRE! FIRE!*» Mezzo addormentato, sono salito in coperta, dove si è svolta quest'ultima esercitazione. Solo stamattina, ripercorrendo le azioni che si sono susseguite, ho scoperto che risultiamo tutti più o meno bruciati o assiderati!

Ho convocato l'intero equipaggio in coperta per una strigliata sulla sicurezza a bordo: pensano tutti di stare in porto e non si rendono conto di che cosa affronteremo realmente!

10

WEYMOUTH

A terra: 23 luglio 2004

Anche nel Sud dell'Inghilterra sta arrivando l'estate e tra una pioggerellina e l'altra spunta il sole. Mi ritrovo a bordo una dozzina di simpatici dirigenti d'azienda, manager, sales, clienti e fornitori delle società più disparate.

Mentre in Italia il charter individuale o per un gruppo di amici è il mercato più sviluppato, qui sono le aziende che occupano la fetta più grande. In breve, il meccanismo è questo: la Challenge offre alle maggiori aziende nazionali l'opportunità di utilizzare le barche della flotta come incentivo, vacanza, *team building* o semplicemente bonus ai clienti o invito ai fornitori. Si genera così tutto un movimento pseudo-aziendale intorno al marina. Noi, cioè lo skipper e tre membri dell'equipaggio, siamo coinvolti in quest'attività che si colloca a metà tra il charter di lusso, il *team building* e una giornata di avventura, che chiamiamo *corporate sail*.

Naturalmente, la quasi totalità degli ospiti a bordo non è mai andata in barca prima (ma a questo, ormai, ci sono abituato). In genere, però, sono giovani, simpatici, che si divertono, chiacchierano e ci fanno divertire come noi facciamo con loro.

Usciamo nello specchio d'acqua del Solent, tiriamo su le vele, facciamo bordi, virate, strambate, qualche regata con le altre barche della flotta... Insomma, ci scanniamo! E poi rientriamo in porto la sera.

Anche se all'apparenza può sembrare un lavoro noioso, è comunque utile, perché mi aiuta a conoscere sempre meglio e più a fondo *Kunachi*, i miei ragazzi e anche un mercato nuovo per l'Italia che magari può rappresentare un futuro...

Oggi, comunque, è giorno di riposo e andiamo tutti a scuola... Dopo che uno yacht inglese si è scontrato contro una nave nella nebbia della Manica perché a bordo non sapevano usare il radar, ci obbligano a frequentare un corso della Raytheon, una delle ditte leader nella produzione di radar, per scoprire tutti i segreti di quest'apparecchiatura, l'occhio elettronico di una barca o di una nave.

Diario di bordo: 4 agosto 2004

Stiamo navigando verso Weymouth. Siamo in quattordici a bordo. Abbiamo lasciato la banchina di Southampton a mezzogiorno, dopo avere passato la mattinata «a lucidare gli ottoni» di *Kunachi*... In realtà, è tutto di acciaio inossidabile.

Ci aspettano quattro giorni di allenamento. Abbiamo in programma di raggiungere Eero, il mio amico e antagonista, uno skipper finlandese, a Weymouth per l'appunto, per una giornata di match racing, in cui confrontare e calibrare uomini, vele e strumenti.

Siamo tutti un po' fuori forma, anche se questa mattina alle 6.45 eravamo, nessuno escluso, a fare jogging con Thijs, l'olandese del mio equipaggio, a cui ho affidato il compito di trasformare il fisico di diciassette sedentari businessman e studenti in quello di uomini (e donne) atletici e allenati per il duro compito che ci aspetta. Thijs li ha portati a correre, tutti tranne me, che seguo il programma di ginnastica posturale e stretching di Elisabetta, e Joanne, una delle quattro ragazze del mio equipaggio, che accusa dolori alla schiena.

Alla partenza, le prime manovre risultano ostiche e non riescono affatto bene. Sono quasi rassegnato ad andare incontro a una giornata improduttiva, ma poi, non so come, d'improvviso, decido che siamo tutti sordomuti! (Mi perdonino i disabili.)

Immediatamente tutti ammutoliscono e comincia la più buffa pantomima a cui abbia mai assistito nella mia vita!

Ci sono quattordici persone a bordo che si muovono in assoluto silenzio, che si incrociano con gli sguardi e che a questi rispondono con azioni precise e ben fatte. La barca e il suo equipaggio assumono un loro ritmo tutto speciale. Le manovre filano lisce: viriamo di bordo, strambiamo, navighiamo in uno stretto canale, ormeggiamo perfino accanto alla barca di Eero, nel bellissimo porticciolo di Weymouth, il tutto in assoluto silenzio. Gli animi sono leggiadri, felici, soddisfatti del risultato ottenuto e della balzana idea che il loro skipper ha avuto.

Pub e cena nella bellissima piazzetta di questo singolare porto chiudono la prima giornata di *race training*.

Ci avviciniamo alla partenza, mancano solo cinquantanove giorni.

A Ferragosto mi regalo due settimane di vero riposo al mare, a Tor San Lorenzo, vicino a Roma, insieme ad Alessandra e a Virgilio. Torno nella casa di famiglia, della mia adolescenza. Villetta al mare, classico prototipo di benessere degli anni '60 di una famiglia borghese. Ritrovo sotto l'ombrellone amici d'infanzia, la mia prima fidanzatina e le sue cugine. Tutti seduti sulle sdraio di un nuovo stabilimento che ha preso il posto della spiaggia libera e incolta dei nostri tempi. Ci salutiamo, ci scambiamo gli auguri di buona giornata e il programma del concerto serale. Intanto, osservo i ragazzi e le ragazze dell'età che avevo allora... È curioso: cerco segni comuni e non li trovo. Smetto di guardarmi intorno... Saluto anch'io, rievoco, scherzo e mi rendo conto che tutti i miei amori di allora hanno figli, e i loro figli sono più grandi di mio figlio. Ho saltato una generazione! Mi crogiolo al sole, indifferente, con Alessandra e Virgilio: in fondo, anche se i prezzi delle case sono aumentati, gli stabilimenti strutturati e i giovani tatuati e «piercingati», la spiaggia è la stessa. E io pure.

Forse è meglio essere un marito-padre-assente, a causa del mio imbarco, piuttosto che un marito-padre-presente-assente come succede ad alcuni. D'altronde, come facevano i marinai? Per me sarebbe assai peggio diventare padre presente-presente rinunciando alle mie pulsioni, alla realizzazione dei miei desideri, alle mie aspirazioni.

Di questo si parlava poco fa con Alessandra, mentre leggeva un libro sulle mamme e ragionava a voce alta sui prototipi di mariti. Io invece, distratto, comincio a sentire il bisogno di uscire da queste mura, di esaltare le mie energie, produrre, coinvolgere, darmi da fare... nel profondo di me, dove gli istinti fanno da padrone e c'è sempre mare mosso.

In momenti di calma piatta apparente, le due correnti sembrano contrapporsi – come l'avere un figlio e lo stare in giro pel mondo per un anno –, si sono dapprima sfiorate, poi incrociate e infine fuse in una scelta di vita che non è certamente tra le più ortodosse. Ma sono certo che mio figlio Virgilio, a tempo debito, lo capirà.

Torno in Inghilterra dopo una decina di giorni di vacanza. La nostra barca è andata in cantiere per gli ultimi ritocchi: due mani di antivegetativa e il controllo finale alle vele. Il mio equipaggio, sparso per il Regno Unito, è stato convocato per una riunione generale il 24 agosto. Mancano trentanove giorni alla partenza.

Mi presento a Southampton da Radleys, il ristorante del nostro incontro, con una T-shirt nera con su scritto RIGHT OR WRONG I AM THE CAPTAIN, e al mio ingresso tutti scoppiano a ridere... ho ritrovato il mio equipaggio! Siamo presenti in sedici su diciotto, è una bella media. Tengo un breve discorso prima di nominare i due *watch leaders*, coloro che si occuperanno di dirigere le manovre durante i turni. Ho preferito due capiturno al posto di un vice, o *first mate* in inglese, per il semplice fatto che il *divide et impera* funziona, specialmente con un equipaggio come il mio.

Sono appena tornato da giorni di relax totale: l'unico diversivo che mi sono permesso durante questo rientro in famiglia è stato quello di guardare le Olimpiadi di Atene in televisione e di leggermi un libro intitolato *Aria sottile*, sulla spedizione sull'Everest del 1996.

Il mio discorso all'equipaggio questa sera parte da due analisi: quella delle Olimpiadi, divise tra doping e spirito di squadra, fra tecnica e cuore, e quella della scalata dell'Everest, che presenta qualche similitudine con la nostra avventura. Entrambe, infatti, hanno uno sfondo commerciale oltre che sportivo e prevedono, accanto a professionisti del mare (o della montagna), dei partecipanti paganti. Nella vela oceanica non esiste il doping, credo semplicemente perché non esiste una sostanza capace di dopare un atleta per trenta, quaranta giorni in condizioni simili alle nostre. Come penso che non esista doping nella scalata di alta montagna. Le condizioni mentali in questi ambienti sono ben più importanti di quelle fisiche e molto più interconnesse tra loro.

Guardando le Olimpiadi ho anche capito che il cuore vince sulla tecnica, la volontà sulla prestanza fisica: l'età di Yuri Chechi, come l'altezza relativa dello svedese medaglia d'oro nel salto in alto lo dimostrano. Soprattutto lo dimostrano i quattro canottieri del « quattro senza »: quando sono partiti non c'era alcun pronostico a loro favorevole, erano membri di un club della capitale che non aveva mai vinto prima un titolo olimpico, eppure hanno conquistato il bronzo in una delle gare più dure e tecniche. Bravi! Uno di loro è musicista, vogare per lui è un hobby e tornerà presto a scrivere musica. Intanto hanno *suonato* una bella sinfonia.

Cerco di spiegare tutto ciò in inglese al mio equipaggio: mi dicono che hanno capito, ma so che dovrò tornare sull'argomento. Spirito di squadra, cuore, volontà, sana competizione sono i temi che devo iniettare dentro le loro anime.

L'insegnamento della spedizione sull'Everest è uno solo: il fatto che i partecipanti siano paganti non significa che non siano buoni scalatori, ma il fatto di pagare spesso deresponsabilizza, delega e demanda alla guida (allo skipper nel mio caso) o all'organizzazione... Così finisci per avere invece di diciannove scalatori che si aiutano l'un l'altro, diciassette scalatori che si appoggiano a due guide... e finiscono tutti al freezer!

Lo stato fisico e mentale di un marinaio, sia esso professionista o amatore, è essenziale ai fini della sicurezza personale, della prestazione nella regata e della riuscita dell'esperienza di navigazione in generale. Non ci sono molti trattati sull'argomento, esiste solo qualche articolo e qualche libro sulla preparazione fisica dei velisti, ma sempre focalizzato su atleti che praticano la vela su derive molto competitive, con elevatissime prestazioni fisiche ridotte nel tempo e con ampi periodi di recupero tra una regata e l'altra. Detto ciò, come Team Kunachi ci siamo posti l'obiettivo di raccogliere quante più informazioni possibili sull'argomento per elaborare una nostra strategia di squadra, pur mantenendo ciascuno la libertà di integrare la preparazione fisica e mentale personale.

Quasi subito, nel team sono emerse due persone appassionate e abbastanza competenti in relazione all'allenamento mentale, necessario per intraprendere undici mesi di convivenza in spazi e condizioni proibitivi, come quelli della Global Challenge. Abbiamo cominciato a scoprire test d'intelligenza emotiva, *belbin test* e altri strumenti di analisi che hanno relegato il vecchio quoziente intellettivo nell'archeologia delle prove attitudinali. La chiave di successo del nostro approccio è stata quella di trattare la preparazione mentale come un qualsiasi allenamento, con sedute periodiche, allenatori, un po' di disciplina e nessuna remora nel considerare la mente come un muscolo, con le proprie abitudini, i propri difetti d'impostazione e le proprie caratteristiche.

Sicuramente un ruolo significativo in questa preparazione l'ho avuto anch'io, come skipper-trainer con una tecnica molto personale, dettata dal mio istinto e dal mio intuito, supportati da fondamenti scientifici.

La mia personale preparazione mentale è invece stata la principale preoccupazione fin dal momento in cui mi hanno affidato una delle dodici barche per il giro del mondo. Certo, sono stato sottoposto anch'io a test attitudinali, a prove sulle dinamiche personali e di gruppo, ma sapevo fin troppo bene che una cosa è la performance in un ambiente che simula la realtà e un'altra è quella in cui si ha la responsabilità della vita, delle aspettative e delle aspirazioni di oltre venticinque persone coinvolte nell'avventura, senza alcuna esperienza del genere alle spalle!

Non ho mai considerato completa la mia preparazione in questo senso e, pur avendo letto qualche libro, nei mesi antecedenti la regata ho trovato anche in questo caso grande aiuto e giovamento in Charlotte, la mia amica pittrice, che ho eletto allenatrice e «vitamina spirituale», insieme a Elisabetta, la mia preparatrice fisica. Con Charlotte, nell'arco dei nove mesi di lavoro, ho affrontato una serie di stage che hanno spaziato dall'astrologia tibetana alla numerologia, dal buddismo alla musicologia. Senza limiti e senza preconcetti, abbiamo intrapreso un viaggio nel sensibile umano, ricco e interessante, che sicuramente mi ha rinforzato interiormente.

Io ed Elisabetta, invece, abbiamo cominciato con lo studiare il mio corpo e ricostruire una forma fisica accettabile: buttare giù la pancia e rimettere in movimento i muscoli, per esempio, con un'ora di marcia serrata tutte le mattine. Ma, soprattutto, abbiamo lavorato sull'elasticità più che sul potenziamento muscolare, con tre sedute settimanali di ginnastica posturale. E quando il corpo ha raggiunto una forma sufficientemente accettabile, abbiamo cominciato a lavorare sul cervello e sul management dell'equipaggio. Non voglio dare lezioni in questo senso, ma mi sento in grado di dire che una certa disciplina nel praticare simili allenamenti è stata senza dubbio decisiva per impostare la gestione dei rapporti con la squadra, anche se credo che ognuno debba poi scegliere personalmente la direzione verso la quale indirizzarsi.

11

KUNACHI VAIO

Forse non sono cose da scriversi in un libro, ma veramente stasera hanno superato il limite. Birra e piscio: questo è l'odore del pub inglese il sabato sera o nelle ricorrenze speciali come la Cowes Week, la settimana di regate internazionali che prende il nome della cittadina dell'isola di Wight.

Non dico che ubriacarsi o lasciarsi andare sia male: la vela, i pirati e le feste sono sempre andate d'accordo. Ma stasera hanno veramente esagerato! Cowes è bella: stradine affollate di marinai, ragazze, pub e... polizia. Mangiamo *fish and chips*, come quando avevo sedici anni, in mezzo alla strada. Entriamo nel Margherita, un bel locale gestito da un ragazzo greco. Si mangia bene, ci sono ragazze carine e bella gente.

Devo offrire un giro di birra per convincere il mio equipaggio a restare ancora un po'. Non capisco: bella musica, belle persone, e dopo soli dieci minuti dobbiamo andare? Sì, dicono che il Frog and Frigs sia il posto giusto... E invece l'aria è irrespirabile, il sesso «di quarta», i cocktail imbevibili. Ma il locale ha due entrate e questo è il motivo della scelta: portarmi dentro, farmi il brutto scherzo di scaricarmi e uscire dalla porta secondaria. Aspetto venti minuti, tra ragazze sconce e squallide... Forse mi hanno condotto qui pensando che possa avere un'avventura? Mastico amaro e me ne vado a dormire con un cattivo odore nelle narici.

Oggi finalmente è arrivata un po' d'aria nuova, indispensabile per noi velisti. Prima ho incontrato Ana, una mia ex collaboratrice che, con una valigia, il marito fotografo e il figlio Diego di sette anni parte oggi pomeriggio per trasferirsi in Mozambico. Piena di energie, avventurosa e coraggiosa come sempre mi ha dato una bella scossa: non è vero che sono diventati tutti paurosi e pavidi.

Mentre la stavo salutando, ho ricevuto la telefonata di un toscano che vuole partecipare alla Global Challenge, facendo almeno le prime due tappe. Ha detto niente! Da Portsmouth a Wellington via capo Horn con sosta solo a Buenos Aires! Mi è sembrato entusiasta, ma non parla inglese ed è preoccupato. Gli ho detto: « Be', hai sette mesi per impararlo. È una buona occasione! »

A terra: 5 settembre 2004

Questa mattina sono passato in ufficio prima dell'uscita giornaliera verso l'isola di Wight con degli ospiti di una compagnia assicurativa. Paul mi ha chiamato mentre prendevo il caffè. Lo raggiungo nella sala meeting. Mi comunica che la Sony, che ci ha fornito tutta l'attrezzatura digitale di bordo, ha intenzione di sponsorizzare totalmente la nostra barca con il marchio dei loro computer portatili: VAIO. Mi mostra anche il disegno che verrà dipinto sullo scafo e lo spinnaker: è bello e sinuoso, come le onde del mare. Lunedì mi daranno la conferma, ma mi sembra chiaro che finalmente abbiamo uno sponsor!

Da una parte sono felice, perché il marchio è prestigioso e il nome mi piace; dall'altra, penso alla sorte del nostro *Kunachi*, a tutte le battaglie e gli ostacoli che ha già affrontato e superato... Mi dispiace perdere questo nome, che significa tanto per me e per il mio equipaggio.

Essere lo skipper di *VAIO* sicuramente aumenterà il mio prestigio, perché oggi se non sei sponsorizzato sei una nullità, ma allo stesso tempo è come se mi togliesse una parte di verginità, di purezza in questa sfida e mi renderà più difficili i rapporti con alcune persone, che penseranno che improvvisamente disponga di risorse illimitate.

Così a caldo, ho la sensazione che *VAIO* mi porti verso il mondo reale, verso terra e non verso il largo, lontano dalla terraferma e dalle sue norme: del resto, se navigo è anche per sfuggire, per sottrarmi alle regole dettate dal mondo d'oggi, dove solo il denaro sembra avere un significato rilevante e dove non c'è spazio per altri valori che non conducano a esso e al suo potere.

Scelgo però di non sottrarmi al compromesso. In fondo Sony è anche musica, strumenti di comunicazione e ha fatto parte del mio passato di promoter musicale... è un po' come incontrare un vecchio amico.

A Tokio, proprio negli stabilimenti della Sony, stamparono per conto dell'etichetta musicale Riviera Record, di cui facevamo parte io, Federica Roà e Maurizio Giammarco, il primo CD indipendente prodotto in Italia. Era il 1981 e l'artista era il piccolo grande Michel Petrucciani! Ora una copia di quel raro album dal titolo *Estate* vale centinaia di euro tra i collezionisti.

Ricordo quando lo andai a prendere a Parigi. Avevo puntato molto su questo musicista di cui già si parlava tanto. Aveva una malattia congenita che gli avrebbe permesso solo una breve vita in un corpo deforme. Ma tutto in lui era vivo, vitale: la sua musica, il suo sorriso, i suoi movimenti da bambino capriccioso! Atterrai a Parigi per andare a prenderlo fisicamente dalle braccia di suo padre. Era la prima volta che si recava all'estero da solo, aveva poco più di vent'anni ed era un genio! Sul volo di rientro mi sommerse con la sua voglia di vivere e con la sua energia... lui così fragile, così piccolo da dover usare una prolunga di legno costruitagli artigianalmente dal padre per raggiungere il pedale del pianoforte... Prima di sbarcare a Fiumicino, già ci eravamo messi d'accordo per produrre il suo primo CD. Era il 1980.

Lo sponsor vuol dire molto anche per l'equipaggio, soprattutto ora che siamo oberati dalle spese dell'ultimo momento: è sicuramente un aiuto indispensabile. Con piacere, dunque, porterò avanti all'unisono la mia personale sfida nell'affermazione dei valori della marineria con quella tecnologica e commerciale della Sony.

E allora, benvenuta a bordo Sony! Ti porterò in giro per

il mondo e attraverseremo insieme mari di cui imparerai ad avere rispetto...

Amedeo! Urlo senza emettere un suono. Il mio sguardo non sfonda il soffitto della cella. Mi hanno bruciato solamente un paio di millimetri di corteccia cerebrale, quella più esterna, quella che fa la differenza, quella che fa un essere umano cosciente agli altri.

Non vedo, sento un poco, non parlo, non fiuto, non assaporo, non mi muovo, sento le tue carezze sul mio collo contratto. Solo respiro, deglutisco con fatica e al contrario viaggio senza sosta dentro un me infinito, inesplorato, sconosciuto a tutti voi, insondabile. Forse calma piatta, forse uragano permanente.

Sei arrivato dal lato sbagliato anche tu, *uragano al contrario*. Devastante. Hai indotto in errore noi poveri, umani marinai. Hai affondato la mia barca. Hai dissolto in una sera due anni di lavoro amorevole.

Due anni per ricostruire il *Pandora*. Scafo registrato nel Lloyd Register con il numero... chi se lo ricorda più! Ricordo però che era marcato a fuoco sul baglio di mezzanave a dritta e quel numero mi permise di risalire alle sue origini di *Roxine*, e poi alla sua storia di *Roxane*, prima di diventare la mia barca o, meglio, una delle ammiraglie del Floating Village.

Sei arrivato da ovest, ovvero l'esatto contrario di tutte le previsioni. Sei andato dritto a est di novanta gradi... rotta contraria di tutti gli uragani... senza neanche virare a nord alla fine del tuo viaggio.

Sei rimasto lì, sui Caraibi, su Saint Martin a fare danni per tre interminabili giorni; a sollevare onde mostruose fin giù in Venezuela, in Colombia, fino a Grenada, la più piccola delle Antille sopravvento.

Mi hai spaventato l'equipaggio e mi hai affondato la barca!

Avevo mandato i miei tre marinai via da Saint Martin.

«... Di corsa, filate a sud-sudest! E se vi prende, riparate su Antigua, Guadalupa o Martinica. Mettetevi al sicuro!» A sud-sudest, come siamo abituati a fare ai Caraibi...

Ma tu, Lenny, eri un uragano al contrario! E il quadrante della salvezza era nord-ovest... non sud-est.

Sono stato graziato dalla sorte: dovevo tornare per fare attraversare l'Atlantico al *Cheone*, che mi aspettava a Tenerife.

Era il novembre del 1999. I miei marinai furono messi in salvo dalla Royal Navy. Per loro fortuna, il comandante di una nave da rifornimento fece lo stesso errore di valutazione: uscita dal porto di Portorico per sfuggire all'uragano, la nave si ritrovò a dodici miglia dal *Pandora* quando raccolse il mayday del mio equipaggio terrorizzato, in balia del vento e delle onde, con l'acqua che ormai aveva invaso le cabine.

Quando riuscii a sentire le loro voci per telefono, appena sbarcati all'aeroporto di Caracas, solo allora tornai a respirare. Spensi il computer sul quale dannatamente, giorno e notte, avevo cercato di capire dov'era stato l'errore, e solo allora mi resi conto di essere stato tanto *fortunato* perché si erano salvati tutti.

12

PORTSMOUTH

A terra: 20 settembre 2004

Siamo arrivati a Portsmouth sabato sera. È l'ultimo weekend di settembre e siamo ormeggiati sotto la Millenium Spinnaker Tower, una sfida al vento e all'architettura. La sponsorizzazione è ufficiale: *Kunachi* sarà battezzato *Sony VAIO* il prossimo 29 settembre, a un anno esatto dalla telefonata di Jeremy, con una cerimonia pubblica.

Improvvisamente, le cose da fare si sono moltiplicate, il tempo dimezzato e la tensione è leggermente salita. Ho a bordo una buona metà dell'equipaggio e presto ci saranno anche gli altri. Ho delegato la maggior parte dei lavori per la preparazione della barca: io supervisiono tutto quello che riguarda la sicurezza, non dimenticando che sulla barca ci sono soltanto amatori, dilettanti della vela. Comincio anche a dedicarmi alla meteorologia, fondamentale nella decisione della rotta.

Sento quotidianamente Paolo e Gianfranco, che con il loro Navimeteo mi seguiranno passo passo. Durante la regata non potremo avere aiuti esterni, ma la preparazione di ogni tappa è basilare, e finché siamo a terra questa assistenza, che consiste nel confrontare rotte, ipotesi e conoscenze, mi è indispensabile.

C'è anche qualche novità per quanto riguarda l'equipaggio: Hugh, il mio secondo navigatore, per motivi di salute deve rinunciare alla prima tappa. Ha un pacemaker e purtroppo deve sottoporsi a un controllo non programmato. Ci raggiungerà a Buenos Aires.

Casi della vita. Ho incontrato qualche settimana fa sul molo un giovanissimo velista di ventitré anni. Naviga con i 470, derive da regata. Detto fatto, Fabrizio Onofri, che era stato introdotto nello staff della Challenge come marinaio, ha firmato la sua iscrizione come *legger*, ovvero uno dei due membri dell'equipaggio che partecipano a una sola tappa e che quindi si alternano a ogni sosta.

Mi ritorna in mente quando riuscii a imbarcarmi sul *Marlboro* come marinaio: avevo la sua stessa età e la stessa grande emozione.

Fabrizio sarà il terzo italiano a bordo, dopo Marco Carlucci, un altro romano con il mare nel sangue, che parteciperà alla sesta e settima tappa, quella da Boston a La Rochelle, fino all'arrivo a Portsmouth.

Non riesco a dormire. Mi giro nel letto del piccolo appartamento di Hamble, dove sto trascorrendo le ultime settimane con Alessandra e Virgilio prima della partenza.

Ieri abbiamo lasciato Southampton e il marina di Ocean Village, che ci ha ospitato per sei mesi. Abbiamo fatto vela per Cowes, dove per la prima volta ci siamo riforniti di gasolio. A bordo eravamo al gran completo. C'erano anche due ospiti: mamma e papà William, ovvero i genitori di uno dei *watch leaders*.

C'era vento: abbiamo preso prima due e poi tre mani di terzaroli...

Continuo a girarmi nel letto nervoso.

Abbiamo fatto il regolamentare pieno di gasolio: 1700 litri, circa una tonnellata virgola sette. E poi, abbiamo scoperto che alcune delle altre barche ne hanno invece caricati appena 700 litri: una tonnellata di peso in meno, che fa una gran bella differenza per la velocità della barca. Ho consultato il mio equipaggio e tutti si sono pronunciati a favore del rispetto del regolamento. Poi mi hanno anche pregato di verificare con il comitato di regata e la giuria che gli altri equipaggi si comportino lealmente.

« Noi seguiamo le regole », mi dice Geoff, il nostro avvocato sessantenne che è già stato soprannominato Duracell, perché, quando sale in coperta, non si ferma più: salta dall'albero allo strallo di prua, da prua a poppa, si arrampica sull'albero e poi sul tangone per sparare lo spinnaker! (in gergo, per liberare la grossa e colorata vela di prua per poterla ammainare).

Geoff si è iscritto alla Global Challenge quattro anni fa, quando ha incontrato Debbie durante una *corporate sail*. Vive nella campagna inglese, quella delle cartoline, fatta di torrenti, prati verdi, dolci colline e ville che sembrano ideali per la scenografia di un film. Ha una bellissima compagna e nessuna ragione apparente per fare il prodiere in una regata oceanica di tale durezza...

Lasciamo Cowes diretti a Portsmouth. Il vento è calato e diamo di motore. Siamo tutti ansiosi di arrivare a Gunwharf Quays, il nostro porto di partenza. Trascorreremo queste ultime due settimane tutti insieme a bordo.

Sono nervoso. Non riesco a dormire. Eppure il mio equipaggio è felice, siamo ormai sulla linea di partenza e tutti cominciano a eccitarsi. Il porto è bello, vivo, pieno di bar e negozi. Sono riuscito a ormeggiare all'inglese, cioè con la fiancata della barca in banchina, come si usa da queste parti. Mi sono infilato con *Kunachi*, lungo ventidue metri, in uno spazio di ventitré e mezzo, con barche davanti e dietro, in uno stretto specchio d'acqua! Ho strappato con orgoglio l'applauso del mio equipaggio e dei guardoni in banchina.

Quando ha smesso di piovere, abbiamo staccato gli adesivi «Kunachi» dallo scafo: lunedì diventeremo *VAIO*.

Mancano quattordici giorni alla partenza. Non riesco a dormire. Sono le quattro del mattino e mi metto a scrivere...

Vai, Amedeo, per mare, vai per la tua strada, sii nomade nell'animo... non ti fermare, non avere alcun rimorso, né senso di colpa nei miei confronti...

Anzi, forse c'è una legge di compensazione... forse è il nostro

destino quello di viaggiare... E se io posso farlo solo nei recessi della mia mente a brandelli, imprigionata nel corpo sul mio letto, tu puoi farlo fisicamente, spinto dal vento, muovendoti su questa terra, sulle sue acque, nei suoi più remoti anfratti.

Sii nomade fratello, fallo anche per me! Pareggia i conti. Guarda, vedi, annusa, tocca e odi quello che io non posso sentire... E poi, quando torni, vienimi vicino: io ti trasmetterò la sensazione oscura della profondità degli abissi e tu quella solare e luminosa delle superfici... Sempre fratelli saremo nel nostro nomadismo perpetuo...

Preparare un equipaggio a una regata intorno al mondo è come organizzare un'orchestra per una tournée mondiale.

Mi hanno assegnato diciassette volenterosi appassionati e aspiranti musicisti che non hanno mai preso in mano uno strumento. Io sono il loro direttore d'orchestra!

Tutti hanno seguito quattro settimane di scuola di musica: hanno appreso come emettere suoni da una chitarra o come appoggiare un violino sulla spalla. Insieme hanno tirato fuori qualche nota, più o meno stridente. Ognuno di loro ha una gran voglia di esibirsi nel suo primo concerto in pubblico, e tutti si sentono pronti e decisi ad affrontare i più difficili palcoscenici del globo: i *Southern Oceans*.

Per ora posso contare, sì e no, su due potenziali musicisti. Forse nessuno di loro ne farà una professione in futuro e per alcuni rimarrà solo un hobby...

Iniziamo le prove. E subito vogliono suonare la *Nona* di Beethoven! Spiego che ci vogliono pazienza, tempo, prove su prove e una grande risolutezza.

Siamo passati attraverso momenti di crescita vertiginosa e violente cadute nella depressione; abbiamo sperimentato euforia e scoraggiamento, e adesso siamo alla prova finale.

Indossiamo l'abito della prima e accordiamo i nostri strumenti. Sentiamo l'adrenalina che sale nella nostra linfa e la pelle si fa d'oca a ogni acuto.

Domenica il primo concerto, e poi inizierà la tournée

mondiale. Non c'è più tempo per ripensamenti, errori o stonature. Sono certo che ognuno di noi è pronto a dare il meglio.

Dal mio palchetto attendo l'ispirazione. Batto il tempo, cerco lo swing, il perfetto attacco e la totale sintonia.

In inglese, *pitch* significa «intonazione», ma è anche il «beccheggio della barca».

Io cerco il *perfect pitch*: la «giusta melodia», il «sano rollio»; l'armonia tra me l'equipaggio, la barca, il mare e il vento che ci circonda.

Silenzio: il concerto sta per cominciare.

13

LA PARTENZA

Diario di bordo: 5 ottobre 2004
Stiamo virando per doppiare il faro dell'isola di Ouessant o Ushant: da qui la rotta sarà diretta per Buenos Aires, la nostra prima tappa! Abbiamo lasciato il Solent, il canale tra l'isola di Wight e Portsmouth, da dove siamo partiti ieri alle quattordici. Abbiamo lasciato le centinaia di barche, gli applausi, i microfoni, i parenti e gli amici. Ho baciato mio figlio Virgilio, mia moglie Alessandra, mia madre Adriana e i miei amici presenti. Abbiamo lasciato la terra ferma, le sue leggi, i suoi sapori.

... E in poche ore ci siamo ritrovati immersi in una burrasca forza 8! Barca inclinata di trenta gradi! Pioggia, vento a quaranta nodi, spruzzi, vomito e stanchezza. Messi tutti a dura prova, io compreso. Ci siamo diretti in mezzo alla Manica, poi mura a sinistra verso l'Atlantico. È stata dura, nonostante i mesi di preparazione. Per fortuna, la barca non è rimasta danneggiata e l'unica conseguenza è una ferita alla mano di Geoff. Sembra che non ci sia niente di grave.

Purtroppo la scelta tattica non ha pagato: parecchie barche più a nord hanno preso il salto favorevole di vento quattro ore prima di noi e hanno accumulato un vantaggio di una ventina di miglia sulla nostra. Ma non siamo proprio ultimi e poi abbiamo ancora seimila miglia da percorrere! L'umore è tornato alto dopo che è uscito il sole e il mare si è calmato. Ci stiamo tuffando nell'oceano Atlantico a nove nodi, con una brezza di ponente e il cielo stellato...

È mezzanotte. Scendo sottocoperta e comunico all'equipaggio che siamo ufficialmente in Atlantico. Ci facciamo reciprocamente i complimenti. È difficile esprimere lo stato d'animo; l'euforia per la navigazione oceanica si mischia con i conati del mal di mare, l'energia dell'adrenalina che circola dentro di noi si consuma con lo stare semplicemente in piedi, dentro la barca, che naviga di nuovo di bolina ed è inclinata di trenta gradi!

Siamo noni, per ora. È difficile da accettare, ma questa situazione ci sprona a un maggiore impegno. Viviamo un insieme di forti, contrastanti emozioni e sensazioni, ma su tutto c'è la consapevolezza che l'avventura è cominciata davvero. Noi e la barca torneremo a casa, ma sempre navigando soltanto verso ovest, al contrario non solo dei venti, ma anche di tutto ciò che le persone normali farebbero. Non ci crederete, ma è bello!

Sul molo di Portsmouth, a darmi l'ultimo abbraccio prima della partenza, c'era Alessandra con in braccio Virgilio Alfa.

Quando scherzavo con gli amici dicevo sempre: « Non so se ho fatto un figlio perché mi accingo a fare il giro del mondo o se faccio il giro del mondo perché sto per avere un figlio... » Dietro l'ironia di questa frase si nasconde la paura che ho sempre avuto di assumermi responsabilità personali nei confronti di coloro ai quali sono affettivamente legato. Una sorta di attrazione-repulsione capitolata solo alla vigilia della Global Challenge.

Alessandra è comparsa nella mia vita in un giorno assolato di fine luglio, sulla coperta di una bella barca. Io ero lo skipper. Gli sguardi si sono incrociati furtivi, poiché lei era ospite dell'armatore e io avevo in carico la barca, non quelli che c'erano a bordo! Poi una traversata galeotta verso la Sardegna suggellò l'attrazione fatale. Mentre le selezioni degli skipper della Global procedevano e le mie chance di essere tra i prescelti crescevano, la nostra relazione diventava sempre più profonda, fino alla fatidica promessa. Sì, la promessa di matrimonio, che non avevo mai ufficialmente formulato e sottoscritto e che mi vide, incredulo di me stesso, firmare un modulo di fronte a due gentili e allegre signore dell'Ufficio anagrafe di Roma.

Infine, la salita al Campidoglio. Quel Campidoglio che centinaia di volte avevo scalato per incontrare sindaci e assessori, funzionari e addetti stampa, per le attività culturali che promuovevo, e che adesso mi vedeva affannato alla ricerca delle pubblicazioni del mio matrimonio. Pubblicazioni che, essendo io residente all'estero, arrivarono solo l'ultimo giorno per essere affisse all'albo pretorio. Così, da scapolo, da latin lover incallito, mutavo il mio stato civile da celibe a coniugato, da single a padre di famiglia...

Durante una pausa delle selezioni all'isola di Wight, Alessandra venne a farmi visita e lì probabilmente consolidammo il nostro amore. Decidere di avere un figlio, il primo, alla mia età è dura, è una scelta forte. Anche in questo caso, scherzando con gli amici, dicevo: «Più che figlio, mi sarà nipote: lo vedo già a sedici anni, quando io ne avrò sessantasei, che mi dice: 'A pà, tu sei vecchio e rincojonito, lasciami fare...'» Il resto è storia di vita, concordata con Alessandra. «Amore, io probabilmente partirò per un anno e mezzo, te la senti di tirare su nostro figlio da sola, con me lontano, raggiungibile solo per qualche settimana durante le soste della regata?» Alessandra disse di sì e Virgilio è nato, in anticipo di una settimana, mentre stavo virando il waypoint Alfa della Round Britain a bordo di *Kunachi*.

Qualche settimana dopo, a Roma, Corrado, vale a dire il figlio biologico di Priscilla, con mia suocera Roberta battezzeranno questo esserino di tre chili e mezzo con il nome di Virgilio Alfa, a ricordare per sempre il suo concepimento in riva al mare da parte di un padre marinaio e di una mamma coraggiosa.

Diario di bordo: 6-7-8-9 ottobre 2004

Solo mare e tanto vento in questi primi giorni. Ci siamo appena affacciati all'Atlantico, dopo la burrascosa uscita dalla Manica, che subito si preannuncia una nuova perturbazione. Siamo noni e tutti ancora frastornati dagli ultimi giorni a terra, dalla grandezza della sfida che abbiamo cominciato e dalla maestosità del mare. Intravedo una piccola bassa pressione, appena accennata, in una delle carte meteorologiche che con difficoltà riusciamo a scaricare via radio SSB. È situata a sud, sul Nord della Spagna, e quindi decido di poggiare verso capo Finisterre. Domani, poi, mi renderò conto che questa piccola deviazione ci ha regalato una decina di miglia di vantaggio sui diretti concorrenti.

Ecco, questo è il mio lavoro principale: decidere se tirare un bordo di qua o di là, se orzare al vento per guadagnare miglia sopravvento o se poggiare di qualche grado per guadagnare un mezzo nodo di velocità. Sono lo skipper e sono il tattico. La navigazione mi ha sempre affascinato, nel mare così come nella vita. Credo fermamente che sia in parte condizionata dalla fortuna, un po' dalle scelte personali e, soprattutto, come dicono gli spagnoli, dalla *buena vibra*, dall'armonia con la quale procedi nelle acque calme come in quelle tempestose.

A proposito di tempeste. Abbiamo nel frattempo doppiato capo Finisterre e Meteo France annuncia una depressione ciclonica con un rapido approfondimento. L'avviso ai naviganti numero 415 di venerdì, neanche a dire che sono superstizioso, fa riferimento a una previsione di forza 10.

Il vento sale da quattordici fino a ventotto nodi. Abbiamo lo spinnaker a riva e lo ammainiamo sotto raffica, con una manovra perfetta, preannuncio di una buona condotta dell'equipaggio.

Vado a dormire tra lo stupore di tutti, che vedranno il vento incrementare fino a forza 7, mentre io ronfo tranquillo. Io so che cosa ci aspetta da qui a poche ore. Poi, ancora per guadagnare qualche miglio sugli avversari che ci precedono, calcolo a lungo e fortunosamente la traiettoria della perturbazione, facendo in modo di passare più vicino possibile al centro, pur mantenendo il vento sempre di poppa. Scoprirò, soddisfatto, di esserci riuscito la mattina dopo, al timone, con cinquanta nodi di vento fissi sulle vele e con raffiche di sessantadue, ben sopportate dallo yankee 3 e dalla trinchetta a riva senza randa, che ho già completamente ammainato la sera prima.

All'alba mi metto alla ruota. A fine turno ho le spalle doloranti, dopo sei ore continuate di straorzate, strapuggiate controllate con la forza e con la determinazione, ma anche con una paura fottuta di traversare la barca e di sciacquare via dal pozzetto un paio dei miei ragazzi; non smetto mai di esortarli a stare attaccati a un winch o a qualsiasi altra cosa li possa trattenere!

Il mare è possente, tutti ridono per nascondere la tensione. Li invito a rispettare il dio Mare, che fa da padrone oggi e sempre sul nostro destino di marinai.

Crollo nella mia cuccetta senza riuscire a dormire. Sono troppo stanco. Il vento ha mollato e viaggia a quaranta nodi. Nella serata scende a trenta e finalmente mi addormento.

Oggi c'è il sole, tutti stanno ancora recuperando energie, umore, colore e liquidi espulsi. Apriamo le sentine: il generatore ha perso un po' di gasolio che è andato a finire sui miei vegetali! Così ci mettiamo tutti a lavare cipolle, pomodori verdi, mele, pere e arance!

Trovo il tempo di scrivere queste righe, finalmente riposato e dopo avere mangiato una scheggia di parmigiano. Il mare è di un bellissimo blu e veleggiamo appena dietro il gruppetto di testa, verso Madeira. Noi passeremo a ovest, le altre barche invece sembrano intenzionate a passare a est. Un'altra piccola sfida tra navigatori, sempre nel rispetto del mare, che ci lascia giocare i nostri modesti duelli terreni, *pardon*, marini.

Domani vedremo chi avrà guadagnato e chi avrà perso miglia. Certo è che stiamo tutti vivendo intensamente.

Diario di bordo: 14 ottobre 2004

Decimo giorno di regata. È il momento opportuno per fare il punto sulla navigazione e su questa prima esperienza atlantica, sui marinai che mi accompagnano, anzi, che accompagno in questa avventura. Dal punto di vista nautico, per il momento, è stata una grande esperienza. Sotto il profilo umano, invece, comincia ora a delinearsi uno stile particolare: abbiamo acquisito una nuova sicurezza in noi stessi, soprattutto io nei confronti dell'equipaggio e loro verso lo skipper.

Mi sono guadagnato la loro stima con una strategia di regata attenta, scegliendo la rotta migliore. Dopo avere cominciato male nella Manica, sbagliando tattica, con un costante forza 8 sul naso, controvento, mi sono ripreso con il passaggio davanti a capo Finisterre, che ci ha regalato una dozzina di miglia. Ma la scelta giusta l'ho fatta sfiorando la perturbazione ciclonica al largo del Portogallo! Anche se non era un uragano, abbiamo rasentato il peggio di poche miglia... e ci siamo permessi di prendere il vento di poppa. Adesso la mia rotta sull'ovest sembra portarci tra le prime posizioni.

La vera stima del mio equipaggio, però, me la sono forse guadagnata trascorrendo sei ore al timone con mare forza 10! Mi sono tenuto su con il caffè italiano, l'acqua e attaccandomi al barattolo del miele. Quest'abitudine d'ingoiare sorsate di miele puro ha stupito molto gli inglesi, il cui mondo culinario rimane comunque un mistero irrisolto per noi mediterranei. Da parte mia, l'aver mandato i miei ragazzi a prua, sommersi dalle onde, pronti a eseguire all'istante ogni manovra senza discussioni, l'averli visti all'opera nonostante i disagi e il mal di mare, mi ha infuso un senso di sicurezza. E anche di comfort. Ora, infatti, mi dedico più alla navigazione e al riposo che alle manovre di coperta. Anzi, quando salgo in coperta in genere faccio casino... ma un po' strillando e un po' mettendoli a disagio, li tengo comunque all'erta.

Il mare nel frattempo si è calmato, abbiamo superato anche la calma piatta. È arrivato il caldo, siamo tutti in T-shirt e procediamo verso capo Verde in seconda posizione, dopo *Samsung*.

Sì, abbiamo guadagnato qualche miglio, scegliendo di rimanere a ovest di Madeira, anziché andare a est, verso l'Africa, come ha fatto metà della flotta.

Diario di bordo: 23 ottobre 2004

Fa sempre effetto attraversare l'equatore. Se ne pronunci il nome ripetutamente e con enfasi, questa linea assume un suono e un significato particolare. È un'area umida, densa, spirituale e fisica, e al di fuori del tempo.

L'equatore è la zona del globo dove l'aria riscaldata dal calore degli oceani che s'incontrano sale in cielo oltre la nostra immaginazione per fare poi ritorno alle quote più basse in corrispondenza delle latitudini temperate. È molto caldo, troppo umido... e attraversarlo è sempre un'emozione. È qualcosa da festeggiare! Abbiamo fatto il battesimo a coloro che non lo avevano mai oltrepassato, stappando l'unica bottiglia di Dom Pérignon che avevamo a bordo: una in diciotto! Abbiamo riso, ci siamo divertiti, sentendo che dentro di noi qualcosa cambiava.

Trascorreremo nove mesi nell'emisfero meridionale, verso l'altro mondo, quello che viaggia al contrario, con troppa musica, languore e sensualità, come il Sudamerica, o con troppa freschezza, mancanza di radici e immensa libertà, come le terre australi. Abbiamo appena attraversato l'equatore da nord a sud, e siamo coscienti che ci fermeremo a respirare, a navigare, a vivere qualcosa di diverso.

Nella serata traguardiamo l'isola di Fernando de Noronha. L'improvvisa apparizione di terra emersa, dopo venti giorni di mare, ci colpisce. Mentre Madeira è sfilata lontana all'orizzonte, senza vento, Fernando invece ci regala una bella brezza di venti nodi, che ci fa filare a dieci nodi verso l'emisfero australe e ci fa venire voglia di visitarla, con il suo picco eretto, con i suoi delfini stanziali... Ma la lasciamo scorrere lungo il nostro fianco: non ci possiamo fermare, siamo in regata e siamo a ridosso dei primi.

Diario di bordo: 25 ottobre 2004
Lo spinnaker è una grande vela. Grossa e frescona. Capace di stenderti la barca orizzontale sull'acqua in mezzo minuto, di trascinarti via battagliola e candelieri come se fossero stuzzicadenti! Così poderosa, trascina noi e la barca, che pesa cinquanta tonnellate, a un'andatura di dodici nodi verso il Sudamerica.

Quello che abbiamo issato si chiama *flanker*, o, meglio, così lo chiamano gli inglesi, ma ce ne sono di svariate forme e modelli: piatti, ciccioni, con le spalle alte, con le spalle strette, con tanta o poca pancia... In genere sono colorati e sono piacevoli da portare con poco vento. Ma quando rinfresca, vanno a toccare il profondo, turbano e innervosiscono, mettono ansia alla maggior parte del mio equipaggio.

Lo spinnaker è attaccato con tre piccole cime all'albero, al tangone e a poppa. Si gonfia lassù in alto, lontano, e ci vogliono quattro persone per addomesticarlo: uno al timone, che non stacca gli occhi dagli strumenti, sempre concentrato; l'altro alla scotta, che ripete continuamente «*Trim!*» e «*Hold!*» (traduzione: «Cazza!» e «Basta!»); il terzo al winch, che a comando gira più velocemente che può, mentre il quarto uomo tiene la scotta della randa in mano, attento a mollarla per tempo, per non farti stendere sull'acqua! Perché basta un niente per farlo volare via come un paracadute liberato del suo fardello, come un fazzoletto lanciato nel vento...

Il momento più bello è quando lo issi: si apre come un petalo di un fiore, nel nostro caso un fiore candidamente bianco. Ti toglie il fiato e un pezzo di cielo per quanto è grande! Oltre trecento metri quadrati! Buono per quattro famiglie in centro! Il momento più difficile, invece, è quando lo ammaini, ma la sensazione che ti lascia se riesci a portarlo tutto d'un pezzo a bordo è unica: una stretta allo stomaco che poi si allenta, mentre il sangue affluisce alle estremità, il respiro torna profondo e rilassato e la velocità decresce rapidamente.

Tutto sembra magicamente calmo quando hai ammainato lo spinnaker.

Diario di bordo: 1° novembre 2004
Un sacco di novità! Fronti freddi, giornate calde, incontro e, purtroppo, scontro con la balena Franca, alta pressione ovvero calma piatta, rincorriamo *Barclays* e presentiamo formale protesta al comitato di regata... Questi i nostri ultimi tre giorni.

All'arrivo del fronte, bordeggio verso terra, verso il Brasile. Sbagliato! Perdiamo la prima posizione e molte miglia: finiamo terzi.

Ma dopo avere scoperto che lo svantaggio accumulato non è così drammatico come ci aspettavamo, abbiamo riordinato le idee, le forze, lo spirito e ci siamo messi alla caccia di *Samsung*, la barca che ci precede.

Abbiamo centrato l'obiettivo il terzo giorno d'inseguimento, con venti sostenuti da nord-est, spinnaker a riva e dieci nodi di media di velocità. Raggiunto *Samsung*, non abbiamo fatto in tempo a rivolgere l'attenzione a *Barclays*, che sono accaduti due eventi particolari.

Il primo è tristissimo e si tratta dello scontro con la balena franca. Franca non è il nome proprio dell'esemplare che abbiamo incontrato, ma quello della specie che – abbiamo letto sul portolano – vive lungo le coste del Brasile.

Sono al timone, è il primo pomeriggio: vento teso, visibilità buona. Scorgo una balena a ore undici! Richiamo l'attenzione del mio equipaggio e non faccio in tempo a vederla riemergere una seconda volta, che udiamo due colpi, uno sulla chiglia e l'altro sul timone! Ci giriamo verso poppa e subito notiamo una seconda balena che si erge dall'acqua e che ci rivolge uno sguardo stupito, con il suo grande occhio sinistro... Sono certo di avere udito il suo grido di dolore, emesso da non so quale profondità marina e su quale frequenza, ma giuro di averlo sentito! È triste vederla contorcersi in un bagno di sangue, con la grande pinna che schiaffeggia la superficie rossa, quasi a scacciare gli intrusi cattivi e senza pietà. Noi.

Ylva, la mia *watch leader* vichinga, mi rivolge una strana occhiata. Mi confesserà più tardi di essere rimasta molto scossa dallo sguardo della balena. Io cerco di rimuovere il ricordo. Mi giustifico, dicendomi che dalla timoneria di *VAIO* è impossibile vedere davanti la prua.

L'inseguimento di *Barclays* prosegue. Guadagniamo miglia dopo miglia. In questo momento siamo venti miglia dietro, a quattrocento dall'arrivo, in mezzo alla calma piatta. Non si muove un filo d'aria! Avanziamo a stento di qualche nodo, ma siamo secondi e pronti alla battaglia finale. Se riduciamo lo svantaggio sotto le venti miglia, forse Stuart, lo skipper di *Barclays*, comincerà a preoccuparsi, a diventare ansioso, forse commetterà un errore, offrendoci l'opportunità di passare in testa alla regata.

Quando si è in calma piatta tutto diventa possibile! Siamo con i sensi all'erta, concentrati sull'obiettivo, ma troviamo anche il tempo di presentare una protesta ufficiale per la «questione meteorologia». Pochi giorni prima della partenza, infatti, il comitato di regata aveva approvato l'uso di nuovi programmi di meteorologia e di alcune nuove fonti d'informazione e non c'era stato materialmente il tempo d'impratichirsi.

La Global Challenge mantiene lo spirito di navigazione d'altri tempi anche nell'approccio al meteo di bordo. Questo tipo d'informazioni sono ottenibili con le nuove tecnologie satellitari, come il collegamento a Internet. I dati scaricabili, però, devono essere ottimizzati, così impone il regolamento. Il che ci abitua a non abusarne.

Su *VAIO* usiamo quotidianamente e quasi costantemente la radio MF/HF SSB per scaricare carte sinottiche, foto dal satellite e previsioni di vento e di onde. Non si usa più il vecchio «fax simile»: adesso la radio è interfacciata direttamente con i tre lap top VAIO che abbiamo a bordo. Un software sintonizza automaticamente la stazione appropriata, scarica e memorizza le cartine meteorologiche.

Tramite un altro sistema – la connessione satellitare di Inmarsat C, anch'essa interfacciata con i PC di bordo –, le informazioni meteo del Safetynet arrivano due volte al giorno: sono in formato testo, ma descrivono accuratamente le posizioni delle basse e alte pressioni e dei fronti. Con un po' di pazienza, possono servire a tracciare una carta meteorologica approssimativa: è più difficile che stampare una cartina preparata da un ufficio meteorologico, ma in caso di mancanza di altri dati comunque funziona.

La caratteristica di questi due aiuti è che le informazioni che offrono sono totalmente gratuite, dopo avere ammortizzato il costo iniziale dell'hardware. Io sono personalmente propenso all'uso del vecchio SSB, la tradizionale radio di bordo, e il fatto che si possa impiegare anche per la posta elettronica fa ben sperare per la sua sopravvivenza nel futuro.

E poi c'è il resuscitato Iridium, il quale, attraverso un nuovo e funzionale software chiamato Telaurus, finalmente consente di accedere via satellite a comunicazioni telefoniche, all'invio e alla ricezione di posta elettronica a costi, se non economici, accessibili.

Ho limitato le telefonate del mio equipaggio allo stretto indispensabile: emergenze, ricorrenze familiari e attività di comunicazioni stampa, queste ultime ormai parte integrante delle regate oceaniche. Con Telaurus, ciascun membro dell'equipaggio può prepagare un certo tempo di air time, in altre parole «tempo di connessione», evitando così di incidere sul budget della barca. Per scelta, su *VAIO* abbiamo deciso di limitare a quindici minuti al giorno anche il tempo da dedicare alle e-mail personali.

Sotto il profilo della meteorologia, invece, utilizziamo il sistema per inoltrare richieste via e-mail a saildocs.com, che è un potente strumento gratuito per ricevere qualsiasi pagina pubblicata sul Web via posta elettronica e permette di avere accesso alle previsioni meteorologiche pubblicate sulla Rete. Naturalmente esistono limitazioni anche in questo caso: la quantità di tempo di connessione è prefissata e uguale per tutti i concorrenti, onde evitare che qualcuno ne abusi, pur lasciando alla discrezione dello skipper la decisione di che cosa e quando scaricare. In poche parole, se chiedo via saildocs una foto satellitare di capo Horn, mi brucio un terzo del budget a disposizione. Se invece mi accontento d'informazioni testuali, posso scaricarne fino a due al giorno per tutta la durata della regata. È un po' farraginoso, ma funziona. Inoltre, possiamo contare anche sull'ultimo ritrovato della tecnica: i GRIB file, ovvero file d'informazioni che cadono a perfezione dentro i plotter cartografici e che ci consentono di vedere le previsioni di venti e pressione atmosferica direttamente sulla porzione di carta nautica entro la quale stiamo navigando. Pur rappresentando il futuro, però, sono generati da robot e li ritengo ancora poco attendibili. Non li uso molto.

Completa, infine, la rassegna delle dotazioni di bordo il tradizionale bollettino meteo irradiato localmente su VHF, in tutto il mondo, che mi fornisce i dati sui quali baso la mia navigazione quando sono in prossimità della costa.

Lo strumento d'elezione rimane, però, la conoscenza. Suggerisco, a tale riguardo, di seguire come ho fatto io un buon corso di meteorologia: ampliare o riscoprire la conoscenza dei fenomeni che ci circondano non solo è utile alla navigazione, ma è anche divertente e ci avvicina al mondo in cui viviamo.

La mia preparazione in meteorologia prima della partenza per questa regata era quella che può avere uno skipper con una discreta esperienza di traversate oceaniche, sia dell'Atlantico sia del Pacifico, alle latitudini temperate e nel regime degli alisei. Una conoscenza di base.

Tranquilli: non è rimasta tale. Appena avuta conferma che la Global Challenge mi avrebbe affidato una delle dodici barche, ho infatti avuto la fortuna d'incontrare Gianfranco Meggiorin e Paolo Gemelli di Navimeteo.

Dico fortuna, perché dopo un'indagine approfondita, scartata l'ipotesi di rivolgermi ai *routiers* inglesi (i professionisti che suggeriscono la rotta migliore in relazione alle condizioni meteorologiche), ho scoperto che in Italia sono davvero pochi gli esperti in regate oceaniche e in meteorologia applicata.

Paolo l'ho conosciuto a Saint-Tropez, mentre Gianfranco l'ho visto per la prima volta al Salone nautico di Genova. Mi è bastato comunque un solo incontro per fidarmi di loro e dissipare i dubbi sulla mia scelta. Non tanto perché avevano già come «cliente» Giovanni Soldini, ma piuttosto per quell'immediato senso di competenza e cameratismo da marinai che ho percepito a pelle.

Eccomi così, dunque, a febbraio del 2004, poco prima di trasferirmi a Plymouth, nella bella cornice di Sestri Levante, dove ha sede Navimeteo, per frequentare il corso intensivo di meteorologia! Ricordo con piacere i tanti giri del mondo virtuali che ho condiviso con Paolo e gli utili suggerimenti e insegnamenti che ho ricavato durante queste corse su carta e sullo schermo del computer...

Avevo ricominciato a studiare tre anni prima, quando, in seguito al crollo delle Torri Gemelle, la conseguente contrazione del turismo nautico coinvolse anche il mio Floating Village ai Caraibi. Avevo deciso che era venuto il momento di conseguire un titolo professionale nel mio settore ed ero tornato dunque a essere studente, finendo a Southampton, a Barcellona e infine ad Antibes, dove ho ottenuto il mio titolo Master MCA da 3000 tonnellate, ovvero sono stato promosso «capitano di mega yacht».

Con Paolo e Gianfranco, però, ho davvero trascorso una settimana d'incanto sulla Penisola – la chiamano così mi pare – di Sestri. Cominciavamo presto la mattina: due ore di teoria e poi a capo chino sulle carte di tutto il mondo per navigare con la mente fra alte e basse pressioni, fronti e occlusioni; tra la corrente del Golfo e in mezzo alle calme equatoriali. Terminavamo l'«immersione» con l'analisi delle informazioni meteorologiche forniteci da Egc, Navtex, Meteofax; con le carte sinottiche e le previsioni a ventiquattro, quarantotto e settantadue ore; i GRIB file e i dati scaricabili da Internet.

L'amicizia che si è instaurata con tutto lo staff di Navimeteo mi ha portato poi a conoscere Carla Anselmi, che si sta occupando tuttora del mio ufficio stampa. Grazie a Gianfranco e ad Antonietta, quest'ultima un'altra bella amicizia nata per mare a bordo del *Guaicamar*, abbiamo successivamente organizzato a Milano una riuscitissima conferenza stampa nella quale ho annunciato la mia partecipazione alla Global Challenge.

14

BUENOS AIRES

Diario di bordo: 7 novembre 2004

Ho il sole in faccia, qui allo Yacht Club Argentino, che si apre sull'antiporto. È domenica. Avrei dovuto scrivere prima, appena arrivato, con le emozioni a caldo; forse le descrizioni sarebbero state più vivide e forti... Ma ero un po' stanco e poi volevo godermi Buenos Aires.

È davvero una bella città. Adesso lo posso dire, non prima. Quando l'ho vista dal río de la Plata, emergere dalla nebbia dell'alba, faceva solamente da sfondo a *Barclays*, la barca che stavamo disperatamente rincorrendo in vista del traguardo della nostra prima tappa, dopo una corsa di seimiladuecento miglia.

Avevamo issato lo spinnaker con quasi trenta nodi di vento, al buio, nell'ultimo tentativo di superarla. Ci stava avanti di due miglia. Alle prime luci del giorno, mi sono reso conto che bordeggiando in poppa non ce l'avrei fatta a raggiungerli, perché non guadagnavamo abbastanza velocità, e così ho provato: fil di ruota con lo spinnaker completamente scoperto da un lato e una rotta vicina alla strambata. Dopo avere guadagnato qualcosa, il nostro sogno di un glorioso arrivo si è dissolto però in una strapuggiata da ricordare. Cinquanta tonnellate stese sull'acqua! Rivedo William e un paio di altri ragazzi appesi al tientibene con l'acqua fino alla vita e lo spinnaker che finisce a bagno, poi lentamente si solleva dall'acqua ed esplode in mille pezzi... Taglieremo la linea d'arrivo con sedici minuti di ritardo o poco meno, con la sola randa a riva... saremmo arrivati dieci minuti prima senza la strapuggiata, ma siamo comunque secondi.

Come dicevo, sono al club, con il sole in fronte. Oggi c'è

stata una regata locale e le barche stanno sfilando davanti ai miei occhi. Quasi tutti gli scafi della Global Challenge sono ormai arrivati: manca solo *Save the Children*. Con gli altri skipper abbiamo deciso di uscire per dargli il benvenuto, a qualsiasi ora arrivi...

Il molo brulica di attività. Centinaia di cerate, amache, salvagente, sacchi a pelo stesi al sole ad asciugare; le vele sono nel prato vicino, pronte per le riparazioni, incluso il nostro spinnaker. Tutti sono allegri. L'atmosfera è fresca, elettrizzante, anche grazie agli ettolitri di birra che insieme alle bistecche giganti sono serviti al Rock the Dock Bar, appositamente allestito per accogliere duecento marinai e attrezzato con maxischermi e altoparlanti per la musica. È diventato in un attimo e per ventiquattr'ore su ventiquattro il luogo d'incontro per gli equipaggi, gli skipper, i membri dello staff, i parenti e gli amici.

VAIO si comporta in maniera originale anche a terra... sarà per il nome che suona bene in spagnolo, sarà per lo skipper italiano o per il fatto che ieri nella conferenza stampa ho parlato in spagnolo, ma la nostra è la barca più visitata della flotta. Tutti i membri dello yacht club che salgono a bordo trovano un clima sereno e cordiale: c'è sempre qualcuno di noi pronto ad accompagnarli per una visita e disposto a placare la loro sete d'informazioni, le loro curiosità.

L'arrivo è stato emozionante, mi ha quasi strappato una lacrimuccia! Centinaia di persone, nonostante l'ora mattutina, la musica della nostra sigla a tutto volume, dopo quella di *Barclays* naturalmente... Bottiglie di champagne come in un Gran Premio di Formula Uno e casse di birra.

Io bevo lo champagne, mentre il segretario del circolo locale mi consegna il secondo premio e il guidone sociale. E continuo a bere quando spunta la scolaresca che ha adottato la nostra barca fin dalla partenza: sono gli alunni del collegio Saint Andrews di Buenos Aires.

La giornata si trasforma in una sbronza a ciclo continuo e terminerà a notte inoltrata con l'arrivo delle altre barche.

Per ognuna la cerimonia si ripeterà: andremo tutti sul molo per salutare, applaudire, baciare e poi... giù a bere!

Siamo alloggiati in centro e possiamo quindi lasciare la barca alle sue necessità: sarà ripulita, curata, coccolata e ammirata.

Ieri sera abbiamo fatto una cena con tutto l'equipaggio, gli amici e i parenti. Abbiamo salutato formalmente Fabrizio e Nick che, come *leggers*, sbarcheranno prima della partenza. Ben ha organizzato una presentazione con foto, commenti, ringraziamenti e complimenti. Hanno fatto un grande lavoro a bordo. Grazie Fabrizio, incontrato su un molo inglese. E grazie Nick, sceso dall'umida Inghilterra.

Baires vive e pulsa ventiquattr'ore al giorno. Io mi riposo e mi godo la vita familiare con Virgilio e Alessandra.

È sabato, il letto dell'appartamento che ho affittato a Puerto Madero oscilla al ritmo della musica tecno sparata a tutto volume nel rave che si svolge nel parco affianco... Andrà avanti fino alle cinque del mattino! Non si può dormire e mi metto a guardare un film alla televisione. La televisione ha un effetto totalizzante sulla mia mente, mi assorbe completamente, specialmente i film di aviazione e marina!

La pellicola racconta l'avventura di uno dei primi sommergibili nucleari sovietici, durante la Guerra Fredda. Alla fine, il reattore nucleare è raffreddato, grazie al gesto eroico del comandante e di alcuni marinai, i quali evitano così, oltre all'esplosione nucleare del sottomarino K19, anche la guerra atomica. È una storia vera, che risale al 1961 e che è stata tenuta segreta per ventotto anni.

Il giorno dell'incidente di Chernobyl, se non ricordo male, cadeva durante il ponte del 25 aprile. Stavo navigando con gli amici verso Giannutri. A bordo non sapevamo che cosa stesse succedendo. Ricordo solo quel cielo strano, quasi surreale, immobile; c'era foschia, la temperatura era mite e il mare piatto come l'olio, pesante. Sembrava quasi che rifiutasse d'incresparsi sotto la brezza... Arrivati e scesi a terra, avevamo festeggiato come al solito la giornata di mare e solo in seguito ci rendemmo conto.

Fu allora, almeno credo, che per la prima volta nel mondo occidentale del benessere si cominciò a razionare la verdura, la frutta; a selezionare gli alimenti a seconda del grado di assorbimento delle radiazioni; a non bere il latte e ad assumere molte altre precauzioni. Sembrava di vivere in un film di fantascienza! In realtà, penso che sia stato un test generale, che ci ha fatto comprendere come saremmo vissuti in una società contaminata dalle radiazioni nucleari.

Oggi non sono più contrario al nucleare come lo ero in passato. Un ingegnere, coinvolto nella realizzazione di impianti termoelettrici, quelli da cui si produce energia elettrica bruciando petrolio, mi ha confessato che nelle vicinanze di tali impianti c'è più radioattività rispetto ai dintorni di una centrale nucleare, ma che nessuno, però, stante l'abitudine al tipo di combustibile e data la natura della centrale, vi presta la dovuta attenzione...

Spesso mi succede di non trovare più risposte facili e decise ai grandi temi della nostra società, come accadeva quando ero giovane. Spesso rimango nel dubbio in relazione a quello che è giusto e a quello che è sbagliato. Allora prendo la barca e cerco un po' di vento... mi immergo nel silenzio, allargo il mio orizzonte visuale e mi illudo di respirare aria veramente pura, che viene direttamente dal cielo, sopravvento all'uomo.

Mi lascio trascinare nella musica, nei parchi, nel pulsare di Baires. Il ritmo forte del tango si confonde con quello lento del passeggino di Virgilio, che spingiamo lungo i moli del porto. Si mangia bene a Baires, ci si diverte, la crisi economica è passata, superata grazie alla mentalità positiva degli argentini, al loro stile di vita... la svalutazione della moneta rende tutto accessibile e conveniente.

Distratto dalla vitalità e dai comfort cittadini non mi rendo conto che *VAIO*, in cantiere per i lavori di manutenzione ordinaria, è partecipe dei primi clandestini moti d'insoddisfazione del mio equipaggio. Io sono troppo preso dalla trasformazione di mio figlio, che ha ormai cinque mesi, e dalla felicità per il secondo posto per accorgermene.

Ci stiamo crogiolando al sole di Peter Island, Maura e io, dopo avere circumnavigato il globo per un anno e mezzo, dopo avere vissuto la più intensa delle esperienze di flotta, come quella che ci ha regalato il Rally Around the World. È difficile, quando finisci un giro del mondo, tornare alla normalità! La vita quotidiana che ti appartiene è fatta semplicemente di aria pulita e rumore del vento, con lo sguardo che può vagare intorno a trecentosessanta gradi. Se vivi in città, è veramente difficile rientrare... anche solo pensare di farlo.

Ci stiamo crogiolando al sole delle isole Vergini, chiedendoci quale sarà la prossima mossa. Abbiamo riattraversato l'Atlantico con la *Sorrentilla II*, dopo una stagione trascorsa alle Baleari tra charter, amici e il dovuto smaltimento della sbornia della circumnavigazione del globo. Marcello mi invia un messaggio: «Telefonami in Messico appena puoi!» Lo faccio subito da una cabina pubblica di Road Town, a Tortola. «Amedeo, sto costruendo un hotel ecologico sulla costa pacifica del Messico, a Jalisco. È sulla riva di un lago costiero, c'è una lingua di duecento chilometri di spiaggia deserta... Ho bisogno di un aiuto. Vieni?»

Smetto di crogiolarmi al sole. Lascio Maura sulla *Sorrentilla* e parto per Mexico City, dove mi unisco alla carovana di fuoristrada, utensili, arredi e amici in partenza per Guadalajara prima, Puerto Vallarta poi e, infine, il nulla.

L'*hotelito* nasce infatti nel nulla: niente luce elettrica, né acqua potabile, nessuna strada, solo una spiaggia sconfinata, cavalli per percorrerla e un paio di canoe per attraversare il lago. Un paradiso! Montiamo le tende militari sulla duna che sovrasta l'area: il vento caldo trasporta la sabbia e il rombo dell'oceano, che si frange sulla spiaggia con onde che s'inerpicano cinque, sei metri verso il cielo prima di abbattersi sul bagnasciuga in un frastuono incessante.

Ogni mattina alle sette mettiamo i remi alla barca e andiamo ad aprire il cantiere. Non abbiamo nessun attrezzo meccanico o elettrico, tutto deve essere rigorosamente costruito a mano, con le tecniche indigene locali. Marcello è stato inflessibile su questo tema. « Altrimenti », dice « il *sapore* non sarà quello che voglio. »

Con martelli, corda, chiodi e tanta manodopera tiriamo su venti *cabañas*, che costruiamo su palafitte, queste ultime ricavate da tronchi d'albero tagliati con la sega a mano nel bosco vicino. Le *cabañas* hanno le pareti di fango misto a cannucce e i tetti di foglie di palma intrecciate. Hanno una superficie di settantacinque metri quadri ciascuna, bagno escluso. I viali di sabbia che le collegano, su un'area di trentadue ettari, sono delimitati da tronchi; così come di tronchi e cordame sono fatti i ponti che mettono in comunicazione le varie isole separate da canali di acqua dolce. Scale di legno intarsiato a mano scendono dalle palafitte fino a una canoa che fa parte delle dotazioni della camera.

Un vivaio sulla terraferma, poco distante, ci procura le piante ornamentali che iniziamo a piantare e anche la frutta che mettiamo a tavola quando, stanchi per le ore di lavoro e le decine di chilometri che percorriamo a piedi tra un'istallazione e l'altra, ci sediamo tutti insieme per mangiare.

Una mattina, iniziando la giornata di lavoro nel cantiere, contai ben centotrenta operai, divisi in gruppi di circa venti persone ciascuno, ognuno con un incarico particolare: scavare il pozzo dell'acqua, innalzare il *papalote*, un mulino a vento capace di succhiare acqua, montare i pannelli solari, stendere tubi e cavi elettrici... Avere visto poi gli impianti funzionanti è stata un'esperienza esaltante oltre che un buon esempio di costruzione artigianale, dove più che la tecnica è valso l'ingegno, più che i materiali e le macchine l'esperienza dei *campesinos*.

Il primo giorno di primavera del 1996 il Messico adottò l'ora legale. I nostri operai ogni venerdì percepivano la paga (tre dollari al giorno) e poi tornavano al paesino dove vivevano, che distava qualche chilometro dal cantiere. Quel venerdì annunciai che il lunedì, grazie al nuovo orario, sarebbero dovuti venire a lavorare un'ora prima, quando il sole era ancora basso sull'orizzonte.

L'indomani mattina di buon'ora ricevetti una delegazione. Strano, è sabato, pensai... Gli operai avevano il cappello in mano e lo sguardo rivolto verso il basso. I capisquadra mi comunicarono che non erano d'accordo, che non credevano che noi avessimo il diritto di cambiare l'ora del giorno e della notte! Pochi avevano il televisore e nessuno ascoltava la radio; loro non sapevano che il provvedimento era nazionale e pensavano che noi volessimo cambiare il ritmo delle giornate per chissà quale occulta convenienza! Provai a spiegarglielo, ma solo a tarda serata la situazione si sbloccò, quando qualcuno riportò la notizia sentita in televisione: e così arrivò l'ora legale anche all'*hotelito*!

Io riconquistai il rispetto tra i miei messicani quando segnai, in mezza rovesciata, un gol nell'abituale incontro domenicale...

Sono tornato solo qualche anno più tardi a dormire di nuovo all'*hotelito* Desconocido: non più nelle tende militari a riposarmi delle fatiche, ma come ospite in candide lenzuola di lino, in uno dei suggestivi *palafitos,* illuminati solo da centinaia di candele, piccole sculture di cera... Bel posto!

15

CAPO HORN

Diario di bordo: 30 novembre 2004

La luna piena illumina da poppa le nostre vele: la randa giallo canapa e Frankenstein, lo spinnaker bianco e blu con l'onda di VAIO. Frankenstein è il nome con il quale abbiamo battezzato il nostro spinnaker, a causa delle cuciture e delle pezze che sono state usate per aggiustarlo durante la regata, che lo facevano apparire pieno di cicatrici. Adesso è stato riparato per bene e al posto delle « ferite » ci sono dei ferzi nuovi, pezzi di tessuto dalle forme variegate e fantasiose, generate ormai da menti computerizzate, più che dall'immaginazione dell'uomo, che cuciti insieme compongono la vela.

Ma torniamo a questa bellissima luna piena che ci sovrasta mentre lasciamo Buenos Aires e il río de la Plata, alla volta di capo Horn.

La seconda tappa della Global Challenge è cominciata! Il mare, anzi, il fiume grande come un mare, è piatto; il vento debole soffia nella direzione giusta e ci spinge verso l'Atlantico del Sud. È la fine di novembre, ma qui è appena iniziata l'estate. Il sole è dritto sul tropico del Capricorno, a 23 gradi di latitudine sud e le giornate si allungano.

Ieri siamo partiti bene, alle quattordici ora locale, in mezzo a centinaia d'imbarcazioni, dopo un carosello di saluti, applausi, musiche e la benedizione di don Pablo, il prete del posto. Siamo partiti alla volta della boa di disimpegno, accanto alla barca della giuria, tra i primi...

VAIO è stato generoso con gli argentini, così come gli argentini lo sono stati con noi. Abbiamo accolto a bordo generali, giornalisti e neovelisti. Da parte nostra, abbiamo fatto visita agli studenti della scuola di Saint Andrews... ai bar, alle balere di tango e, soprattutto, ai ristoranti di cucina locale, dove le bistecche di *lomo* innaffiate con il vino *tinto* si sono sciolte sui nostri palati affamati da settimane di navigazione a dieta stretta.

Terminata l'orgia dei piaceri terreni, dunque, siamo tornati in mare. Siamo stati costretti a lasciare a terra Joanne, che accusava un forte dolore alla spalla, e abbiamo preso a bordo la giovanissima Inés, una ventitreenne velista argentina, che si è subito amalgamata con il gruppo, come Richard e Colin, i nostri due nuovi *leggers*.

Adesso siamo ultimi. Mi sono tenuto troppo sotto costa, il vento è calato e siamo una decina di miglia indietro. Non è la fine del mondo, ma non ci fa piacere. Dobbiamo ancora trovare la giusta concentrazione a bordo. Capo Horn, sì, capo Horn, ci aspetta!

La temperatura dell'acqua e dell'aria si va abbassando in maniera inversamente proporzionale alla nostra. Siamo tutti un po' ansiosi di cimentarci con i *Southern Oceans*!

Siamo felici di essere rientrati nella routine: i nostri pasti disidratati, con l'aggiunta di vegetali freschi; le nostre cuccette strette, scomode ma protettive; i nostri turni di quattro ore di veglia e quattro di riposo... il nostro mondo costituito dai ventitré metri di *VAIO* e dai diciassette compagni di avventura. Tutti felici di avere mollato le cime di ormeggio, ancora una volta, per la tappa più emozionante della nostra sfida!

Io non vedo l'ora di arrivare a Wellington e di mettermi l'orecchino d'oro al lobo sinistro, come vuole la tradizione e come solo ai Caphorniers è concesso. Per i miei cinquant'anni, anzi quaranta più dieci, mi regalo capo Horn; ancora « una prima volta ».

Diario di bordo: 1º dicembre 2004

Tracciare la rotta non è un lavoro facile. Pretendo sempre che il mio equipaggio dia il massimo timonando, manovrando e dirigendo la barca. E loro si aspettano da me di essere condotti a destinazione con sicurezza e in maniera veloce. Per questo, decidere la rotta diventa una grande responsabilità per uno skipper in questa regata.

VAIO, dopo un buon inizio, è scivolato nelle ultime posizioni, dietro la flotta di quindici miglia, dopo solo due giorni di mare in condizioni di calma. Ho scelto di veleggiare sottocosta: cinquanta miglia a est di *Samsung*, che è la barca più a est di tutte e che ha a bordo un buon meteorologo.

Credetemi, è stata una scelta difficile. Ma lasciatemi spiegare tecnicamente che cosa ho fatto e perché. Allora: c'è una bassa pressione a sud dell'Argentina, che produce alcuni venti di nord-ovest e di ponente, e poi, venti dell'ovest nei giorni a seguire; inoltre, c'è un'alta pressione più a est, nel mezzo dell'Atlantico, con un'estensione diretta verso di noi.

La via più corta verso capo Horn è la mia rotta, che corre vicino alle coste argentine per le prime duecento miglia a sud del fiume Plata. Ho deciso di restare lontano dall'alta pressione e di non andare a est. Ho pensato invece di stare più vicino possibile alla bassa pressione che è sotto di noi e di raggiungerla al più presto. Ho deciso anche di stare sopravvento rispetto alla flotta, per essere pronto quando l'aria girerà a ovest, perché, com'era solito dire Salvatore, un pescatore dell'isola di Ponza con il quale andavo a pescare quando ero giovane, «a poggiare e a morire c'è sempre tempo».

Al momento, tutte queste decisioni sembrano sbagliate, dato che *VAIO* è dietro tutti. Ma mancano ancora cinque giorni per giungere a capo Horn e iniziare la nostra corsa nell'oceano del Sud. Vedremo più avanti, se la mia scelta sarà stata giusta o sbagliata.

Diario di bordo: 2 dicembre 2004

Quarto giorno di navigazione. L'aria è incredibilmente limpida e si è fatta fredda e pungente. Tutto è sorprendentemente pieno di vita: foche che si affacciano in superficie a curiosare, a spiare questa banda di matti diretti verso i venti australi; uccelli di ogni colore e grandezza che planano attorno alla barca nei solchi che il vento apre nelle onde; delfini che ci seguono e, su tutto, finalmente il sole, che fa capolino dalla striscia di nubi che ci sovrastava fino a poco fa.

Siamo risaliti: abbiamo portato lo spinnaker fino a ventisei nodi di vento. Abbiamo sofferto senza quasi un soffio d'aria per qualche ora, poi abbiamo bolinato con poco e tanto vento... insomma, tutto il repertorio. Stiamo entrando nella *buena onda*: si ride e si scherza, e si mangia perfino bene. Oggi, per esempio, abbiamo assaggiato una carne d'agnello neozelandese disidratata davvero eccezionale!

Il tempo comincia ad assumere un significato diverso. Le ore scorrono come le onde del mare, una dietro l'altra, tutte uguali eppure tutte diverse.

La giornata si conclude con una barretta di cioccolato fondente, un tramonto Paramount e qualche miglio in meno. Le parole di Michela da Roma mi ricordano che più di una buona tattica vale la fortuna, ma soprattutto la dedizione, l'impegno e la buona fede, lo spirito di gruppo, la fratellanza e la condivisione di questa sfida. E con il mio equipaggio in mare e in terra, tutto ciò è molto più prezioso di una previsione indovinata.

La quarta giornata di navigazione è andata. Buonanotte a tutti.

Diario di bordo: 3 dicembre 2004

Oggi il sole giunge al tropico del Capricorno, con le giornate più lunghe dell'anno nell'emisfero Sud. Essendo io nato sotto il segno del Capricorno, sono contento di essere qui in questo momento perché è come se sentissi che gli astri mi sono propizi!

Stamattina, quinto giorno di navigazione, ho cominciato a strigliare l'equipaggio, aiutato da venticinque nodi di vento e spinnaker a riva. Voglio aumentare il livello di pressione, finora in verità molto basso, in vista del passaggio di capo Horn e della presumibile lunga e dura bolina che dovremo affrontare. Il clima generale è estremamente rilassato: tutti a ridere e a scherzare. Ho lasciato che i primi giorni trascorressero così, vista la lunghezza della tappa (circa trentotto giorni), ma adesso ci avviciniamo al freddo e ai quaranta ruggenti, alle latitudini dove il vento soffia sempre da ovest verso est e le depressioni si susseguono mediamente ogni tre, quattro giorni. Voglio una soglia d'attenzione più alta per evitare di rompere le persone e la barca: è questa, in sostanza, la mia strategia di regata.

Fra poco devo chiamare via satellite l'Inghilterra per rilasciare un'intervista audio. Ma che cosa dire, in poche parole, a chi è a diecimila miglia di distanza? Che cosa dire a chi, sebbene in lontananza, ci segue quotidianamente con trepidazione, ci spinge e ci sostiene? Che cosa dire a chi è stato a bordo con noi nella prima tappa e ci ha lasciato solo pochi giorni fa? O a chi ci raggiungerà fra poche settimane in Nuova Zelanda? Oppure nelle prossime tappe?

Come spiegare un'avventura così straordinaria? Che viviamo e che costruiamo giorno dopo giorno, tramonto dopo alba, semplicemente stando concentrati sulla barca, pur partecipando naturalmente a quanto è intorno a noi.

Diario di bordo: 4 dicembre 2004

Filiamo a nove nodi verso l'estremo meridionale del continente sudamericano. Proprio alla fine del coccige argentino-cileno, c'è l'isola de Los Estados. Dista dal continente solo sedici miglia marine, ma tutti i venti e le correnti del mondo vi soffiano attraverso! Dico tutti, perché a 55 gradi di latitudine sud il vento e la corrente sono liberi di circumnavigare il globo senza incontrare alcun impedimento. Non ci sono, infatti, terre emerse al di sotto dei 50 gradi sud, a eccezione del mitico capo Horn e della Terra del Fuoco. Succede dunque che, dopo avere preso un bell'abbrivio, tutti i venti e le correnti del mondo arrivano a capo Horn e trovano che l'oceano Atlantico è lì, giusto dietro l'angolo, e vi si ficcano dentro con violenza proprio tra l'isola de Los Estados e la punta estrema della Terra del Fuoco. Poiché, inoltre, gli oceani non vanno d'accordo, c'è anche qualche metro di dislivello tra il Pacifico e l'Atlantico, che provoca una corrente di marea addizionale.

Domani sera, tra non più di ventiquattr'ore, ci troveremo con una burrasca da sud-ovest, cioè proprio nella direzione verso la quale siamo diretti, con la corrente del mare contraria, insieme a quella di marea anch'essa opposta! Insomma, come sempre, tutto al contrario!

La cosa giusta da fare sarebbe fermarsi un paio di giorni in una bella baia riparata, aspettare che il maltempo passi per poi tuffarsi nel Pacifico in condizioni più umane... Ma noi siamo in regata! Stiamo sfidando noi stessi! E pur se con molto rispetto e prudenza, dovrò portare *VAIO* e il mio equipaggio attraverso lo stretto, e quindi giù per altre novanta miglia controvento fino a capo Horn... E poi, forse, ancora più a sud, ancora più al freddo!

Oggi intanto Eolo ci ha regalato un'altra giornata incantevole: l'aria è fredda, ma limpidissima, il mare è calmo e siamo spinti da un bel vento che ci giunge da sessanta gradi a dritta. L'umore è altissimo! Sono appena andato in coperta a spiegare quello che ci aspetta domani sera; poi sono sceso sotto, per impartire gli ultimi ordini, per impostare i preparativi necessari; infine, mi sono messo al computer a scrivere, perché non so quando ne avrò di nuovo la possibilità.

È trascorsa una settimana da quando siamo partiti e direi che è stata un'ottima settimana... Adesso è come se dovessimo pagarne lo scotto. Un'ultima occhiata alla carta nautica: ci sono centinaia di baie, fiordi, isolette e ridossi. Ushuaia, il canale Beagle, lo stretto di Magellano, proprio al nostro traverso... Chissà, magari un giorno tornerò a navigare da queste parti, con calma e tempo a disposizione. Per il momento, devo tirar dritto, mare permettendo, verso Wellington, in Nuova Zelanda!

Siamo in sesta posizione nella classifica generale, ma, credetemi, tutto ciò ha poco senso in vista di quello che dovremo affrontare! La sfida più ardua è sempre quella con se stessi... Gli altri, gli avversari, sono poca cosa da capire e poca cosa da battere, se si è in grado di comprendere e superare noi stessi.

Diario di bordo: 6 dicembre 2004

Fra poche ore tutti noi di *VAIO* saremo dei Caphorniers!

Esiste addirittura un'associazione che li raduna tutti, anche se non so se sia ancora attiva, e sono certo che i suoi iscritti ne vanno fieri! Ma c'è anche chi, pur di potersi dichiarare Caphornier, arriva fino a Ushuaia in aereo, noleggia una barca, aspetta una bella giornata e raggiunge il mitico capo...

Noi lo doppiamo controvento e controcorrente anche se, nelle ultime dodici ore, di vento ne abbiamo visto poco. La corrente, invece, c'è stata: l'abbiamo provata specialmente quando, nello stretto di Le Maire, la porta da cui si esce dall'oceano Atlantico, ci ha ributtato indietro, in mezzo a tutte le altre barche... quasi a volerci mettere in guardia: «Dove andate! Tornate indietro! Ci sono i quaranta ruggenti e i cinquanta urlanti di là dello stretto! Tornate indietro!»

Noi invece, testardi e risoluti, abbiamo proseguito, seppur perdendo un paio di posizioni rispetto al terzo posto che avevamo faticosamente raggiunto. Provate a pensare per un momento a una notizia del genere: «*VAIO* è arrivato alle porte di capo Horn, ma lo skipper e il suo equipaggio, viste le temperature glaciali e le correnti contrarie, decidono di tornare indietro verso l'Inghilterra. Programmano un paio di soste in Brasile e ai Caraibi, perché nel viaggio d'andata non hanno avuto modo di visitarli adeguatamente... Saluti a tutti e scusate per la delusione». Sarebbe divertente, ma non sarebbe una regata.

La vita, spesso, è una sequenza concatenata di eventi, che solo parzialmente possiamo determinare. O, meglio, possiamo farlo, ma solo in parte... M'ingarbuglio per cercare di dire che ognuno di noi può solo essere com'è, perché se tradisce la sua natura finisce in un casino senza uscita... in altre parole, va a scogli! È per questo che continuiamo a navigare verso la Nuova Zelanda.

La giornata è grigia. Nuvole basse sull'orizzonte si fondono con la foschia che appanna la verdeggiante terra in lontananza: la Terra del Fuoco vista dal mare!

Un mare calmo, ma con un'onda lunga, nascosta, ad annunciare i venti lontani. Sentiamo una voce, che sembrerebbe giapponese, parlare alla radio... Ogni tanto entra nei nostri padiglioni auricolari anche una parlata spagnola, più forte e più vicina, quasi volesse rivendicare la nazionalità di queste terre. Ci fanno, comunque, sentire meno soli, in questo angolo remoto del globo. La temperatura non va oltre pochi gradi sopra lo zero, ma è pur sempre una bella giornata.

Poco fa una foca, anzi due, si sono avvicinate alla barca, ci hanno girato intorno, tuffandosi e riemergendo, scodinzolando e sbuffando. Sono state con noi per ore, fin quando hanno lasciato il posto a decine di piccoli delfini non più lunghi di un metro, che ci hanno accompagnato per qualche miglio di là del Capo dei Capi.

Vita, insomma, molteplice e differente. Vita che ci circonda e che ci fa sentire ancora più vivi. Per quello che stiamo per intraprendere e per la compagnia di cui stiamo godendo.

Diario di bordo: 7 dicembre 2004

Eccoci finalmente! Dopo un anno di preparazione, a due mesi dalla partenza, dopo quaranta giorni passati in mare.

Lo stavo aspettando da tempo! Capo Horn era un sogno di vita spesa alla ricerca dell'avventura, sondando i miei limiti.

Eccoci! Io e il mio equipaggio e tanto mare davanti a noi,

da affrontare giorno dopo giorno, notte dopo notte, per realizzare il nostro sogno.

Abbiamo attraversato capo Horn, con i suoi trenta nodi di vento, con l'operatore della stazione radio cilena Fernando che guardava attonito il passaggio di dodici barche dirette in Nuova Zelanda!

Capo Horn, con cattive notizie di qualcuno ferito a bordo di una barca vicina e buone notizie da casa: Virgilio, mio figlio, ha messo il suo primo dentino!

Capo Horn, tu mi rendi fiero di essere il primo skipper italiano della Global Challenge!

Capo Horn, bucherò il mio lobo sinistro con un orecchino, a significare un traguardo, una conquista della mia vita.

Capo Horn, a poppa della mia barca. La mia veleggiata, la mia navigazione attraverso la vita.

Diario di bordo: 9 dicembre 2004

Latitudine 60 gradi sud. Longitudine 80 gradi ovest. Abbiamo appena toccato il limite dell'Antartico, il luogo che non è di nessuno, o forse di tutti. Nessuna nazione estende i suoi domini al di sotto dei 60 gradi di latitudine sud...

E noi di VAIO ci cuciniamo uno spaghetto aglio, olio e peperoncino alle due di notte... che è di giorno, perché qui la notte è solo un crepuscolo. Oggi siamo arrivati nel punto più a sud della nostra rotta, anzi, anche un po' di più... Succede, inoltre, che dopo quattro giorni di bolina, con vento mediamente di trentacinque nodi e raffiche fino a quarantadue reali, dopo un pandemonio a bordo, insomma, ci ritroviamo in una calma piatta totale, vento zero, onda quel tanto da far sembrare la barca una culla. Sole appena tramontato, alle dieci di sera, in fondo a un orizzonte, limpido come ghiaccio. Se avessi pure la mia compagna e mio figlio qui, vicino a me, sarebbe il paradiso! Ma non avendo né l'una, né l'altro, che cosa c'inventiamo? Ecco, lo «spaghetto del capitano»!

Detto fatto: acqua che bolle, otto minuti per la cottura e un piatto scolato a parte, perché Ylva, da buona svedese, non mangia peperoncino... E poi, un'aggiunta d'aglio, olio, pomodoro e parmigiano. Tutti a tavola, anzi in pozzetto, a cinque gradi sopra lo zero e sessanta sotto l'equatore. Spaghettata unica e indimenticabile!

Finito di mangiare, satolli, ci accorgiamo che si è alzata una leggera brezza, appena percettibile, ma che ci fa cominciare a muovere. Un nodo, poi due, poi tre, tre e mezzo, e siamo nuovamente in navigazione e tra l'altro terzi, ancora una volta.

Ma soprattutto abbiamo trovato la soluzione ideale da proporre quando il vento molla del tutto: gli spaghetti, nuova ricetta per solleticare Eolo... Adesso, però, speriamo che non ci prenda troppo sul serio e che non ricominci a sbuffare e a soffiare a quaranta nodi! A noi basta quell'arietta di una quindicina di nodi, che ci fa viaggiare a una buona velocità. Anche se mi dicono che, da queste parti, è quasi un'utopia.

P.S. Qualche giorno fa, il 5 dicembre, Thijs, l'olandese del nostro equipaggio, ha voluto festeggiare Santa Klaus, che in Olanda è come da noi Babbo Natale e la Befana messi insieme. Abbiamo fatto il canto tradizionale e ognuno ha ricevuto un piccolo dono, forse perché siamo stati buoni! Mi ricordo di quando nel marina di Kimakalki, a Curaçao, che fa parte delle Antille olandesi e che osserva la stessa tradizione, una mattina trovai un pacchettino in cabina comando del *Guaicamar*, la mia barca, con un regalino e un biglietto firmato «Nicholas e S. Klause». Andai subito all'ufficio del porto per chiedere chi fossero questi gentili signori, tali Nicholas e Klause e per quale ragione mi avessero fatto un regalo. Al marina di Kimakalki penso stiano ridendo ancora adesso...

Diario di bordo: 11 dicembre 2004

Oggi abbiamo festeggiato il compleanno di Catherine Jones, soprannominata Jonesy o Pumpkin, che vuol dire zucca, a causa dei suoi capelli rossi raccolti in treccine giamaicane durante la navigazione e che si sciolgono solo a ogni arrivo di tappa. Pumpkin è una delle migliori al timone di *VAIO*, ma si occupa anche del dissalatore, di scaricare le previsioni meteo, di gestire l'acqua nei nostri serbatoi, autorizzando le docce secondo le richieste, gli odori e la disponibilità d'acqua. Ho provato ad affidarle qualsiasi compito, anche il più gravoso, e lei li esegue tutti, in silenzio, sempre sorridente, senza sbagliare mai. Dico mai, e quasi mi stanca per la sua precisione, ma non c'è occasione in cui possa farle un appunto, rimproverarla per un errore. Catherine, quando non regata intorno al mondo, lavora per la Marina mercantile come volontaria. Ha un fidanzato pazzo di lei, che la raggiunge in ogni tappa.

È la prima di una lunga serie di feste dicembrine. Domani ci sarà un altro compleanno, quello di William Marshall: il mio *watch leader* del turno Romeo compie ventisette anni. E poi verrà Natale, il 24 sera. Il 24 sera, perché con sei nazionalità diverse a bordo, abbiamo dovuto metterci d'accordo su quale tradizione privilegiare. Alla fine Ylva, la svedese, è stata così convincente che il 24 sera ha prevalso sul 25! È interessante notare come le tradizioni, seppur simili, differiscono per piccoli dettagli: le date, i regali, il tipo di menu e i personaggi di fantasia cui sono legate.

Quindi, il 29 di dicembre sarà il mio di compleanno! Il cinquantesimo! O, meglio, il quarantesimo più dieci che, secondo me, rende meglio l'idea. Mi sento, infatti, come un quarantenne con dieci anni d'esperienza in più: dieci anni di consapevolezza, che non mi hanno impedito però di venirmi a gelare controvento negli oceani australi, a bordo di un guscio di 23 metri, che spesso è interamente sommerso dagli spruzzi d'acqua gelata...

E poi dicono che invecchiando si diventa più saggi...

Tornando alle feste, il mio compleanno, solitamente, è offuscato dal successivo cenone di fine anno. Questo compleanno, però, è speciale e come tale resterà iscritto nella mia memoria, così come lo è rimasto quello dei miei quarant'anni.

Anche in quest'ultima occasione ero impegnato in un giro del mondo: mi trovavo in Thailandia, a Phuket, per correre la Kings Cup, dopo avere vinto a Penang la più prestigiosa delle regate malesi. Maura mi aveva regalato un body massage thailandese ed ero tornato a bordo con Stefano, che aveva fatto parte dell'equipaggio vincente. Ero rilassato e pronto per una serata originale, come solo sulla *Sorrentilla* di quei tempi poteva succedere! Musica, alcol, ballo, sesso, vecchi amici e nuovi conoscenti... caldo, stelle, tuffo in mare, fino a sfinire noi stessi e gli amici! Il supporto del tavolo del pozzetto della *Sorrentilla* è ancora piegato da quella notte: da quando Michel ci cadde sopra! Non sono mai più riuscito a raddrizzarlo, nonostante fosse spesso trenta millimetri! Michel nemmeno si accorse di essere caduto.

Con Maura e Anna, il mio unico, solo, insostituibile mozzo scelto – pochi anni dopo mio braccio destro nel Floating Village –, passai non soltanto il compleanno, ma un anno molto bello della mia vita. Se oggi sto in giro per il mondo navigando, è anche per merito di quella circumnavigazione del globo e delle due compagne di vita e di mare con le quali l'ho condivisa.

Hai abbandonato ospedali, cliniche, medici, diagnosi e tentativi vani di spiegare l'inspiegabile. Sei fuggito da tutto ciò, non da me, fratello! E hai fatto bene. Non potevi essermi d'aiuto vicino, non più... e sentivo che la tua vita si stava spegnendo come una candela nel bicchiere, quando la privi dell'ossigeno che l'alimenta.

Va' e respira! Prepara la tua barca, aggrega i tuoi affetti e i tuoi amici, illuminati e parti. Non voltarti indietro a guardare! Non ti soffermare su quella mappa colorata della mia attività cerebrale che faticosamente tracciammo a Lione. Eri con me, dormivi o provavi a dormire... e a convivere con l'inaccettabile sentenza accanto. Giorni, notti insonni, speranze svanite e alla fine un tracciato colorato: mostra un poco d'udito dall'orecchio sinistro, niente tatto, niente sapori, niente vista, niente odori, nessun movimento... e della coscienza?

Nessuna coscienza, se non quella profonda, quella che non conosciamo più, nascosta com'è in fondo al nostro essere, ben al di sotto della corteccia cerebrale... quale nome più appropriato! Corteccia, per l'appunto, a impedire l'accesso ai più recessi angoli del nostro essere.

Hai abbandonato gli sterili esami che nulla possono dire a proposito, non tua sorella.

Parti, fratello, allontanati dalla casa delle malattie, viaggia verso il salutare futuro marino.

Festeggiai il mio quarantesimo compleanno durante il mio primo giro del mondo. Adesso mi accingo a festeggiare i cinquanta durante la seconda tappa del mio secondo giro del mondo, lontano però dai miei amori e dai miei amici. Di sesso, alcol e feste sino allo sfinimento non se ne parla nemmeno. Siamo impegnati in una regata seria, adesso! Sì, abbiamo i nostri momenti di divertimento e di relax, ma niente a che vedere con il passato.

Forse i tempi sono cambiati, forse io sono cambiato, forse è giusto che ogni volta sia diverso. Sta di fatto che mia moglie, mio figlio, i miei cari e i miei amici che invecchiano con me sono tutti lontani. Lontani come non potrebbero esserlo di più!

Io mi accingo a festeggiare i miei cinquant'anni con i nuovi compagni d'avventura, di tutte le razze, religioni, età ed estrazioni sociali, come si addice alla festa di compleanno di un vero nomade.

16
YAKARA

È la fine del millennio e sono a Los Roques. Dopo due anni di duro lavoro da emigrato, sono riuscito a radunare una flotta di barche d'epoca con licenza di operare a Los Roques, uno tra i più belli, se non il più bello degli arcipelaghi corallini nell'oceano Atlantico.

Fanno parte della flotta il *Guaicamar*, il *Pandora* e la *Sorrentilla II*, oltre all'*Inagua*, la barca diving, un gommone e un *peñero*: sono i giocattoli sui quali ospito i clienti del Floating Village – la mia formula di villaggio turistico galleggiante e itinerante, che ho creato insieme a Fabio (che dall'agenzia di Milano coordina, commercializza e invia a bordo ospiti-amici-clienti) – e faccio scoprire loro le più belle, deserte e incontaminate spiagge di sabbia finissima e bianchissima di Los Roques.

In uno dei miei non rari deliri di grandezza, ottengo dal mio amico Marcello il *Cheone*, una barca d'epoca da lui meravigliosamente ristrutturata e allestita presso i cantieri navali dell'Argentario. Marcello è stato il creatore del marchio El Charro, diventato famoso con gli stivali camperos.

All'epoca, il *Cheone* giaceva ad Antibes, dismesso dalla vita reale e dai sogni di Marcello, in attesa di un nuovo ricco amante-compratore o di un nuovo destino. Io, invece, cercavo di ingrandire il mio Floating Village in maniera direttamente proporzionale alle preoccupazioni armatoriali. Ci incontrammo una mattina in uno dei più frequentati bar di Roma e concludemmo il nostro accordo: sarei diventato la balia affettuosa della sua barca, a bordo della quale l'avrei ospitato insieme ai nostri amici e ai clienti sotto il caldo sole tropicale.

Il *Cheone*, dopo una breve crociera estiva in Corsica, va

in cantiere all'isola d'Elba. Lo revisioniamo completamente. Partirà poi per la traversata sino alle Canarie, capitanato da José Luis Romero, detto Paco Ruiz Canar. Io lo raggiungerò a fine novembre, al Puerto Pesquero di Gran Canaria, per salpare alla volta dei Caraibi, dove saremmo dovuti arrivare in tempo per i charter già venduti di Natale e di fine millennio.

La vigilia di tanto fermento nautico-imprenditoriale sono ai Caraibi e succede di tutto. Ma non voglio dilungarmi, perché è la storia di un'altra storia... Diciamo solo che, mentre ritorno dalle isole Vergini con il *Pandora*, il venerdì 17 novembre 1999 (e poi dicono che non bisogna essere superstiziosi!) l'uragano Lenny mi affonda la barca, risparmiando per fortuna la mia vita e quella dell'equipaggio.

Distrutto e confuso parto per la traversata con il *Cheone*... È passato quasi un mese quando siamo in vista di Tobago e una notizia alla radio annuncia che in Venezuela un'alluvione ha ucciso circa trentamila persone, coprendo di fango, detriti e cadaveri tutta la costa caraibica; gli aeroporti sono stati chiusi e il paese è isolato. Ergo: la stagione natalizia è saltata. Solo un gruppo di coraggiosi clienti milanesi, i famosi «Fantini x 8», grazie alla tenacia di Alessia, sfida la burocrazia italiana e la confusione sudamericana riuscendo a imbarcarsi.

La vita imprenditoriale del Floating Village e del sottoscritto vacilla sotto tali colpi. Resisto, ma non è finita. La bellezza della flotta del Floating Village e l'arrivo del *Cheone* suscitano gelosie e appetiti insaziabili tra le alte sfere. Io, incapace di sopire la gelosia e di saziare gli appetiti, vengo cacciato dal paradisiaco arcipelago in un battibaleno!

Spazi aperti, natura pura, silenzi rotti solo dal vento. Questo cerca un marinaio nel profondo del suo cuore. Autorità preposte, potere corrotto e il dio denaro sono ciò che fugge.

Questa pura illusione dura un attimo, eppure nelle mie peregrinazioni marine, per un attimo significativo della mia vita, ne ho fatto un pezzo di vita reale: Yakara. Ve la racconto così, com'è rimasta incisa nella mia memoria.

Ti sento fratello, finalmente nel tuo spazio! Sento l'aria rarefatta, un po' umida sul tuo viso... sento la temperatura tiepida dei Caraibi nelle tue vene.

Sento che i tuoi sensi escono dalla letargia invernale e si ravvivano.

Sento che il sangue affluisce nelle estremità del tuo corpo, riaccende quella sensualità remota della quale come conseguenza del mio accidente restasti privo per mesi, anni... per troppo tempo...

È inutile provare a cercare con la lente d'ingrandimento sull'atlante o su di una mappa particolareggiata del mar dei Caraibi: non c'è nessuna isola che risponda al nome di Yakara. È il nome che abbiamo dato al progetto, che vuol dire «benvenuto» nella lingua della tribù indigena dei Guardo del delta dell'Orinoco. Nome che abbiamo scelto una sera, al lume di candela, sorseggiando un rum e coca nella dinette della *Sorrentilla*.

Eravamo in otto: un equipaggio composto da romani, venezuelani e uno spagnolo. Con me c'erano Alessia; Massy, al comando della *Sorrentilla*, principale sostenitore di questo progetto, conosciuto nel mio primo giro del mondo, ed Emilio, suo compagno di banco e di tante avventure, che aveva appena terminato un'esperienza di tre mesi in Amazzonia; Paco, che aveva capitanato il *Cheone* nella traversata atlantica, amico di mare di vecchia data; José Luis, il silenzioso marinaio del *Guaicamar* in trasferta; Alfredo, altro amico scappato dai suoi doveri cittadini; e, la più giovane di tutti, Elluz, all'epoca ventitreenne, a bordo come cuoca-hostess. Infine Fanny, mia valente collaboratrice del

Floating Village, che ci coordinava da Caracas e si dannava con le nostre richieste, telefono satellitare permettendo...

Eravamo partiti pieni d'entusiasmo, in flotta, da Dos Mosquises, splendida isola all'estremo ovest dell'arcipelago di Los Roques. Era l'alba di un giorno di marzo dell'anno 2000: con 20 nodi di vento in poppa, lasciando i cattivi pensieri e le preoccupazioni di quel periodo dietro di noi, nella scia... Dopo ventiquattro miglia giungemmo a destinazione.

Le barche erano tre: il *Cheone*, la *Sorrentilla II* e l'*Inagua*, tipica imbarcazione a motore dei pescatori venezuelani, simile alle nostre lance, che fungeva da nostro centro diving, ma che per l'occasione avevamo declassato a barca di appoggio e magazzino. Con questa formazione facemmo il nostro ingresso nella baia dell'isola principale, a ridosso delle mangrovie, gigantesche e rigogliose, popolate da migliaia d'uccelli, che affondavano le loro radici bianche nelle acque cristalline. C'eravamo solo noi, il vento che soffiava incessante e le nostre voci che cantavano «*buon compleanno a te...*» per Paco... Soltanto l'indomani qualcuno sarebbe venuto a farci compagnia, ormeggiando vicino a noi: una barca a vela di passaggio, battente bandiera tedesca.

La smania di esplorare e di cominciare a capire dov'eravamo e che cosa potevamo fare era tanta! Arrivando, avevamo individuato una lunga striscia di terra, di là delle mangrovie, forse abbastanza lunga da far atterrare un piccolo aereo, un Cessna... Sì, nei nostri progetti c'era l'idea, la convinzione, mista forse a un po' di presunzione, di costruire una pista d'atterraggio su una di queste isole abitate solo stagionalmente da famiglie di pescatori, per farci raggiungere da amici e poi dai turisti, che a breve avrebbero potuto condividere con noi la bellezza di questo posto.

Sbarcammo per quattro giorni con i due dinghy e tutti gli arnesi di misurazione e giardinaggio che avevamo a bordo. Pieni d'energie, sotto un sole cocente, staccammo per ore, ininterrottamente, con dei maceti e con le mani le erbacce, allineammo rocce chiare, evidenziammo l'inizio pista con tutti i mezzi possibili; Alessia realizzò una manica a vento con il filo di ferro e un vecchio lenzuolo. A noi sembrò un buon lavoro: la pista, un po' stretta tra le mangrovie e le rocce di corallo, era lunga circa duecentocinquanta metri, aveva la regolamentare manica a vento, anche se bianca, perfettamente sventolante. La nostra prima scommessa era vinta! Ora dovevamo soltanto convincere un pilota ad atterrarvi: un compito che fu assegnato a Fanny.

Per un paio di giorni aspettammo inutilmente, a orari prestabiliti, l'arrivo del coraggioso pilota Michelangelo, tutti fieri, scrutando continuamente il cielo e confondendo spesso il richiamo di qualche uccello per il rumore di un aereo in lontananza; passeggiando su e giù per la pista, giocando a calcio con un vecchio pallone di cuoio assai sgonfio, oppure a rubabandiera... Delusi e forse rassegnati, dopo il mancato atterraggio tornavamo a bordo, a bere qualcosa, interrogandoci e telefonando a Fanny. Questa situazione di vana attesa sembrò quasi spegnere i nostri animi. Per questo decidemmo di cambiare ormeggio.

Ci spostammo più a ovest, verso un'altra isola di spiaggia bianchissima, dove il mare sembrava una prova di colori ad acquerello, dove piccole rocce affioravano come funghi accanto a lingue di sabbia; un labirinto di corallo era il percorso da seguire per gettare l'ancora proprio al centro di questo spettacolo della natura... Gli sguardi cominciarono a incrociarsi, scintillanti; l'umore migliorò velocemente e tutte le energie tornarono a concentrarsi sul progetto: per il momento non sarebbe atterrato nessun turista, ma noi potevamo comunque pensare a che cosa offrirgli per rendere gradevole il suo soggiorno, su quale spiaggia accompagnarlo per passeggiare, quale poteva essere il miglior punto per fare snorkeling e magari anche qualche bella immersione, dove pescare...

Quella stessa sera, a bordo, mentre aspettavamo che Elluz finisse di preparare la nostra cena, qualcuno di noi urlò come un bimbo che aveva visto la Befana volare sulla scopa. «Un aereo!» Tutti, in coperta, salutammo il velivolo che passava e ripassava a bassa quota sulle nostre barche,

che si allontanava e che poi sembrava abbassarsi sulla pista, per rialzarsi subito dopo e puntare verso il sole che tramontava. E quindi, ancora, tornare! Le nostre teste lo seguirono senza perderlo di vista un secondo, perché poteva essere il nostro pilota che finalmente si era deciso almeno a controllare che cosa avevamo preparato per lui... magari non per atterrare, ma soltanto per dare un'occhiata.

Il sole era basso e di lì a poco sarebbe scomparso all'orizzonte. L'aereo sorvolava la punta opposta della baia di ponente, basso, sempre più basso, bassissimo... e alla fine atterrò! Ci guardammo stupiti, increduli; urlando, saltammo sui dinghy d'impeto e senza neanche fare troppo caso al reef, li avevamo già tirati sulla spiaggia e stavamo correndo verso quello che sembrava essere il nostro eroe! Una corsa a perdifiato, senza sentire la fatica tanta era la contentezza... Come naufraghi verso la salvezza!

Ci avvicinammo al pilota, che nel frattempo aveva già scaricato la sua amaca, un tavolino e la ghiacciaia su un prato di piante grasse, forse per prepararsi a trascorrere una serata alternativa su un'isola deserta. Lungo il tragitto, però, ci venne anche da pensare che forse stavamo andando a ficcare il naso in un territorio a noi sconosciuto, magari anche pericoloso. Allora rallentammo il passo, mentre l'altro ci veniva incontro, anche lui scrutandoci e nascondendo qualcosa dietro la schiena... Lui era zoppo, a causa di uno dei suoi ultimi incidenti aerei, ci avrebbe spiegato dopo, e non era solo. Suo fratello, un pilota senza patentino, apparve da lontano, dopo un po', dal fondo del prato. Che cosa fosse andato a fare fin laggiù non glielo chiedemmo, ma di certo non era andato a fare pipì! Nelle nostre ricognizioni avevamo spesso visto barche al largo...

I due fratelli, se tali erano, ci raccontarono le loro storie d'atterraggi sfortunati e ci dissero che spesso e volentieri venivano sull'isola per trascorrere la notte. Ci dissero anche che in quel posto non c'era mai nessuno... Noi continuammo a intervistarli, formulando loro domande più tecniche. «Avete visto i segni della nuova pista?» chiedemmo. Ci spiegarono che la nostra pista era troppo corta per monomotori a elica come il loro, mentre sulla striscia di prato dov'erano atterrati, che poteva sembrare la cartolina di un paesaggio irlandese, avevano ben cinquecento metri di tracciato, tra l'altro ben più largo del nostro!

Avevamo sudato per giorni, dunque, inutilmente. Lavorando su una pista d'aeroporto che da qual momento in poi si sarebbe chiamata «vecchia» e sarebbe rimasta nei nostri ricordi. Dovevamo solo rimboccarci le maniche e ricominciare tutto da capo.

Portammo il palo della manica a vento all'inizio del prato, misurando con i passi cinquecento metri, tappando qualche buca. Quindi, fornimmo le coordinate a un pilota di nome Braulio, che Fanny finalmente era riuscita a convincere a volare, e aspettammo il giorno dell'arrivo. Le nostre prime cavie atterrarono, come al solito, tra schizzi di champagne! A quel punto, si trattava di rendere la pista più idonea per i successivi atterraggi e decolli: avremmo di nuovo dovuto strappare erbacce e coprire avvallamenti, tra le centinaia di nidi di sula. Per fare questo, però, avevamo bisogno di altro materiale, di arnesi un po' più tecnici. Al fine di procurarmeli, ma anche per dare un'occhiata ai miei affari, decisi di rientrare a Caracas. Lasciavo tutti per un paio di giorni a ripulire le spiagge, a iniziare i lavori di costruzione di una capanna e dell'inceneritore.

Il gruppo rimase all'ormeggio di Tio Pepe. Lo avevamo chiamato così per la presenza quotidiana di un grande barracuda, che aveva scelto di sistemarsi all'ombra delle nostre barche. Una presenza che in un primo tempo ci era parsa piuttosto inquietante, ma che poi, col tempo, era diventata abituale.

Per qualche giorno, dall'alba al tramonto, i miei amici raccolsero sacchi di roba d'ogni genere: migliaia di tappi, bottiglie di vetro senza messaggio, un piccolo casco da pompiere americano e tutto ciò che il mare portava a riva, per poi bruciarlo nell'inceneritore ricavato tra le rocce vicino all'aeroporto. Trasportarono anche legna, pali, tavole e

«Spinnaker Flying»: la foto di Ben Beasley ha vinto il premio come Miglior Scatto nella quinta tappa. (© Challenge Business)

1976. Prima traversata atlantica. Equipaggio del *Tany Kely*: io sono accucciato sulla destra davanti allo skipper Alessandro Lo Jacono (quello con la cinepresa in mano) e l'unica donna a bordo, l'attrice Isa Barsizza. (Archivio privato Amedeo Sorrentino)

1994. Anna al timone di *Sorrentilla II* con il numero 30 nel Rally Around the World. (Archivio privato Amedeo Sorrentino)

Mia sorella Priscilla in Grecia. (Archivio privato Amedeo Sorrentino)

A Portsmouth con Alessandra e Virgilio Alfa prima della partenza. (Archivio privato Amedeo Sorrentino)

1999. Il *Guaicamar*, l'ammiraglia del Floating Village, davanti l'isola di Dos Mosquises, arcipelago di Los Roques. (Archivio privato Alessia Vanni)

1999. *Pandora* poco prima di essere affondata dall'uragano Lenny a largo delle isole Vergini. (Archivio privato Alessia Vanni)

Sorrentilla all'ancora alle San Blas. (Archivio privato Amedeo Sorrentino)

2000. Il *Cheone* all'ancora nelle acque del Parco di Mochima, Venezuela. (Archivio privato Alessia Vanni)

Io e Paco mentre assistiamo al primo atterraggio sulla pista di Yakara. (Archivio privato Alessia Vanni)

Un momento di relax durante i lavori alla capanna di Yakara. (Archivio privato Alessia Vanni)

Seconda fila da sinistra a destra: Dave Melville, 42 anni, inglese; Eero Lehtinen, 41 anni, finlandese; Andy Forbes, 38 anni, australiano; Amedeo Sorrentino, 50 anni, italiano; Matti Riddel, 30 anni, australiano. Prima fila da sinistra a destra: Paul Kelly, 28 anni, inglese; Clive Cosby, 29 anni, inglese; Dee Caffari, inglese; James Allen, 30 anni, inglese; Loz Marriot, 31 anni, inglese. Manca Duggie Gillespie, 38 anni, scozzese. (© onEdition)

L'equipaggio della Round Britain and Ireland Challenge 2004. (© onEdition)

I famosi team building: a Roma tutti in bicicletta e a Wellington tutti a correre dietro alle pecore! (Foto Beasley)

Faccio il dio Nettuno per il battesimo dell'equipaggio al passaggio dell'equatore. (© Challenge Business)

Al tavolo del carteggio tracciando la rotta nei *Southern Oceans*. (© Challenge Business)

Natale 2004. (© Challenge Business)

La foto allegata agli auguri di Natale. (© Challenge Business)

Calma piatta:
ci tuffiamo
nell'oceano Atlantico.
(© Challenge
Business)

Big Wave!
(© Challenge
Business)

Buenos Aires: secondi classificati. (© onEdition)

Boston: terzi classificati. (© onEdition)

Città del Capo: una delle nostre colazioni briefing prima della partenza. (Foto Beasley)

VAIO arriva nella baia di Sydney davanti all'Opera House. (© onEdition)

Riparazione volante alle vele. (© Challenge Business)

L'equipaggio di Vaio fa zavorra nei *Southern Oceans*. (© Challenge Business)

Pescando il bonito torniamo sul podio a Boston! (© Challenge Business)

Messo a tacere dall’equipaggio... (© Challenge Business)

Vaio lascia Cape Town sotto spin verso Boston. (© onEdition)

canne di bambù da una capanna danneggiata dalla mareggiata a un'altra, della quale esisteva solo la struttura perimetrale, in altre parole qualche palo conficcato nella sabbia.

Quest'ultima era in riva al mare, e da essa si poteva ammirare uno splendido spettacolo del tramonto. Qui ci saremmo raccolti al calar del sole, per salutare con una sigaretta e un Cuba libre la giornata di lavoro, di allegria e di discussioni appena terminata. Tramonto che segnava il passaggio di un altro giorno, del quale non conoscevamo più nome e data, perché troppo presi dagli eventi, dal paesaggio, dalla tranquillità. Dimenticavamo tutto... Tramonto che scaricava le tensioni, riempiva l'anima e gli occhi di colori.

Una famiglia di pescatori roqueni, le cui case di La Guaira erano state distrutte dalla terribile alluvione che aveva investito il Venezuela, ci concesse il permesso di utilizzare questi pali. Si offrirono anche di realizzarci il tetto con ciuffi d'erba strappati su un'altra isola, dov'erano accampati e dove la vegetazione era più alta. Costoro divennero presto la nostra famiglia di riferimento, nonché fornitori di pesce su richiesta: pargo (un tipo di dentice), mero (la nostra cernia), picua (il barracuda), coro coro (un pesce tropicale), aragoste, cicale di mare, granchi... Il tutto in cambio di qualche birra, polli, medicinali e, soprattutto, sigarette (non le mie, perché avevo già smesso di fumare), che sembravano costituire la merce più preziosa.

Ma non furono gli unici a rifornirci di pesci tropicali. Anche Emilio, entusiasta dell'abbondanza del posto e colto dalla frenesia per la pesca facile, con un semplice amo al filaccione e tre dita di un guanto da cucina riuscì meticolosamente, e quasi scientificamente, a tirare a bordo solo pesci velenosi o immangiabili... come un bellissimo pesce palla, che Massy imprecando ributtò in mare.

Alfredo, l'architetto, supervisionava i lavori alla capanna, con livello e fettuccia alla mano; dirigeva la realizzazione del tavolo centrale, delle panche e della cucina. Ognuno apportava le sue migliorie... Idee, decorazioni con grossi rami contorti, con il corallo nero, le conchiglie e le alghe secche a retina o di colore viola, botuto, tendine di semi di palma e pezzi di reti, vecchie cime e bottiglie portate dal mare: tutto materiale riciclato. Ad accendere l'atmosfera, il fuoco della griglia e qualche candela.

Il nostro lavoro alla capanna si alternava con quello dei pescatori: mentre loro ci regalavano l'ombra, noi continuavamo i lavori alla pista di atterraggio con i mezzi pesanti importati dal continente con l'aereo di Michelangelo, vale a dire un tosaerba a noleggio, una zappa, una pala e dei chiodi. Il tosaerba facilitò molto le operazioni: ci alternammo per ore al manubrio di quell'arnese dal rumore infernale, sotto lo sguardo sempre più attento, ma rassegnato, delle femmine di sula sula.

Con il nostro agitarci suscitammo, oltre la curiosità, l'invidia e forse la gelosia di altre famiglie di pescatori o, più semplicemente, come dice il detto, fornimmo «l'occasione all'uomo di diventare ladro»: così un mattino, al risveglio, non ritrovammo più i nostri preziosi arnesi. Fu il primo, chiaro e spiacevole messaggio che ci fece comprendere che non eravamo soli: eravamo stati di certo gli unici a fermarci in quell'isola, a differenza delle altre barche che erano passate e avevano continuato a navigare verso Bonaire; gli unici che volevano far arrivare amici, parenti e turisti; gli unici che avevano fatto amicizia con una famiglia di pescatori. Ma forse tutto questo aveva dato fastidio a un altro clan di abitanti locali e ai loro traffici. Imparammo così la nostra prima lezione: non eravamo i padroni dell'isola, anche se la sensazione che avevamo di possederla era grande!

I lavori proseguirono per settimane, consumando quasi tutte le nostre energie: l'aeroporto «nuovo» era alla fine funzionale; la capanna assumeva ogni giorno di più l'aspetto di un posto vissuto; l'inceneritore continuava a bruciare, oltre alla nostra sporcizia, anche quella che continuavamo a raccattare sulle spiagge...

Arsi dal sole, un po' intontiti dal vento, rinfrescati da un paio di giorni di pioggia, continuavamo a gettare le basi del progetto Yakara, a fantasticare sul futuro di quel posto ancora vergine, popolato dai sula sula, da tanti pesciolini colorati, da qualche pesce pappagallo, da aragoste, da migliaia di botutos, coralli e lucertole nere e da rare apparizioni di flamingo rosa. Aspettammo ancora per settimane all'ancoraggio di Tio Pepe l'arrivo d'amici e parenti...

Yakara sarebbe potuta diventare una meta per pochi eletti, in alternativa a Los Roques. Un luogo per coloro che veramente amavano il mare, il sole e la natura, pronti ad accettare anche qualche piccolo imprevisto e a divertirsi con una semplice, spontanea rumba. Un posto per gente di mare, che conosce il valore prezioso di una goccia d'acqua dolce. Era un paradiso incontaminato destinato ai sensibili, capaci di rispettare la terra che quegli uccelli avevano scelto come loro casa per riprodursi.

Immaginate, come per incanto, che le più represse frustrazioni, il senso di rabbia più profondo e il malessere più intenso spariscano di colpo, non appena si viri dietro la lingua di sabbia che delimita il lato sud dell'isola di Las Aves de Barlovento... Tutto si calma: i sentimenti negativi spariscono per lasciare posto alla pace che questo posto trasmette. La sua desolazione, i suoi colori forti, l'odore acre degli escrementi degli uccelli che volano a migliaia, quando passi sottovento ai loro nidi.

Di questo posto abbiamo fatto la nostra isola di Robinson Crusoe, abbiamo applicato al reale l'immaginario dei naufraghi, abbiamo reso concreto un sogno quasi impossibile, siamo tornati indietro nel tempo dell'infanzia, delle cose impossibili ma istintive.

Abbiamo trovato un ancoraggio paradisiaco, abbiamo ricostruito la nostra capanna abbandonata sulla spiaggia, abbiamo aperto una pista d'atterraggio per piccoli aerei da turismo. Abbiamo ospitato i nostri amici e parenti più cari. Abbiamo pescato per loro.

Abbiamo giocato e gioito delle cose più semplici del mare.

Poi, come tutte le utopie, un giorno ce ne siamo andati, dissolvendole nel vento. Addio Yakara, progetto troppo bello per essere vero. Troppo immaginario per non essere esistito. Addio Yakara, la più cara e sublime delle nostre delusioni.

17
SUONI E SILENZI

Diario di bordo: 19 dicembre 2004

È una di quelle notti in cui ti piace essere in mezzo al mare. Una di quelle notti in cui sei felice di essere un marinaio. Il vento è calato e, dopo giorni e giorni, è tornato il silenzio a bordo. Sì, il silenzio...

Il primo effetto del vento, quello forte sulla barca, è un sordo rumore di fondo. Penso sia per questo che si usano parole come «ruggenti» o «urlanti» per descrivere le condizioni in tali latitudini. Per il rumore. Il vento s'insinua tra le vele, le sartie, l'albero e tutta l'attrezzatura di coperta entra in una sorta di risonanza perpetua. Differenti toni, frequenze acustiche e armonie si fondono in un cupo rumore di fondo, rotto dal picchiettio del cordame sull'albero e dallo sciabordio dell'acqua sullo scafo. La monotonia di questo rumore, o musica se volete, è rotta soltanto dai colpi che le onde inferiscono allo scafo sulla prua oppure lateralmente. È come in una rullata di batteria: dapprima un colpo di grancassa, poi una marea di spruzzi che suonano con uno *squishh* simile ai piatti.

Poi torna il rumore cupo del vento che gratta sull'attrezzatura. E tu, piccolo insignificante essere che sei a bordo, vivi perpetuamente questo suono impossibile da spegnere! Dopo ore, giorni, non ti accorgi più della sua presenza, ma è lì ad accompagnare la tua giornata, a orlare il tuo sonno, ad accoglierti nei tuoi risvegli. Nella mia vita sembra che tutto continui a essere una questione di musica.

Ma questa sera è tornato il silenzio. E tutto cambia. I toni della voce in genere alti, per farsi sentire specialmente in coperta, si abbassano. I contenuti delle rare chiacchierate che si fanno a bordo cambiano istantaneamente all'unisono con il nuovo status sonoro. E tutto si calma... Io adoro la calma.

In queste condizioni diventa più difficile timonare. Al contrario di quello che generalmente si pensa, è proprio in queste condizioni che si vincono o si perdono le regate. Le velocità si riducono e c'è un alto rischio che la barca si fermi del tutto, non trovando più l'inerzia per ripartire. Le differenze di velocità si amplificano con i venti leggeri.

Ora stiamo navigando con una bava di vento, tra i quattro e i sei nodi, completamente concentrati sulla nostra rotta. C'è un remoto insegnamento nell'andare a vela in queste condizioni: quanto più le condizioni esterne sono leggere e instabili, tanto più si può incidere sulle proprie performance. Il vento che spinge la barca è il vento relativo: miscela imprevedibile tra il vento reale, esistente in un istante dato, nella posizione precisa in cui si trova la barca rispetto alla superficie terrestre, e il vento che i mille movimenti dell'imbarcazione generano in tutte le direzioni. Il vento relativo che spinge le nostre vele è la risultante della velocità e della direzione, dello scarroccio, delle correnti, del rollio, del beccheggio, delle variazioni di rotta che il timoniere imprime, delle turbolenze che alle differenti andature turbano il normale andamento dei flussi d'aria.

C'è dell'altro. Tutta questa relatività è minima quando il vento reale è forte e stabile, ma diventa un potente giocattolo nelle tue mani quando timoni in arie leggere. Puoi incrementare il vento sulle vele, farlo sparire, perfino crearlo, cambiarne la direzione a mano a mano che cambi la direzione della tua barca e la sua velocità, in un gioco senza fine nel quale i numeri che gli strumenti indicano assumono o perdono totalmente significato. Tutto ciò solo per un po' d'aria che fluisce dalle alte pressioni verso le basse pressioni...

Be', è evidente che quando tutto si calma si diventa loquaci e si scrive molto!

Adesso è ora di alzare lo spinnaker, il benedetto «pallone» che in queste condizioni ci regala qualche nodo in più. Salgo in coperta. Passo e chiudo.

Diario di bordo: 20 dicembre 2004
Questa mattina alle otto, al cambio di turno, è arrivato un colpo di vento a ventisette nodi, del tutto inaspettato! Gli ultimi due giorni abbiamo combattuto con calme e addirittura dieci ore di piatta assoluta! Quella che ti sfibra i nervi nel disperato tentativo di muovere la barca, di spingerla avanti sulla massa d'acqua, la quale, pur se in superficie è talmente liscia da sembrare di raso, con le sue onde possenti solleva e sbatacchia *VAIO*. La barca, in queste calme, è in balia del Pacifico e noi in balia di essa.

Mi ero appena svegliato. Stavamo facendo colazione, con le facce stanche del turno Romeo che smontava e quelle ancora insonnolite del turno Alfa che ne prendeva il posto. Ho sentito la barca che s'inclinava. Ho urlato: «Molla la scotta della randa!» In un attimo, il putiferio! Spinnaker da ammainare, genoa da issare. Poi il vento è aumentato ancora... Allora, issa la trinchetta per non perdere la velocità e giù la genoa! Su lo yankee 1! Tra gli spruzzi d'acqua gelata sul viso, il vento che nel frattempo si è fatto come una lama tagliente, mi trovo a gridare ordini e a cercare di fare uscire dal torpore mattutino l'equipaggio che sembra muoversi al rallentatore.

Riusciamo nell'impresa dopo un'ora e mezzo di traffico in coperta. Le vele ora sono piegate e al loro posto. *VAIO* fila con le vele a riva, messe finalmente a segno, a dieci nodi in rotta verso la Nuova Zelanda, che dista duemilaquattrocento miglia.

Raduno tutti in pozzetto: abbiamo fatto un buon lavoro, ma non possiamo permetterci di abbassare la guardia. Quindi, all'erta! E speriamo che un colpo di vento, dopo tanta calma, ci regali un vantaggio sulle altre barche inseguitrici che ci stanno raggiungendo.

Un ultimo sprone in coperta a Ylva, per stimolare il suo turno a massimizzare la velocità e la rotta, e poi una mia frase infelice: «*Push the speed up to 10 knots and if not, you're fuck!*» Ylva si avvicina con calma e mi suggerisce di moderare il linguaggio.

Mi sento una merda, vado in cuccetta e dormo. Mancano cinque giorni a Natale e mi sento solo.

Adesso sono di nuovo alla mia posizione al tavolo da carteggio: fra dieci minuti ci arriveranno le posizioni della flotta e sapremo se abbiamo guadagnato o perso.

Il tempo a bordo di uno yacht che naviga intorno al mondo è scandito in modo sostanzialmente differente da quanto avviene in terraferma. Non somiglia nemmeno a quello dei più accaniti trasvolatori oceanici sempre alle prese con il jet lag e i cambi di fuso orario di molte ore. Il tempo a bordo è scandito da due orologi.

Il primo, essenziale per la navigazione e tutte le operazioni connesse è sempre fisso e accuratamente aggiornato sull'UTC, che altro non è che il vecchio GMT di Greenwich rinominato e fattosi più preciso grazie a vibrazioni atomiche capaci d'esattezze superiori alle nostre percezioni. In gergo e per brevità a bordo indichiamo queste ore con il simbolo Z, lo zulu dell'alfabeto marino. Con questo orologio, fissiamo gli appuntamenti radio, concordiamo gli orari con le stazioni di terraferma, effettuiamo la navigazione stimata, i punti nave e scarichiamo i bollettini. Così evitiamo confusione con i diversi orari locali degli interlocutori con i quali veniamo in contatto. Immaginate di fissare un appuntamento per un contatto radiofonico con l'Italia che è un'ora avanti l'UTC e un altro con l'Argentina, paese di destinazione, che è invece quattro ore indietro rispetto a zulu, mentre a bordo vige il nostro *local time*, che è due ore indietro l'UTC, perché siamo circa alla stessa longitudine delle Canarie... Una confusione totale e tante ore diverse. L'UTC mette d'accordo tutti, con buona pace degli inglesi, per i quali coincide con l'orologio di casa, per lo meno nei mesi invernali, finché l'estate e l'ora legale non arrivano a complicare nuovamente la vita.

L'ora locale, in altre parole il secondo orologio di bordo, scandisce invece la vita interna della barca e il suo quotidiano: le ore di veglia e di sonno, di lavoro e di riposo, i pasti principali e i turni. La caratteristica di questo orologio è che cambia d'orario geograficamente ogni quindici gradi di longitudine, com'è facile capire dividendo i trecentosessanta gradi della circonferenza terrestre per le ventiquattr'ore che compongono la nostra giornata. Nel nostro caso, poiché navighiamo verso ovest, dobbiamo sottrarre un'ora ogni qualvolta, più o meno esattamente, tagliamo ulteriori quindici gradi di longitudine ovest.

Ci sono diversi modi di dividere e organizzare la vita di bordo, ma i pasti in genere dettano legge! Quando arriva il languorino, non importa di quale nazionalità sei, è ora di mettersi a tavola. Noi, per rispetto alle tradizioni della maggior parte dell'equipaggio, facciamo colazione alle sei di mattina, pranziamo alle dodici e ceniamo alle diciotto. Ogni tanto il sottoscritto si prende la libertà di preparare lo spaghetto di mezzanotte. Naturalmente, poiché bisogna manovrare la barca ventiquattr'ore su ventiquattro, non mangiamo tutti insieme, ma metà equipaggio alla volta, il che rende ancora più complesso il sistema.

Il turno Alfa lavora fino alle dodici, quando il turno Romeo sale in coperta dopo aver pranzato. Alfa mangia e riposa cinque ore, fino alle diciassette e trenta, quando si mette a tavola per cena prima di dare il cambio a Romeo... e così via, tutti i giorni.

La notte i turni, invece, diventano tre e si accorciano da sei a quattro ore. Naturalmente questo è l'orario che applichiamo a bordo di *VAIO*, diverso da quello in vigore su altre imbarcazioni: tre turni invece di due, con un turno sempre in standby, pronto a intervenire ma sottocoperta, oppure con parziale sovrapposizione in modo da evitare il momento, sempre critico, del cambio di tutto l'equipaggio in coperta.

Per quanto riguarda lo skipper, io sono fuori dei turni, non li rispetto, eccetto quelli dei pasti. Ma sono sempre all'erta, pronto a intervenire in caso di bisogno.

La conseguenza è che alla fine di ogni tappa non solo non so che ora sia, ma nemmeno il giorno... Poniamo il caso del mio compleanno: coincide con la linea del cambiamento di data e, secondo la direzione dalla quale la si attraversa, bisogna aggiornare non solo l'ora ma anche la data del calendario locale. Insomma, tagliando i convenzionali 175 gradi di longitudine ovest si cambia data! Questo concetto apre discussioni infinite sul giorno della propria vita perso o guadagnato, speculazioni relative alla lunghezza della propria esistenza e, nel mio caso, se duplicare o cancellare dal calendario il giorno del mio compleanno!

Fino all'età di quarantanove anni ero undici ore indietro rispetto all'orologio lasciato a Londra, e adesso, cinquantenne, sono tredici ore avanti alla data che appare sul quadrante... tredici ore? Sì, perché la Nuova Zelanda, sul cui orario dovrò sincronizzare il mio orologio da polso, oltre a un fuso di dodici ore applica l'ora legale estiva.

Del resto, anche le stagioni sono al contrario, quando si passa nell'emisfero Sud, ma sono certo che a questo punto vi ho confuso le idee a sufficienza...

Niente paura, però: il nostro calendario zulu non subirà alcuna variazione. Come spesso accade, non è la realtà intorno a noi che cambia, ma solo il nostro modo di interpretarla.

18

REGALO DI NATALE

Il *Cheone* è solido, tutto di puro teak, il re dei legni marini. Ha una fibra forte, unidirezionale, di un certo spessore. Non è laccato come alcuni legni quasi monotoni nella loro uniformità. Assomiglia a Tabarly, il più grande dei navigatori moderni, disperso in mare qualche anno fa... Comc Tabarly, è tozzo ma slanciato allo stesso tempo. È elegante nel suo abito marinaresco, girocollo bretone blu, ma non acchitato, come si potrebbe pensare essendo uscito dalle mani di uno stilista quale Marcello, che lo ha voluto battezzare con il vezzeggiativo del figlio Matteo.

Questo veliero, nato nel '37, ha vissuto momenti di gloria, ha navigato per mari e poi ha sofferto, abbandonato da un armatore inglese a Porto Santo Stefano. I cantieri dell'Argentario gli hanno ridato vita. Marcello, infatti, lasciato il mondo della moda, decise di ristrutturare il bellissimo cutter bermudiano di 21 metri e di regalarsi, e regalargli, un giro del mondo alle latitudini tropicali. Terminata l'avventura, lo scafo si fermò nuovamente e, come se fosse in esilio, fu tirato in secco all'isola d'Elba.

Alla vigilia del Capodanno del 2000, all'inizio della quarta stagione del Floating Village, il *Cheone* era di nuovo per mare con me, a Los Roques, in Venezuela.

Giulia, ora mia amica, all'epoca era una cliente che aveva noleggiato la barca all'ultimo momento. Al telefono, il 1° agosto, mi aveva detto: «Vengo! Non è questione di prezzo... Voglio la barca tutta per me. Parto con la mia assistente-cugina-segretaria... e ho bisogno di totale relax!» Poi, in navigazione, mi aveva raccontato la sua vita: la perdita del padre, la carriera nella Nazionale di pallacanestro conclusasi in un eremo siciliano, le porte chiuse... I pianti e la solitudine... Infine, la riscossa, il successo, il denaro. Quindi, il riposo e gli affetti. Con il *Cheone* in esclusiva per lei, salpammo da Isla Margherita.

Dopo avere passato un periodo difficile la stagione precedente nelle acque di Los Roques, sembrava tutto nuovamente filare liscio: portai viveri e vettovaglie per me, per le altre barche del Floating Village e per altri che credevo amici... Arrivammo a Los Roques dopo una bellissima navigazione e una sosta a base d'aragosta all'isola di Tortuga. Non immaginavo, allora, che quello sarebbe stato il mio ultimo charter in quel bellissimo arcipelago, dal quale sarei dovuto salpare di notte, quasi da clandestino, per rifugiarmi nelle disabitate isole di Las Aves, le isole di frontiera del Venezuela.

Marcello mi aveva invitato a raggiungerlo sul *Cheone* durante il suo giro del mondo. Avevo già navigato con lui a bordo della sua barca quando, bloccato da una maestralata a capo Caccia, l'avevo aiutato a riparare i motori e a portare la barca fino a Mahón, nell'isola di Minorca. Era il 1991. Il 6 gennaio partiva Europa 92, il giro del mondo organizzato da Jimmy Cornell, che già aveva realizzato con successo diverse edizioni dell'ARC, la traversata atlantica dalle Canarie a Santa Lucia, ai Caraibi.

Maura e io, ogni anno ci regalavamo una vacanza esotica, grazie ai biglietti che come agente di viaggio poteva procurarsi. Eravamo già stati in Guatemala e Belize, alle Maldive, in Sri Lanka, negli Stati Uniti così come in Oriente. Una telefonata di Marcello, che ci confermava che c'era posto in barca, era stata sufficiente a convincerci.

Partimmo per le isole Marchesi, la più remota delle destinazioni possibili dall'Italia. Arrivammo a Tahiti distrutti dopo trenta ore d'aereo. Dormimmo per un paio di giorni in un motu da sogno vicino a Thaa, un minuscolo anello di sabbia poggiato come una ciambella piena di palme sul mare cristallino. Uno zingaro del mare era approdato qui qualche anno prima, aveva comprato l'isola e costruito una dozzina di bungalow con tutto ciò che il mare trascinava sull'isola: una radice di legno contorta reggeva il pezzo di vetro che ci faceva da specchio in bagno!

Poi, di nuovo in aereo fino a Nuku Hiva, dove la flotta del Rally Around the World si riuniva per la partenza della tappa di Papeete. Sul piccolo velivolo chc ci trasportava a destinazione si respirava una strana atmosfera: due giorni prima un aereo simile della stessa compagnia aveva fatto ammaraggio d'emergenza a poca distanza dalla costa! L'equipaggio e molti passeggeri erano morti. Solo l'armatore del *Who Dares the Wind*, una delle barche in gara, si era salvato, raggiungendo a nuoto la riva... Io non vedevo l'ora di arrivare!

Finalmente le montagne verdi e maestose delle Marchesi! L'aereo atterrò sulla parte opposta dell'isola, su una pista scavata nella montagna. Ad attenderci c'era un amico di Marcello, Nicola, che ci raccontò che era stato in procinto di diventare primario di un importante ospedale romano, ma che alla vigilia del grande compromesso aveva salutato tutti e preso la decisione: partecipare al giro del mondo a vela!

Facemmo un paio d'ore di fuoristrada per raggiungere il porto, o meglio la baia dove le barche erano ridossate, e arrivammo al mare... ci diedero un passaggio e fummo a bordo del *Cheone*. Marcello, ospite amichevole e perfetto, ci accolse come al solito, alla grande. Cominciò così l'avventura con la flotta del Rally Around the World che avrebbe poi segnato la mia vita futura.

Ricordi. Indimenticabile rimane la festa della premiazione nel giardino del governatore delle Marchesi, dove un'intera mucca, divisa in due metà, rosolava sul più grande barbecue che avessi mai visto in vita mia!

Ripartimmo alla volta di Papeete, poco più di una settimana di navigazione prevista, attraversando gli atolli delle Tuamotu, altri anelli di sabbia disseminati in quest'angolo remoto del Pacifico non ancora sporcato dall'uomo...

Diario di bordo: 22 dicembre 2004
Ecco l'ultimo incredibile bollettino ricevuto a millenovecento miglia dalla Nuova Zelanda attraverso Safetynet, il servizio che diffonde in tutto il mondo messaggi relativi alla sicurezza della navigazione e alla meteorologia:

ES 202 – MSG 2372 – MetWarn/Fore Safety Call to Area: 14 – PosOK STRATOS CSAT PSNT User 16-Dec-2004 23:42:35 674021 FM NAVAREA XVI COORDINATOR 162320Z DEC 04
BEGINS SOUTH PACIFIC.
Area temporarily dangerous to navigation from falling spacecraft from 22220Z DEC TO 230030Z DEC between positions 31 46S 147 38W, 39 57S 135 32W, 50 46S 89 45W, 52 43S 92 17W, 42 45S 138 00W, 33 25S 149 30W.
Cancel this message 230130Z DEC 04.
End.

Traduco il contenuto del messaggio, tralasciando le sigle relative al tipo, data e modalità d'emissione.

Inizio messaggio. Pacifico meridionale.
Area temporaneamente pericolosa per la navigazione causa caduta di nave spaziale dalle ore 22.30 del 22 dicembre alle 00.30 del 23 dicembre nell'area delimitata dai seguenti punti: 31sud, 147ovest, 39sud, 135ovest... ecc. ecc... [a includere una fascia di 2000 chilometri larga mezzo oceano Pacifico!]
Cancellare questo messaggio il 23 dicembre alle ore 01.30... [Se non vi è caduto in testa! aggiungo io...]
Fine del messaggio.

Non provo neanche a commentare! Penso soltanto che sia un regalo di Natale che ci arriva dal cielo! È stato provvidenziale portare la pentola a pressione a bordo: me la infilo in testa mentre sono in coperta e sto scrutando il cielo col binocolo. Voglio scattare una foto da mandare a Virgilio... Copio il testo di Safetynet in un messaggio d'auguri natalizi che invio a tutti i miei amici. «Dal Pacifico meridionale, nella speranza di sopravvivere alla spazzatura spaziale, il vostro capitano, Amedeo Sorrentino, augura a tutti un felice Natale sotto le stelle! »

Il giorno di Natale, malgrado il mio stato d'animo, è stato molto bello. Navigavamo a circa 50 gradi di latitudine sud, ormai prossimi al cambio di data. Tutto il mio equipaggio ha preparato la cena e i testi dei canti tradizionali inglesi.

Io canto male, anzi, non canto proprio. Tanto meno in inglese. E così... « Okay, ragazzi, nessun problema: andate tutti dentro, al timone rimarrò io, da solo. Non ho bisogno di nessuno, basta che ci sia qualcuno a portata di winch per qualsiasi emergenza. Prendetevi tutto il tempo che volete, in assoluta tranquillità, per festeggiare, cantare... io sto bene qui fuori » ho detto al mio equipaggio.

Sono andato al timone. È una notte grigia, nuvolosa. Poi, improvvisamente, in quel cielo plumbeo, si è aperto uno squarcio orizzontale, netto, tra le nubi... e una luna piena, assolutamente incredibile, mi è apparsa nella sua totalità, pura e bianchissima, proprio sopra l'orizzonte. Una luna immensa, intensa e bellissima. La fisso ammaliato e mi ci perdo dentro, con i miei pensieri e forse le mie malinconie. La guardo e penso alle origini quando, sotto il cielo stellato, la luna descriveva il suo ciclo, scandiva il tempo; penso che tutti noi stiamo navigando sullo stesso mare di tremila anni fa e il fascino è sempre lo stesso... le stesse costellazioni, la stessa luna, lo stesso sole a scandire la vita.

Poi, mentre l'ultimo dei canti di Natale svanisce nel vento, le nubi lentamente nascondono questa luna piena. Ed è finito il mio Natale.

È stata una magia, il mio speciale regalo, un momento emozionante, che non dimenticherò più.

Una mattina, all'improvviso, Maura abbracciandomi mi chiese: « Perché non ci sposiamo? Qui! A bordo! Oggi! » Debbo confessare che ero stato sempre contrario al vincolo matrimoniale, accanito sostenitore dell'effimera convivenza. Allo stesso tempo, però, sensibile a tutto ciò che d'originale e unico la vita può offrirci. L'idea di sposarmi in mare, sul *Cheone* mi attraeva come poche. Fatto non secondario, amavo Maura e insieme stavamo vivendo esperienze di vita, sentimentali e anche professionali profonde. «Marcello, ci sposi in qualità di capitano del *Cheone*?» chiese lei. «Oggi pomeriggio?» rispose stupito Marcello, che di matrimoni aveva una certa esperienza... Dopo avere cercato di dissuaderci, accettò.

Stilai il documento, annotato sul diario di bordo. Maura trovò in un gavone una zanzariera, che diventò velo e strascico da sposa! Doccia e profumo. Tre – dico, solo tre! – foto sfocate. Marcello nel pozzetto, mentre noi eravamo seduti davanti a lui al timone, officiò il nostro matrimonio. «Un momento! E le fedi? Non possiamo sposarci senza le fedi!» Corsi verso la scatola degli attrezzi folgorato da un'ispirazione: che cosa assomigliava di più a un anello? Trovai delle coppiglie, anelli d'acciaio inossidabile che si usano per fermare gli spinotti dell'attrezzatura. Ne scelsi una per me e una più piccola per Maura.

19
EVACUAZIONE CON ELICOTTERO

Diario di bordo: 26 dicembre 2004
Ci sono delle giornate in cui ti senti di merda a bordo e oggi è una di queste. È il giorno di Santo Stefano e ho finalmente dormito sei ore di fila! Grazie a una discussione con Hugh, ieri sera, che mi ha messo di cattivo umore. Ero andato a letto più per reazione che per stanchezza. Non accetto insubordinazioni a bordo, anche se spesso è il mio caratteraccio a causarle.

Stamani ho cominciato la giornata con una doccia calda, barba, taglio dei capelli – per modo di dire, visto che sono pelato! –, cambio d'indumenti intimi, tipo calze di lana pulite, slip tirati fuori dalla busta di plastica sigillata, maglia a pelle. Quindi, la colazione, che ho fatto da solo, dato che erano le otto e mezzo e il breakfast coincide per convenzione con il cambio di turno delle sei. Il pane è finito, ma c'è ancora del panettone avanzato dal pranzo di Natale. Ci sono inoltre biscotti, burro, marmellata, una fetta di formaggio olandese, succo di frutta e caffè della moka da tre. È tutto per me.

Poi do il buongiorno a Hugh, mi scuso, facciamo pace, ci abbracciamo.

Hugh lo merita davvero. Appassionato velista di derive, a bordo di *VAIO* si occupa della randa nei suoi turni in coperta e della navigazione quando è al tavolo di carteggio. Con un pacemaker non ha mai saltato un turno, non si è mai tirato indietro di fronte a nessun compito, anche il più ingrato e, nonostante mi avesse chiesto fin dall'inizio di non andare a prua durante le manovre, ha finito per essere coinvolto in coperta a ogni cambio di vele!

Mentre arrivano le previsioni meteo mi affaccio in coperta: il vento gira e cala. C'è da tirare su lo spinnaker. Ylva vuole aspettare che le condizioni si stabilizzino, anche se non ce n'è bisogno. Ma stamani ho deciso d'essere buono e aspetto. Le previsioni non arrivano ancora mentre il vento molla del tutto. Tiriamo su lo spinnaker in ritardo e io comincio ad agitarmi. Ecco le posizioni della regata: abbiamo fatto un turno alla grande, guadagnando su tutti tre-quattro miglia. Siamo sempre più marcatamente terzi.

Il vento cala ancora, ho paura d'infilarmi in un'alta pressione. Temo di restare bloccato! Ordino un bordo, per cercare il vento... Poi non so che cosa mi succede. Il turno Romeo sale in coperta. Dico a William che siamo fuori rotta e dobbiamo fare una serie di strambate. Mi siedo a tavola insieme al turno Alfa per discutere un po' dell'organizzazione interna e... mi dimentico della rotta! Finiamo la discussione, guardo la direzione, ordino di strambare... avremo perso circa cinque miglia.

No, sono dieci! Mi sono completamente dimenticato che andavamo nella direzione sbagliata! Non siamo più in terza posizione, siamo quinti. Tutti hanno guadagnato... e io ho rimesso in discussione tutto.

Sto proprio di merda oggi, forse solo perché ho dormito, mi sono fatto la doccia, sbarbato, cambiato e ho fatto colazione...

Come un nomade, ascolto sofferente la storia dello tsunami che ha colpito l'Indonesia. Non posso fare a meno di ricordare che ero esattamente sulla spiaggia di Phi Phi Island la sera del 24 dicembre di dieci anni fa, sulla stessa spiaggia dove l'onda ha spazzato via tutte le boutique di legno e lamiera che ne orlavano i contorni.

Quella notte mangiammo pesce seduti sulla sabbia io, Maura e Cristina, con Dino, Fioranna, insieme a Enzo e Rita, coppia di solitari che ancora girano il mondo e che ho lasciato alle San Blas solo pochi mesi fa...

Non posso smettere di farmi domande sul perché di quell'onda, sulla relatività del rapporto tra l'uomo e la natura... e infine riguardo a noi, su quello stesso mare.

Diario di bordo: 2 gennaio 2005
Un mare di emozioni contrastanti!

Questo il sommario dell'ultima settimana dell'anno: malato a bordo evacuato dall'*Imagine It Done*, che si ritira dalla seconda tappa; *VAIO* perde due posizioni; feste natalizie, di compleanno e di fine anno in sottotono e con mare mosso; e, infine, prossimo arrivo a Wellington!

La notizia più sconcertante è quella che riguarda John, a bordo di *Imagine It Done*, la barca comandata da Dee Caffari. John, lo abbiamo conosciuto tutti, è un maturo, simpatico, appassionato velista. La sua malattia è cominciata in sordina ed è andata peggiorando a mano a mano che ci siamo allontanati da qualsiasi remota terra raggiungibile. È andata peggiorando fino al punto di costringere lo skipper a trasmettere un mayday. Ma la richiesta di soccorso è andata a vuoto: nessuna imbarcazione navigava nella zona, eravamo i soli matti laggiù. Unica soluzione: evacuarlo con l'elicottero appena giunti in prossimità della Nuova Zelanda. Due barche in gara, *Samsung* e *STC*, erano state dirottate per rifornire di plasma *Imagine It Done*, che ormai aveva terminato ogni scorta.

Imagine ha navigato con il motore, con tutte le vele a riva, alla massima velocità verso la terraferma: l'elicottero non aveva carburante sufficiente per più di duecento miglia. Questa corsa contro il tempo e la distanza ha tenuto tutti con il fiato sospeso e ha condizionato quattro barche, spingendo Dee al limite. Si è risolto tutto con il trasferimento di John, che sicuramente ora è in buone mani e di certo si salverà. Per noi, invece, che continuiamo a navigare, l'episodio rappresenta un monito sui rischi che tuttora si corrono in queste regate oceaniche.

Nel frattempo, *VAIO* è crollato in classifica di tappa. Siamo incappati in un'alta pressione, senza vento, e abbiamo perso dapprima la terza posizione, poi siamo stati superati e distanziati dalle barche che ci precedevano. Ci ha raggiunto anche *Me to You*, con il quale stiamo lottando per la quarta posizione. Le cause? Le vere ragioni? Le stiamo studiando, approfondendo, ma certamente non si tratta di sola sfortuna. Siamo già al lavoro per fare della prossima sosta a Wellington un laboratorio finalizzato a riacquistare il nostro smalto, le nostre unicità e indipendenza.

È arrivato anche il Natale, con i suoi fusi orari, le barche che lo festeggiavano, le barche che non lo facevano... La malattia di John, il malessere di *VAIO* in classifica generale, io che ho compiuto cinquant'anni in sordina, con una bottiglia di vino trafugata, festeggiamenti rimandati a una prossima, più consona e felice occasione... con il vantaggio di rimanere quarantanovenne ancora per un po'.

Tutto passa in secondo piano, però, a mano a mano che le voci sul disastro provocato dallo tsunami iniziano a prendere corpo. Chiedo al comitato di regata di diramare copia delle notizie ufficiali a tutte le barche: nessuno si è premunito di farlo e tutti sembrano disinteressati e lontani, in un altro mondo, quasi non si trattasse dello stesso oceano che dovremo attraversare.

Il Capodanno è stato inclinato di trenta gradi, ma non per le bottiglie di champagne che ci avevano donato Nick e Fabrizio, i due *leggers* della prima tappa... Lo è stato a causa dello sbandamento della barca... E così, il brindisi di mezzanotte è andato per lo più sul paiolo! Ma la particolarità di dove e come lo stavamo passando è rimasta e rimarrà sicuramente nei nostri ricordi.

Inutile dire che il cambiamento di data, e il fuso orario di più tredici ore della Nuova Zelanda, o di meno undici ore dell'Inghilterra e dieci dell'Italia, ci ha permesso di giocare ai molteplici fine d'anno.

Diario di bordo: 3 gennaio 2005
È mezzogiorno e stiamo per andare a tavola, tre miglia sottovento a *Me to You*, con il quale combattiamo l'ultimo duello. Spero di essere in porto entro un giorno e mezzo. Appena sbarcato, andrò a farmi bucare l'orecchio sinistro, primo segno permanente sul mio corpo vergine di piercing e tatuaggi, fiero di essere diventato un Caphornier, finanche controvento!

20

WELLINGTON

Tracy ha appena finito il suo trattamento e mi risveglio beatamente: il massaggio è terminato. Sì, dopo seimila miglia picchiando onda dopo onda, contro vento, mare e corrente, la mia schiena, e non solo la mia, aveva bisogno di un massaggio.

Quasi mille ore al timone, quasi cento cambi di vele a prua. Siamo quasi stanchi, ma soddisfatti: abbiamo doppiato capo Horn, attraversato il Pacifico, toccato i 60 gradi di latitudine sud, e siamo arrivati in buona posizione e soprattutto senza incidenti a Wellington, la capitale della Nuova Zelanda, che ci ha accolto con calore. Ogni giorno news in televisione, articoli sui maggiori quotidiani: la Global Challenge è l'attrazione del momento, in attesa della Volvo Ocean Cup, che farà sosta qui così come abbiamo fatto noi.

Ecco il riassunto della tappa appena conclusa. Partiti da Buenos Aires, ho deciso per la rotta più breve verso Staten Island, l'isola che forma con la Terra del Fuoco lo stretto di Le Maire, che immette nel Pacifico australe. Le altre barche, invece, hanno puntato al largo e hanno preso un discreto vantaggio su di noi. Ho tenuto duro fino alla fine, perseverando sulla mia rotta più diretta e a quasi trecento miglia dal canale la scelta ha pagato e *VAIO* è risalito in terza posizione, subito dietro *Spirit of Sark* e *BG*!

Le condizioni variabili nell'Atlantico ci hanno comunque consentito delle buone medie giornaliere, vicine alle duecento miglia nelle ventiquattr'ore. Nel mezzo dello stretto, una calma piatta di circa dodici ore ha permesso a tutte le barche di riavvicinarsi e, dopo una notte passata tra le foche che nuotavano intorno alla barca, siamo ripartiti con trenta nodi di vento sul naso alla volta di capo Horn, insieme alla flotta. Abbiamo optato, come prestabilito nella strategia di regata, per la rotta più a sud, sperando così d'incontrare venti più costanti e di beneficiare per primi dei salti d'aria che, a ogni passaggio di un fronte freddo, accompagnano depressioni. Questi cambi repentini della direzione del vento in genere avvengono contemporaneamente alla schiarita del cielo, un po' come succede nel Tirreno quando il maestrale si mette a soffiare dopo una perturbazione.

Questa scelta, che abbiamo ostinatamente seguito per oltre milleduecento miglia, ci ha portato, bordo dopo bordo, fino ai 60 gradi di latitudine sud, e benché non ci fossero avvisi di iceberg, abbiamo avuto neve e ghiaccio molte volte... Toccati i 60 gradi senza avere conseguito alcun vantaggio sul resto della flotta, ho poi approfittato di un momento favorevole per risalire verso nord, distanziando *Barclays*, la barca che ci aveva battuto nella prima tappa per un soffio e che non recupererà più lo svantaggio.

Rientrati nella flotta, abbiamo faticosamente risalito posizione su posizione fino a conquistare il secondo posto, poco prima della boa Alfa. Il waypoint Alfa è una boa virtuale che il regolamento di regata impone di doppiare lasciandola sulla propria sinistra, onde evitare rotte che si avvicinino troppo al limite degli iceberg. Un bordo sbagliato mi è costato la seconda posizione alla boa. Ma come l'equipaggio di *VAIO* è abituato a fare, ci siamo concentrati e abbiamo continuato a lottare per le prime posizioni... Così è stato finché siamo incappati in un'alta pressione che ha letteralmente raggruppato tutta la flotta in non più di cinquanta miglia e che ci ha frenato, a differenza delle barche che avevano scelto una rotta più a nord. Hanno accumulato un vantaggio di circa cento miglia, impossibile da recuperare nelle successive mille miglia di percorso, le ultime della tappa.

La meteorologia nei quaranta ruggenti e cinquanta urlanti mi ha sorpreso per il confondersi, sovrapporsi e mescolarsi di differenti basse pressioni, fronti, occlusioni e quant'altro si preveda a queste latitudini. Siamo stati immersi in un cielo grigio, in una nuvolosità permanente con salti di vento continui, sempre di prua, sempre con il più stretto angolo al vento possibile, a eccezione di due giorni con vento in poppa e spinnaker a riva.

L'arrivo è stato emozionante e più simile a un match race che a una regata oceanica. Quattro barche in volata: *VAIO*, *Samsung* e *Me To You*, oltre a *Imagine It Done*.

Il vento è salito fino a quaranta nodi, nessuno ha ammainato il fiocco 2 a favore del 3, come facciamo di solito in queste condizioni; nessuno ha optato per la trinchetta da tempesta invece di quella normale. Abbiamo preso tre mani di terzaroli e, sfortunatamente, la testa della nostra randa è uscita dalla cabaletta sull'albero, impedendoci di bolinare al meglio. Grazie ai continui bordi, abbiamo superato *Me to You* e ci siamo ritrovati all'ingresso della baia di Wellington a due lunghezze da *Samsung*. Questa volta Matt Riddel, lo skipper australiano che avevo battuto a Buenos Aires, è stato più bravo e freddo di me e ha tagliato la linea del traguardo (dopo oltre seimila miglia di navigazione) con dieci lunghezze di vantaggio sulla nostra barca.

Il resto è nell'oblio delle nostre menti, affogate dallo champagne e dalla birra che, ancora prima di attraccare in banchina, scorreva a fiumi nelle nostre gole assetate e soddisfatte.

Ultima nota, dolente, sulla durezza della regata che non sfata il mito di queste latitudini: quattro barche su dodici sono state direttamente toccate da problemi relativi a incidenti a bordo. Clive, lo skipper di *Team Stelmar*, è dovuto tornare per ben due volte a Ushuaia, per sbarcare prima una ragazza colpita duramente al volto e poi il numero uno di prua con una duplice frattura all'omero. L'equipaggio di *Imagine It Done*, dopo il mayday, ha salvato per miracolo la vita a John, che si era procurato una perforazione intestinale in una caduta: grazie a *Save the Children* prima e a *Samsung* poi, che hanno invertito la rotta per rifornire di plasma *Imagine It Done*, grazie al più lungo trasferimento per mezzo di elicottero forse mai avvenuto nella storia della Nuova Zelanda e anche alla fortuna, giacché avevano un medico internista a bordo, l'incidente non si è concluso in una tragedia.

I due equipaggi che hanno prestato aiuto saranno adeguatamente compensati delle miglia perdute nell'intervento di soccorso, mentre l'*Imagine It Done* sarà costretto a ritirarsi dalla tappa; *Stelmar* e il suo team, invece, stanno ancora lottando a duemila miglia dall'arrivo per giungere in tempo per la partenza della prossima tappa. *VAIO*, con un po' di buona sorte e grazie alle continue attenzioni che riserviamo alla sicurezza, è arrivato con tutto il suo equipaggio e le sue attrezzature intatti, a eccezione della cabaletta della randa, che sarà sostituita, e della rottura di un ferzo della genoa, che abbiamo riparato a bordo e che Hood sostituirà con uno nuovo.

Ultima curiosità: in mezzo a tanto grigiore, tanto vento, pioggia, neve e freddo, abbiamo visto centinaia di uccelli e albatri solitari, un branco di orche che ci hanno seguito per alcune miglia, tante foche e un mare così ricco di plancton che i filtri del dissalatore dovevano essere cambiati di continuo! C'è vita nei *Southern Oceans*, tanta vita!

Abbiamo anche presenziato all'incrocio con le barche della Vendée Globe. È stato emozionante. Trattandosi di solitari, la responsabilità di evitare collisioni era nostra, visto che abbiamo sempre almeno quattro persone in coperta. Il Race Control della Vendée inviava di continuo le posizioni delle barche che stavamo per incrociare e il relativo *warning*. Credo che in un paio di occasioni ci siano stati incroci quasi a vista. Da parte loro, i solitari, ci avvisavano ogni volta che avvistavano un iceberg, consentendoci di evitarli preventivamente.

Com'è stato scritto da un giornale italiano, eravamo in duecentocinquanta a Natale nei *Southern Oceans*: noi della Global Challenge e quelli della Vendée, e credetemi è un Natale che non scorderemo più.

Cinquanta gradi Celsius. Esco dalla sauna grondante di sudore. È stata la prova più difficile da superare, finora. Chiudo la porta dietro di me e mi tuffo nella piscina dell'hotel dove alloggiamo, io e tutto l'equipaggio di *VAIO*.

Ho lasciato la sala riunioni dove ho spiegato come intendo condurre l'equipaggio alla vittoria della terza tappa da Wellington a Sydney. Siamo arrivati quinti nella seconda tappa e siamo tra i primi nella classifica generale. Eppure ci troviamo nel mezzo della nostra crisi più profonda da quando abbiamo iniziato la preparazione. Un mio litigio con William, il *watch leader number one*, ha portato alla spaccatura dell'equipaggio, a istruire un processo nei miei confronti e, infine, a una sommaria condanna a morte... Via lo skipper!

È stata dura da accettare, ma forse l'ho meritato.

Il giorno dopo il processo, non avendo raggiunto l'accordo sulla sentenza e avendo William confermato la sua intenzione di sbarcare, l'equipaggio si è spaccato: la maggioranza ha chiesto la mia sostituzione, mentre altri sono scoppiati in lacrime... La situazione si è fatta insostenibile per tutti sotto il profilo emotivo. Sono venuti a parlare con me Geoff e Grant, quest'ultimo un uomo posato, educato come pochi, sempre gentile, chiedendomi aiuto perché la situazione era sfuggita al controllo. Ho sentito il dramma in cui avevo gettato il mio equipaggio e ho chiesto un embargo di quarantotto ore sull'argomento: che nessuno parlasse individualmente o in gruppo del problema fino alla riunione di oggi, che è appena terminata e che mi ha condotto dritto dritto dentro la sauna.

Ho chiesto che accettassero le mie scuse, ho spiegato quanto avessi sottovalutato il problema, ho presentato la lista delle buone azioni che intendo compiere e la lista delle cattive azioni che mi riprometto di non commettere più. Mi sono messo un cappio al collo, che dovrò tenere per i prossimi sette mesi, dimostrando a me stesso e al mio equipaggio che sono in grado di competere per la vittoria senza offendere, sfanculare e criticare sarcasticamente tutto e tutti.

Dovrò fare forse il bordo più difficile della mia vita. Ma oramai è andata. E non c'era altra via d'uscita. Ho lasciato la sala riunioni per tuffarmi in piscina, poi un idromassaggio, infine la sauna, manca solo il forno e sono cotto!

Il VAIO Racing Team è ancora in riunione, anzi no. Geoff, che funge da presidente, bussa alla mia porta: il team si è riservato di decidere domattina... Bene! Geoff è impensierito dal fatto che io, offeso, non accetti di fare lo skipper se qualcuno manifesterà la sua opposizione. Altri sono preoccupati del contrario. William ha un diritto di veto grazie all'accordo che gli ho strappato ieri e senza il quale la riunione di oggi non avrebbe avuto luogo. Insomma, le telenovele brasiliane al confronto sono storielle per bambini.

Ho deciso. Rientro nella sauna a cinquanta gradi: è più fresco lì dentro.

Ma quando ci ributtiamo in mezzo al mare con quarantacinque nodi di vento in faccia?

Amedeo, ancora! Ancora una volta hai sprecato il tuo talento! Ancora una volta ti sei fatto attirare dal fascino della distruzione... Sei riuscito a creare l'antimateria, il buco nero. Ti sei lasciato trascinare a fondo... perché fratello? Ti è così semplice e naturale illuminare chi ti si avvicina con il tuo entusiasmo, con il tuo amore per la vita...

Eppure sento qui, dal lontano profondo, che sei dilaniato... L'hai fatto ancora, eh? Hai invertito la polarità da positiva a negativa. Il corso dei fotoni dalla luce al buio. L'essere ammirato nell'essere bandito. Non hai rispetto per chi, come me, nel buio ci vive?

Torna a illuminare chi ti circonda e non blandire te stesso. Stronzo!

21
IL SECONDO AMMUTINAMENTO

Non vedevo l'ora di toccare questa terra, la Nuova Zelanda, fin dal mio primo giro del mondo! Mi ripromisi di venirci nel 2000, quando il continente australe ospitava le Olimpiadi e la Coppa America. Ma anche in quell'occasione, preso com'ero tra uragani, barche affondate e alluvioni in Venezuela, dovetti rimandare.

Entrare nel porto di Wellington, la capitale dello Stato, attraverso lo stretto canale è emozionante. E per noi di *VAIO* lo è stato ancora di più, avendo *Samsung* a due sole lunghezze (la lunghezza è l'unità di misura che si usa in regata ed è pari alla lunghezza della barca, quindi nel nostro caso è uguale a 23 metri).

La sosta prevista per questa tappa è di un mese, quindi avevo programmato: viaggi, riposo e avventure attraverso questo Paese grande quasi come l'Italia e popolato da poco più di quattro milioni di persone.

Invece ci siamo portati addosso e appresso le nostre scorie mentali. Potevamo vivere la natura incontaminata come animali liberi, ma ci siamo rinchiusi in gabbie di cemento e cristallo, luce artificiale, pezzi di carta, relazioni, accuse, rimproveri, rimorsi, pochezze, miserie e nessuna nobiltà. È stata la riprova che non è sufficiente fuggire a diecimila miglia lontano dalla civiltà per essere esenti dalle telenovele, dai melodrammi...

Sì, perché di una telenovela si è trattato: io non ne ho mai seguita una, ma dai pochi passaggi, ho capito che vi accade di tutto e anche di più! È come un concentrato di pomodoro: prendi tutto quello che succede almeno una volta nella vita di ognuno e lo pressi dentro un piccolo barattolo. Diventa più colloso, polposo, denso, spesso, pesante, stretto. Il sapore troppo forte per il palato, al pari delle emozioni di diciassette miseri navigatori non professionisti: troppo forti per il loro cuore. Così, come nelle telenovele: pianti, crolli psicologici, abbandoni, musi lunghi, meschinità, espressioni tese... Anche da parte mia, nonostante sia costretto a giocare il ruolo dello skipper duro, forte e tutto di un pezzo.

Così Wellington si trasforma nella terra dello scontro e non nell'oasi di pace che, dopo la dura tappa di capo Horn, avremmo meritato: è l'inferno dopo un'esplosione.

Tutto ciò può sembrare esagerato e l'ho pensato anch'io... così ho trovato il tempo di andarmi a fare, come promesso, il mio primo piercing da Caphornier!

La tradizione racconta che i marinai dei clipper mettessero quest'orecchino al lobo sinistro, il lato dal quale capo Horn si affaccia nella via verso il continente. Pare che l'orecchino d'oro servisse a pagare il funerale dei marinai, una sorta di polizza vita odierna.

Ora, il problema era: da quale lato mettermi l'orecchino? La tradizione lo vuole a sinistra, ma noi abbiamo risalito capo Horn controvento, e quindi lasciandolo alla nostra destra... A destra però, in Italia, quando ero più giovane, era il segno distintivo dei gay. Mi consulto con l'uomo che mi forerà il lobo, in Cuba Street: lui è completamente coperto di tatuaggi, che sono il suo vanto e la sua vetrina, anelli, spilloni e quant'altro d'infilabile ci sia nella pelle!

Io mi preoccupo di spiegargli che non ho nulla a che fare con questa nuova moda dei piercing e che desidero, solo e semplicemente, il vecchio e tradizionale buco all'orecchio sinistro... Mi guarda e mi srotola tutta la tradizione inerente ai Caphorniers! Ne sa più di me!

Mi fido di lui: scegliamo accuratamente la posizione, la grandezza, lo spessore dell'orecchino in titanio e oro; mi spiega che il procedimento di fissione a caldo e la compenetrazione dei due materiali garantiscono vita perpetua all'oggetto in questione... e speriamo non solo a lui!

Quando finalmente mi siedo sul lettino, tipo sala operatoria, mi rendo conto che è la prima volta che faccio qualcosa di permanente sul mio corpo e di essere sempre stato contrario. Lui si mette a ridere e mi dice che non mi crede! Io continuo energicamente a difendere la mia fede nell'effimero, la mia contrarietà al permanente, l'importanza di quest'abnegazione sulla soglia dei miei quaranta più dieci anni appena compiuti... E lui continua a ridere, elencandomi, a uno a uno, tutti i pezzi di metallo e plastica, colla artificiale che ognuno di noi ha dentro o fuori il suo corpo o sottopelle... Tento ancora di controbattere, ma come posso affermare che non ho un solo pezzo di metallo in bocca, nemmeno un *false tooth*, una qualche resina, o chiodi e piastre per tenere insieme le ossa?

Mi zittisco e penso a quanto ho tenuto duro inutilmente: la vita non può essere puramente effimera come mi piacerebbe. Ti porti dietro qualcosa di permanente e forse lasci delle tracce dietro te, anche se la maggior parte della mia vita è in mare, sull'acqua dove, sono certo, di tracce se ne lasciano poche.

L'orecchino consacra capo Horn ma anche il secondo ammutinamento della mia storia di questa regata. Che tra Captain Blyth, il comandante del famoso *Bounty*, e Chay Blyth, il presidente della Challenge, ci sia una sorprendente somiglianza?

Il *Bounty* è diventato protagonista di libri, film e di una cultura della marineria, io non pretendo tanto. Quello di *VAIO*, il mio, è un ammutinamento fatto di piccolezze e senza spargimenti di sangue, atti eroici o punizioni esemplari. Piuttosto che nell'immaginario della navigazione oceanica ricade nello squallore del quotidiano terrestre.

Infatti, in mare, tranne la puerile reazione di William a un mio pubblico rimprovero, nulla di tragico era accaduto; nessuna punizione morale o corporale, nessun razionamento d'acqua o viveri, nessuna cospirazione! Sebbene il mio equipaggio sia composto di manager di successo e affermati professionisti, ha sempre rispettato e apprezzato la mia conoscenza ed esperienza di mare, in mare.

Ma una volta a terra, lasciato *VAIO* ben ormeggiato in

banchina, entrati nel comfort a cinque stelle dell'hotel di Wellington, la musica è cambiata. Appena arrivati, come d'uso, ho immediatamente convocato il debriefing della tappa e poiché, nonostante il quinto posto, eravamo ancora primi in classifica generale, ho focalizzato la discussione sull'analisi delle relazioni interpersonali piuttosto che su quella delle prestazioni tecniche. Sulla cultura di bordo, la capacità di stringere i denti, competere e mettere la regata al primo posto rispetto alle esigenze personali.

La reazione quasi generale che ne è scaturita è stata invece quella di portare in primo piano e di condannare il mio carattere, ma ancora di più, alcuni atteggiamenti negativi come il sarcasmo e la polemica che fanno parte, insieme a qualche urlo, del mio repertorio di comando. La discussione, sincera, dura e cruda per molti aspetti, mi ha colpito con la stessa violenza di un pugno in faccia. Contrariamente a quanto ritenevo, al mio equipaggio, tranne due o tre elementi, non importava nulla che fossimo primi in classifica, che volessi esaltare la nostra voglia di gareggiare contro noi stessi e contro gli altri... Tutt'altro! Quasi tutti cercavano riparo nelle consuetudini familiari, nei consolidati sistemi di relazioni ai quali erano abituati sul lavoro e nel proprio entourage, piuttosto che provare a se stessi come reagire al di fuori di quegli schemi.

Mi domandavo: ma che ci siete venuti a fare a capo Horn controvento? Dovevo comunque accettare la priorità che tutti rivendicavano: divertirsi, gioire di quest'esperienza, essere rispettati e tante altre belle cose, giustissime ma diametralmente opposte al sacrificarsi, al soffrire e al dare il tutto per tutti che chiedevo io... Sono arrivati a dire e a stabilire che se volevo la randa cazzata, non c'era nulla di sbagliato nel chiederlo per favore e, dopo il *please*, ringraziare con *thank you*, ma solo se la manovra era ben fatta. Inoltre, se volevo che un comando fosse eseguito, mi suggerivano di far presente ad alta voce che si trattava di un comando e poi di chiederne l'esecuzione... «Per favore e grazie!»

e « Questo è un comando! », insomma. Sono caduto letteralmente dalla sedia!

Comunque non era un ammutinamento, ma soltanto una libera espressione di opinioni, tra l'altro da me sollecitata. Sorprendente ma non drammatica.

Mentre ci dormivo sopra e cercavo di espellere tutte le tossine nella sauna, incluse quelle che la riunione mi aveva procurato, il mio equipaggio, esaltato da questa presa di coscienza, ha pensato bene di indire una riunione senza il sottoscritto la mattina dopo e di decretare, con una votazione a maggioranza, la sostituzione dello skipper. Inoltre, senza neanche consultarmi, hanno deciso di andare direttamente alla Challenge, la società per la quale io lavoro, consegnando segretamente lettere e sunti a testimonianza dell'accaduto. E per finire, si sono impegnati in un'attività capillare di diffusione presso tutti i membri degli equipaggi concorrenti, gli altri skipper e gli organismi preposti a mantenere i rapporti con i media.

Per fortuna, la Challenge ha un'etica molto ferrea in questi casi e sono stato subito informato. Nonostante ciò, non mi ha fatto certo piacere diventare oggetto di commiserazione di circa duecento volontari su duecentoquattro... Escludo Christian, *deck hand*, l'uomo di coperta su *BP*, l'unico altro italiano della flotta che mi è sempre stato vicino, oltre a qualche altro « ammiratore ».

Ottenere poi l'incoraggiamento della metà degli altri skipper, se da una parte rinforza i sentimenti di solidarietà della categoria, dall'altra mi ha fatto girare le palle ancora di più. Alla fine, solamente Chay, Andrew e lo staff della Global Challenge, che hanno una lunga esperienza in questo campo, sono riusciti a sbrogliare la situazione.

Il mio prostrarmi in scuse e buoni propositi per il futuro aveva semplicemente aumentato la sete di sangue di alcuni dei miei coraggiosi ammutinati di terra. Una riunione generale di novanta minuti, nella quale era stato ribadito il principio sovrano nella scelta degli skipper ed equipaggi – *You get what you got*, che in italiano significa « quello che ti arriva ti tieni» –, risolveva il tutto con buona pace di skipper, equipaggio e organizzatori della regata.

Avremmo scoperto più tardi che la ferita che ci eravamo inferti era ben più profonda e ci sarebbe costata ben due tappe.

Mi sveglio con la bocca impastata, sapore d'alghe. Stavo sognando un prete nell'atto di predicare... forse sto ancora sognando. Ieri sera ho preso un sonnifero, per la seconda notte consecutiva. Non ne faccio uso abitualmente, anzi, credo di non averne mai assunti, tranne una volta insieme a mio padre quando stava male.

Sono stanchissimo, ecco perché ho preso la pastiglia. Per riposare, dormire, recuperare. Quello che mi ha steso definitivamente non è stata la tappa di oltre seimila miglia nel Pacifico del Sud e nemmeno le notti di baldoria e d'alcol da frenesia di post arrivo. Quello che mi ha messo knock out è stato lo stress per la preparazione dell'equipaggio alla prossima tappa.

La navigazione da capo Horn non è stata poi così dura, ma la tempesta emotiva post regata sì. Adesso però, per fortuna, sta tornando tutto alla normalità. Ieri siamo andati, il team al completo, in campagna, ospiti della fattoria gestita da Lisa e suo marito: allevano quindicimila pecore. Gli ettari di terra che possiedono sono impensabili per un italiano, ma la Nuova Zelanda è abitata da poco più di quattro milioni di persone, su una superficie poco più piccola dell'Italia. Come se non bastasse, Lisa ha lasciato al marito il compito di portare avanti la fattoria mentre lei si occupa dei famosi team building.

In breve, appena scesi dal pullman, in pochi minuti ci siamo ritrovati a inseguire pecore, attraversando ruscelli, immergendoci nel fango fino alle caviglie, abbracciando gli ovini per immobilizzarli! La sera è finita in allegria: tutti stanchi, ma soddisfatti della giornata passata in mezzo al verde, fuori dal mondo, tra le pecore, come pecore.

Questa mattina siamo usciti con *VAIO* nella baia di Wellington, dopo quasi un mese d'inattività, e il solo issare le vele ha riportato l'armonia a bordo. Sono anche arrivati tre nuovi membri dell'equipaggio che, naturalmente, hanno cercato di dare il meglio.

Domani ci fermeremo in porto per la preparazione finale della barca e giovedì faremo l'ultima uscita di messa a punto, prima della partenza di domenica.

22

SANT'ANTONINO E POMODORI FRESCHI

Diario di bordo: 7 febbraio 2005

Finalmente in mare! Dopo un mese di sosta, di manutenzione delle barche e di preparazione dell'equipaggio, lasciamo i patimenti della vita terrena e finalmente prendiamo il largo.

VAIO sta uscendo in prima posizione dallo stretto di Cook! Questo era il mio obiettivo per il primo giorno di regata e ce l'abbiamo fatta, anche se il vantaggio che abbiamo su BP è inferiore a un miglio nautico. Una manciata di onde. Ma per il morale significa molto.

Infatti, i pettegolezzi che circolavano in banchina sul mezzo ammutinamento e, soprattutto, il senso di autodistruzione ci avevano portato in un attimo dalle stelle alle stalle. Eravamo ancora primi in classifica, ma nessuno sembrava rendersene conto... E questo ci ha spinto tutti alla riscossa.

Alla radice del nostro successo iniziale, in realtà, c'è Carlo detto Cal, pescatore da cinquant'anni nello stretto di Cook. Suo padre, giunto in Nuova Zelanda negli anni '30, immigrato di vecchia generazione, tornò a Sorrento per scegliersi la moglie e madre dei suoi figli, e poi vi si stabilì definitivamente. Carlo cominciò a pescare con suo padre a otto anni.

Così, mentre tutti gli altri skipper si contendevano le consulenze dei più o meno quotati tattici e navigatori della Coppa America o della Sidney-Hobart, io me ne stavo a tavola con Carlo, mangiando pomodori freschi da lui coltivati nell'orto dietro il garage, conditi con profumatissimo basilico e timo appena colti, e ascoltavo i racconti di cinquant'anni di vita trascorsa in mare tutti i santi giorni! Credo che non ci sia esperienza di regata che valga l'uscire quotidianamente in mare, per diventare così sensibili e attenti a cogliere i segni che il cielo, la luna e le nuvole ti mandano.

In un dialetto napoletano impossibile, siamo riusciti a capirci. Con l'aiuto che mi ha offerto, ho elaborato la nostra strategia di partenza. E adesso, eccoci lasciare per primi lo stretto di Cook, pronti ad affrontare i prossimi sette giorni durissimi di regata e determinati a vincere la tappa!

Grazie alla ritrovata concentrazione dell'equipaggio e alla bandiera tricolore che sventola sull'antenna più alta del *Sant'Antonino*, il peschereccio di Carlo, detto Cal.

Diario di bordo: 9 febbraio 2005

Arrivano poche notizie a bordo, tanto meno dall'Italia. Una delle poche riguarda la FIAT e la sua possibile cessione agli americani: non sono in grado di entrare in merito, ma da velista italiano perso in giro per il mondo mi dispiace sempre vedere quante cose italiane vadano a rotoli...

E comunque... siamo al terzo giorno di regata in rotta verso Sydney e siamo primi, inseguiti come la volpe nelle campagne inglesi da sei barche con skipper anglosassoni e come canguri nel bush da due australiani! Tutti a una manciata di miglia dietro noi. La concentrazione è totale: questa tappa la dobbiamo vincere!

Tempo per mangiare adeguatamente non ce n'è; inoltre, io guido le barche, non le macchine, l'Avvocato non c'è più e tutti mi dicono che in Australia si mangiano prodotti alimentari italiani, quindi smetto di vaneggiare e vado a regolare le vele per arrivare al più presto al traguardo...

A bordo di *VAIO* ci sono tre nuovi arrivi: Jonathan, sposato con un'italiana, che mi dà manforte sia nella navigazione sia a tavola; Steward, della Sony UK, nostro sponsor; Colin, che ha lasciato banca, moglie e bambini per provare l'emozione dell'oceano.

Tutti gli altri, dopo le tempeste emotive, paiono avere ritrovato la calma, la fiducia e la concentrazione, e la barca sembra volare sull'acqua!

Prima della partenza ho fatto un esercizio di levitazione: con la forza del pensiero ho alleggerito l'imbarcazione, dilatando le molecole di acciaio dello scafo; l'ho reso più scivoloso, e l'equipaggio è più leggero nell'animo.

Come nelle sedute spiritiche che si facevano di nascosto al tempo della scuola, ci siamo raccolti tutti intorno alla tavola, le mani nelle mani... Poi ho cominciato a parlare...

«Chiudete gli occhi. Rilassatevi e siate qui, ora. Guardate il vostro corpo come un tutto dall'esterno, guardate tutti noi come se fossimo uno... sentite l'energia che emaniamo. Siamo rilassati, forti e un tutt'uno. Siamo leggeri e vogliamo rendere leggera anche la nostra barca. Entriamo nelle molecole del ferro... le dilatiamo... le alleggeriamo... La barca è più leggera ora... E anche noi lo siamo. Siamo più leggeri, più concentrati... leggeri... Siamo pronti a far scivolare *VAIO* sull'acqua... più leggero... più leggero. Anche noi siamo più leggeri e più concentrati. Siamo qui, e siamo più felici di navigare leggeri, come la nostra barca. Siamo felici di essere concentrati e leggeri. Aprite gli occhi e tornate qui ora. Grazie.»

C'è stato anche l'applauso! Tutti ci hanno creduto: *VAIO* e il suo equipaggio ora sono più leggeri e quindi più veloci.

Diario di bordo: 11 febbraio 2005

Mi trema la pancia. È lo stesso tremore che vibrava dentro di me quando dalla mia cuccetta, durante la Round Britain, aspettavo che il vento virasse a sud-est. Anche adesso, come allora, da un salto di vento a favore di *VAIO* dipende la vittoria!

Non è solo una vittoria di tappa: è la nostra vittoria contro tutti e contro noi stessi allo stesso tempo, contro la capacità di autodistruzione propria dell'essere umano. La vittoria della leggerezza sulla pesantezza, ma anche dell'ordine e della disciplina sulla passionalità, che ho potuto esprimere solo nella scelta di una rotta non convenzionale. Questa è stata la scommessa di questa tappa. E sinceramente sento che meritiamo di vincerla!

Mi trema la pancia. *VAIO* ha poche ore per regalarci quest'opportunità. Domani a mezzogiorno il vento ricomincerà a soffiare dalla direzione giusta, ma non questa notte. Questa notte è imprevedibile, nella direzione, nell'intensità, nella capacità di regalare gioie e dolori agli animali e, con essi, agli esseri umani...

Mi trema la pancia. Ed è un brivido di piacere. Adesso lo so. Perché l'ignoto con la sua attrazione fatale è ciò che fa di me una creatura viva, pulsante e tremante come adesso. È quest'attrazione che mi trascina e mi spinge al di là dei miei limiti. È per questo che sono nomade.

Amedeo! Nel buio intorno a me sento una brezza fresca... la senti anche tu? È un'aria leggera che mi addolcisce l'animo, rilassa i miei muscoli ormai spasticamente contratti...

È la tua stessa brezza? Ti porta dove vuoi tu? Ti muove come non può più fare con me?

Fatti trasportare, riscaldare, amare da questa brezza... Fallo anche per me, tu che sei marinaio.

Diario di bordo: 12 febbraio 2005

Trecentoquaranta gradi. No, adesso sono trecentoventi e noi abbiamo bisogno di altri venti gradi a favore!

Sono i gradi che indicano la provenienza del vento sulla bussola della chiesuola del timone. Ma sono anche i gradi che misurano la nostra felicità in questo momento! Forse effimera, ma profonda felicità di un marinaio...

Siamo a 261 miglia da Sydney. Stiamo tutti in silenzio, con gli occhi incollati sulla bussola, aspettando il salto del vento che renderà giustizia al nostro sogno.

VAIO, insieme a noi, ha bisogno solo di venti gradi a favore... è solo un piccolo salto di vento... venti gradi, nulla di più...

È sera quando a bordo apriamo l'ultimo pacco con i pasti. Ci aspettavamo sette giorni di traversata e avevo ordinato di tenere la barca il più leggera possibile in vista della tappa più tecnica dell'intera regata. Alex e Thijs, incaricati dell'approvvigionamento di bordo, mi hanno preso in parola: non un pasto in più di quelli previsti.

Per ogni giorno di navigazione abbiamo un pacco sigillato con l'indicazione del giorno previsto per il consumo, il contenuto e la ricetta per cucinarlo. In un pannello della cucina, in bella vista, c'è una piantina della barca con tutti i gavoni numerati e i pacchi del pasto giornaliero stivati, così da facilitare il compito dei *mother watches*, i due marinai che quotidianamente si occupano di pulizie, igiene e pasti a bordo.

Le tappe lunghe durano mediamente trentacinque giorni: ogni giorno consumiamo circa quattordici chilogrammi di cibo, la maggior parte dei quali sono disidratati. Io ho aggiunto un tocco d'italianità con un ordine extra di pomodori, cipolle, patate, verze, melanzane, carote, patate rosse, limoni e tanta frutta: mele, pere, arance.

Sono rimasti solo pochi pomodori e una ventina di mele. E così ci mettiamo a tavola per l'ultima cena. Mancano ancora duecentotrenta miglia, presumibilmente quasi due giorni di navigazione per arrivare a Sydney, e stiamo per dare fondo all'ultimo pacco della traversata. Da domani, raschieremo il fondo del barile.

Abbiamo un pacco d'emergenza, nel caso che un danno irreparabile alla barca impedisse la navigazione regolare. È sigillato, nessuno sa che cosa ci sia dentro, ma contiene cibo per sfamare diciotto persone per dieci giorni di navigazione suppletiva. Di certo non vogliamo aprirlo, anche perché in questa parte del mondo i generi alimentari che non sono sigillati o inscatolati vengono prelevati da bordo prima di sbarcare e vengono bruciati dalle autorità che tutelano la salute pubblica dell'Australia e della Nuova Zelanda.

Questa sera, perché era l'ultimo pasto programmato, abbiamo anche cambiato l'orario della cena. In genere facciamo colazione alle sei e pranziamo in due turni alle dodici e alle diciotto, ma in questa tappa abbiamo deciso di aggiungere uno snack e spezzare la cena in due orari distinti.

L'arrivo di Jonathan, inglese cosmopolita che vive in Turchia, non a caso sposato con un'italiana, ha portato una brezza d'entusiasmo culinario a bordo e ancora mi lecco i baffi per la pasta con il pomodoro fresco e aglio crudo che abbiamo gustato a pranzo!

Per il resto, il cibo non offre grandi emozioni, nonostante abbia indirizzato il menu verso la cucina mediterranea. L'equipaggio si è sentito confortato all'idea di preacquistare quasi tutte le cibarie in Inghilterra e spedirle via cargo in ogni tappa del mondo. I miei tentativi di spiegare che la quasi totalità di alimenti che si consuma in Inghilterra proviene proprio dai Paesi che stiamo visitando hanno cozzato contro abitudini e usanze culinarie. Qualche pacco di pasta portato dall'Italia, concentrato di pomodori e olio d'oliva di frantoio giacciono nascosti nello stipetto dello skipper e appaiono quando anch'io ho voglia di tuffarmi nei sapori che mi ricordano la mia infanzia, le mie sicurezze: i sapori profumati del meridione d'Europa.

Vi descrivo brevemente il menu.

La colazione è a base di porridge o cereali, in genere muesli con latte in polvere, cioccolato solubile, caffè o tè. Inoltre, ogni mattina alle quattro e mezzo il pane impastato la sera prima e lasciato a lievitare viene infornato in modo da essere messo in tavola caldo, con burro, marmellata, miele e Nutella. Altri gel di non identificata natura e di un dubbio color marrone e beige fanno la felicità dei palati d'oltre Manica e rispondono ai nomi di Marmite, Peanut Butter, Vegemite... Il formaggio a fette completa la ricca colazione all'inglese.

Il pranzo, come la cena, è invece costituito da un piatto unico. Prima ancora d'insegnare come si deve drizzare la randa, ho dovuto tenere corsi intensivi su come cucinare la pasta: è stata dura far capire che la pasta non è un ingrediente della zuppa, da lasciare nell'acqua calda fino a pasto quasi terminato; che non va sollevata sbrodolante per essere mescolata con altre nefandezze, ma scolata. Ho comprato con i miei fondi personali e con l'aiuto di mio cugino Alex, che vive e lavora a Londra, uno scolapasta professionale d'acciaio inox, oltre a quello enorme di plastica portato da Roma. Posso dire con soddisfazione che alla drizza della randa abbiamo ancora dei problemi, ma la pasta è scolata al dente!

Il condimento, che è il vero fulcro alimentare, è costituito prevalentemente da cibo disidratato. Di prodotti disidratati ne esistono di due tipi: il *freeze dried* e il *dehydrated* normale. Ve ne sono di qualità eccelsa e ad alto potere nutritivo, così come di dozzinali, senza alcun potere di nutrire né di soddisfare il palato.

Il budget che abbiamo a disposizione per il cibo, tradotto in euro sulla piazza di Roma, consentirebbe di pranzare al ristorante due volte al giorno, in una trattoria del centro, di quelle che cucinano ancora come la nonna. Sulla piazza di Londra, incluso trasporto, *vacuum packing*, spedizione via container, senza considerare il lavoro di settimane di Thijs e Alex, ci consente uno standard qualitativo e nutrizionale medio. I funghi, il tonno e i piselli, per esempio, sono eccezionali e messi in acqua calda per trenta minuti riacquistano sembianze e sapore; meno garanzie forniscono l'agnello, il chili con carne e altri prodotti precotti che finiscono nella scodella insieme a pasta, riso, cuscus e insalata di verza, quest'ultima una rarità.

Comunque, quando la barca è inclinata di trenta gradi quello che ti arriva mangi, anche i temutissimi *boiled in the bag*, buste d'alluminio sigillate dal contenuto incolore, insapore, inodore, inappropriato che, quando il mare è veramente mosso, sono scaldati nell'acqua bollente ancora sigillati e serviti chiusi con una posata: ci scottiamo le mani, ne apriamo un lembo e con il cucchiaio, senza guardare, preleviamo il contenuto e lo mettiamo in bocca. Talvolta, in casi eccezionali, inseriamo nella busta una cucchiaiata di purè liofilizzato, per amalgamare il liquido che c'è dentro, tanto da fargli assumere un aspetto accettabile alla vista.

Il dessert a sorpresa invece non manca mai e ogni giorno alcune buste dal contenuto altrettanto non identificato si trasformano in pudding, *cheesecake*, *chocolate sponge*, *flapjack* e altro. Da parte mia, ignorando la questione dell'eccedenza di peso, ho imbarcato fin dalla prima tappa arance, mele e pere in quantità sufficiente per almeno tre quarti della durata di ogni traversata.

Il caffè italiano, che faccio con la mia moka da tre, è condiviso da Thijs e William, mentre gli altri si dilettano con caffè americano, tè e cappuccino liofilizzato. Data l'età media e il salto generazionale e alimentare, snack e merendine, biscottini e barre d'ogni colore, forma e natura rallegrano insieme a mandorle, arachidi, uvetta, albicocche e fichi secchi gli intervalli fra i pasti e le lunghe ore in coperta.

Io mi disseto con acqua pura proveniente dal profondo degli oceani e filtrata dal dissalatore, ma polveri e polverine colorate conferiscono sapori di frutti diversi all'acqua che quasi tutti bevono a bordo.

23

LA PROTESTA

Adesso ti siedi e scrivi, fratello. Troppo facile lasciar passare le cose! Hai sbagliato, ti brucia. Questo ti accade spesso e lo sai.

Adesso siediti e scrivi. Scrivi adesso quando ancora ti brucia, prima di trovare mille scuse e fare tanti ragionamenti su cause e motivazioni...

Abbi il coraggio di farlo in questo stato, senza falsi pudori e nascoste vergogne! Da quello che uscirà dalla tua penna potrai valutare quello che sei nei momenti più bui, quando la fortuna ti è sfavorevole, quando ti fai andare tutto per il verso storto.

E se non sei capace di uscirne ora, subito, sappi, fratello, che sei nel buio più buio del mio!

Diario di bordo: 16 febbraio 2005

Sono appena uscito dall'audizione davanti alla giuria internazionale che giudica le proteste della Global Challenge. La protesta non è una rivendicazione tardo sessantottina, ma una precisa regola delle istruzioni di regata, che consente a una barca di denunciarne un'altra per una scorrettezza o per il mancato rispetto delle regole.

Oggi è toccato a Dee Caffari, unica skipper al femminile: ha elevato protesta contro *VAIO* perché non le ha dato acqua in un incrocio nel quale noi avevamo mura a sinistra e lei a dritta... per il codice della strada equivale a non averle dato la precedenza.

Abbastanza frustrato, ho preso il ferry che mi porta nel lodge di fronte allo splendido Opera House di Sydney. La decisione inappellabile della giuria mi ha dato torto e penalizzato. Questo vuol dire metterci fuori gioco per un buon piazzamento finale!

La pena è troppo severa, inaspettata e, unita al risultato non positivo di questa terza tappa – siamo arrivati decimi –, ci fa precipitare all'ultimo posto con un solo punto all'attivo.

Scendo dal ferry e decido di andare a piedi fino al lodge, a Kirribilly. Sono solo: ho lasciato Geoff, Pat e Thijs dietro di me, sconcertati e forse anche dispiaciuti dell'avvilimento nel quale sono sprofondato.

Mi lascio andare a pensare a chissà quali macchinazioni per privarmi di punti preziosi a favore di altri concorrenti, ma sono solo aborti della mia mente. Giustifico Dee, pensando alla frustrazione nella quale si dibatte dopo essere arrivata ultima in questa tappa ed essere stata squalificata in quella precedente... Ma anche questa è un'altra scusa.

La realtà è che ho sbagliato durante la partenza. Sapevo fin dall'inizio della regata che non mi avrebbero mai perdonato nessun errore, che forse sarei stato doppiamente penalizzato per essere considerato, nella coscienza collettiva, un indisciplinato italiano! Quindi non ho scuse!

Tecnicamente a nulla vale che la protesta ci sia stata comunicata in ritardo e che, di fatto, ci abbia impedito di scontare una stupida penalità, che ci sarebbe costata non più di tre minuti: avremmo dovuto effettuare due giri su noi stessi, cioè due virate e altrettante strambate. E nulla vale che la deviazione cui abbiamo costretto *Imagine It Done*, così sostiene la giuria, abbia comportato poco più di qualche metro di scostamento dalla giusta rotta... Quello che conta è che ho sbagliato e devo pagare.

Arrivo al mio lodge, abitualmente affollato di studenti e turisti di passaggio, e mi appare vuoto: c'è solo qualche signora che fa le pulizie e un manutentore che ripara qualcosa. Entro in camera, apro la portafinestra che affaccia sul terrazzino e respiro una boccata d'aria pulita. Poi mi siedo davanti al mio computer e scrivo: « Priscilla è stata chiara in questo caso, non posso indugiare ».

Riappare la tentazione di incolpare qualcuno o qualcosa, ma non me... « Sì. È l'equipaggio il responsabile! Le loro masturbazioni mentali a Wellington! Il loro atteggiamento vile e debole; l'avere gettato discredito sul loro skipper, sulla barca, l'avere fatto di due urla una tragedia shakespeariana... anche se alla fine somiglia di più a una telenovela brasiliana...»

Ma so che non è così: ho sbagliato io, punto e basta. È dura da digerire, ma ho compromesso quasi totalmente la possibilità di raggiungere il podio finale. E soprattutto non ho scuse.

Sono nel lodge di Kirribilly e ho finito di scrivere il comunicato stampa, che devo inoltrare in Italia a Michela e Carla, che stanno attendendo ansiose il risultato della protesta e la classifica finale: è dura, ma purtroppo non c'è altro da aggiungere alla realtà delle cose.

La giuria internazionale ha penalizzato *VAIO* di tre punti per non aver dato acqua a *Imagine It Done*, comandato da Dee Caffari, durante la partenza della terza tappa, nel porto di Wellington. Dopo due ore di discussione con la giuria composta da un giapponese, un australiano, un neozelandese e un inglese, la protesta che è stata elevata contro di noi, anche se comunicata con ritardo, è stata accettata.

Questa decisione ci fa precipitare in ultima posizione nella classifica di tappa, con solo tre punti invece dei sei faticosamente conquistati in campo di regata e, in quella generale ci fa retrocedere dalle prime file all'ottavo posto, a pari merito con *Me to You* e con poche chance di conquistare la vittoria finale.

Questo non vuol dire che il nostro atteggiamento sarà in futuro rinunciatario: c'è ancora tanta acqua che deve scorrere sotto il ponte! E quello di Sydney, all'ombra del quale siamo ormeggiati, è bellissimo, enorme e ci lascia ben sperare per il prosieguo.

Inutile cercare giustificazioni o scuse per l'accaduto: ho commesso un errore in partenza e abbiamo tentato una soluzione estrema invece di una scelta tattica prudente. Abbiamo, proprio per quest'atteggiamento aggressivo e disinvolto, ottenuto e mantenuto la testa della regata nella prima parte e purtroppo perso tutto il vantaggio in quella finale, scegliendo di stare a nord.

Se la regata fosse durata dieci ore in più, sarebbe stata la scelta vincente. L'alta pressione e i deboli venti settentrionali, che ci avrebbero spinto nel porto di Sydney, erano, infatti, previsti per la domenica, il giorno dell'arrivo: purtroppo sono giunti in ritardo, anche se di poche ore.

Ma sono convinto che *VAIO* abbia ancora qualche sorpresa ed emozione da regalare!

Geoff è soprannominato Duracell perché non si ferma mai: sessant'anni portati come se ne avesse quaranta! A me, come a tanti altri a bordo, « dà una pista » in termini sia di entusiasmo sia di energia.

Geoff è stato con me fin dalla prima regata, quella intorno alla Gran Bretagna: tremila miglia no-stop con partenza da Southampton, circumnavigazione dell'Irlanda e ritorno nella Manica.

Forse è la persona dell'equipaggio che sento più vicina. La nostra amicizia è cominciata quando organizzò una cena di beneficenza nella bella zona di campagna dove vive con la sua affascinante compagna. La serata fu un successo e lui si guadagnò la stima di Chay Blyth, di tutto il resto dell'equipaggio, nonché la mia. Erano gli inizi, eravamo tutti molto uniti, appena tornati dal weekend trascorso insieme a Roma. In quell'occasione era con noi anche Michela, la redattrice del nostro sito web, www.kunachi.it, e parte integrante dell'equipaggio. La rivedo seduta accanto a Chay insieme a me, Geoff e una coppia di ex della Global Challenge, Charlie Smith e Debbie Lloyd, che ci raccontavano la loro inverosimile esperienza: lui si ruppe quasi tutte le ossa in mezzo all'oceano, a bordo di *Veritas*, mentre Debbie, imbarcata su *Olimpic*, angosciata dal pensiero che il suo fidanzato potesse morire, era costretta a regatare!

Geoff, incontenibile, è partito da subito con l'idea di fare il numero uno a bordo, in altre parole di occuparsi della prua, la più difficile, pericolosa e stancante tra le posizioni della barca. Non c'è stato modo di dissuaderlo: è un uomo di prima linea a dispetto, o forse in virtù della sua professione di procuratore legale.

Geoff è riuscito a fratturarsi il dito mignolo della mano sinistra il giorno dopo la partenza da Portsmouth. Anche se di lieve entità, è stato il primo incidente a bordo e io ero molto impensierito. Lui invece ha liquidato la cosa dicendomi: «Non ti preoccupare, Amedeo. Soffrivo già da un po' di artrite alla mano e quindi non è che lo usassi completamente. Ne posso fare tranquillamente a meno». È rimasto al suo posto in prua con il dito fratturato tutta la tappa, fino a Buenos Aires, senza saltare un cambio di vele nel suo turno.

Sempre sorridente, l'ho visto raramente sotto tono. Quando è successo, era perché eravamo arrivati ultimi in classifica di tappa. Pur non avendomene mai fatto cenno, so che ho tradito un po' le sue aspettative di vittoria, che avevamo assaporato insieme nella Round Britain e nelle prime tappe. Io mi sono sentito molto male per questo, specie perché era lui.

Siamo partiti da Wellington per primi, a pari merito con *Samsung* e BP. Siamo arrivati a Sydney decimi, poi retrocessi dodicesimi in seguito alla protesta di Dee Caffari.

Adesso mi rivolgo a quelli che qualche regata l'hanno fatta, perché il linguaggio e i regolamenti sono, come tutti i linguaggi tecnico-sportivi, difficili da capire. Anche se, nel caso di *VAIO*, il tutto rasenta la farsa.

Premetto che solo quattro volte sono stato davanti a una giuria sportiva, mai però a una internazionale come quella della Global Challenge; e che tutte e quattro le volte ho perso. Il che, direi, sta a significare che il dibattimento in aula non è il mio forte. Preferisco l'aria aperta del mare! Comunque, oggi alle quattordici, dovrò spiegare al mio equipaggio che cosa è accaduto con la giuria...

La prima lezione che ho imparato è di non andare mai all'incrocio con mura a sinistra, anche se si ha un sacco di spazio.

Seconda lezione: la protesta contro l'irregolarità deve essere elevata immediatamente dopo l'incidente mediante una bandiera rossa, che va issata a poppa, e tramite la comunicazione via radio VHF o qualsiasi altro mezzo disponibile. Nel nostro caso, ciò è avvenuto tra i sei e gli otto minuti più tardi e la protesta non dovrebbe essere valida, perché non eseguita a norma di regolamento.

Ma qui viene il bello: se, come il sottoscritto, non lo fate presente alla giuria, può succedere, com'è accaduto, che la giuria prima ti chieda di uscire dalla stanza e poi, senza che tu possa prevederlo, decida che, stante le particolari circostanze e avendo noi un equipaggio di non professionisti, ci possa stare anche un ritardo di cinque minuti, quando di regola un minuto è il massimo accettabile.

A questo punto, terza lezione: il pentimento. Sì, il pentimento! Pentirsi è bene anche se la giuria internazionale è costituita principalmente da puritani protestanti per i quali, al contrario di noi cristiani cattolici, il pentimento non è una priorità assoluta. Se, appena ricevuta la protesta (ammesso che voi sappiate di esserne oggetto, a differenza di quanto è successo a me), in genere prima della boa successiva, fate due giri su voi stessi, riceverete l'assoluzione. È un po' come genuflettersi un paio di volte: si perde un paio di minuti al massimo e tutti i peccati sono perdonati. Naturalmente, noi di *VAIO* non l'abbiamo fatto. Primo, perché non sapevamo di essere protestati, secondo, perché non eravamo a conoscenza del fatto che ci si poteva pentire, seppure in ritardo.

La quarta lezione, invece, l'apprendo soltanto a giudizio chiuso, quando Geoff si sofferma a fare due chiacchiere fuori dai denti con il giudice: si tratta di un pentimento postumo. Sissignori. Non posso negare di essere rimasto sorpreso dalla clausola del pentimento postumo... E comincio a credere che il regolamento internazionale delle regate veliche sia stato scritto da qualcuno del Vaticano! La regola recita, infatti, che nel caso in cui tu non ti penta immediatamente e non faccia il girotondo su te stesso, come definito nel nuovo regolamento, due virate e due strambate successive, ma in un momento successivo, diciamo dopo qualche giorno, ci ripensi e decidi di pentirti, è sufficiente che lo comunichi al comitato di regata e al protestante, inteso come colui o colei che ti protesta e non come l'antagonista religioso, e voilà!, ottieni due punti di penalizzazione invece che tre.

Notate che se inoltrate una e-mail superconfidenziale alla protestante di cui sopra, chiedendo scusa con pura galanteria italiana e profusione d'alti sentimenti, che vanno dall'amicizia compromessa alla ritrovata stima reciproca, alludendo al futuro roseo che vorremmo colorasse i momenti dei nostri prossimi incontri per mare e per terra, nonché alla solidarietà con la quale attraverseremo i bui momenti di maltempo... ecco, se come me, fate tutto ciò in assoluta segretezza, rispettando le proverbiali regole di riservatezza del mondo anglosassone, be', allora non valgono a nulla i pentimenti e sempre tre sono i punti che vi affibbieranno!

Per chiudere, non posso fare a meno di accogliere la dichiarazione rilasciata in un'intervista della protestante. «La protesta è stata una misura unicamente tesa a incrementare la sicurezza in mare.» Ecco. E non come alcune malelingue potrebbero pensare una manovra fatta per favorire l'ascesa degli altri contendenti al podio finale della regata! Tale incitamento sicuramente merita non solo una riflessione, ma anche una misura pratica, immediata, un provvedimento attivo da parte mia, scrupoloso come sono in termini di sicurezza a mare.

Certo! Eccola la soluzione! La comunicherò ufficialmente allo skipper briefing di oggi: prendo atto che sicuramente dobbiamo evitare di trovarci su bordi diversi, ma soprattutto che dobbiamo fare in modo di trovarci sui lati diversi del campo di regata. Anzi, più lontano sarà e più sicuri saremo!

Ho prenotato un corso serale della Federazione internazionale di vela che verte su regole e regolamenti e sul loro significato nell'era moderna della vela...

24
SYDNEY

Lasciamo Sydney e il suo meraviglioso porto domenica pomeriggio, tra centinaia d'imbarcazioni venute a salutarci. Ci sono gli ultimi abbracci e le lacrime della separazione degli equipaggi, delle coppie formatesi su barche diverse, di genitori, parenti, amici e amanti. Un oceano ci dividerà per oltre un mese: l'oceano Indiano, che a queste latitudini è il più temibile. Siamo tutti coscienti che questa sarà la tappa più dura dell'intero giro del mondo.

Come prima di ogni partenza, noi di *VAIO* facciamo colazione tutti insieme al bar. Il mio, questa volta, è un piccolo discorso propiziatorio e preparatorio: non rompiamo le persone, non rompiamo la barca, restiamo uniti e concentrati e, soprattutto, in sicurezza.

Faccio anche una battuta che il mio equipaggio non recepisce. «Non so se io sono riuscito a insegnarvi qualcosa sul navigare a vela, ma certamente voi siete riusciti, mio malgrado, a trasformarmi in un manager dell'MBI!» Nei giorni scorsi, infatti, ho coinvolto i miei *watch leaders*, Dan e Jonathan (l'ultimo arrivato), nell'elaborazione della strategia di questa quarta tappa. Sempre di più mi sto rendendo conto che quasi nessuno a bordo ha uno spirito veramente competitivo: solo un paio di persone hanno avuto da ragazzi un'esperienza di sport agonistico, per il resto solo palestra e jogging.

Inoltre, più che godere della diversità che la vita di mare e una regata intorno al mondo come questa possono offrire, sono sempre più convinti che lo stile di vita che hanno sposato e la cultura che lo sostiene siano le uniche a funzionare veramente. Da parte mia, mi costa poca fatica adattarmi a riunioni, meeting, sedute motivazionali, gestione delle risorse umane. Ma in mare tutto questo è privo di senso: la legge della natura è un'altra! Loro però non lo sanno. Anche se credo e spero che, in questa tappa, lo impareranno molto presto.

Per il momento, adottiamo la più misera delle strategie: quella di seguire i primi in classifica. Mi tappo il naso e dico loro che è una buona idea. Non ha senso condurre una battaglia contro i mulini a vento. Aspetto. Tutti sono coinvolti, hanno partecipato alla decisione: i nostri *crew briefing* assomigliano ogni giorno di più alle riunioni di un consiglio d'amministrazione della VAIO SPA! Quello che stiamo facendo non ha senso per me, ma sono deciso a responsabilizzare ciascun membro dell'equipaggio. Loro si assumono felici l'impegno di mantenere disciplinate ed effettive le comunicazioni, i sensi all'erta, la tensione agonistica alta.

Partiamo e dopo ventiquattro ore siamo, come da strategia, dietro i primi in classifica, che però sono gli ultimi, e noi in coda a loro, ancora più in fondo... Poi rompiamo lo spinnaker, perdendo miglia sui primi e siamo decimi.

Ma abbiamo una strategia! E tutti si sentono confortati e felici da questo: guai a togliergli il porridge quotidiano! Mi pento: sono caduto nel mio solito sarcasmo!

Diario di bordo: 28 febbraio 2005

Frankenstein, il nostro adorato spinnaker da battaglia da un'oncia e mezzo ha cessato di operare.

Lasciata Sydney domenica 27 febbraio con una leggera brezza da sud-est, nella serata ci siamo imbattuti in una calma piatta. Verso l'ora di pranzo di lunedì, il vento da nord-est c'è arrivato da poppa. Abbiamo immediatamente issato Frankenstein, con le sue numerose cicatrici, tutte quelle cuciture opportunamente coperte da tessuto autoadesivo per aumentarne la resistenza che gli donano una fisionomia originale. Tali ferite sono frutto di onorevoli e dure battaglie contro il vento e i marosi, condotte attraverso i tre oceani.

Ieri sera, però, l'ultimo atto eroico gli è stato fatale. Il vento era gradualmente aumentato fino a ventiquattro nodi ed era necessario strambare per seguire una rotta migliore. Già in prima serata, Frankenstein aveva tentato di darci un avvertimento, « accaramellandosi » intorno allo strallo di prua. Fare una caramella, per uno spinnaker significa avvolgersi nelle due porzioni, quella superiore e quella inferiore, su se stesso e intorno allo strallo di prua, assumendo la forma della carta che racchiude i dolciumi. Oltre a prendere questa forma, lo « spi » probabilmente voleva dirci, aggrappandosi e avvolgendosi sullo strallo, quasi con un grido soffocato, di non lasciarlo. No, non lasciatemi! Tiratemi giù! Noi, invece, abbiamo ignorato questo primo avvertimento, questo segnale inequivocabile d'allarme, di paura e di voglia di riposare nel suo sacco all'asciutto. Tirato di qua e di là, alla fine si è liberato e ha ripreso il suo duro lavoro, quello di spingere la barca a oltre undici nodi verso la Tasmania, in silenzio, disapprovando lo stress al quale lo stavamo sottoponendo.

Poche ore dopo, durante la strambata, l'ultima lacerazione. *Crac!* Un taglio orizzontale da destra a sinistra lo ha diviso in due pezzi. Poi ancora un *crac* e una lacerazione verticale lo hanno fatto scivolare in una lenta agonia dalla quale solo dopo vari tentativi siamo riusciti a strapparlo, ammainandolo in coperta.

Alla luce ancora incerta dell'aurora ha preso la strada del gavone, per l'ultima volta, senza neanche asciugarsi al sole, senza una lacrima da parte del mio equipaggio insensibile, senza un segno manifesto di gratitudine per tante battaglie condotte e vinte insieme a noi. Io, invece, mi sono fermato per un momento e mi sono chiuso in me stesso, perché non potevo comunicare a nessuno quanto anche un semplice pezzo di nylon colorato faccia parte della trinità: marinaio, barca e mare.

Addio, allora, Frankenstein. Grazie per tutte le miglia attraverso le quali ci hai sospinto, con la tua inconfondibile espressione, la tua fede indistruttibile. Con un ultimo gesto eroico hai evitato di romperti del tutto, ti sei fatto raccogliere in brandelli evitando a *VAIO* due ulteriori punti di penalità: ciò, infatti, prevede l'inflessibile regolamento di questa regata, se perdi uno spinnaker in mare.

Adesso, composto nel tuo sacco, che tu possa riposare in pace. Amen.

Diario di bordo: 1º marzo 2005

È arrivato così, all'improvviso, senza neanche darci il tempo di capire. Sì, lo sapevamo, lo sapevo e avevo debitamente preavvertito il mio equipaggio. Ma i due giorni di sole, di delfini e acqua azzurra, di cielo stellato e limpido come mai, di tepore estivo che ci ha permesso di stare a torso nudo di giorno e in T-shirt di notte ci hanno indotto a dimenticare rapidamente ciò a cui andavamo incontro.

È arrivato con un avvertimento: quaranta nodi di raffica che hanno fatto letteralmente esplodere il nostro spinnaker. Non appena messo il muso fuori dalla Tasmania, vento a quarantacinque nodi e onde che s'ingigantivano sempre di più!

Il cielo è diventato grigio, l'acqua pure. L'unica nota di colore è il bianco candore delle creste delle onde che si frangono o della schiuma che si solleva come spray da una bombola nascosta chissà dove, davanti alla prua, e che ci soffia addosso tutta la sua salinità.

Siamo nell'oceano Indiano, in un attimo. Una mano di terzaroli, poi due e poi tre; lo yankee 1, poi il 2, il 3, e infine la trinchetta da tempesta... Giù la randa completamente! Ma la drizza s'incattivisce, si arrotola mille volte su se stessa e non scende più: Alex si arrampica sull'albero, tanto orizzontale che ci si potrebbe camminare sopra, a tratti sparisce tra lo spray, ma riesce a liberare la drizza. Giù la randa, pericolo passato.

Arriva la notizia che *Save the Children*, la barca comandata da Paul Kelly, sta tornando a Hobart: sospetta frattura, non sappiamo di chi, come o perché. La politica è severa in questi casi: poche chiacchiere e niente supposizioni, si va avanti perché la regata continua.

Siamo bagnati nel pozzetto, ormai da una dozzina di ore in balia del mare. Il barometro continua a scendere impazzito. Per la prima volta leggo la paura sul volto del mio equipaggio... Non sanno che non è ancora nulla. Forse adesso, per la prima volta, capiranno sul serio perché sono qui.

Ho il sapore del mare sulle labbra e sono appena sceso sottocoperta dal mio turno al timone. Timono io quando ci sono manovre di emergenza o situazioni come questa. Bevo un bicchiere d'acqua per dissetarmi, faccio un paio di raccomandazioni in coperta, il tempo di scrivere queste due righe e mi butto in cuccetta a riposare.

Ecco, ora siamo alla sopravvivenza, tutto diventa insignificante: i dissapori, le offese subite e fatte, i torti, presunti o reali. Il mio equipaggio ha paura. E io pure, ma ne sono il felice controllore, perché il timone è in mano mia e il mio rispetto per il mare è assoluto. Tutto diviene limpido e cristallino, non ci sono grigi, né incertezze, bisogna solo tenere duro, andare avanti, evitando i pericoli.

Si diventa uomini nell'oceano Indiano. Amanda è scivolata e si è procurata una distorsione a un ginocchio, la prognosi la costringe in cuccetta. Per lei la tappa è finita, a stento, nelle giornate di mare piatto, potrà andare a fare pipì da sola. Altri tre sono a paiolo, hanno vomitato l'anima e due non mettono il naso fuori. Rimaniamo in dodici, per fortuna abbastanza per manovrare la barca: *VAIO* risponde bene e sembra felice di sentire emozioni pure e primordiali, invece dei soliti pettegolezzi da bel tempo.

Vado a riposare ripulito dall'aria forte dell'oceano Indiano.

Diario di bordo: 5 marzo 2005

Grandine! Ecco che cosa succede se ne te vai a vela nell'oceano Indiano alle basse latitudini. Oggi ci siamo presi la grandine. Appena un paio di giorni fa ci crogiolavamo al sole lungo la costa dell'Australia e oggi siamo sotto una grandinata in piena regola!

Il problema di quando grandina in barca non è quello di bagnarsi o di scivolare, ma quello di riuscire a tenere gli occhi aperti! Oltre alla grandine, infatti, ci sono trenta nodi di vento, dritti dritti dentro le pupille, che necessariamente devi tenere aperte quando sei al timone. Grandine a parte, la vita procede a trenta gradi d'inclinazione e 50 gradi di latitudine sud. Questa è la latitudine che abbiamo toccato oggi. Siamo la più meridionale delle barche della regata e con questa scelta tattica abbiamo conquistato due posizioni, da decimi a ottavi.

Ne approfitto per parlare di strategia di regata. Prima della partenza ho convocato i miei secondi, William e Thijs, oltre a Ben e Jonathan, che ho appena nominato consulenti strategici, insieme a Dan, in carica come meteorologo. Com'era facilmente prevedibile, subito dopo l'arrivo a Sydney i pettegolezzi sulla mia scelta tattica di andare a nord nella fase finale della terza tappa erano all'ordine del giorno. Tutti, naturalmente con il senno di poi, criticavano la scelta fatta in nome di una più prudente e conservatrice tattica di regata che « certamente ci avrebbe portato a scalare la classifica... »

Ora, nessuno del mio equipaggio ne capisce granché, ma vero è che se non vinci, come nel nostro caso, la strategia è sbagliata, se invece vinci è giusta. Io avevo perso e quindi la mia strategia era sbagliata. A poco è valso dimostrare che nelle ultime tre ore avevamo guadagnato ore e ore di vantaggio su chi ci era perfino davanti... Gli altri, i vincitori, i miei amici, Andy primo ed Eero secondo, erano già arrivati. E la regata non era durata quelle poche ore in più che ci avrebbero permesso di vincere, grazie al preannunciato, ma ritardato, salto di vento.

Tornando alla strategia di regata, nella fatidica riunione di preparazione ho chiesto una consultazione generale, con conseguente elaborazione collettiva. Risultato: ne è uscita una delle più creative soluzioni strategiche di tutto il cucuzzaro. In sintesi: poiché siamo una tra le barche più veloci della flotta, seguiamo il gruppo dei vincenti fino a tre quarti della regata e poi tentiamo di passarli!

In realtà, noi non siamo la barca più veloce del gruppo, e comunque, se anche lo fossimo, non si capisce come potremmo seguire chi ci sta davanti, che teoricamente dovremmo precedere... Io poi non ho mai seguito neanche le raccomandazioni dei miei genitori quando ero bambino: figuriamoci se adesso mi metto a seguire gli altri skipper...

La strategia è stata però accettata, approvata, condivisa e dunque, con buona pace di tutti, partiamo. Usciamo dalla baia di Sydney quarti, dopo avere tagliato la linea di partenza come secondi... Non male, avendo deciso di collocarci dietro il gruppo per non incappare in altre proteste. Dopo poche ore di navigazione siamo in ritardo di un bel po' rispetto ai primi... alla faccia della barca veloce! Dopo un giorno siamo trenta miglia dietro. E il terzo giorno la strategia è andata a farsi benedire!

Non ho ancora confessato loro che non siamo i più veloci, perché le barche sono tutte uguali e solo gli equipaggi fanno la differenza. Non ho nemmeno confessato che grandi strategie non ne ho mai avute e che solo la mia pancia può decidere al riguardo. Siamo semplicemente ottanta miglia più a sud di tutti, abbiamo toccato i 50 gradi di latitudine sud, i trenta gradi di sbandamento della barca e ci grandina dritto dritto negli occhi tanto da non vedere dove si va.

Qualcuno dice, a ragione, che non c'è vento favorevole per il marinaio che non sa dove andare. Io non lo so, ma la mia pancia sì e penso che avremo vento favorevole. Staremo a vedere, grandine permettendo.

Il freddo s'insinua nuovamente nelle nostre cuccette: siamo a oltre 53 gradi di latitudine sud, l'acqua del mare è di nove gradi e lo scafo di acciaio di *VAIO* assume la stessa temperatura. Certo, diciotto corpi in pochi metri cubi, oltre alla tensione, aumentano anche la temperatura media, ma non basta. Per affrontare i *Southern Oceans* serve un'attrezzatura che non ha nulla da invidiare a quella di Messner nelle sue scalate verso gli ottomila.

Geoff si è occupato fin dall'inizio di fare le ricerche e individuare quello che abbiamo definito il «kit ottimale per l'equipaggio», lasciando però la libertà individuale, trattandosi talvolta di pezzi costosi. La cosa migliore è aggiudicarseli attraverso un acquisto di gruppo, spesso molto conveniente, oppure tramite sponsorizzazione, com'è stato nel nostro caso per alcuni capi di abbigliamento tecnico o accessori.

Io sono arrivato in Inghilterra senza neanche un sacco a pelo e adesso, dopo avere circumnavigato il globo, mi sento di poter dire che cosa bisogna portare e indossare in un giro del mondo come questo. Vanno, anzitutto, considerati i diversi climi che si affrontano nelle varie fasi di un giro del mondo. Noi li abbiamo divisi in tre fasce: clima tropicale, temperato e freddo.

Cominciamo da quello freddo. Il primo strato, partendo dalla pelle, è il kit della italianissima Liod: pantalone lungo, T-shirt e maglietta a manica lunga, calza fine, sottoguanti e cappello di polipropilene. Li ho indossati per oltre tre settimane consecutive, mi hanno tenuto caldo e soprattutto non sono mai diventati maleodoranti. Molti hanno adottato la pura lana merino, fibra naturale trattata della neozelandese Icebreaker, la quale però ha perso il confronto con il leggerissimo e caldissimo base italiano. Io ho usato la lana merino come secondo strato intermedio ulteriore in condizioni di freddo veramente proibitive e devo dire che il risultato è stato buono. Se il freddo invece non tocca profondità glaciali, un secondo strato di un poliestere di qualità è sufficiente. Il terzo strato è costituito in genere da una salopette. Io mi sono limitato a un giubbotto traspirante della Siopor.

Il vero problema è proteggere le estremità e sopra il sottoguanto della Liod ho indossato dei guanti di neoprene che mi hanno tenuto le mani asciutte e calde. Naturalmente, se per eseguire qualche manovra sei costretto a toglierti il guanto, le dita gelano in pochi minuti. In testa, un secondo cappello di lana con uno strato interno windstopper è essenziale, ma non sufficiente: il cappuccio della cerata è necessario per non perdere calore e lucidità. Ai piedi ho indossato questa volta due paia di calze di lana trattata di media pesantezza e, a seconda delle situazioni, gli stivali in goretex traspirante e pelle della DuBarry o, in condizioni veramente bagnate, gli stivali in gomma della Chameau con una suola alta tre centimetri che isola dal freddo della coperta. Sull'abbigliamento tecnico, tutta la flotta ha utilizzato l'HPX e la Dry Suit della Musto, che si sono rivelate decisamente all'altezza.

Su questi nuovi tessuti traspiranti, come il goretex, il siopor o altri, c'è un po' di disinformazione e talvolta, se usati impropriamente, ti fanno ritrovare bagnato all'interno. Il principio fisico è semplice, strettamente legato a temperatura e pressione: il tessuto lascia passare vapore acqueo (sudore) da un sistema a temperatura e pressione più alta a uno a temperatura e pressione più bassa. Se li usi quando fa caldo, traspirano di meno, fino a invertire il senso stesso della traspirazione.

Un pezzo unico, non traspirante, che ho preteso a bordo è la drysuit della Guy Cotton francese. Si tratta di una muta secca di neoprene che fa da kit di sopravvivenza, essendo completamente asciutta: contiene cintura di sicurezza e riserva di galleggiabilità e si indossa calandocisi dentro e arrotolando il collo esuberante a mo' di involtino. È usata dai *single handed* francesi, i solitari regatanti della BOC o della Vendée Globe, corridori del mare che la indossano ventiquattr'ore su ventiquattro; io la tengo a bordo per emergenza, ma non l'ho mai utilizzata.

Crema solare, vaselina o burro di cacao per le labbra, occhiali da sole e da neve completano il corredo per sopravvivere, anzi, direi per vivere in relativo comfort all'esterno. Un buon sacco a pelo come il nostro a tre strati, che si alleggerisce a seconda delle necessità, è l'ultimo elemento delle dotazioni del sottocoperta.

Quando si vive in diciotto in una barca, inoltre, anche l'igiene personale diventa una necessità collettiva. Noi, avendo un buon dissalatore, siamo riusciti a fare almeno una doccia alla settimana, anche in condizioni difficili.

Discorso a parte e oggetto di grande discussione sono i fazzoletti preimpregnati, che io detesto. La discussione è nata addirittura prima della partenza, ed è stata quasi un dibattito parlamentare: il mio equipaggio sembrava pronto a sbarcare se non ne consentivo l'uso! Io continuavo ad asserire che portarsi per mezzo mondo dei fazzoletti non biodegradabili, tappacessi imbottiti d'acqua, era la cosa più sbagliata del mondo. Ma ho dovuto cedere, malgrado io abbia usato per tutto il giro spugne naturali delle dimensioni del palmo della mano, impregnandole d'acqua secondo necessità. Il resto dell'equipaggio ha utilizzato i *wet wipes*, questo il nome in inglese, riponendoli accuratamente in una busta separata dell'immondizia che ci siamo portati appresso fino all'arrivo. Non ho mai consentito che fossero dispersi in mare. Per fortuna, in Australia alla fine ne abbiamo trovati di biodegradabili: la discussione senza fine ha avuto termine e non nego di averli usati un paio di volte anch'io.

25

AURORA BOREALE

Diario di bordo: 7 marzo 2005

Sogno. No, non è un sogno. È una lucida follia, che mi conduce in lidi d'inimmaginabile leggerezza, dove l'anima risolve tutte le sue angosce, viaggiando con la fantasia. L'occasione? La burrasca di ieri.

È arrivata nella mattinata, un po' inaspettata. Il bollettino recitava venti-trenta nodi e ne cominciavamo a sentire trenta-trentacinque, insieme agli spruzzi d'acqua salata. Poi, durante il giorno, si è come mantenuta in sospeso, per acuirsi al finire della giornata e dare il massimo durante la notte.

Quaranta nodi, poi quarantacinque, quindi raffiche fino a cinquantasei che mettono paura, perché il vento a quel punto ti penetra nelle ossa, nelle narici, negli occhi; dentro il collo, insieme al rivolo d'acqua salata arrivata da non si sa dove e al brivido di freddo che lo accompagna lungo tutta la schiena.

Durante la tempesta, in una confusione di mare, vento, schizzi e spruzzi, urla inaudite, gesti incompresi, è arrivata intorno a mezzanotte l'aurora boreale. Nel mezzo della notte striature di luce fredda si contorcono e si allungano nel cielo in verticale. Se avete negli occhi della mente la visione del sole che penetra le nuvole e cade sulla terra umida, provate a immaginare invece della luce il buio, invece dei colori caldi la fredda luminosità... Stalagmiti di luce gelida che s'innalzano e immiseriscono la più alta delle guglie di una cattedrale... Un monumento della natura.

Poi è giunta l'alba e la tempesta si è calmata. Ci siamo ripresi dalle fatiche e dalle paure notturne e la decisione è arrivata quasi da sola. Un'idea scherzosa prima, poi una lucida pazzia, così l'abbiamo chiamata, poi forse una fantastica realtà... o puro delirio.

Abbiamo virato verso nord. Nord, nell'emisfero Sud, è sinonimo di sud: caldo sole, tropici, come le Chagos, qualche migliaio di miglia a nord, o le Seychelles, un po' più a nord-ovest, che conosco e nelle cui acque ho già navigato. Lentamente la realtà della regata – le altre barche, la classifica – si distacca dalla nostra mente. La fantasia comincia a surfare sulle onde, verso il tropico, come naturale reazione alla burrasca di ieri notte. Arriva il tramonto e la decisione è presa. Il piano lentamente si materializza.

Ho staccato i fili che alimentano l'Inmarsat Standard C, il rilevatore satellitare che consente al controllo della regata di avere costantemente le nostre posizioni. Ho inoltrato un messaggio, spiegando che avevamo un'avaria e che avrei inviato la posizione giornaliera via e-mail. Ho nascosto sottochiave, nella mia cabina, la batteria dell'EPIRB, il costoso trasmettitore satellitare che si usa in caso d'emergenza: basta attivarlo e un segnale è in grado di localizzarci con una precisione di poche centinaia di metri, grazie al sistema russo-europeo Compass-Sarsat.

Ho dalla mia parte la quasi totalità dell'equipaggio. Entusiasta. Sono riuscito diabolicamente a trascinarli nel piano di questo sogno assurdo. «Andiamocene per tre mesi a spasso per l'oceano Indiano! Dalle Seychelles a La Réunion, a Mauritius e, perché no?, in Madagascar! Per quaranta giorni nessuno si accorgerà della nostra deviazione. Continueremo a inviare posizioni false e verosimili. Tramite la radio, potremo parlare con il resto dei regatanti e simulare un guasto a giustificare il ritardo di qualche ulteriore settimana...»

Rotta a nord, al caldo. Basta con le tempeste dei mari del Sud!

Pat, Grant, Jonathan e Geoff sono i miei luogotenenti fedeli e guardiani inflessibili della nuova avventura. Altri sono come bambini eccitati e trasportati in un nuovo gioco. Mentre William e Charlie, quasi impazziti, sono contrari, ma subiscono impotenti le decisioni del capitano e della maggioranza. Covano in segreto, lo sappiamo, ma li teniamo sotto controllo.

La vita a bordo si fa spensierata e trasgressiva: la regata è un ricordo lontano. Diamo fondo alle provviste, cominciamo a pescare e, giorno dopo giorno, la temperatura sale insieme al diminuire della latitudine.

Avvistiamo il primo degli atolli corallini deserti dell'emisfero australe. L'eccitazione è a mille: nessuno è mai stato in un'isola deserta e l'abbondanza di pesce, cocchi, sole e sabbia conquista l'animo di tutti, ci riempie d'allegria e ci rende pigri. Capanna sulla spiaggia, fuoco, pesce alla brace. Ogni giorno puntuali andiamo al nostro appuntamento radio o, quando la propagazione non è buona e può far insospettire, inviamo un messaggio e-mail, sempre con la scusa delle batterie fuori uso e della conseguente impossibilità di comunicare.

La flotta è a dieci giorni dall'arrivo e a oltre mille miglia da noi.

Le conseguenze per me saranno dure, ma non ci penso. Anzi credo che la storia farà notizia quando saremo scoperti. I più coraggiosi vorrebbero addirittura continuare per qualche mese... In qualità di capitano posso decidere dove e quando andare, oltre a comandare il mio equipaggio sollevandolo da ogni responsabilità. Ma la barca non è mia e certo la Challenge, che organizza la regata, non sarà felice del mio operato! Mi arresteranno? E dove? Alle Seychelles o alle Maldive? Un mandato internazionale di cattura? Mi sembra improbabile: mi sono preso solo un paio di mesi di stravagante vacanza con il mio equipaggio di stralunati navigatori in giro per l'oceano Indiano, invece che nei profondi *Southern Oceans*. Innocuo reato, piccolo uso-abuso di una bella barca...

William ha visto un peschereccio ancorato in una baia vicina: di notte, mentre dormiamo, si appropria del gommone di bordo e se ne va con un paio del mio equipaggio. È deciso a denunciarci... Ma dove saremo domani?

Siamo pronti a ripartire, dopo che via radio il comandante del peschereccio mi chiede autorizzazione al trasbordo di William e degli altri. Io lo autorizzo e m'informo: il peschereccio toccherà terra solo fra venticinque giorni, la nostra crociera si allunga.

Il mare è bello, l'avventura grande, anche se adesso sei depresso per la posizione disastrosa in regata. I ragazzi sono in gamba, ma tu sembri non avere nulla da condividere con loro, per quanto ti sforzi la ferita di Wellington è ricucita ma solo in superficie, sotto ti brucia ancora fratello...

Allora questo meraviglioso mondo della fantasia, nel quale io sono persa, ti sopisce i dolori, ti esalta gli umori, risolve tensioni personali e universali, retrocedendo personaggi squallidi, migliorando la posizione della tua barca... e, soprattutto, ampliando gli orizzonti del tuo animo nomade!

Torniamo un attimo indietro con il sogno. Era una gelida mattina d'estate australe quando maturammo questa decisione: 50 gradi e 50 primi di latitudine sud. Sembra quasi un segno: 50 come i miei cinquant'anni... e 89 gradi di longitudine est, come l'anno in cui Priscilla cadde nel suo lungo letargo.

Sono bastati pochi minuti: William e gli oppositori dormivano ancora, un breve consulto e lentamente poggiammo nella brezza fredda verso nord, verso il caldo. Rotta 322 gradi, diretti all'isola di Saint Paul, invece dei 280 che ci avrebbero portato al waypoint Bravo, a nord delle Kerguélen.

Curiosa la storia di Captain Yves-Joseph de Kerguélen, navigatore affamato di gloria e di avventura che, arrivato in queste isole desolate, senza esplorarle, tornò subito in patria annunciando la scoperta del continente australe, terra florida e coltivabile, con le sue ricchezze tutte da scoprire. Fu tanto convincente da farsi affidare dai reali di Francia una flotta di tre navi e settecento coloni per partire alla conquista della Francia australe. Due anni dopo, non potendo mascherare l'evidenza di un'isola desolata e di modeste dimensioni (non a caso è chiamata anche Desolation Island), battuta per duecento giorni l'anno da un vento insostenibile, quello stesso vento che fino a ieri stavamo risalendo e combattendo, tornò in patria per essere processato dalla corte marziale e condannato. Povero de Kerguélen, che storia d'ambizioni frustrate...

Noi invece puntiamo verso l'isola di Saint Paul, a 38 gradi e 43 primi di latitudine sud e 77 gradi e 30 primi di longitudine est.

L'isola dista appena 855 miglia nautiche che possiamo coprire, data la rotta più conveniente, in meno di cinque giorni. Il resto della flotta starà ancora risalendo il vento per arrivare al waypoint Bravo quando noi getteremo l'ancora a Saint Paul.

Il sole è già alto e sembra più caldo di quando i pochi componenti dell'equipaggio ancora contrari ad abbandonare la regata si sono resi conto che la decisione è stata presa e che la rotta è stata modificata. La reazione è forte ma la voglia d'avventura, la sete del nuovo sono ormai entrate negli animi. Sembra quasi che nessuno ne possa fare a meno.

Siamo nello stesso mare, con lo stesso clima grigio, lo stesso vento e le stesse persone, eppure, come per magia, l'avere un nuovo destino, una nuova meta rende tutto diverso. Ah, il genere umano! La potenza della mente che fa della realtà circostante un mondo di fantasia!

Improvvisamente il freddo non si sente più, il cibo diventa più buono e, devo dire, si cucina anche meglio! Strano a dirsi, ma anche la velocità della barca s'incrementa, quasi a dimostrare che la rotta è giusta, che la scelta è quella naturale. I musi lunghi dei razionalisti di bordo non appannano il sorriso dei nomadi di cuore.

Filiamo a nove nodi verso nord-ovest. Il rilevatore satellitare è disattivato, la connessione multipolare che lo collega all'alimentazione di bordo si trova nella mia tasca, nessuno trova le batterie dell'EPIRB che ho nascosto: siamo spariti nell'oceano Indiano!

Ricordo una famosa storia della navigazione moderna quando, durante il primo giro del mondo in solitario competitivo, Bernard Moitessier, a poche centinaia di miglia dall'arrivo e prossimo alla vittoria, decise di proseguire per un altro giro del mondo senza scalo, rinunciando così al premio in denaro, alla fama e alla sicurezza che l'arrivo in Inghilterra gli avrebbe procurato. Anch'egli virò, cambiò direzione alla prua della sua barca e alla sua vita.

Moitessier arrivava in Sudafrica più o meno quando io nascevo. Partiva proprio dalla città d'arrivo della nostra tappa, Città del Capo, con il suo *Marie Thérèse II* – una barca che si era costruito nell'isola di Mauritius con le sue mani – per i Caraibi, dove poi naufragò.

Nel 1968 partecipò alla Golden Globe, la prima regata intorno al mondo senza scalo che prevedeva una partenza libera tra giugno e ottobre, da un porto a sud della Gran Bretagna. Le barche in gara dovevano doppiare i Tre capi: quello di Buona Speranza a sud dell'Africa, capo Lewin a sud-ovest dell'Australia e capo Horn a sud del Sudamerica. Dovevano essere condotte da un solo navigatore e non ricevere alcuna assistenza dall'esterno. Il premio per il vincitore era stabilito in cinquemila sterline, per l'epoca una somma considerevole.

Il giovane sergente Chay Blyth partecipava anch'egli, dopo avere traversato con successo l'Atlantico a remi; così come Robin Knox Johnson, che poi vinse; oltre all'italiano Alex P. Carrozzo, che dovette ritirarsi a causa di un'ulcera perforante.

Il francese, alla vigilia dell'arrivo vittorioso in Inghilterra, era primo, con un vantaggio incolmabile, ma decise improvvisamente d'invertire la rotta e proseguire per un altro mezzo giro del mondo, per raggiungere la Polinesia.

Storie d'altri tempi, d'altri uomini, d'altre barche. Ma la

storia che più mi ha colpito è quella di Donald Crowhurst: ingegnere elettronico nato in India, vissuto in Inghilterra e suicidatosi in mezzo all'Atlantico, fu il protagonista di un capitolo di tragica follia. Era sposato con quattro figli. E, seppur dotato di talento, era un disastro negli affari: le sue invenzioni non avevano avuto alcun successo. Prese parte alla Golden Globe con il *Teignmouth*, un trimarano che teoricamente doveva sviluppare velocità superiori alle imbarcazioni di tutti gli altri concorrenti, che invece utilizzavano monoscafi.

Donald era ossessionato da un numero: il 243. Duecentoquarantatré dovevano essere i giorni di navigazione intorno al mondo, come le miglia di percorrenza massima giornaliera. Il duecentoquarantatreesimo giorno di viaggio, il 29 giugno 1969, si uccise. In quella stessa data, esattamente undici anni prima, nasceva mia sorella Priscilla.

L'inglese partì ambizioso per la regata, ma giunto nell'Atlantico del Sud, invece di doppiare il capo di Buona Speranza, cominciò a navigare in tondo, dando false posizioni e aspettando che i suoi concorrenti percorressero il periplo del globo per precederli all'arrivo e conquistare il primo premio.

Viveva, dissociato, due realtà: quella autentica, che registrava sul diario di bordo ufficiale, e quella schizofrenica di leader della regata intorno al mondo in solitario. Approdò perfino in Argentina per effettuare alcune riparazioni, vietate dal regolamento, continuando a fornire false posizioni. Quando la regata stava per volgere al termine, forse resosi conto che il bluff non poteva più reggere, cadde in una profonda depressione e probabilmente in un insanabile conflitto con se stesso.

La sua barca fu ritrovata a un centinaio di miglia da Madeira: lui non era a bordo. Al tavolo di carteggio, in ordine, i suoi due diari di bordo: quello vero e quello di un fantastico navigatore vittorioso fino a poche miglia dal traguardo della Golden Globe.

C'è un detto che recita: «Una volta c'erano uomini di

ferro con barche di legno, poi fecero barche di ferro condotte da uomini di legno, oggi fanno barche di plastica». Forse Donald era un vero eroe dei tempi moderni.

Intanto Hugh, il nostro navigatore e operatore radio, ogni giorno trasmette la posizione e con freddezza spiega il problema tecnico che affligge le nostre batterie, per poi chiudere la comunicazione con un perentorio: «Passo e chiudo».

Avvistiamo l'isola da lontano. Questi quattro giorni e mezzo di navigazione sono stati entusiasmanti, divertenti e fortunati come accade solo quando sfidi il destino. Nel buon umore generale la presa di posizione di William e i suoi, così li chiamiamo, è anacronistica e fuori luogo: tutti si divertono, come bambini alla scoperta di un nuovo mondo, tranne loro, che pur essendo i più giovani sono i più vecchi.

L'isola di Saint Paul ha un cratere di un vulcano al suo interno. L'ingresso è largo poche decine di metri e profondo, a detta dei rilevamenti cartografici, solo due metri: è quasi impossibile entrare, visto che *VAIO* pesca oltre tre metri!

Eppure l'idea di nasconderci in questo lago interno, in questo specchio d'acqua pura, protetti, è troppo forte. Sfidiamo il destino, con Geoff sull'albero a scrutare e scandagliare il fondo. Individuiamo un piccolo varco, tocchiamo appena, ma dopo un leggero sussulto riusciamo a passare! E ci troviamo al centro di uno scenario unico: siamo circondati da una scogliera a picco, un muro di roccia nera e marrone scuro, alto circa trecento metri. È quasi impossibile sbarcare, senza essere scalatori provetti... Ma lo scenario è magico!

Diamo fondo in venti metri d'acqua, protetti dal cratere siamo in totale calma di vento, sotto un tiepido sole estivo. Tutto sembra surreale, uscito direttamente dalla penna di Jules Verne: siamo increduli di fronte all'esistenza di tanta desolante bellezza!

Scopriremo solo pochi giorni dopo che alcuni pescatori

d'aragoste vivono qui d'estate, insieme a una rarissima razza autoctona di pinguini dalla lunga cresta. Esplorando l'isola, c'imbatteremo anche in una baracca, di fronte alla quale fantasticheremo sui cinque francesi naufragati su quest'isola, alla fine del 1796, che furono ritrovati dopo tre anni; e ancora, su Jozef Kosciuszko, un eremita polacco che abitò quest'isola da solo per ben undici anni, agli inizi dell'Ottocento.

La settimana trascorre in uno stato di continua eccitazione. Durante uno dei nostri sbarchi, abbiamo trovato alcune nasse: dentro c'erano enormi aragoste che abbiamo divorato avidamente! La baia è ricca di pesce e ogni giorno acquistiamo sempre più esperienza nell'arte della pesca, così come in quella della «supervivenza», che non è sopravvivenza, nell'amore per questa isola e la splendida natura che ci circonda.

Come in tutti i sogni, c'è però un brusco risveglio. Una mattina il rumore di un fuoribordo ci riporta alla realtà: è una grande lancia dal fondo piatto, con a bordo civilissimi pescatori del terzo millennio. C'è una nave fattoria che naviga qui fuori e ogni tanto fa visita al cratere per rifornire d'aragoste il cuoco di bordo. Altro che nasse abbandonate! Riportati brutalmente al presente, trascorriamo un paio d'ore con i pescatori francesi offrendo loro quel poco che abbiamo. Per giustificare la nostra presenza, inventiamo una storia. «Siamo diretti a Città del Capo, abbiamo avuto un'avaria e siamo approdati sull'isola per riparare la barca...»

William, in segreto, cerca di convincerli che si tratta di una specie di rapimento: ce ne accorgiamo, ci ridiamo sopra e tutto sembra una presa in giro, perché anche i francesi ridono. Restiamo d'accordo che torneranno nel pomeriggio con una scorta di generi di conforto, che servirà ad arricchire la nostra misera cambusa, oltre a duecento litri di gasolio per aumentare la nostra autonomia. Ci porteranno anche un motore fuoribordo da 8 cavalli che non usano più, anche se è perfettamente funzionante.

Accettiamo gli aiuti e la mattina seguente ripartiamo alla volta dell'isola Amsterdam, situata dieci miglia più a nord. Si tratta di un'isola che fu scoperta da Ferdinando Magellano nel 1522, o meglio dal suo equipaggio, poiché quando quest'ultimo vi approdò Magellano era già stato ucciso. Scopriamo altre storie fantastiche, come quella del capitano abbandonato su questi scogli in seguito a un ammutinamento: ci scherziamo sopra con i dissidenti di bordo, che fanno gruppo a sé, ma che non disdegnano i pasti che cuciniamo. Li perderemo durante la notte: saliranno a bordo del peschereccio e prenderanno il largo...

Non esiste ormeggio vicino a terra. C'è però una stazione abitata da una cinquantina di francesi tra scienziati, studenti, umanità varia e singolare con la quale ci intratteniamo alcune ore, tra la generale sorpresa e l'affettuosa accoglienza: non sono abituati alle visite, se non a quelle dei rari pescatori di passaggio o a quella trimestrale della nave appoggio che arriva da La Réunion. Sull'isola, tanti alberi: stiamo tornando verso il verde, lontano dai cinquanta ruggenti.

Forse soffriamo un po' di nostalgia, ma l'attrazione per l'ignoto è forte e il viaggio continua. Accettiamo in dono un paio di batterie, recuperate dall'addetto alla manutenzione della base, ma decliniamo la sua offerta d'aiuto per installarle, con la scusa che al minimo segno di maltempo saremmo costretti a partire e a portarlo con noi, avventura dalla quale si guarda bene dall'essere coinvolto.

Qualche saluto, e siamo di nuovo a bordo. Diamo l'ultimo sguardo all'isola Amsterdam, ai suoi alberi così verdi e partiamo alla volta dell'isola Rodriguez: milletrecento miglia, rotta 322 gradi, navigazione prevista, otto giorni. Il vento è teso e spinge *VAIO* a nove nodi su un mare lungo e disteso, macchiato dai raggi di sole che bucano le nuvole. Siamo diretti verso il nulla!

L'isola Rodriguez, poco più di uno scoglio, si trova al centro di un banco corallino d'enormi proporzioni, in mezzo all'oceano Indiano. Abbiamo la lenza fuoribordo, a poppa: ieri sera, al tramonto, abbiamo catturato un bellissimo esemplare di dorado, una specie di grossa lampuga che in oceano raggiunge un metro e mezzo di lunghezza ed è sufficiente a sfamare diciotto persone. Io mi diletto in carpacci, ceviche e sashimi. Oltre a farmi impazzire, il pesce crudo contribuisce a prolungare la nostra utopica vacanza: abbiamo cinque bombole di gas a bordo, sufficienti per due mesi e mezzo di pasti regolari, cioè cotti, ma dove intendo portare la *VAIO* non ci sarà possibilità di rifornirsi e quindi ogni piatto non cucinato equivale a un giorno guadagnato sulle scorte che abbiamo a disposizione.

La vita di bordo fino a ieri monotonamente scandita dal numero delle miglia percorse, posizioni perse o conquistate, strategie e tattiche di regata, si arricchisce di rapporti interpersonali, minori pudori e maggiori aperture.

All'alba, le prime luci ci mostrano una lingua di spiaggia con poca vegetazione, che dista da noi solo quattro miglia. Girando attorno all'*arrecife*, trovo l'imboccatura. La corrente, leggermente contraria, mi aiuta a entrare, mentre il sole intanto si è sollevato dall'orizzonte e illumina attraverso il filtro turchese dell'acqua le teste di corallo della barriera. Faccio il mio ingresso trionfale nella laguna: diamo ancora in nove metri di fondale, davanti alla sabbia bianchissima dell'isola.

In un attimo, mi tolgo maglia e pantaloni e, nudo, mi tuffo in mare, per la prima volta dopo quattordici mesi, di fronte al mio equipaggio!

Tutti si divertono, litigandosi l'unica maschera con boccaglio che abbiamo a bordo e rubandosi il gommone per andare a riva a esplorare l'isola.

Ma io ho notato segni di vita in lontananza: una barca con dei pescatori, alcuni riflessi sulla montagna, forse di cacciatori che si riforniscono di carne fresca, probabilmente capre o maiali o chissà... Sento che è ora di andare via: non voglio ancora essere scoperto e porre fine a questo sogno!

« Domani si parte nel pomeriggio » annuncio. Poi racconto al mio equipaggio, seduto intorno al falò scoppiettante che abbiamo acceso sulla spiaggia, le bellezze della nostra prossima meta, tutta da scoprire e da esplorare. Spiego loro quanto sia ancora più sperduta e lontana dalla civiltà del luogo su cui ci troviamo: è Coco Island, 16 gradi e 50 primi di latitudine sud e 59 gradi e 30 primi di longitudine est.

Parlando con il mio equipaggio, capisco e confermo la mia teoria secondo la quale le persone si dividono in due specie distinte: i nomadi e gli stanziali.

I primi si sentono a loro agio solo quando si mettono in moto verso una destinazione diversa, una situazione nuova, diventano attivi, propositivi, allegri, parlano con gli altri trasformandosi in creature socievoli e gioviali.

Gli stanziali, invece, danno il proprio meglio nello stesso luogo, geografico e mentale, la loro sicurezza aumenta di pari passo con le routine giornaliere e sono capaci di ravvivare la più ordinaria delle condizioni con mille colori, infinite sfumature che i nomadi non colgono.

Il pensiero va a Roma, al mio caro amico Vittorio. Quando gli ho raccontato la mia teoria sul nomadismo, mi ha pazientemente ascoltato e, solo alla fine, ha pronunciato la sentenza. « Bravo! Hai scoperto i Camiti e i Semiti, discendenti di Cam e Sem, da sempre esistiti nelle antiche scritture! » Vittorio ha la capacità di ridurre ogni mia più spregiudicata ed estrema teoria a un banale « già visto, già sentito ». Nulla stupisce il mio amico, che naturalmente è uno stanziale.

Le vele che sbattono mi risvegliano dal mio torpore: la barca è inclinata di trenta gradi e fa freddo. Dove sono finite le palme, i coralli e il pesce appena pescato?

Sono tornato alla realtà... Che cosa è successo? Sì, ora ricordo: ieri al carteggio avevo cominciato ad aprire le mappe di tutto il mondo sul plotter, a sognare, a navigare, a perdermi. Poi mi ero messo a dormire, nel tentativo di risolvere così tutte le tensioni nascoste negli angoli profondi della mia mente e della mia anima.

Salgo in coperta: il vento è calato, ma il mare non è turchese e non splende il sole...

E, soprattutto, siamo in regata, penultimi, alla volta di Città del Capo: oltre tremila miglia all'arrivo. «William! Issa lo yankee 1! Siamo fermi... non lo vedi?»

Sognare, fratello! Puoi risolvere tutte le amarezze e i dispiaceri nel sogno, puoi anche esaltare le aspirazioni e... viaggiare lontano.

Anch'io, a mio modo, nelle mie oscure connessioni neurologiche, posso ancora vivere, sognare, probabilmente più di te.

E i miei dispiaceri, i miei dolori sono ormai così antichi, offuscati dal tempo, che non ho bisogno di impiegare i miei sogni per risolvere conflitti interiori come te...

Posso al contrario usare la mia mente permanentemente dormiente solo per realizzare le mie aspirazioni, realizzare i miei sogni: esistere, sognare di essere toccata, amata, protetta, scaldata, curata...

26

ANTARTICO

Ben è l'artefice della sponsorizzazione della nostra barca da parte della Sony, marchio VAIO.

Giovane, intraprendente impiegato della Sony UK, si è trovato fra le pratiche da evadere la richiesta della Challenge Business di trentasei lap top da adibire a strumenti primari per la navigazione delle dodici barche iscritte alla regata intorno al mondo. Con spregiudicatezza e intelligenza è riuscito a farsi dare un anno sabbatico, con la promessa di mantenergli il posto di lavoro fino al suo rientro dal giro del mondo. È quindi stato capace di spingere l'azienda a coprire il costo della fornitura delle apparecchiature, diventando l'addetto al supporto tecnico prima e il curatore attorno al mondo della sponsorizzazione poi.

A bordo, Ben si occupa di media. In occasione di ciascuna tappa, inoltre, crea nuovi pretesti, premi, competizioni al fine di tenere viva la tensione sulle miglia percorse, sui nuovi record di velocità, sulla migliore media, ma anche sul miglior diario di bordo e sulle fotografie più belle... insomma, trova qualsiasi argomento che si presta a una sana competizione tra noi stessi o con gli equipaggi delle altre barche.

Competitivo come pochi, ha sempre cercato il risultato. Purtroppo, però, ha dovuto spesso cedere a una generale propensione del resto dell'equipaggio per una più facile e allegra vita di bordo, soffrendo in silenzio come me.

Ben ha toccato forse il suo apice di popolarità quando si è presentato, prima della partenza per la quarta tappa, con un prosciutto intero, per la precisione un Jamón serrano spagnolo, acquistato nell'omonimo quartiere a Sydney, che ha allietato i nostri snack e in particolare il mio umore nell'oceano Indiano!

Diario di bordo: 12 marzo 2005

Siamo risucchiati sempre più a sud: il polo, con le sue anomalie magnetiche, ci attrae, nostro malgrado, a latitudini impossibili. Il vento proviene da direzioni sempre più imprevedibili, ammesso che non si creda in un'attrazione polare fatale.

Abbiamo appena toccato i 56 gradi di latitudine. Il freddo congela mani, piedi, cervello e i pensieri rallentano. VAIO invece no: fila a 9 nodi, diretto verso sud-ovest. Siamo a duecento miglia dalla calotta polare, dal ghiaccio permanente, a poco più del doppio della distanza dal continente antartico, quello fatto di terra, montagne e fiumi coperti di ghiaccio.

Fra poco dovrò ordinare di virare verso nord. Sarà dura, ma ho resistito, contro ogni mio proposito, ho superato ogni limite che mi ero prefissato, perché questo comando ci porterà ancora più indietro nella classifica generale della regata: siamo penultimi e la frustrazione di essere passati dalle stelle alle stalle permea in negativo l'atmosfera di bordo, anche se tutti facciamo finta di nulla e continuiamo a sperare in un miracolo, che freni per una giornata le barche che ci precedono.

Intorno a noi lo scenario è impressionante. Qui sembra si fabbrichino le nuvole! Abbiamo navigato tutto il giorno con trentacinque nodi di vento, sotto un cielo sereno che improvvisamente si riempiva di nuvoloni neri. I groppi ci venivano addosso, impetuosi, e rinforzavano il vento, che saliva a quarantacinque nodi... Poi, dopo pochi minuti, così come si erano materializzati, i nuvoloni si dissolvevano... come se non fossero mai esistiti.

Le onde, maestose, raramente salgono a bordo: preferiscono tenerci tutto il tempo con il fiato sospeso e poi, all'ultimo momento, quasi per schernirci, tuffarsi sotto le nostre fiancate, che tengo ben alte con più vela a riva possibile. Sì, per contrastare e vincere queste condizioni bisogna procedere molto invelati, altrimenti si cade in balia del tutto, si perde il controllo e si diventa insicuri. C'è un momento particolare, quasi magico: è quando la cresta dell'onda sta per rovesciarsi e frangersi... L'acqua si fa trasparente sotto la luce del sole, assume un colore azzurro intenso e ci regala un momento d'inebriante luminosità. Poi tutto cambierà: la stessa onda colpirà la prua e si frantumerà in mille spruzzi che ci accecheranno, che ci penetreranno nella cerata, nelle ossa e nello spirito.

Adesso, però, il sole sta sorgendo e devo impartire questo maledetto ordine che mi costerà miglia, forse la regata... Ma devo sottrarmi a quest'attrazione fatale che rischia di farci schiantare su un iceberg...

Antartico, attrazione fatale. Siamo soli qui, soli con noi stessi di fronte alla maestosità della natura. Soli perché, per quanti miliardi di persone possiamo essere al mondo, in questo posto ci siamo soltanto noi e forse qualche decina di scienziati nelle basi scientifiche sulla terraferma o, meglio, sul ghiaccio. Non c'è nulla qui, tutto è così niente che rischi di dissolverti in una nuvola di vapore acqueo...

Odio il freddo. Non c'è nulla da fare, in questi luoghi, eppure esito a dare questo maledetto ordine di virare. Ma non è per la regata. E allora, perché? Che qualcuno mi aiuti a darlo questo maledetto ordine! Allontaniamoci! Siamo a 56 gradi e 2 primi sud. Continuiamo per rotta 240.

E la notte, poi... La notte non vedi le onde arrivare, ma le immagini, ti crei un mondo di mare freddo e di barbe grigie, di frangenti misti a gelido nevischio. Finché, nel mezzo della notte, il cielo è acceso dall'aurora boreale... Non c'è spettacolo di luce di pari bellezza e intensità! Non è possibile descriverlo con le parole, come non è possibile raccontarne i colori.

È luce. Pure striature di luce nel mezzo della notte: niente a che vedere con il sole, l'alba, la luna. Niente. È pura magia di luce che dura un attimo, poi si trasforma, sparisce, per apparire di nuovo e trasformarsi e ancora sparire... E tu sei lì, al timone, tremante di freddo, attonito di fronte a tanta rara bellezza.

Si perde la bussola al polo sud: letteralmente e mentalmente. Il polo magnetico è molto spostato rispetto al polo geografico e questo fa sì che la nostra bussola subisca una deviazione rispetto al nord geografico di oltre sessanta gradi. È praticamente inutilizzabile. L'ago, inoltre, cerca disperatamente di puntare giù, compensato dai magneti che glielo impediscono. Giù, che poi sarebbe su. Cioè verso nord, verso gli antipodi.

Siamo a 56 gradi e 32 primi sud. Il vento è girato. Usciamo tutti in coperta, viriamo di bordo e ci prendiamo gli ultimi minuti in barba alla regata per scattarci una fotografia nel punto più a sud che abbiamo raggiunto nell'oceano Indiano.

Siamo sotto la neve. Tutto dura soltanto quindici minuti... Quasi a beffarsi di noi, il vento gira nuovamente. Viriamo, sempre verso sud, ancora... Ma fino a quando? Una grande nuvola carica di neve e grandine è proprio al centro della nostra ultima manovra e ci fa virare ancora: questa volta la prua guarda a nord sul serio e per un po' si spera.

A tavola ho la conferma che l'attrazione fatale, l'attrazione del buco bianco si sfalda: i cervelli ghiacciati riprendono a funzionare e ricominciamo a pensare lucidamente. È con sommo piacere e profonda convinzione che approvo l'idea di smettere di correre contro le altre barche e correre invece verso il waypoint Bravo, tracciato appena più a nord delle isole Kerguélen, in una sfida contro noi stessi e contro il tempo, invece che contro gli altri concorrenti.

Città del Capo comincia a richiamarci e il polo sud diventa un ricordo alle nostre spalle.

Cancello dalla lavagna di bordo tutti i numeri, le posizioni delle altre barche, le miglia che abbiamo percorso (poche) e quelle che hanno percorso le imbarcazioni in testa (tante), e cominciamo una nuova navigazione sicuramente più leggeri, speriamo anche più veloci, e senza dubbio più contenti!

Diario di bordo: 14 marzo 2005

I candelieri in una barca a vela non servono a contenere le candele! Sono quei tubi di acciaio inossidabile, alti minimo sessanta centimetri, che tengono in tensione i cavi della battagliola. Insomma, un parapetto bello e fatto.

Su *VAIO* i candelieri non solo sono di acciaio inossidabile, alti sessanta centimetri, ma sono anche rinforzati, con un diametro di trentotto millimetri e uno spessore di quattro! Detto ciò, va anche specificato che su tali aggeggi noi navigatori contiamo per non essere trascinati in acqua nel caso di uno scivolone accidentale, oppure se un'onda decide di lavare la coperta...

Immaginate la sorpresa, dunque, quando stamattina ne abbiamo trovati due piegati a prua! Ma non un pochino, completamente! Ci sono almeno due torri di Pisa in successione! È stata un'onda.

Provate a immaginarvi la scorsa notte: un'onda, dopo avere colpito la prua, è arrivata fino a poppa della barca, schiaffeggiando Jonathan nel pozzetto, che per fortuna era legato con la cintura di sicurezza. L'imbracatura lo ha tenuto fermo, evitando che la forza dell'acqua stampasse la mandibola, le costole e le altri parti ossee del suo corpo sul sedile sottovento.

Solo dopo un'attenta analisi, eseguita alle prime luci dell'alba, abbiamo capito che quell'onda, prima di prendersela con Jonathan, aveva piegato a sessanta gradi due dei candelieri a prua! Adesso provate a calarvi nei panni di un vostro osso, uno bello grosso e resistente, che so l'omero oppure il femore, e domandatevi chi è più resistente: il candeliere d'acciaio inox rinforzato da trentotto millimetri o il vostro caro, cavo omero? Ecco, ora potete capire l'apprensione di uno skipper quando è costretto a mandare un uomo a prua!

Quando le condizioni sono dure e il mare sale in coperta, prendo io il timone. Cerco prima di tutto l'angolo migliore e la velocità ideale per evitare i colpi delle onde, pur mantenendo il controllo della barca: se rallenti troppo, infatti, perdi sia il controllo della barca, sia l'uomo a prua. Fatto ciò, occorre mantenere la rotta e la velocità finché la manovra – in genere si tratta di un cambio vela – è finita e la prua è stata sgomberata.

Tornando alle ossa, l'ultimo a fratturarsi è stato l'osso dell'anca, (qualcuno gli dia un nome, se ne è capace; i miei studi di medicina risalgono al secolo scorso!) di un marinaio di un'altra barca. Il possessore dell'osso stava tranquillamente dormendo nella sua cuccetta, senza alcuna intenzione di sfidare onde mastodontiche o competere con la forza strutturale dei candelieri: sognava pacificamente, quando uno dei tanti fenomeni che accadono in barca, vale a dire la levitazione, lo ha sollevato di un buon mezzo metro dalla cuccetta per poi riporlo senza grazia alcuna sul tubolare che sostiene quest'ultima, neanche a farlo apposta proprio in corrispondenza dell'osso piatto del bacino! Tubolare contro osso, uno a zero.

La barca dello sfortunato marinaio è stata costretta a volgere rapidamente la prua verso Hobart, per scaricare il ferito e quindi riprendere la regata.

A questo punto potete trarre le vostre conclusioni anche su che cosa significhi attraversare i *Southern Oceans*. Il pericolo è sempre presente: non solo quando t'impegni nella manovra più rischiosa, ma in ogni momento del giorno e della notte. I movimenti asincroni di quarantacinque tonnellate di barca, la massa degli oceani e le onde, i nostri miseri corpi di neanche ottanta chilogrammi vivono inerzie, sbalzi e sballottamenti in tutte le direzioni. Tenersi in piedi, cambiarsi, stendersi in cuccetta: tutto richiede uno sforzo ed è sempre potenzialmente pericoloso.

Mentre scrivo, *VAIO* si proietta sulla cima di un'onda a nove nodi, esce dal cavo, sfugge sotto i nostri piedi per ammarare con un colpo che fa vibrare e tremare tutto e tutti... e poi ci schiaccia sul paiolo, quasi per confermare la sua forza!

I candelieri in una barca non servono a reggere le candele, ma forse sarebbe più bello se fosse così.

Diario di bordo: 20 marzo 2005

Sono due giorni che picchia duro: il vento ce la mette tutta! E anche il mare fa la sua parte. La pioggia no, solo di tanto in tanto ci annaffia un pochino; il cielo sopra noi è veramente grigio e di notte è profondamente nero...

Dentro la pancia di *VAIO* c'è un po' di casino: guanti, stivali, rimasugli di cibo, briciole impastate con biscotti caduti, cioccolate rovesciate, caffè... Il tutto allungato con acqua! Ogni cosa è umida... Il momento più brutto è quando devi indossare nuovamente gli abiti bagnati prima del turno.

Ieri notte è stata davvero dura. Ricky, il nostro *legger*, dopo una virata, mentre era al winch, è stato investito da un'onda in coperta: il piede d'appoggio è scivolato e lui si è ritrovato contro la battagliola sottovento! La cintura di sicurezza ha tenuto e insieme a Duncan abbiamo faticato non poco per ritirarlo nel pozzetto, anche perché strillava dal dolore, accusando una fitta al ginocchio.

Non avevamo ancora trasportato Richard sottocoperta, per sottoporlo alle prime cure al ginocchio, che lo yankee 2, la vela che teniamo sempre pronta in coperta, si è sciolta dalla sua imbracatura e ha cominciato a scivolare pericolosamente verso l'acqua! Se una qualunque cosa va in mare in queste condizioni, non c'è assolutamente verso di trattenerla o di riportarla a bordo, si tratti di una persona o di una vela. In questo caso, salvare la tela, bagnata com'era, è stato uno sforzo disumano, ma alla fine ce l'abbiamo fatta.

Sudati e disfatti dalla fatica, ci siamo seduti nel pozzetto, sempre ben legati come salami e assicurati con le cinture di sicurezza. Il tempo di tirare il fiato, e abbiamo scoperto che tutto era impregnato di gasolio! Cosa pericolosissima: è già difficile stare in piedi in condizioni normali, con la barca attraversata dalle onde da prua a poppa, mentre è inclinata di trentacinque gradi, immaginatevi dunque che cosa significhi mantenersi in equilibrio su un tappeto di gasolio... Diventa davvero un gioco di prestigio! È stata una perdita degli sfiati dei serbatoi, una valvola chiusa male, un altro problema fra i tanti...

Per fortuna, la distorsione al ginocchio di Richard non è risultata grave, la vela è tornata al suo posto e il gasolio si è lasciato lavare e asciugare.

Il turno finisce alle sei di mattina e con il primo albeggiare si rientra sottocoperta. Ci danno il cambio, facciamo colazione e poi giù in cuccetta per godere di qualche ora di sonno profondo.

Diario di bordo: 21 marzo 2005

Forse è stato il sogno o il delirio, forse il freddo. Forse è la circostanza che ci vede centoventi miglia dietro le altre barche in regata, senza più nulla da perdere...

Sta di fatto che abbiamo virato a nord. Non un semplice bordo mura a sinistra, ma una vera e propria decisione strategica. Il ragionamento è stato questo: se continuiamo a seguire la flotta, non abbiamo chance di recuperare lo svantaggio; se invece proviamo una rotta differente, probabilmente lo raddoppieremo, ma allo stesso tempo avremo qualche possibilità di dimezzarlo o perfino di annullarlo.

Quindi, mi sono consultato con i miei *watch leaders*, Thijs e William; ho chiamato a riunione l'equipaggio e ci siamo trovati tutti d'accordo, pronti a sfruttare il momento, che si è presentato quasi subito.

Siamo a cento miglia dal waypoint Bravo. *Imagine It Done*, *Sark* e BP, le barche in testa, hanno già doppiato questa boa virtuale, prevista dalle istruzioni di regata, a 47 gradi di latitudine sud e 72 di longitudine est.

Noi siamo lo scafo più a nord della flotta. Lo abbiamo scoperto soltanto ieri sera. C'eravamo imposti, infatti, otto giorni di coprifuoco, durante i quali non avremmo controllato le posizioni della flotta per non diventarne schiavi. Appena abbiamo aperto il vaso di Pandora, però, abbiamo appreso di essere sempre undicesimi... anzi, lo svantaggio che ci penalizzava è aumentato di una decina di miglia! E siamo pure la barca più a nord...

Quest'ultima circostanza mi dà la possibilità di avere un angolo al vento migliore e anche di recuperare qualche posizione per riaprire i giochi... Magari soltanto per sperare che il miracolo possa accadere, che si possano sovvertire i pronostici, smentire la meteorologia, facendo della strada più lunga la più rapida da percorrere.

Le endorfine partono subito a mille! Intravedo opportunità che nemmeno con il microscopio molecolare qualcuno riuscirebbe a scoprire, sento quel brivido che soltanto il rimettersi completamente in gioco ti fa scorrere sotto la pelle... Chiedo fiducia, speranza all'equipaggio. Spiego che crederci è motivo e forza sufficiente per far cambiare direzione ai venti, aumentare i nodi della velocità di *VAIO*. Percepisco un vago senso di fiducia e accettazione... d'altronde, quale altra strategia adottare?

Decisione presa. Viriamo, anzi evitiamo di virare e proseguiamo a nord. Dopo nemmeno cinque ore siamo già cento miglia più a nord di tutte le altre barche. Noi andiamo avanti imperterriti e indifferenti verso un buco di vento nell'alta pressione o, meglio, verso la nostra opportunità, verso la fortuna che finora ci ha voltato le spalle.

Staremo a vedere. Intanto navighiamo verso il caldo, verso la speranza di un buon risultato.

27

OMO SU DE TERA

Da giovanissimo, quando andavo a sciare con gli amici in Valtellina e alternavamo sonore bevute e insaziabili appetiti a spericolate discese nella neve fresca, raccolsi un vecchio manifesto affisso al muro di una birreria. Il manifesto (in bianco e nero, anzi, color seppia) raffigurava un uomo stilizzato che, chinato a terra, si sta risollevando. Sotto quella figura c'era scritto OMO SU DE TERA. Quel manifesto è rimasto alla testa del mio letto per non so quanti anni!

Mia madre Adriana, soprannominata Nonnaferro da quando l'abbiamo circondata di nipoti, l'ha conservato per oltre vent'anni e ieri lo ha riportato alla luce dai profondi meandri di casa. In quella casa di Porta Metronia, a Roma, in cui vive dal '60 e da dove ancora si affaccia sulle mura Aureliane...

Io, intanto, dopo avere fatto un lungo bordo a nord, nel quale ho rimesso in gioco le ultime speranze di risalire posizioni in classifica, mi sono dovuto dare per vinto. Raggiunti i 40 gradi di latitudine sud, infatti, consultatomi con il mio equipaggio, ho deciso di abbandonare questa scelta tattica spregiudicata. Come sempre mi succede, quasi fosse una piatta di vento dopo la tempesta, ho avuto un momento di depressione dopo avere virato verso sud-ovest: tutte le energie e le speranze che avevo investito nella folle corsa ai venti portanti sono crollate in una notte insonne e apatica.

Non ho messo piede in coperta per due giorni e ho scritto a mia madre un messaggio disperato. Nonnaferro, in tutta risposta, ha fatto riemergere il famoso manifesto dalle profondità della mia memoria. Come sempre succede nei momenti più difficili, anche ora che ho superato i quaranta più dieci, e lei energicamente i suoi settantacinque, non manca d'incoraggiarmi e di tirarmi su...

Immagino sia naturale pensare che uno skipper che fa il giro del mondo controvento, nei *Southern Oceans*, debba essere una specie di superuomo, quasi un eroe. Io sono della stessa idea. Ma parte di quest'eroismo penso sia anche rappresentato dal convivere con le proprie debolezze e con i momenti di sconforto, così come con quelli di euforia e di estrema realizzazione.

Le condizioni che dobbiamo affrontare rendono tutto più facile, invece che più difficile. Quando temi per la tua sopravvivenza e ti attacchi al timone a ogni onda che si rovescia su di te, rinsaccando il collo come una tartaruga; quando controlli tre volte la tua cintura di sicurezza prima di andare in coperta, perché sai che se cadi in mare sei un uomo morto; quando rientri da un turno massacrante con cambi di vela, terzaroli e il freddo che ti congela mani e piedi e crolli nella tua cuccetta senza neanche toglierti la muta bagnata... non hai tempo di pensare se sei felice o no, se le tue aspirazioni, siano esse di vittoria o di avventura, si stanno realizzando. Non pensi nemmeno se qualcuno ti ama o sei solo come un cane. Sopravvivi ed è tutto semplice, lineare, puro e duro.

Quando poi, però, torna la calma e le energie ricominciano a circolare nel tuo corpo come il calore nelle tue dita, allora anche i tuoi desideri più sofisticati riappaiono... Vuoi essere gratificato, cerchi l'amore, sogni di realizzare le tue aspirazioni, sportive e professionali. Ricadi nel dualismo felice/infelice, soddisfatto/amareggiato, negli alti e bassi della vita quotidiana.

Tutto ciò succede anche in barca, anche a questi uomini che sembrano sfidare l'impossibile. Per essere duri e temprati dal mare, così come dalla vita, bisogna passare pure attraverso tali momenti. Evitarli è difficile. Non nego che qualcuno ci riesca, ma quale perdita, quale dolce, profonda, dolorosa esperienza si negano! Quella di essere talvolta anche deboli.

La mia folle scelta tattica di andare a nord, che ha finito per farci perdere altre cento miglia oltre quelle che avevamo già accumulato, mi ha prima gettato nello sconforto e nell'apatia, per poi proiettarmi in una sorta di rifugio, costruito da ricordi piacevoli: mio padre che ride, alcuni concerti magici che ho organizzato, mio fratello Flavio piccolissimo in barca, un paio di miei amici con i quali ho trascorso momenti intensi e profondi, Priscilla sulle pietre greche di Olympia... La conclusione è stata il messaggio di Nonnaferro, che terminava così: «Tutte le altre barche mi sembrano banali, scontate, fanno più o meno la stessa rotta e girano tutte intorno allo stesso osso. Posso dire, e così resterà nella storia di questa tappa, che voi avete sperimentato qualcosa di diverso, avete cercato il vostro buon vento dappertutto, cosicché questa scelta di provare potesse essere un documento non ripetitivo, diverso da una linea tracciata e sempre uguale nella Global Challenge, che, ti assicuro, se dovesse ripetersi sempre così, perderebbe molto del suo fascino. Sii contento di te, perché questo vale più di una vittoria! È una ricerca e sarà anche uno studio su cui discutere e parlare, nel bene e nel male.

«E poi, riconoscilo, è proprio quello che ti attirava, anche se dietro c'era la speranza di vittoria, che era però sempre seconda. Ora non dimenticarti di tutto questo, cazzo!»

La mia mamma.

Navigare è come vivere. E attraversare gli oceani è un concentrato di vita. Io passo trenta, quaranta giorni per mare in ogni tappa di questo giro del mondo, per un totale di sette mesi, senza vedere terra. Come accade nella vita, quando cambi casa o trovi un nuovo lavoro oppure una nuova relazione sentimentale, tutto sembra congiurare a favore del benessere. Un leggero stato di sovreccitazione ed endorfine in circolo nel nostro organismo. Intorno a noi: gli amici, le persone che incontriamo per caso, i familiari percepiscono che viaggiamo a una velocità superiore e in un invidiabile stato d'appagamento.

Credo che a me succeda lo stesso prima di ogni partenza. Ci sono mille cose da fare, sono tutte interessanti e complesse, ma sono in grado di sbrigarle rapidamente e senza fatica. Incontro molte più persone del solito perché sono in movimento. Si creano nuovi legami e potenziali future relazioni in virtù dello stato di grazia nel quale vivo: sto per affrontare una nuova avventura! In questo clima di pre partenza, o meglio progettuale, proiettiamo nel futuro attese, speranze, illusioni e tutto ciò sembra acuire la nostra capacità di fare meglio ed essere migliori.

Non stiamo percorrendo molta strada, non abbiamo ancora lasciato il molo, né mollato gli ormeggi. Vaghiamo tra gli scatoloni dei libri e le cianfrusaglie del vecchio appartamento. Il nuovo amore sembra quello giusto, ma magari ancora non abbiamo chiuso con quello precedente. Il nuovo ambiente di lavoro sembra molto più indicato di quello passato, ma non abbiamo la nostra scrivania e il nostro ruolo non è ancora ben definito. E pur avendo mille cose da fare, stiamo bene nell'incertezza del futuro prossimo, con la speranza che tutto sarà positivo.

E poi finalmente si parte! Molliamo gli ormeggi. La preparazione per affrontare la nuova situazione è terminata. Siamo soddisfatti e pieni d'aspettative. E arriva la prima tranvata: nel centro di Roma, mentre siamo al volante della nostra auto nuova fiammante, credo che il tram fosse la cosa più pesante, lenta e inarrestabile che potesse venirci addosso! Penso che l'esempio renda perfettamente il concetto: l'essere investiti da eventi troppo più grandi di noi, di fronte ai quali siamo impotenti. Il nuovo appartamento è sottoposto a sequestro immobiliare e abbiamo perso centocinquantamila euro di caparra sul compromesso. Il nuovo amore ci confessa di essere omosessuale e invece noi non lo siamo. Il ruolo che realmente ci aspetta nella nuova struttura lavorativa è l'archivio e la nostra stanza nello scantinato...

Siamo ultimi dopo pochi giorni di navigazione. Come è possibile? mi domando. E la preparazione, gli obiettivi, le aspettative, dove sono finiti? Avevo pianificato tutto così bene... E ora? Siamo un po' sorpresi a bordo, un po' inebetiti. Questo proprio non l'avevamo previsto!

Ritorniamo bruscamente alla realtà. Il mondo ci appare meno roseo di prima, ma non ci diamo per vinti, ci rimbocchiamo le maniche, cambiamo nuovamente i nostri piani per i quali tanto avevamo fatto e da cui tanto ci attendevamo: si ricomincia! I piedi sono più per terra, nel mio caso più in acqua, le aspettative sono ridimensionate e si va avanti.

Poi tutto, come d'incanto, diventa vita quotidiana. Non ci sono più i grandi slanci che avevamo provato nello stato preparatorio e progettuale, ma nemmeno le delusioni o le disillusioni nel vedere i nostri sogni irrealizzati. La navigazione assume un ritmo particolare e la vita la sua cadenza naturale. Siamo sempre noi stessi, nulla è cambiato se non il mondo intorno a noi o, meglio, la prospettiva con la quale ci si presenta, forse il lato dal quale lo affrontiamo...

Qui comincia il mistero dell'arte della navigazione e anche quello del saper vivere. Diceva spesso Salvatore, il pescatore di Ponza: «La vita è bella! Godersela è difficile!»

Issiamo e ammainiamo le vele. Ci trasferiamo in un residence e diamo battaglia per possedere la casa che ci spetta.

Orziamo e poggiamo al vento. Proviamo a diventare *à voile et vapeur* o rinforziamo la nostra eterosessualità.

Tentiamo la rotta più a sud della Tasmania, di capo Horn, o restiamo un po' indietro su quella più breve? Proviamo a scalare il settimo piano in un ruolo rischioso o accettiamo l'archivio e da lì proviamo a fare carriera?

Tutto diventa relativo. La migliore opzione talvolta è quella sbagliata, la più folle e con poche probabilità quella giusta. Cerchiamo fortuna e troviamo malasorte; ci aspettiamo un disastro e imbocchiamo la giusta rotta. Sfidiamo il razionale o ci affidiamo a esso? Il risultato sembra essere indipendente. Ci affidiamo alla dea bendata o la rinneghiamo? Anche in questo caso è lo stesso! Sembra quasi che la vita, come la navigazione d'altura, si prenda un po' gioco di noi, grandi navigatori o imprenditori, poveri marinai o lavoratori che siamo.

Quello di cui sono certo, però, è che ci sono dei giorni, dei tratti d'oceano così come della vita, nei quali tutto sembra appianarsi, apparentemente senza sforzo: il mare si fa docile, il vento viene dalla giusta direzione, si macinano miglia e miglia senza fatica, senza alcuno sforzo!

Intorno a noi, ammirazione e complimenti. «Quanto siete bravi e veloci!» ci dicono. Non stiamo facendo nulla di speciale: corriamo in surplace eppure ad alta velocità. Riappaiono le persone incontrate a suo tempo nell'euforia della preparazione. Tutto quadra, gli investimenti ritornano. La casa finalmente ci è affidata. Essere bisex in fondo può non essere così male... E poiché cambiamo stabile e tutto diventa digitale, ci spetta una stanza al terzo piano, con un PC di fronte alla finestra!

Quando la situazione sembra avere assunto un suo equilibrio, quando io e il mio equipaggio, il mare e il vento intorno a noi entriamo in perfetta sintonia, la navigazione si fa facile, scaliamo posizioni su posizioni senza neanche sapere perché!

Poi, d'improvviso, basta un nulla, un alito di vento fuori posto e tutto diventa di nuovo difficile e duro. Facciamo una fatica dannata, ci impegniamo al massimo; tenacia, costanza e ostinazione divengono il nostro motto... Ma il vento, il mare e la corrente ci sono contrari e non riusciamo più ad avanzare! Ci guardiamo dentro, sappiamo che stiamo dando il meglio di noi. Se possibile, di più! Ma perdiamo ancora posizioni...

Così sembrano a me la vita e la navigazione: dopo tante miglia e miglia, tuttora non ne ho carpito il mistero, ma di certo l'ho accettato. Forse la navigazione continua ad affascinarmi proprio perché è sinonimo di vita; perché è pervasa da quella dose d'incertezza e d'improbabilità che la rende una sfida costante, per tutti, ovunque, in alto mare così come vicino alla riva, negli oceani o sulla terra, negli affari o negli affetti, nelle amicizie e nell'amore o nella solitudine. Nella sicurezza della tua cuccetta o nel pericolo della coperta, in mari calmi o tempestosi. Navigare è come vivere.

(A proposito: perché questo nostro pianeta lo chiamiamo Terra? Dovremmo chiamarlo Oceano, se non altro per la vastità delle opportunità.)

Non mollare mai. Tieni duro, Amedeo. Non c'è altro da fare che dare il massimo di te stesso, ora. O mai più!

La vita è come il nastro di una cassetta che scorre in una sola direzione, non c'è la possibilità di riavvolgerlo e registrarlo di nuovo. La vita è *one shot*. Quello che stai facendo è. Il resto non ti appartiene.

Il passato non lo puoi modificare, il futuro non lo puoi determinare. Sei destinato ad avere a che fare solo con il tuo presente. Nulla più di quest'attimo. Quindi da' il massimo di te stesso in ogni momento, non indulgere. E quando non ce la fai, quando «te la racconti», quando ti fermi, pensami.

Pensa a questa mia di vita, che non ha più passato o, per lo meno, ha solo un passato remoto, quello precedente a quel tragico giorno. Pensa a questa mia di vita, che non ha un futuro, neanche indeterminabile. Pensa per un istante a quando il presente ha smesso di appartenermi. In sua mancanza, vivi il tuo e vivilo anche per me.

Senza scuse, fratello. Il nastro non si riavvolge, la vita è quest'attimo e io, che non lo possiedo, te lo posso dire.

Diario di bordo: 1º aprile 2005

Mi sveglio di soprassalto. Lo spinnaker sbatte sonoramente facendo vibrare l'albero, che attraversa la coperta accanto alla mia cabina. Balzo giù dal letto, m'infilo i pantaloni della cerata, gli stivali e salgo in coperta. Lo spinnaker riprende la sua forma, la sua funzione, e spinge la barca a undici nodi sulla cresta delle onde.

Thijs mi aggiorna immediatamente: la barca è partita in straorzata e hanno filato la scotta dello spinnaker per raddrizzarla; nessun danno, la situazione è sotto controllo. Bene. Mi fermo un po' in coperta, ormai l'adrenalina è salita e il sonno passato. Succede sempre quando accade qualcosa: anche se ho degli ottimi *watch leaders*, dormo con un orecchio «acceso» e uno «spento», un occhio aperto e uno chiuso.

Dopo pochi minuti, il vento supera i venticinque nodi. Ordino di ammainare lo spinnaker. Manovra perfetta: il «lenzuolone» è ingoiato sottocoperta, dopo essere passato come in una stiratrice tra la randa e il boma. Ragioniamo come al solito sulla manovra, cercando ogni volta di capire com'è andata e se esistono margini di miglioramento.

Il vento cala a diciotto-venti nodi: devo decidere se issare di nuovo lo spinnaker. Lancio l'idea: è notte fonda, non vogliamo rischiare di rompere la vela, abbiamo una buona velocità anche con la genoa. Nessuno del turno è veramente entusiasta di uscire, così cedo e torno a dormire.

Stamattina mi sono svegliato con in mente lo spinnaker di ieri notte. Aspetto l'ora di pranzo per ricapitolare la corretta manovra da fare in caso di straorzata, condisco il tutto con esempi, norme su come regolare la vela secondo le condizioni di vento e di mare. Terminiamo di mangiare e ripeto il briefing con il turno successivo, quello uscente.

Qualcuno replica alla mia affermazione, ma al momento non ci faccio caso. Più tardi, nella mia cuccetta, ripassando mentalmente l'accaduto, mi rendo conto che sono stati fatti commenti su temi generali di strategia di navigazione, di quando, come e se è giusto issare o ammainare le vele. M'incazzo a posteriori.

Dopo cena chiamo Thijs e gli spiego che posso accettare da lui, in qualità di mio secondo, suggerimenti quando richiesti e un parere se veramente sentito o in caso d'emergenza, ma non voglio che chiunque, in qualsiasi momento, si senta autorizzato a commentare cose di cui ha solo una pallida conoscenza, specialmente quando non sto intrattenendo una conversazione, ma dando precise istruzioni! Capisce e mi assicura che provvederà. Il turno è di sua competenza.

Io vado a dormire: stanotte mi tocca il turno dalle due alle sei del mattino, quello più duro, e faccio riposare William.

Diario di bordo: 2 aprile 2005

Abbiamo appena infranto le mille miglia, quelle che ancora mancano al traguardo! *VAIO* viaggia a dieci nodi, con un vento fresco al giardinetto, verso Città del Capo. Siamo più a nord di tutti, dopo il bordo oramai ufficialmente denominato *The Fly*, il volo. Non abbiamo trovato il vento dell'est che miracolosamente aspettavamo e ci stiamo avvicinando al Sudafrica in dodicesima posizione.

Al contrario di quanto era accaduto quando eravamo primi in classifica, l'umore a bordo è ottimo. Le condizioni meteo sono migliorate via via che risalivamo verso i 40 gradi di latitudine sud, e questo sicuramente ci ha aiutato, ma a risollevare ancor più il morale è stata la folle scelta tattica, che debbo dire è stata approvata immediatamente e incondizionatamente da tutti, a riprova che siamo proprio un equipaggio di squinternati!

Da ieri abbiamo sicuramente più verve! Ho detto: «Ragazzi, poiché manca una settimana all'arrivo, perché oltre a spingere la barca al massimo non cominciamo la preparazione della prossima tappa, ancora prima di giungere al traguardo?» Eravamo tutti concordi e così ci siamo messi avanti, guadagnando qualche giorno di riposo in più a Città del Capo, che è una città da esplorare. Ci siamo anche ritagliati più tempo per tutto ciò che è navigazione, consultazione di testi, rotte, strategie, tattiche.

Abbiamo iniziato subito il debriefing della tappa. Geoff ha redatto un nuovo questionario. Tutti si sono impegnati in suggerimenti e interpretazioni su come andare avanti e su come migliorare le nostre prestazioni. Abbiamo simulato la partenza da Città del Capo per Boston e, giorno dopo giorno, mentre sul plotter ci stavamo avvicinando realmente a Città del Capo da est, da Città del Capo ci stiamo nel frattempo allontanando virtualmente da ovest, diretti verso i Caraibi e il Nordamerica. Navigazione vera, quest'ultima, anche se soltanto su carta, con tanto di bollettini meteo, previsioni, miglia percorse e tutto il resto.

Ho cominciato anche gli incontri individuali. Al contrario di quanto può sembrare, nonostante viviamo in uno spazio ristretto, un po' perché sono lo skipper, un po' perché abbiamo un ritmo serrato di turni, non ho molte occasioni di parlare con il mio equipaggio, specie singolarmente. Spesso a pranzo riassumo le condizioni meteo, la posizione della nostra barca rispetto alle altre, la strategia di regata e altro, ma sono io che parlo. Al massimo si leva qualche opinione dal gruppo, però non c'è spazio per coltivare i rapporti interpersonali.

Così sono nate le mezz'ore di *personal interview*. Mi siedo a prua nel cala vele e chiacchiero di tutto con ciascuno. Un faccia a faccia. È difficile cavare qualcosa da queste personalità emozionalmente contratte e tecnicamente avanzate, ma io ce la metto tutta e qualche informazione esce fuori. La cosa più importante è che tra bordi folli e bel tempo, tra la preparazione della prossima tappa e gli incontri individuali, la barca è viva, affollata in ogni suo comparto, e l'atmosfera è buona. Lo staff «media», coloro che sono incaricati di curare il giornale di bordo sono al lavoro incessantemente.

Voglio trasformare questa sconfitta sul campo di regata in una vittoria fuori dal mare, in una vittoria su noi stessi. Le nostre armi: la voglia di combattere fino alla fine e di non accettare di entrare in fila indiana dietro tutti nel porto d'arrivo, la voglia di fare ed essere differenti, anche se questo ci costerà un paio di giorni di navigazione in più e, di conseguenza, altrettanti d'attesa per i nostri familiari, amici e fidanzati che ci aspettano all'arrivo. Pazienza, è il prezzo che pagheremo volentieri pur di continuare a essere il VAIO Team.

Quanto alla prossima tappa, siamo al lavoro anche sul fronte della preparazione mentale. Catherine e Grant, per esempio, hanno capito che non si tratta solo di fattori tecnici, ma che vincere è un'attitudine. Ora, tra mille difficoltà e con il loro aiuto, sto cercando di ricostruire questa mentalità vincente in un equipaggio dilettante. A cominciare da qui, in mezzo al mare, a mille miglia dall'arrivo e tra mille difficoltà, anzi, meno.

Come dicevo, mentre siamo prossimi all'arrivo a Città del Capo, ho già iniziato gli incontri individuali con i membri dell'equipaggio per la preparazione della prossima tappa.

Alex è un uomo un po' taciturno, riservato, sposato con la bella e simpatica Maggie e padre di Max e Molly che lo adorano a buona ragione.

È una persona perbene, un vero signore nell'anima e nell'aspetto, sempre elegante, modesto, sorridente, disponibile e riflessivo. Ma non disdegna l'azione: l'ho visto arrampicarsi con cinquanta nodi di vento sull'albero per otto metri per liberare una drizza incattivita!

Abbiamo parlato a lungo, mi ha dato giusti suggerimenti e con la sua timida discrezione non ha lesinato le necessarie puntualizzazioni.

A un certo punto gli ho chiesto perché, con le sue qualità, non aspirasse a diventare *watch leader*. Serenamente mi ha risposto: « Se è veramente necessario, sono pronto a farlo, ma so riconoscere quando c'è qualcuno più abile di me per questo ruolo ».

Gli chiedo se gli eventi di Wellington abbiano rovinato la sua vacanza con la famiglia, come mi avevano riferito. Mi risponde di no, che lui è riuscito a distaccarsi dal coinvolgimento emotivo e che, a parte un po' di tempo perso in riunioni inutili e ridondanti, la sua vacanza è andata bene e la sua famiglia è contenta. Mi sento rilassato. È un vero piacere avere un signore a bordo.

28

CITTÀ DEL CAPO

Inaspettatamente, mi sono innamorato di lei! Sapevo che erano la stessa acqua e gli stessi marinai del resto del mondo, ma lei era differente.

Ero nel mezzo del niente, lontano dalla mia famiglia, dai comfort e dalla civiltà e mi portavo appresso il mio fardello, le emozioni quotidiane. Ho capito da subito che ero già dilaniato tra l'attrazione per lei e i miei sentimenti umani.

Non l'ho subito riconosciuta: si confondeva con l'oceano intorno. Inoltre, era diventata più fredda, grigia e bizzarra, potente e solitaria, mostrando un carattere assolutamente dominante.

Mi ha rapito, quando finalmente non c'era più nessuno intorno, solo qualche uccello e una barca a vela olandese, stranamente incontrata in questa parte d'oceano australe.

Ma siamo in tanti a bordo, così tanti che mi è quasi impossibile vivere intensamente e intimamente questa mia storia d'amore! Sono stato costretto a nascondermi nell'oscurità per parlarle, a camminare segretamente in coperta per bagnarmi di lei, a timonare solitario per sentire la sua presenza intorno a me e per avere un po' di riservatezza.

La prima volta è stato un venerdì sera: lei è passata giustappunto accanto alla barca. Poi ci ha girato intorno, immensa. Finché non ha sollevato *VAIO* e l'ha coricato su un fianco. Non avevo ancora capito che ce l'aveva con me, che mi stava notando.

Io la immaginavo enorme, ma nello stesso tempo sottile e allungata come piacciono a me, ma lei ogni volta sembra diversa. Mi ha fatto volare nell'oscurità del cielo e mi ha tenuto lì, sospeso, per una frazione di nulla, per poi lasciarmi cadere dolcemente sulla sua schiena, con tutti i rumori e tutte le paure del mondo. Talvolta è riuscita a spaventarmi, talvolta no: le piace giocare con il mio carattere latino e con il mio equipaggio, specie quando ci ha sollevati e proiettati in aria contro l'azzurro del cielo e poi ci ha spinti giù tra gli spruzzi del mare. Certe volte sembra volermi mostrare quanto bella e alta sia, in altri momenti mi fa sentire tutta la sua potenza. Altre volte si diverte solo a riempire i nostri stivali d'acqua!

Trova sempre il modo di entrare in contatto con me, intimamente, con la mia pelle, sempre più nel profondo, discreta ma penetrante... Forse non è stata sempre così discreta, ma non mi sono mai sentito violare.

Lei è grande quanto la tua fantasia. Spaventosa quanto la puoi immaginare.

Siamo stati spinti o trascinati dalla corrente, qualche volta siamo scivolati insieme con la corrente. Tutte le volte che ha voluto provare a me e a se stessa quanto fosse più forte, l'ho sempre contrastata, combattuta e vinta. Certe volte sono stato spinto, sballottato su e giù, a dritta e a sinistra, da lei e dalla sua amica corrente, che viaggiavano nella stessa direzione o in direzioni diverse.

Non ho mai perso il controllo di me stesso, non ho mai giocato il ruolo del protagonista, ma non ho mai mollato.

Era destino, poteva succedere dappertutto: stavamo convergendo l'uno contro l'altra. Lei però ha deciso dove e quando, io ero soltanto in sua balia. Soffiava un vento forte che ci trascinava tutti, con i suoi oltre cinquanta nodi, che aumentava e diminuiva: è venuta in coperta, mostrandoci tutta la sua bellezza e la sua potenza, quasi a dirci quanto fossimo insignificanti di fronte a lei, per poi scivolare via di nuovo.

Come tutte le passioni è stata intensa: sembrava senza fine, ma è stata troppo breve.

Ho sempre paura quando s'incontra una come lei. Ma non ho mai dubitato per la sicurezza e l'onore di *VAIO*.

Ora è finita. Entrambi sappiamo che non ci sarà un'altra esperienza come questa. Ma viviamo nella speranza d'incontrarci ancora, un giorno, magari durante una calda estate tropicale, nel Mediterraneo o ai Caraibi.

Lo so, non sarà lo stesso. Lei arriverà nascosta tra le altre e forse non la riconoscerò subito: sembrerà un'onda uguale a tante, solo tante particelle d'acqua appena un pochino più forti.

Di certo sappiamo che quando accadrà, anche con qualche anno di più, ci divertiremo ancora a surfare per un po' insieme, ricordando i tempi e le avventure passate... prima di spegnerci per l'ultima volta sulla calda sabbia di una spiaggia, stanchi ma felici di aver navigato insieme, ovunque nel mondo.

Diario di bordo: 6 aprile 2005

Ora di pranzo. C'è il sole e siamo tutti al gran completo in coperta, mentre Ylva è al timone. All'ordine del giorno, la cultura di *VAIO* e il tentativo di ristabilire i valori che ci portiamo dietro solcando gli oceani. Kath è incaricata di trattare l'argomento e ce la mette tutta.

Oggi abbiamo a bordo EPIRB, radiosatelliti, un sofisticato sistema d'assistenza e di sicurezza in mare che ai tempi dei clipper non esisteva. La sicurezza personale dei marinai, all'epoca dei velieri, era affidata esclusivamente alla solidarietà tra essi, dal comportamento dell'uno dipendeva la vita dell'altro; una cima mollata maldestramente, un matafione lasciato andare, una vela male imbrogliata ponevano il compagno in pericolo; così come un braccio teso era in grado di prevenirne la caduta in mare. Oggi non è più così: la vela è diventata uno sport tecnico, sofisticato. Le apparecchiature elettroniche hanno la pretesa di sostituire quei vecchi principi di solidarietà, ma io ho navigato anche quando tutto ciò ancora non esisteva e tali principi erano il fondamento, la base delle avventure che sognavo, che popolavano i miei libri.

Per questo oggi Kath sta parlando a un equipaggio curioso, ma allo stesso tempo un po' annoiato: di certo noi marinai non amiamo le chiacchiere.

Il secondo argomento è la sincerità. In barca è essenziale

non covare rancori, dire apertamente che cosa ci irrita, ci deprime o ci fa piacere. Custodire gelosamente sentimenti di rancore e reprimerli è la scelta peggiore! Un sano chiarimento, anche se in termini emozionali costa, è la cosa migliore in questi spazi ristretti, in quest'orizzonte così vasto, dove i concetti di distanza e grandezza sono tanto diversi da quelli terrestri.

Per finire, occorre rivalutare la famosa frase «i panni sporchi si lavano in famiglia». Quando arriviamo a terra e ci ritroviamo inseriti in una comunità di oltre duecento persone – lo staff organizzativo, gli skipper, gli equipaggi delle altre barche, i nostri familiari, gli amici – è facile aprire la bocca, soprattutto dopo un bicchiere di vino o qualche birra di troppo, e parlare più del necessario, mettendo in imbarazzo i compagni di navigazione, skipper compreso.

La relazione di Kath è finita. Nessuno sembra avere prestato tanta attenzione. Intervengo io, focoso e passionale come sempre, e dopo venti minuti di fila vedo facce stravolte: sono andato giù duro. Ho detto chiaramente quando e come questi principi sono stati violati, quando e come abbiamo mancato di rispetto a noi stessi come team e come individui; ho fatto chiaramente capire che è parte della nostra esperienza fare tesoro non solo della tecnica di navigazione, ma anche dello spirito a essa connesso.

I giovani mi guardano come se fossi un marziano. Si chiederanno che cosa possa avere a che vedere tutto ciò con la vita reale. Gli adulti, invece, mi guardano con un misto di nostalgia e cinismo, memori del loro passato e forse irrigiditi dalle loro esperienze di vita.

Diario di bordo: 7 aprile 2005

Esco dall'acqua dopo un bel bagno condiviso con Catherine e Ben. L'idea è venuta a quest'ultimo, che neppure nuota se non dove si tocca... ma il fascino degli oltre mille metri di profondità, del colore blu intenso che proviene dal mare hanno suscitato in lui un'attrazione quasi morbosa.

Appena ho capito che era la cosa che più desiderava in quel momento, profittando della momentanea totale calma di vento, ho ordinato di mettere la scaletta a mare, di calare una cima di sicurezza e, dopo avere avvisato il timoniere di richiamare tutti a bordo al primo segno di velocità superiore al nodo, mi sono tuffato per primo! Non aspettavano altro! Immediatamente Ben, con uno strillo, mi ha seguito e poi si è issato subito a bordo, alla velocità di un cartone animato. Rassicurato dal fatto che si può risalire facilmente, anche se la scaletta è un po' alta sul pelo dell'acqua, si è rituffato di nuovo.

Io ho anche colto l'occasione per dare un'occhiata con la maschera alla carena. Il sospetto di avere trascinato per settemila miglia una lenza perduta in mare o un pezzo di rete è risultato per fortuna infondato... Scopro però che una pala dell'elica è aperta e che probabilmente ha rallentato un po' *VAIO*...

Usciamo dal bagno rinvigoriti. L'acqua è calda, l'aria un po' meno, ma il tuffo ci ha tonificato. Il vento ritorna leggero, quel tanto che basta per farci ripartire a quattro nodi di velocità verso Città del Capo. Mancano duecentocinquanta miglia alla fine della tappa. Abbiamo familiari e amici che ci aspettano a terra già da un paio di giorni. Non vediamo l'ora di arrivare! Ci sono Alessandra e Virgilio, che non vedo da tre mesi, ad attendermi!

Mi godo però questi ultimi giorni di navigazione con il sole, il mare calmo e una strana quiete a bordo. So già che arrivati a Città del Capo sarà un po' come avere terminato il giro del mondo: attraversato i tre oceani, sconfitto i *Southern Oceans*... Anche se ci aspettano le tappe di ritorno in Inghilterra, via Boston e La Rochelle, io sono consapevole che il navigare non sarà più lo stesso.

Riassumendo, la quarta tappa della Global Challenge prevedeva un percorso di seimiladuecento miglia da Sydney a

Città del Capo, lasciando a dritta la Tasmania e le isole circostanti. Siamo partiti bene, secondi o terzi, anche se avevo deciso un avvio prudente e senza spinnaker: dopo essere stati duramente penalizzati a Sydney da una protesta, non volevo correre rischi. Appena fuori dal porto, che si chiama Port Jackson, si è decisa la regata... sembra un paradosso, ma è stato proprio così.

Imagine It Done e un pugno di altre barche hanno puntato al largo, mentre noi abbiamo optato per una rotta costiera seguendo BG e SAIC. In meno di dodici ore le imbarcazioni esterne avevano guadagnato un vantaggio di trenta miglia, che in seguito hanno sempre incrementato. Raggiunta la Tasmania con venti leggeri e arretrati nelle posizioni di coda, ho abbandonato la strategia che avevo elaborato sulla base delle informazioni pervenutemi dalla regata Sydney-Hobart e ho puntato al largo, sperando di evitare il calo d'aria a ridosso della costa. Il vento, che intanto aveva rinforzato da sud-ovest, mi ha dato un momentaneo vantaggio e mi ha consentito di ridurre la distanza da *Spirit of Sark* (che poi andrà a vincere), ma allo stesso tempo mi ha spinto trenta miglia più a sud. Con oltre tremila miglia ancora da percorrere, mi sembrava uno svantaggio irrisorio, mentre invece mi è costato la regata.

Una serie di perturbazioni ci ha portato venti da ovest-nordovest, che progressivamente hanno cominciato a spingerci sempre più a sud, con un angolo peggiore rispetto al resto della flotta, che era rimasta più a nord e che continuava a incrementare miglia di vantaggio. Siamo passati di colpo da temperature miti e condizioni di vento moderato a un freddo intenso e a venti di trenta-trentacinque nodi in prua. Dopo una breve acclimatazione, il mio equipaggio ha risposto con il massimo impegno nei turni, che si sono fatti a mano a mano sempre più duri. Il fatto di trovarsi più a sud ci ha procurato anche condizioni meteorologiche peggiori. In una delle perturbazioni siamo finiti bastonati da oltre cinquanta nodi di vento reale per due giorni consecutivi, finché ho deciso di volgere la prua a nord, per allontanarmi dal centro della bassa pressione, perdendo però così altre miglia. Abbiamo toccato i 57 di latitudine sud, sorpassando un limite mai raggiunto in una regata come questa! Quando eravamo ormai a quattrocento miglia dal pack, il limite dei ghiacci permanenti, abbiamo deciso di virare verso nord, mentre il resto della flotta ha cominciato ad avvicinarsi alla nostra rotta.

Il morale è calato via via che abbiamo messo sulla carta le posizioni della flotta. Poi, Thijs ha suggerito di ignorare per una settimana le altre barche e di cercare di implementare le nostre prestazioni regatando contro noi stessi. A quel punto, turno dopo turno, abbiamo cominciato a migliorare le nostre medie giornaliere, ma senza raggiungere il gruppo di testa che al waypoint Bravo ha conservato un vantaggio di centoventi miglia! Allora, dopo una consultazione generale, tra l'undicesima posizione e il rischioso tentativo di risalire il gruppo di testa, abbiamo optato per l'azzardo: vale a dire un bordo a nord che ci portasse in un altro sistema meteo.

Il seguito? Due *tropical storms* (uragani in formazione) che si sono generati a nord, spingendo le alte pressioni sotto i 40 gradi di latitudine sud. Sfidando la geometria, abbiamo tentato il tutto per tutto, ben consapevoli delle scarse chance che avevamo. Ma c'è andata male. Ironia della sorte, una settimana prima che giungessimo alla latitudine prefissata e subito dopo il nostro arrivo, per cinque giorni si sono verificate le condizioni di vento sostenuto da est che tanto cercavamo... Abbiamo concluso così la tappa dodicesimi a Città del Capo, dopo un'ultima cavalcata in poppa con trenta nodi di vento. Stanchi per i quaranta giorni di traversata, frustrati dal risultato, ma ugualmente soddisfatti di noi stessi.

Ora *VAIO* è ormeggiato nel waterfront, pronto per la prossima tappa. E lo giuro: sarà battaglia!

Con Daniele e Monica salpammo da Musket Cove, primi sulla linea di partenza della tappa Fiji-Vanuatu del Rally

Around the World 1994. Oltre al mio equipaggio di donne, a bordo era salito anche Riccardo, che ci avrebbe aiutato a vincere quella regata.

Ricordo perfettamente l'aria tranquilla di Daniele mentre, subito dopo la partenza, gustava lo champagne servito in calici di plastica nel pozzetto. Il mare era perfettamente calmo ed eravamo spinti da una brezza tiepida. Poi la terra sparì all'orizzonte, dietro di noi, e un alito di vento più forte sul gennaker fece improvvisamente coricare la barca su un lato. Vidi Daniele assumere un'espressione preoccupata: era la prima volta che perdeva il riferimento della terra in vita sua. E anche la prima volta che l'orizzonte gli s'inclinava davanti agli occhi!

Il resto è la storia di una regata vinta, di un filmino in VHS tra i più autoironici mai girati, nel quale Daniele entra in una specie di viaggio onirico da cui si desterà solo all'avvistamento della prima isola delle Vanuatu, al grido di: «Terra. Terra!»

E ancora, a Vanuatu, dove abbiamo festeggiato la vittoria in costume adamitico, vestiti di sole foglie di palma. Vanuatu, dove la kava te la fai nei bar e «ti fa in pubblico». La kava, radice da cui si estrae un succo con effetti molto simili a quelli della cannabis, che è usata nei rituali tribali delle Fiji e venduta al bar.

La mia amicizia con Daniele è nata durante uno spettacolo organizzato in occasione del suo primo successo elettorale e si è consolidata attraverso vacanze a vela in giro per il mondo, dalle Baleari a Tortuga, da Los Roques alla Sardegna.

L'ultimo abbraccio, il più forte buon vento, l'ho ricevuto proprio da lui, sulla banchina di Portsmouth dove, insieme a Michela e Camillo, era venuto a mollare gli ormeggi di *VAIO*.

Il Rally Around the World, l'acquisto del *Guaicamar*, il Floating Village a Los Roques, l'affondamento del *Pandora*, la Global Challenge: nei momenti più belli come in quelli più difficili, Daniele ha sempre ascoltato i miei deliri, è stato il mio suggeritore, il mio sostenitore, il mio critico stratega. Da quella prima vacanza in Costa d'Avorio abbiamo condiviso successi e sventure d'ogni tipo, ma entrambi siamo ancora a galla.

Da capo, come una partitura musicale, quando il motivo finisce e ricomincia. Città del Capo, come quando finisci di circumnavigare il globo e ricominci a tornare verso casa.

Capo di Buona Speranza, come quando ti riempi il cuore di pensieri domestici, di mari della tua infanzia, battigie che i tuoi piedi riconoscono.

Come quel capo dietro il quale, nella mia prima navigazione d'altura come skipper, senza carte nautiche, scoprii che c'era Arbatax. Come quando la drizza dello spinnaker bruciò le mani di Andrea, un altro grande amico di vela e di vita...

A capo, come il capitolo della mia vita che mi appresto a terminare per cominciarne un altro.

Punto e a capo... Sì perché ho doppiato il Capo, ho lasciato i freddi oceani australi e mi sono immerso nuovamente nelle tiepide acque tropicali, spinto da venti portanti, con temperature piacevoli... rotta verso casa.

La sosta a Città del Capo è una sorta di capolinea delle rotte che vanno e vengono dall'Atlantico all'Indiano.

Il Sudafrica è un paese tutto da reinventare, tutto da scoprire, in fondo al continente nero, a sud di deserti e savane, tra neri, bianchi e una mezza dozzina d'altre razze, lingue e culture... Mi fa pensare a un crogiuolo dimenticato in frigorifero troppo a lungo, che improvvisamente viene tirato fuori, messo alla luce e riscaldato; che riprende vita, si anima di contrasti e di energie vitali, di tensioni razziali ed emozioni mandeliane.

Accanto alle nostre barche, a un tiro di sasso, c'è un bacino sprofondato nella terra dove stanno sabbiando una nave peschereccio oceanica. Il getto di sabbia e acqua pressurizzato da un compressore assordante epura da alghe, incrostazioni, ruggine e vernice lo scafo accanto a noi. Oltre la strada c'è una candida università appena costruita che si anima, dal mattino presto, di studenti d'ogni dove. Proprio al suo interno, nell'ostello, trovo ospitalità con tutto il mio equipaggio.

L'università si affaccia su una galleria, un centro commerciale che nulla ha da invidiare a quelli di Buenos Aires, di Sydney o delle grandi metropoli americane. Accanto al centro commerciale ci sono due grandi ex magazzini e capannoni che ospitano mercatini artigianali, dove uova di struzzo dipinte a mano, tessuti variopinti e pezzi d'ebano dalle molte forme si alternano a incensi, T-shirt e sandali di cuoio artigianali. Poco più in là c'è un albergo a cinque stelle, che offre a tutti gli equipaggi della Global Challenge una gustosa colazione: l'edificio è affacciato su un molo dove decine di pescherecci e navette commerciali brulicano di uomini impegnati in operazioni di carico e scarico. Insomma, vita di giorno, ma anche di notte, quando il waterfront si trasforma in uno struscio perpetuo davanti alle decine di ristoranti dove si beve dell'ottimo vino sudafricano. Città viva, porto contaminato da diverse attività, atmosfera gioiosa, all'ombra dell'immensa Table Mountain che sovrasta la città, il porto e l'orizzonte dietro di noi. Città del Capo è unica.

Unico è anche il nostro gesto in questa quarta tappa Sydney-Città del Capo. Siamo arrivati ultimi, dodici ore dopo *Save the Children*, all'albeggiare del quarantesimo giorno di traversata.

Siamo così felici di essere approdati, così ammaliati dallo spettacolo della Table Mountain, sorta dal nulla insieme al sole dietro le luci della città, che tagliamo la linea del traguardo e cominciamo a festeggiare dimenticandoci di accendere il motore, quadrare le vele, abbandonate ormai al loro destino. Andiamo così a derivare contro la boa che delinea la linea d'arrivo e che ci siamo appena lasciati a poppa... Preoccupati di graffiare lo scafo, convinti che ormai la regata è finita, dimentichiamo quel piccolo particolare, quello stupido incidente.

Ma ritornando con la memoria a quel momento, decido di indagare più a fondo nei meandri del regolamento: la boa non va toccata fino alla fine della regata, e la regata termina solo quando si è liberi dalla boa. Ma si è liberi dalla boa quando la poppa della barca attraversa la linea d'arrivo? Troppe domande, non voglio dubbi sulla mia e la nostra lealtà.

Chiamo il giudice di regata, anche se è troppo tardi per essere protestati, perché i termini sono già scaduti. Ma il neo rimane, il dubbio di avere commesso una stupida irregolarità pende sulle nostre teste... Decido di ritirarmi dalla tappa appena conclusa, perdendo un punto ma preservando la mia integrità e quella dell'equipaggio.

Abbiamo guadagnato solo tre punti in questa tappa, ma almeno abbiamo il rispetto di tutti gli altri skipper, i quali nemmeno si erano accorti della nostra irregolarità. Sento che andremo bene nella fase finale della regata e non voglio correre rischi. Non desidero che eventuali futuri successi possano essere infangati da una stupida superficialità. Se raggiungeremo qualche porto prima di tutti, se avremo il privilegio di arrivare primi in una delle tappe del rientro in Europa, non ci devono essere ombre, ma solo piacere e soddisfazione.

Le barche sono ormeggiate in fila davanti all'Aquarium di Città del Capo. I lavori di preparazione della nuova tappa volano veloci sotto la guida energica ed entusiasta di Geoff che, *shore watch leader* in questa sosta, si occupa di coordinare tutte le attività di pulizia, manutenzione e preparazione di VAIO e dell'equipaggio. Lo fa con precisa determinazione, tanto da costringere tutta la squadra, compreso il sottoscritto, a una sveglia mattutina per un programma di preparazione fisica e mentale.

Una mattina compare, nella banchina opposta alla nostra, una splendida barca a vela di 30 metri. Si chiama *Dharma* e io, curioso come sempre, vado a vedere. Trovo a bordo Elena, l'hostess di *Virtuelle*, e Stefano, lo skipper, italiani già incontrati nei bar di qualche porto durante qualche sosta. Sorpresa: equipaggio italiano, armatore italiano e cantiere italiano! Sì, a Città del Capo c'è la Southern Wind, un'azienda produttrice di splendidi superyacht a vela.

Willy aveva ordinato la sua imbarcazione a un piccolo sconosciuto, ma qualificato cantiere sudafricano. La capacità tecnica non era pari a quella finanziaria e il cantiere si trovò presto sull'orlo del fallimento. A Willy rimanevano due possibilità: perdere la barca e l'anticipo che aveva versato o acquistare il cantiere e salvarlo dal fallimento. In pochi anni, da quelle ceneri è nato un gioiello della produzione in composito di barche a vela... Le più moderne tecnologie unite allo stile e al genio italiano.

A Città del Capo riesco anche a essere padre e a godermi la mia famiglia. Alessandra e Virgilio sono arrivati il giorno prima del nostro arrivo. È bello fare colazione insieme, dopo tre mesi di assenza da casa e da terra, con il piccolo che ha assunto dimensioni, proporzioni ed espressioni che non riconosco.

Virgilio cresce in fretta: ha appena compiuto dieci mesi. Passo una bella vacanza sulla spiaggia di Camps Bay, con tanto di passeggiate al tramonto con carrozzina al seguito, aperitivo nei bar alla moda che orlano il lungomare e cene a base di pesce ma, soprattutto, il piacere sconosciuto del calore familiare, che non avevo ancora avuto modo di apprezzare: la Challenge mi ha preso un attimo prima della mia famiglia e le due esperienze, sicuramente le più importanti della mia vita, sono andate avanti insieme. Grazie ad Alessandra, mi sono potuto permettere il privilegio di trascurare Virgilio e la sua mamma per tanto tempo. Adesso recuperiamo in questa settimana di pace un pezzettino del tempo perduto.

Una mattina saliamo sulla Table Mountain con la funivia: è alta mille metri, a strapiombo sulla città. Lo sguardo spazia lontano, sul mare che ci circonda e sui vapori che salgono dai deserti dell'interno. Il vento freddo e tagliente ci permette solo pochi momenti all'aperto, sufficienti a guardare la distesa d'acqua sulla quale ricomincerò a navigare fra pochi giorni.

È grande e sento che può darmi ancora molte soddisfazioni. Guardo Virgilio: chissà cosa proverà quando leggerà, adulto, queste righe e scoprirà di avere quasi girato il mondo intero ancora prima di compiere un anno, al seguito di questo padre, pazzo marinaio...

A Camps Bay, i bar sul lungomare si riempiono di ragazzi e di musica new age per celebrare il rito del tramonto, laddove la spiaggia si affaccia a ovest. Io bevo un martini dry, secco, molto secco, e Virgilio è sulle mie ginocchia per dare una pausa ad Alessandra, che si lava i lunghi capelli neri.

Torno nel nostro appartamento. Accendo il televisore, mostro della civiltà moderna bandito dalle barche e dimenticato da lungo tempo. Sta iniziando un film: *Parla con lei* di Almodóvar. Racconta di Alicia, in coma. È una storia d'amore, di corride, di viaggi, di ospedale e di Benigno. Scorre al suono della voce struggente di Caetano Veloso, che ritrovo nel film uguale, sensibile e intenso come l'ho conosciuto durante una tournée che organizzai per lui in Italia tanti anni fa.

L'anossia prolungata danneggia irreparabilmente la corteccia cerebrale. I pochi millimetri di cellule nervose che avvolgono lo strato più esterno del nostro cervello sono i primi a essere danneggiati in caso di mancanza di ossigeno... Sono purtroppo anche gli ultimi che l'essere umano ha sviluppato nel corso della trasformazione della specie. Sono quelli dove risiedono i processi più sofisticati della nostra mente: i sentimenti, la logica, le emozioni? Nessuno lo sa con precisione. Entriamo in un mondo dove la scienza medica, che con le avanzate tecniche di rianimazione sta creando queste nuove creature a cavallo tra la vita e la morte, non sa dare risposte, solo mantenere la vita non vita.

Il film scorre lento con la musica di Caetano. *Cucurrucucu Paloma*... Il dottore spiega conciso e crudele che non c'è speranza in questi casi: dopo anni di coma, i danni cerebrali sono irreversibili, la muscolatura si contrae in uno spasmo permanente e nulla possono le scarpette che amorevolmente Benigno calza ai piedi di Alicia. Il respiro attraverso il tracheostoma ha un suono diverso, il sonno ritmi sfalsati, la coscienza è sopita, i movimenti involontari, reazioni automatiche di un cervello che pulsa solo nel profondo.

Noi abbiamo interpellato Rita, la luminare. Abbiamo volato con Priscilla in Francia, a Lione, dove hanno tracciato la mappa della sua attività cerebrale, dei suoi sensi spenti. L'abbiamo tenuta a casa, tra gli affetti familiari e l'autodistruzione. L'abbiamo sottoposta a mille consulti e infine curata nella clinica, accanto a mio padre medico. Le abbiamo parlato e le parliamo ancora oggi, dopo quindici anni, durante le visite regolari che le fanno mia madre, mio fratello Flavio e che le faccio io, anche se un po' meno frequentemente degli altri. Corrado, suo figlio, con il papà Vincenzo e Giulia, la mamma acquisita, festeggiano regolarmente il suo compleanno e vicino al Natale siamo tutti lì, a circondarla di amore... anche se il miracolo che Benigno regala ad Alicia nel nostro caso non si avvera.

Non c'è alcuna spina che tiene in vita Priscilla. Basta nutrirla e dissetarla come si fa con un neonato. Basta tenerla pulita, massaggiarla e muoverla come fanno le tre infermiere che le si alternano intorno. Non c'è spina da staccare, si può solo lasciarla morire di sete, crudele sentenza di morte che solo in America può essere concepita.

Vent'anni fa la terapia intensiva non esisteva e se avevi un incidente, o sopravvivevi oppure morivi. Poi la tecnica medica ha trovato il modo di risuscitare coloro che sarebbero morti. L'anestesista è colui che s'incarica di mantenerti in vita. Un'anestesia quella che ha costretto Priscilla a vegetare per sempre.

Parla con lei!

29
DI NUOVO SUL PODIO

Ore 12.00 UTC: lo sparo segnala la partenza della tappa di rientro via Boston.

Sentiamo un altro sparo: abbiamo attraversato la linea di partenza due metri in anticipo! Troppo avanti. Devo fare una penalità: un paio di giri su me stesso. Io me la rido, ma questa volta niente errori, rispettiamo le regole.

A fine serata saremo comunque tra i primi a prendere il largo sotto spinnaker, con un vento teso di trenta nodi, tra il carambolare dei nostri avversari... *Go VAIO go!*

Un viaggio comincia sempre con un semplice passo. Come quello che ha fatto Marco, l'altro italiano che salirà presto a bordo di *VAIO*. Il suo l'ha compiuto otto mesi fa e da quel giorno qualcosa dentro di lui è certamente cambiato. « Sento una calamita in fondo al cuore! Sento il profumo del mare ovunque! » mi dice. Sarà la sua prima traversata dell'oceano Atlantico.

Mi racconta anche che da quando ha cominciato a sognare di unirsi a quest'avventura non è la prima volta che si ferma a pensare a che cosa succederà quando raggiungerà la destinazione.

Il *viaggio* già iniziato vale quanto la meta, forse anche di più, perché, come dice lui, viaggiamo con la parte più nascosta di noi stessi, anche quando siamo fermi o stiamo lavorando seduti a una scrivania. Viaggiamo attraverso le cose, oltre ciò che vediamo. Viaggiamo sempre da soli anche quando lo facciamo con chi amiamo, perché viaggiare è la manifestazione più egoista del nostro carattere, in cui ognuno di noi vive la propria esperienza. E viaggiamo tutti sempre con amore, senza avidità, se non quella di scoprire, di curiosare o di provare qualcosa a noi stessi.

« Siamo capaci di viaggiare volando molto più in alto degli aerei che ci trasportano! » mi dice ancora Marco. « In treno, abbiamo il tempo di pensare che il viaggio non sia altro che un infinito frazionamento di tanti piccoli arrivi e a ogni stazione la gente ci guarda, e ci guarda ancora, specchiandosi in noi. Possiamo viaggiare camminando, chinandoci talvolta a toccare la terra e scoprendo che ovunque andremo lei sarà lì ad aspettarci o per essere toccata dal prossimo viaggiatore. Viaggiamo per mare, sfiorando appena il mondo che nasconde, e rimaniamo attoniti quando la sua forza si scatena e finalmente, piccoli piccoli, chiediamo il suo perdono. Ma saremo sempre incapaci di viaggiare veramente se non ci lasciamo andare, se non siamo capaci di sognare... »

Il nostro è un rapporto di amicizia che dura da trentacinque anni. L'ho convinto a partecipare a questa regata un anno e mezzo fa, durante una cena tra amici: è bastato che gli descrivessi quello che avrei fatto nei successivi dodici mesi, attraversando mari e toccando continenti sperduti, che già volava sul tappeto di Aladino con la fantasia. Si chiedeva continuamente se avrebbe potuto trovare il tempo per partire, se il lavoro e le responsabilità lo avrebbero atteso, se la sua famiglia avrebbe capito... Poi ha risposto al questionario ed è stato subito intervistato da Cal, il simpatico sudafricano dello staff della Challenge – definito Sailing Operations Managers – che si occupa dei colloqui con le reclute. Forse ha voluto vedere se ero sano di mente, ha pensato Marco. Era sano, ha pagato la sua quota e da quel momento non si è potuto più tirare indietro e ha smesso di formulare centinaia di « se »!

La Global Challenge è un'organizzazione eccezionale: a Southampton, per il corso, mette a disposizione una barca del tutto simile a quella su cui poi ci s'imbarca. I gruppi di marinai non professionisti sono formati dalle persone più diverse, di età compresa tra i venti e i sessant'anni: tutti con la voglia d'imparare con umiltà e determinazione e, in qualche caso, per cambiare un poco la propria vita.

Marco per ben tre volte si è recato in quel porto inglese per stringere le mani ai futuri *leggers* come lui, provenienti da ogni parte del mondo, pronti ad allenarsi. Si svegliava alle sei e mezzo. «... Con una temperatura interna di sette gradi centigradi ed esterna di due!» In calzoncini e maglietta, per più di un'ora si dedicava alla ginnastica, come dice lui, a ritmi olimpionici! Il gruppo di cinquantenni di cui faceva parte sembra fosse stravolto. «Credimi, stavamo per morire e nessuno se ne accorgeva!» Poi la doccia e la riunione in quadrato per definire ciò che avrebbero fatto nelle giornate successive. A terra, le prime istruzioni sul famoso MOB (*Man Over Board*: uomo a mare), l'ossessione ricorrente di tutti gli skipper che non vogliono avere cadaveri sulla coscienza: in certi oceani si può rimanere assiderati in acqua dopo appena centoventi secondi dalla caduta!

Quindi tutti a bordo per prendere confidenza con la barca, per conoscerla nei minimi particolari, sopra e sottocoperta, di giorno e con il buio pesto. «Amedeo, vento di trentadue nodi e barca magnifica! Anche sotto raffica rimane inclinata e trasmette una bellissima sensazione a chi sta al timone. Senti la sua forza di regina dei mari! Elegante e decisa, t'invita a virare... Infila raramente la sua prua nell'acqua e risponde con distacco ai nostri errori di manovra... Ti viene voglia di urlare dalla gioia quando la notte sei alla ruota, la luna fa luccicare i winches con le creste dell'onda e vedi il resto dell'equipaggio con indosso le tute stagne in cerca di un riparo decente dal vento incessante...»

Il training per i *leggers* dura tre settimane, scaglionate nell'arco di quattro mesi. Abituato com'era Marco ai nostri dolci mari estivi, l'impatto con le navigazioni notturne, i cambi di vele improvvisi, il freddo e la pioggia come normali condizioni meteorologiche sono stati sicuramente un banco di prova impegnativo, ma anche fonti di soddisfazione. «Devo ancora ringraziarli tutti! Mi sento appagato e pronto, anche se loro dicono che là, in mezzo all'oceano, dove non vedi terra per giorni e giorni, potrebbe essere, e sarà sicuramente, più dura... Stupendo e terribile! In fondo, tutto quello che ci piace di più è molto buono e un po' cattivo: la cioccolata, i salumi, amare, divertirsi... Così è il mare: lo ami, ci stai dentro, soffri e godi! »

Mi domanda anche se mi troverà cambiato, e di tutti i miei compagni con i quali navigo da mesi: ha già dichiarato che vuole stare ore e ore ad ascoltare i nostri racconti... Sì, probabilmente saremo molto diversi da quando ci ha lasciato lo scorso maggio, alla partenza da Londra. Tra non molto sarà in viaggio per Boston e lì, sulla banchina, me lo ritroverò davanti alla scaletta. « Chiedo il permesso di salire a bordo, comandante! » mi dirà. E io risponderò: « Permesso accordato, marinaio! » Con il primo passo a bordo, la sua avventura avrà inizio. E sono certo che anche a lui cambierà qualcosa dentro, per sempre.

All'inizio di quest'avventura preparai un progetto di massima relativo alla mia partecipazione alla Global Challenge, che recitava pressappoco così: « Il progetto si modificherà nei trenta mesi della sua durata migliorandosi, integrandosi, perdendo alcune caratteristiche e acquisendone altre. Come una rotta ortodromica, il progetto cambierà durante il percorso. La rotta non potrà essere definita in partenza, perché non so dove andremo, né quali condizioni dovremo affrontare, ma so navigare, sono capace di condurre una barca in sicurezza e anche di approdare in luoghi sconosciuti. Penso inoltre di essere in grado di mantenere un buon clima a bordo, pur nella tensione che ogni competizione e avventura genera, di divertirmi e far divertire. Con onestà, generosità e coraggio proveremo tutti insieme il piacere dell'ignoto e questo ci permetterà di 'imbarcare' nel progetto qualsiasi navigante con affinità spirituali e materiali, per mare e in terra. Quando alla fine sbarcheremo il ricordo rimarrà indelebile ». Adesso che lo sbarco, mio e dei miei compagni d'avventura, è imminente, tutto si trasformerà, dal tempo presente al passato prossimo e poi remoto, dal vivere al vissuto. Non so quanto di quel progetto iniziale si è realizzato, ma di certo l'avventura rimarrà dentro di noi, indelebile. E forse anche dentro tutti coloro che da terra, via Internet o solo con l'affetto e la fantasia, ci hanno seguito per nove mesi e mezzo.

Adesso vi spiego in sintesi che cosa vuol dire tracciare una rotta ortodromica e perché essa cambia durante il percorso come la nostra vita. Essendo la terra una sfera, la via più breve per andare da un punto a un altro sulla sua superficie è un arco di circonferenza o circolo massimo: tale percorso prende il nome di ortodromia.

Una nave, quando si sposta, in genere mantiene costante l'angolo di rotta: tale percorso è detto lossodromia e, quando la distanza tra due punti è relativamente breve, è il migliore.

Al contrario, nelle lunghe navigazioni come le nostre traversate oceaniche, il vantaggio dell'ortodromia diventa notevole, anche se una nave che segue un'ortodromia non può mantenere costante la sua rotta, ma è costretta a mutarla continuamente, tagliando tutti i meridiani sotto angoli differenti. Per ovviare all'inconveniente di dover cambiare continuamente rotta, all'arco di ortodromia si sostituisce una spezzata di lossodromia.

Squilla il mio telefono sudafricano, quello che la Challenge ci fornisce in ogni *stop over*, qualora una delle barche abbia bisogno del nostro intervento. In realtà, in genere in giro sulle barche c'è sempre una mezza dozzina di persone dello staff tecnico che si occupa delle riparazioni necessarie dopo migliaia di miglia di bolina. La manutenzione delle vele è un altro lavoro enorme che impegna a tempo pieno tre o quattro *sail makers* della Hood, la nostra veleria. Ma abbiamo sempre il telefono acceso in caso di un'emergenza. Come accadde una domenica di riposo, appena dopo il nostro arrivo a Città del Capo, quando un temporale con vento oltre i sessanta nodi ha fatto volare il tetto del capannone dove avevamo riposto le vele e per poco non ha trasformato le dodici barche allineate in birilli del bowling! Servendoci di una cima lunga duecento metri ci siamo legati dall'altra parte del molo: *VAIO* era la prima della fila, essendo arrivata ultima, e dalla nostra barca, traversino dopo traversino, abbiamo tenuto la prua al vento di tutta la flotta.

Dicevo, squilla il telefono, ma questa volta non è un'emergenza: è William! Sono sorpreso. Mi chiede di incontrarci per parlare.

L'appuntamento è al bar davanti alla torre dell'orologio che affaccia sul porto. Mentre ci scoliamo un paio di birre, viene subito al punto: ci parliamo molto chiaramente, lui mi promette di spingere finalmente nella mia stessa direzione e ci stringiamo la mano.

Ora stiamo conducendo la regata, abbiamo un bel distacco sulle barche dietro di noi e William sta veramente spingendo come un dannato! L'umore a bordo è decisamente migliorato, anche se io urlo e sbraito come facevo prima dell'ammutinamento, ma ormai sembra che tutti ci abbiano fatto l'abitudine.

Abbiamo lasciato Città del Capo, l'oceano Indiano, il freddo. Jonathan è arrivato a bordo di *VAIO* in punta di piedi, ma ogni giorno che passa diventa sempre più un punto di riferimento importante per l'equipaggio e per me. Le sue considerazioni sono appropriate, i suoi suggerimenti pacati e la sua esperienza in mare migliora il clima a bordo. Forse le quattro donne con le quali vive hanno contribuito a smussare gli spigoli del suo carattere, rendendolo più dolce.

« Amedeo, scambiamo due chiacchiere a prua? » mi chiede ogni tanto. La prua è il nostro confessionale: stesi sui sacchi di vele, lontano da occhi e orecchie indiscreti, ci scambiamo opinioni personali e confidenze. Jonathan ha approfittato dell'ultima sosta per tornare a Istanbul, a casa sua, dalla famiglia. Prima di partire avevamo avuto una piccola discussione sull'altezza delle onde che avevamo affrontato nell'oceano Indiano. Lui mi descriveva accuratamente come superassero le seconde crocette dell'albero e io sminuivo le loro dimensioni, così come la loro pericolosità. « Perché vuoi farmi credere che le onde siano più piccole di quello che sono, le traversate meno dure, le condizioni meno drammatiche? » mi chiedeva. Ma Jonathan è acuto e sono convinto che abbia capito.

Rientrato da Istanbul, mi racconta di quanto sia inadeguato rompere il ritmo di vita che si acquisisce navigando, tornando alla vita reale, familiare e professionale durante la sosta di tappa. Mi racconta anche di come si sia confidato con Erika, sua moglie italiana, e con gli amici circa l'altezza delle onde. Jonathan e i suoi amici ora concordano con me. « Prendere vantaggi dal mare, ingigantire le onde, rendere artificialmente più drammatico quello che può esserlo già di per sé è come rubargli qualcosa » dicono. Io penso che il mare vada rispettato. Non è un giocattolo nelle nostre mani, del quale possiamo disporre per farci grandi, intrepidi e coraggiosi.

Questo vale in mare così come a terra: lui, il grande oceano, ci ascolta, conosce i nostri pensieri, capisce il nostro atteggiamento nei suoi confronti. Non è contento se ci facciamo burla di lui e neppure se lo usiamo per i nostri fini personali, siano essi onesti o in mala fede. Ecco perché non amo prendere vantaggi dal mare: è stato benevolo con me e non voglio rompere questo equilibrio.

A chi, assetato di onde enormi, frangenti inimmaginabili, incidenti drammatici, vuole accurate descrizioni di quanto accade durante un giro del mondo controvento, posso soltanto dire che mi dispiace e che non è in queste mie parole che troverà le risposte. I particolari degli incidenti che hanno costretto per quattro volte le barche a tornare indietro dopo la partenza per scaricare i feriti li troverà meglio descritti nelle cronache della regata. La durezza e la fatica del contrastare mare e vento resteranno più nei nostri ricordi che sulle pagine di questo libro.

Al mare il vantaggio totale. Io non prendo nulla dalla sua onnipotenza, la rispetto e mi accontento di essere ancora a galla dopo tanto navigare.

Diario di bordo: 15 maggio 2005

Alcune notti fa un uccello è finito in coperta. Qualcuno dice che è salito a bordo con un'onda, altri invece suppongono che abbia urtato il sartiame finendo così in coperta. Sta di fatto che al mio risveglio sento un gracchiare inusuale e scopro che accanto alle sartie a mezzanave c'è appollaiato un bell'*uccellaccio del malaugurio*!

Come faccio a saperlo? Io sono un amante della natura e la rispetto in ogni sua forma e manifestazione; amo gli animali, per questo preferisco vederli nel loro habitat e non in cattività, rinchiusi in gabbie, recinti o appartamenti. E più di tutti gli uccelli! Quale animale è più associabile alla libertà, agli spazi aperti, con il suo volo senza confini? Allora spiegatemi che cosa ci fa un uccello sulla coperta di *VAIO*. Può essere solamente un uccello del malaugurio, inviato da chissà chi e chissà per quale ragione, ma di certo per portare sfortuna!

Appena realizzo che il mio equipaggio, intimidito dallo starnazzare del soggetto non appena qualcuno lo avvicina – paralizzato dal malefico incantesimo, dico io –, non ha messo in atto la minima azione per allontanare il maleficio, salgo in coperta e con un tocco di piatto sinistro rispedisco l'uccello da dov'era venuto.

L'uccello è in acqua, ma è troppo tardi: ha avuto tempo di lasciare alcuni dei suoi veleni in coperta, che di notte, al buio, non vediamo. Solo di lì a tre giorni Ben, resosi conto del fatidico lascito, si armerà di spugna sapone e «acqua santa» per allontanare il sortilegio.

Il bilancio è incredibile: tre spinnaker scoppiati in tre giorni!

Ho dormito poche ore, mi sono impegnato al massimo con Hugh, Kath, Leslie e Charlie per aggiustare lo spinnaker pesante 2,2 strappatosi la mattina. Quando salgo in coperta, il lavoro di riparazione è quasi finito. Annuncio soddisfatto che tra breve saremo in grado di issare nuovamente la vela, ma contrariamente alle mie aspettative, invece di sollevare entusiasmo e consenso, dal momento che stiamo perdendo miglia nei confronti dei nostri avversari, sono circondato da musi lunghi.

Incredulo, mi guardo intorno. Non capisco e mentre timidamente cerco di sapere che cosa sta succedendo vengo a conoscenza del parere diffusosi tra il mio equipaggio, che il benedetto pallone non va issato ed è meglio optare per una più prudente scelta conservatrice con genoa e randa a «farfalla», andatura che prende il nome dalla forma di due ali aperte che assumono le vele con il vento in poppa.

Sono esterrefatto: ho sudato come un maiale – come dicono gli inglesi – per sei ore consecutive per ricucire lo spinnaker, fremendo nell'attesa che fosse pronto per essere issato di nuovo, e ora mi ritrovo con l'equipaggio di parere contrario! Mi incazzo. «Chi, quando e perché ha iniziato a intavolare questa discussione in mia assenza?» Non solo ci sono mediamente ventiquattro nodi di vento, nel quale rientra il margine di utilizzo di questa vela, ma abitualmente ci prendiamo rischi ben superiori a questo! Nessuno risponde, tutti si ritirano come tartarughe nel guscio, mostrando il loro disaccordo. Accettano lo stesso di eseguire i miei ordini, ma troppo tardi: l'incantesimo si è rotto e hanno insinuato il dubbio, oltre che in loro stessi, anche in me; hanno compromesso la sicurezza di poter gestire questa vela nelle attuali condizioni.

Nonostante ciò, testardo, isso lo spinnaker per tre volte di seguito, facendolo scoppiare ogni volta dopo pochi minuti, fino a quando, rassegnato, vedo BP, BG e *Barclays* passare accanto a noi macinando un nodo in più di velocità. Hanno issato senza problemi lo stesso spinnaker a riva.

Noi, come sempre, restiamo inermi ad assistere alla nostra autodistruzione, mentre lentamente perdiamo la prima posizione. Non siamo in grado di tenere lo spinnaker a riva... Potere della mente.

Questa mattina Ben, ricordatosi dell'uccello, si è armato di disinfettanti e antimalefici. Lo spinnaker è ancora da riparare, ma abbiamo smesso di perdere miglia e forse, finalmente, allontanato il malocchio.

Per circumnavigare il mondo nella Global Challenge passi più di centottanta giorni in mare. È vero che in quest'esperienza sono concentrate tutte le forti emozioni di una navigazione impegnativa, ma ci sono anche momenti, turni e perfino intere giornate *qualunque*. Sì, qualunque, perché alla fine navigare diventa la tua vita.

Sembra quasi di vivere una quotidianità qualsiasi: ti svegli alla chiamata del tuo turno e, con gli occhi ancora chiusi dalla stanchezza, ti trascini verso il bagno, spesso appoggiandoti alla parete del corridoio nell'attesa che tocchi a te. Dopo una rapida toilette, vai a sederti al tavolo della dinette, dove fette di pane appena sfornato si coprono di burro, marmellata o Nutella; le butti giù con un succo di frutta creato con le bustine magiche e un caffè espresso fatto con la moka, se ti accodi al capitano. Trenta minuti dopo sei in coperta, alla luce di un'alba prematura o delle stelle ritardatarie, mentre dici il tuo nome ad alta voce per rendere nota a tutti la tua presenza. E ti siedi.

La maggior parte delle volte manovre frenetiche si succedono senza darti nemmeno il tempo di respirare, ma nelle giornate qualunque te ne puoi stare seduto sul bordo sopravvento e rimanere per ore senza far nulla, se non scendere per un caffè ogni tanto e tornare da basso se hai dimenticato lo zucchero. Parli poco e, le poche volte che lo fai, te ne stai un po' in disparte per non disturbare il timoniere e il navigatore che pronunciano a voce alta i loro numeri in una continua cantilena senza sosta. Se c'è il sole, riempi la tua borraccia d'acqua o chiedi al tuo compagno che scende: «Già che sei lì, per favore mi riempi la bottiglia d'acqua?» anche più volte al giorno quando fa molto caldo. Poi ti spalmi pigramente la crema solare sulla nuca e sulle spalle.

Solitamente porti sempre le scarpe in coperta e solo quando sei steso a fare da zavorra o quando sei al timone le togli per far respirare un po' i piedi. Ti tuffi sottocoperta un paio di volte al giorno, quando hai finito il tuo turno o prima di iniziarlo, per dare una occhiata alle tue e-mail, unico momento di contatto con il mondo esterno, gli amici e gli affetti. Magari scrivi anche due righe sul diario di bordo, che è un documento sul computer sempre aperto a cui tutti contribuiscono; io un po' meno perché non scrivo bene in inglese. Anche le foto che Ben e gli altri scattano in continuazione rubano qualche minuto di attenzione; poi ci ammiriamo sullo schermo a cristalli liquidi con la barba lunga e i capelli scompigliati – non i miei che sono «a scomparsa»! – senza quasi riconoscerci. Allora, quando puoi, gattoni a quattro zampe fino al bagno: è sempre un'avventura scavare nella propria tasca per tirare fuori spazzolino, dentifricio, crema da barba e lamette.

I pasti scandiscono l'attività dei turni e ci raccolgono intorno al tavolo o in pozzetto, così come i miei corti discorsi, detti briefing, sulla navigazione e sul meteo catalizzano l'attenzione di tutti prima che ognuno riprenda la propria attività di routine. Come riparare lo spinnaker scoppiato, che per essere ricucito richiede l'impegno di quattro persone che lavorano a ciclo continuo ventiquattr'ore su ventiquattro per tre giorni... In questa tappa è già accaduto tre volte!

La giornata qualunque si riempie di tanto in tanto anche di sane risate, a rompere la monotonia di questi giorni che si susseguono con il loro ritmo battuto dal tempo delle onde, dal respirare dell'aliseo, dall'alternarsi dei turni nel passare dei mesi...

Solo quando non avremo più quest'aria fresca da respirare, quest'orizzonte infinito da guardare, solo allora capiremo che anche la giornata più insignificante è stata anch'essa e comunque una giornata speciale.

Diario di bordo: 26 maggio 2005
Insieme ai filmati delle regate oceaniche, uno dei pochi film a bordo delle barche a vela che ricordo è quello di Lina Wertmüller interpretato da Giancarlo Giannini e Mariangela Melato, dal titolo *Travolti da un insolito destino nell'azzurro mare d'agosto.* Ma esiste un'altra pellicola che occupa uno spazio nella libreria di bordo, *Ore 10: calma piatta*.

Calma piatta è appunto l'argomento del giorno, forse non sufficientemente trattato poiché, nel passaggio dei *doldrums* – o, più semplicemente, calme equatoriali – siamo stati particolarmente fortunati sia all'andata, quando ci trasferivamo nell'emisfero Sud, sia ora tornando nell'emisfero Nord.

Adesso, dopo essere stati in testa alla flotta – tra la prima e le terza posizione – per tutta la regata, a sole millecinquecento miglia da Boston in una tappa di seimilasettecento miglia, siamo incappati in due giorni di calma piatta: vento inesistente o che arriva al massimo a lambire i tre o quattro nodi, appena sufficienti a riempire per un attimo le vele prima che il loro peso le faccia sbattere su se stesse e, rumorosamente, sulle nostre mortificate aspettative. Eravamo secondi a una manciata di miglia da BP, che conduceva la regata, ma uno strappo allo spinnaker ci ha costretto a cambiare rotta una prima volta. Abbiamo fatto una riparazione lampo in meno di quindici minuti, per issarlo nuovamente e riprendere la nostra corsa con venti nodi di vento verso nord-ovest, a coprire le barche dietro di noi che sopraggiungevano. Trascorsa appena un'ora, un altro strappo allo spinnaker! Lo ammainiamo di nuovo, e su con lo spinnaker leggero. Mi metto al timone con la paura di rompere anche quest'ultima vela leggera, l'unica che ci è rimasta. Altra velocissima riparazione e su di nuovo lo spinnaker pesante. Continuiamo spediti a dieci nodi di velocità poggiando sulla traiettoria dei nostri inseguitori per sbarrare loro la strada, ma ecco ancora uno strappo! Io sono a pezzi, non dormo da ieri notte, ho esaurito le batterie; comando di nuovo di ammainare, di fare un'altra riparazione e di continuare la battaglia. So che il vento calerà e voglio assolutamente essere davanti al gruppo.

Mi accascio un momento per riposare. Il mio cervello riprenderà a funzionare di lì a quattro ore. Lo spinnaker è ancora alla prese con una riparazione inutile: non lo isseremo più, abbiamo perso le poche miglia di vantaggio e, soprattutto, abbiamo modificato la nostra rotta. Adesso siamo lontani venti miglia dagli inseguitori. Ordino di issare immediatamente il nostro «Frank», ma è troppo tardi: entriamo sotto una nuvola nera, il vento cambia direzione, cede, molla del tutto, ci troviamo a ciondolare in meno di dieci nodi di vento di bolina. Il vento inesorabile continua a calare e, come in un sudario, vediamo la velocità della nostra barca diminuire, mentre più in là, una ventina di miglia a est, i nostri avversari prendono vento migliore e ci sorpassano.

Tento una carta estrema: usiamo uno spinnaker leggero dal taglio particolare come se fosse un genoa – lo chiamiamo «spinoa», dalla fusione delle due parole – e, avanzando il tangone fino allo strallo, basso fin quasi sul pulpito di prua, diamo alla vela una forma che consente andature di cinquanta-sessanta gradi di bolina con vento inferiore alla dozzina di nodi.

Crollo di nuovo per la stanchezza e il mio ordine di issarlo non viene eseguito. Al cambio di turno mi svegliano: «Possiamo issare lo spinoa?»

«Come?» rispondo io sorpreso. «Non è su dalle undici di ieri sera?»

«No. Veramente siamo ancora con il genoa... lo issiamo subito.»

Crollo incazzato e addormentato: il mestiere dello skipper talvolta è molto solitario, nessuno condivide l'angoscia, la tensione, la consapevolezza di quello che sta accadendo, molti non la capiscono affatto.

È difficile gestire le proprie risorse in situazioni di calma piatta. Quando c'è una tempesta in arrivo, sembra forse un paradosso dirlo, è invece più facile. Innanzitutto, le previsioni sono più certe, sai che, ora prima ora dopo, arriverà da est oppure da ovest una sventolata a trenta, quaranta nodi. Io faccio una stima, organizzo la preparazione della barca specialmente sotto il profilo della sicurezza e, non appena il vento comincia a soffiare, vado in cuccetta a dormire tra lo stupore del mio equipaggio. Sì, perché solo io so che la tempesta la si fronteggia dopo essersi riposati; la stanchezza ti induce a sbagliare, a quell'erronea valutazione di te stesso e delle tue abilità che dà il via alla catena degli eventi negativi e che può veramente terminare in un disastro. Io vado a dormire, riposo e quando alla fine il vento raggiunge il culmine e il mio equipaggio comincia a entrare in quello stato al confine tra la preoccupazione e la paura e la stanchezza affiora sui loro visi, in quel momento, io, padrone delle mie forze fisiche e mentali, conscio di quello che mi aspetta e pieno di energie, ricco della mia esperienza, della mia capacità e del mio amore per il mare, salgo in cattedra e, senza presunzione ma con tutti i sensi ben all'erta, affronto ore e ore al timone infondendo sicurezza ai miei ragazzi, forza strutturale alla mia barca e rispetto ai marosi.

Quando è calma piatta, invece, tutto è diverso: sai che il vento calerà ma non sai quando e quanto a lungo. E poi lui, subdolo, diminuisce pian piano d'intensità, poco alla volta, e nel momento in cui credi che sia giunto al limite ti molla ancora un po', e quando la barca è quasi ferma e tu pensi che meno di così non può essere, malignamente ti molla del tutto. Solo alla fine, quando ti rendi conto che non dormi da venti ore e ritieni che si sia toccato il fondo, allora comincia lo stillicidio: un nodo, mezzo nodo, zero, rotta nella direzione opposta a dove vogliamo andare, velocità negativa, che vuol dire tornare indietro. Frustrazione, rabbia, le posizioni delle altre barche che arrivano via satellite a dirti che loro hanno ancora un alito, una brezza, e che si muovono a cinque nodi... E ancora altre sei ore, di nuovo le posizioni: noi fermi a un nodo di media, loro a tre prendono il volo e di lì a ventiquattr'ore hanno preso un vantaggio di sessanta miglia! Eppure ieri erano dietro di noi!

Per me è uno shock. Avevo fatto tutto bene fino a ieri sera, ma Eolo è capriccioso e noi non possiamo mollare, anche se non abbiamo velocità. Vado in coperta, incito, urlo, sbraito, condanno e perdono. E ricomincio: « Un po' all'orza. Poggia cinque gradi. Dài che viene! Forza che arriva! Sì, laggiù, guarda, il mare è un po' increspato e quelle nuvole forse portano un po' d'aria. Vai, *VAIO*, vai! Siamo dietro di sessanta miglia ma ancora ce la possiamo fare. » Calma piatta maledetta!

Diario di bordo: 29 maggio 2005

È così blu, ma così blu da non crederci. Sono appena uscito dall'acqua e guardo giù, nel profondo del mare sotto di me, ed è proprio blu. Pensavo fossero i miei occhiali da sole polarizzati a esaltarne il colore, ma no, è proprio lui, l'« Oceano mare » di Baricco e Cino Ricci.

Ho autorizzato il tuffo collettivo perché siamo fermi senza un alito di vento, la barca è completamente immobile a 30 gradi di latitudine nord e 50 ovest, insomma, nel mezzo dell'oceano Atlantico, tra Città del Capo e Boston. Nonostante faccia continuamente di tutto per tenere alta la concentrazione dell'equipaggio in questi giorni di arie leggere o addirittura inesistenti, ho autorizzato la richiesta di Ben perché sono scaramantico e l'ultima volta che ci siamo tuffati in mare siamo dovuti immediatamente risalire a bordo perché il vento aveva cominciato a muovere la barca. Abbiamo perciò ripetuto il rito.

L'acqua è fresca eppure ancora piacevole, incredibilmente pulita; ci tonifica, ci rinvigorisce, ci regala un momento di relax dalla tensione della regata. Stamattina siamo nuovamente secondi, dopo essere stati in settima posizione distanziati di ottanta miglia dalle altre barche. Recuperare lo svantaggio in tre giorni e prendere la testa del gruppo subito dietro *BG* è impresa non da poco! La tappa è ancora tutta da giocare. Anche se ora noi siamo fermi in mezzo alla calma piatta.

Usciamo dall'acqua sorridenti e continuiamo a giocare:

inseriamo due tappi di legno negli ombrinali del pozzetto, lo riempiamo d'acqua e ci mettiamo a mollo! La telecamera gira, noi pure, ma la barca è ferma. Finalmente Ben mi chiede di gonfiare il gommone di emergenza per calarlo in acqua e fare qualche foto. È quello che aspettavo e gli rispondo di sì: per la legge di Murphy il vento dovrebbe cominciare a soffiare non appena il gommone sarà pronto! Ben comincia a pompare con il piede e il gommone è quasi gonfio, quando una leggera brezza inizia a muovere silenziosamente *VAIO* su questo mare blu, liscio come l'olio, come la pelle di un bambino.

Mancano poco più di mille miglia a Boston, ma a questa velocità in base ai calcoli del nostro ETA – *Estimated Time of Arrival* – raggiungeremo la meta circa a metà luglio 2005. Ci rimettiamo in assetto da regata, *VAIO* riprende la sua silenziosa lentissima corsa verso la destinazione e a bordo facciamo altri atti scaramantici: qualsiasi cosa per il risultato!

L'elastico al quale avevo legato la lenza di nylon si tendeva già da qualche minuto quando Alex, al timone, se n'è reso conto. La lenza viene raccolta velocemente e io, sentite le urla di eccitazione in coperta, arrivo giusto in tempo per vedere il pesce blu argentato che, superando la battagliola, terminava la sua corsa nel pozzetto tirato a bordo da Jonathan. Mentre mi chino sopra questo bel pesce – come sempre quando pesco un po' dispiaciuto e un po' contento –, tra l'incredulità del mio equipaggio ordino di portarmi immediatamente la bottiglia di rum. Uso il liquore per dare il colpo di grazia al pesce appena pescato, un trucco appreso dai pescatori ai Caraibi che serve a evitare di riempire di sangue e di squame lo spazio intorno e a mitigare lo spettacolo cruento dell'agonia di un pesce.

Con l'indice e il pollice si prendono le branchie e, tenendole aperte, ci si versa un po' d'alcol: il pesce in pochi secondi e senza soffrire, anzi, probabilmente con una leggera euforia alcolica, sarà pronto per essere pulito. L'alcol infatti ha il potere di soffocare in un ultimo, rapido spasimo la vita e la vitalità del nostro *bonito* e di rilassare il mio equipaggio che credeva volessi brindare al nostro primo pesce pescato!

Mi armo di un coltello affilato e comincio a preparare quello che diventerà in poche ore un sashimi: pulisco prima il pesce dalle interiora, tagliando la sua pancia per tutta la lunghezza, poi con due dita stacco il tubo digerente, il cuore, lo stomaco e tutto ciò che è contenuto nella sua cavità, su fino alla bocca. Il *bonito*, pesce appartenente alla famiglia dei tonni, è ricco di sangue e deve essere dissanguato per addolcirne il sapore forte. Lo lego per la coda a una cimetta per trascinarlo dietro la barca alla traina, a testa in giù, per dieci minuti: se non ci sono squali e barracuda che se lo mangiano in un boccone, è un sistema rapido ed efficace. La regola giapponese vorrebbe il pesce decapitato ancora vivo, così che il cuore possa pompare fuori tutto il sangue, ma anche così torna su pallido e completamente dissanguato, pronto per essere spellato e filettato. Sì, perché il *bonito* non ha squame, ma una pelle liscia che va tolta in un sol colpo dalla coda alla testa, liberando cosi quattro bellissimi filetti di carne tenera e senza spine pronti per essere marinati in olio d'oliva, limone, cipolla tritata, sale e pepe prima di deliziare i palati increduli dei miei marinai. Pochi avevano mangiato prima un pesce appena pescato e quasi nessuno crudo.

Esaltato dal pesce crudo, decido di preparare anche la cena: pasta nella pentola a pressione, la mia specialità. Ricetta originale scaturita da anni di permanenza in mare, ideale quando le condizioni della navigazione impediscono di bollire gli spaghetti in sicurezza a causa del rollio della barca, un sistema rapido e sicuro che inoltre consente di cucinare, come nel mio caso, un pasto per tutti sporcando una sola pentola.

Il trucco sta nel mettere aglio, olio e cipolla a soffriggere sul fondo della pentola a pressione per qualche minuto; spento il fuoco, si aggiungono dei pomodori pelati e della pasta corta e si riempie la pentola d'acqua fino a due-tre centimetri sotto il livello della pasta. Chiusa la pentola si riaccende il gas e, non appena il sibilo segnala che è in pressione, si abbassa la fiamma per circa tre minuti. Quindi si spegne il fuoco e si fa fuoriuscire il vapore, meglio nel pozzetto per evitare una sauna in dinette. Rigatoni al dente, tocchi di pomodoro interi e nessun odore ma, non appena mescolato il tutto, la pasta si amalgama con la salsa e i sapori sotterranei e mediterranei del soffritto emergeranno in superficie.

Diario di bordo: 3 giugno 2005
«*All ships! All ships! All ships!*»

Ylva, che è ancora ipereccitata dopo i festeggiamenti per il suo compleanno – torta preparata a bordo da Jonesy e mezzo bicchiere di vino! – mi chiama. «Amedeo! Un SOS! Chiamano sul canale 16!»

La tranquillizzo e prendo il microfono. «Chi chiama sul canale 16? Qui è VAIO – VAIO – VAIO. Mi sentite? Cambio.»

«*This is* Victory *calling all ships on channel 16. Can we move on channel 69?*»

Una volta stabilito il contatto radio, è buona educazione lasciare subito libera la frequenza di chiamata e di emergenza. Passo sul canale 69, mentre oltre a Ylva anche Duncan, Thijs e il resto dell'equipaggio si radunano lentamente in pozzetto. Sono le tre del mattino e non abbiamo mai ricevuto una chiamata generale, se non in occasione dei *radio chat* giornalieri, che però si limitano alla flotta della regata.

Victory ci indica la sua posizione a sole due miglia dalla nostra. È una barca a remi, si trova a quattrocento miglia dalla costa ed è partita da New York per battere il record della traversata dell'Atlantico a remi e senza assistenza, anche loro controvento. Quattro ragazzi di Rotterdam si alternano ai remi: destinazione isole Canarie, dove devono arrivare entro cinquantadue giorni per battere il precedente record. Li rassicuriamo, li abbiamo visti. Erano preoccupati perché, essendo una barca a remi di 11 metri molto bassa sull'acqua, non è facile da identificare sul radar; infatti non riesco a tracciarla.

Cominciamo a scambiare due chiacchiere e scopriamo che sono conoscenti di Thijs, il nostro *watch leader*. Scrivono per lo stesso giornale olandese di nautica! Così, nel cuore della notte, in mezzo all'oceano Atlantico, celebriamo questo incontro inaspettato. La curiosità accende la fantasia, ci fa sentire un po' speciali e mi fa riflettere su quanto piccolo è questo mondo e quanto insolita può sembrare una chiacchierata via radio in mezzo al nulla fra quattro ragazzi di Rotterdam che attraversano l'oceano a remi e noi, in giro per il mondo, sia loro che noi al contrario.

Il vento aumenta, ora voliamo a undici nodi verso Boston. Purtroppo siamo in terza posizione: *Barclays* ieri mattina ha approfittato delle calme nelle quali siamo incappati e ci ha superato. Ma mancano ancora due giorni e tutto può accadere.

Ylva è una bella ragazza bionda svedese di vent'anni. Anche lei aveva una vita tranquilla, con un futuro da insegnante in una piccola cittadina. Anche lei, come molte delle ragazze che stanno affrontando coraggiosamente questa regata, un giorno ha detto: No! Voglio qualcos'altro, che non sia una vita tranquilla e sicura dove tutto è prestabilito! Si è iscritta in ritardo alla Global Challenge e all'ultimo momento è stata aggregata al nostro equipaggio. Ha preso il posto di Ruby, che ha mollato prima della partenza perché non ce l'ha fatta ad abbandonare il suo nido sicuro e prendersi un anno sabbatico da tutto e tutti per affrontare quest'avventura. Ylva è stata la mia prima *watch leader*. In questo giro del mondo sembra abbia anche incontrato la sua anima gemella tra i marinai della flotta... Forse perché mentre si affrontano gli oceani il cuore si apre un po' di più agli affetti e lei, come Grant, fa parte dei non pochi che hanno intrecciato relazioni tra una tappa e l'altra, tra un equipaggio e un altro...

Grant, per esempio, si presentò così durante la prima cena con l'equipaggio a Londra, dopo il *Crew Announcement*: « Sono Grant, ho trentasei anni, lavoro per la Microsoft e sono nel bel mezzo della crisi di mezza età. » A metà tra il serio e il faceto, allora nessuno gli credette.

Grant è sempre educato, dai toni pacati, attento a tutto e tutti; ha una sensibilità maggiore del normale e specialmente al timone di *VAIO* è uno dei migliori, se non il numero uno!

A sorpresa, una mattina a Città del Capo ci annuncia il suo fidanzamento ufficiale e il prossimo matrimonio con Sasha, una bella e simpatica ragazza che è a bordo di *Me to You*, la barca timonata dal temerario James Allen. Naturalmente siamo tutti contenti!

Il compleanno di Grant lo abbiamo festeggiato non appena doppiata Saint Helena – la mitica isola in mezzo all'Atlantico dove Napoleone fu esiliato – e in mancanza di regali tangibili gli abbiamo proposto di festeggiare a Boston tutti insieme il superamento della sua crisi di mezza età!

Diario di bordo: 4 giugno 2005

Sono nella mia cuccetta quando mi sveglio di soprassalto: ho una stretta fortissima al cuore, allo stomaco e ho freddo. Il sogno è terribile: arrivo davanti a un bar, c'è un capannello di gente all'entrata, persone che ridono, scherzano e si divertono. Io cerco di unirmi alla brigata e al clima di festa generale. Vedo i miei amici, aprono una bottiglia di champagne e stanno brindando. Mi avvicino e dico loro: « Ehi, un momento! Vado a prendere una coppa per brindare con voi! » Entro nel bar e al bancone la barista, che capisce al volo, mi porge una coppa vuota. Esco gioioso per unirmi al gruppo, ma i miei amici, tutti, stanno sparendo: s'infilano nelle auto buie e si dirigono da qualche altra parte... Con il mio bicchiere vuoto mi muovo affannato da una macchina all'altra, sbirciando nei finestrini, ma non riconosco nessuno: mi hanno lasciato solo!

Mi sveglio in preda a una sofferenza terribile e mi avvolgo nel sacco a pelo. Ho freddo. Lascio passare qualche minuto, poi mi alzo e vado al tavolo da carteggio. Già da questo momento, senza bisogno di aspettare i prossimi risultati, so che sto per compromettere la regata.

Dodici ore fa avevo centoventi miglia di vantaggio su tutta la flotta. Avevo chiaro nella mia mente che non dovevo ascoltare nessuno se non il mio cuore. Lui sa dove andare. Avevo anche chiara la tattica base, l'abbiccì delle regate che suggerisce di stare sempre fra gli avversari e l'arrivo.

Ben e Dan mi chiamano al carteggio perché hanno preparato l'interpretazione del meteo. Mentre mi avvicino continuo a ripetermi: Non dar loro retta. Ascolta, ma poi fai come a te sembra giusto. Mi illustrano il meteo: l'alta pressione qui, la bassa là, il vento sarà così e la cosa migliore da fare è rotta a ovest passando sotto l'alta pressione. « Vedi Amedeo, anche il programma del computer suggerisce questa rotta. »

Avevo pregato Ben qualche giorno fa: « Ben, l'approccio a Boston deve essere fatto da nord-est. Quando siamo in prossimità, per favore, ricordamelo perché questa è la via giusta. » Ora invece Ben perora la causa di Dan: la via migliore è da sud-ovest!

Guardo la carta, vedo tutte le barche dietro di me, cento miglia dietro di me, e ne mancano trecentocinquanta al traguardo. Possiamo raccogliere un enorme successo di tappa, basta restare dove siamo: tra la flotta e il traguardo. Non credo al meteo, ai maledetti GRIB file, ai loro suggerimenti! Ma incredibile: ugualmente, maledettamente, comando rotta verso ovest, poggiando fino a quaranta gradi fuori dal mio waypoint su Boston. Andrò a infilarmi nel centro di un'alta pressione, rimanendo fermo per dodici ore mentre tutti ci raggiungono attraverso il varco che ho aperto loro.

I miei amici se ne sono andati. Io sono solo e mi aggiro con una coppa vuota in mano. Questo il pensiero con il quale mi riaddormento nella mia cuccetta. Sogno solitario in mezzo a una realtà solitaria. Un paio di giorni fa era il primo compleanno di Virgilio, mio figlio, e volevo dedicare il risultato di questa regata a lui, e in rappresentanza di tutto l'equipaggio a Geoff, in assoluto il migliore di tutti noi a bordo di *VAIO*...

Diario di bordo: 5 giugno 2005
Mi sveglio all'alba, dopo essere crollato la scorsa notte appena dopo l'ultima ammainata di Frankenstein, l'ultima di una lunga serie di cambi vela nell'estremo tentativo di guadagnare qualche miglio su *Barclays*, la barca che nelle ultime ventiquattr'ore è riuscita a sorpassarci e a prendere la seconda posizione, mentre *BG* è già arrivato primo con un largo vantaggio ieri mattina. A Città del Capo avevo promesso al mio equipaggio: «Se mi seguirete al cento per cento e spingeremo tutti nella stessa direzione, io vi garantisco la vittoria».

Be', non saremo proprio primi, ma una posizione da podio è sempre un gran bel successo, quasi una vittoria. Certamente una vittoria su quanti ci vedevano oramai allo sbando dopo due tappe disastrose, vittoria per noi dell'equipaggio che, partiti fra i favoriti a Portsmouth, eravamo precipitati a Città del Capo nella coda della classifica.

Anche una vittoria personale, perché il tentativo di compiacere i miei uomini trattandoli da passeggeri invece che da marinai, assecondando i loro desideri, non aveva funzionato: dietro l'apparente, superficiale calma, non soltanto mia, ma soprattutto di tutti quelli che nel rigore di bordo avevano lamentato l'impossibilità di poter essere felici, cresceva la frustrazione per gli scarsi risultati e la consapevolezza dell'errore di considerare una regata intorno al mondo, la nostra regata, come un momento di piacevole svago. Tornare senza troppi scrupoli a essere me stesso, con tutti i difetti del mio carattere, ha ricondotto tutto nelle giuste proporzioni.

Il podio in questa tappa sarebbe il giusto coronamento di tanti sforzi, tesi a ritrovare l'armonia a bordo, l'unica in grado di portare a buoni risultati.

Ci avviciniamo alla fine della seconda traversata dell'oceano Atlantico e di questa tappa, che è la più lunga – seimilasettecento miglia –, e io so di avere dato il meglio di me stesso come skipper: le tre rimonte che abbiamo fatto lo testimoniano. Ora l'alba me lo conferma, offrendo uno spettacolo naturale come pochi: dopo avere passato le ultime ventiquattr'ore nella nebbia, il sole sbuca sopra l'orizzonte in un tripudio di infrarossi, una brezza leggera comincia a spingere *VAIO* dopo quattro ore a velocità zero e in balia della corrente contraria. Intorno a noi decine di balene, mai viste tante tutte insieme, si alternano a rompere la superficie oleosa del mare non ancora increspato dalle onde, insieme a inseparabili banchi di delfini.

In poche ore siamo a dieci nodi verso Cape Cod, la boa dove vireremo per entrare – la prima volta per me – nella baia di Boston.

C'eravamo lasciati alle spalle la Table Mountain di Città del Capo, dopo una partenza da cardiopalma, più di un mese fa. Il vento aveva cominciato a fare le bizze proprio nel momento dello start, con continui salti di direzione e intensità. Partivamo dalla barca giuria e *VAIO* avanzava lentamente quasi a un nodo. Poi, improvvisamente, a una manciata di secondi dallo sparo del cannone che segnala la partenza, una raffica ci aveva spinto sulla linea... Partiti! Altro sparo ed eravamo fuori: avevamo attraversato la linea due metri prima del via.

Penalità: due giri su noi stessi o, meglio, due virate e due strambate, prima di poter riprendere la nostra corsa verso Boston, perdendo terreno nei confronti delle altre barche che ci sfilavano affianco una dopo l'altra. Credo sia stato quello il momento della svolta della regata.

Infatti, in serata, sotto spinnaker, già cominciavamo a risalire posizioni su posizioni e nel buio della prima notte di navigazione eravamo già terzi, dietro BP e *Sark*, i capofila. Da quel momento in poi, tutto cominciò a scorrere liscio, miglia e miglia sotto la carena senza fatica, mentre intorno a noi le altre barche erano in difficoltà con gli spinnaker: ne vedemmo scoppiare tre in meno di un'ora! *VAIO* invece sembrava non sentire né lo stress nelle vele, né la fatica dell'equipaggio; finalmente avevamo ritrovato la giusta concentrazione e l'armonia.

Il giorno seguente, allontanandoci sempre più dalla terraferma e per non rischiare di rimanere intrappolati nelle calme, decidemmo di strambare verso nord, in anticipo rispetto al resto della flotta. In breve fummo in testa, posizione che alternativamente perdemmo e riconquistammo fin quasi all'equatore, quando tre giorni di vento più intenso ci procurarono danni allo spinnaker pesante, scoppiato per ben tre volte in meno di due giorni, ma per il troppo vento non era possibile issare quello leggero.

Con randa e genoa a farfalla perdemmo la posizione di testa della regata, mentre sottocoperta la vita di bordo si svolgeva freneticamente: quattro dell'equipaggio in turni continui di ventiquattr'ore si alternavano alla riparazione della vela, ricucendo a mano oltre settantacinque metri di tessuto lacerato per issarlo nuovamente. Quando cominciammo a recuperare verso i primi, incappammo nei temutissimi *doldrums*, le calme equatoriali. Ma, per fortuna, in meno di trentasei ore ne fummo fuori.

Saic prese il comando della regata con una rotta molto più a nord. Noi rimanemmo al centro del gruppo, soffrendo per qualche giorno, finché un bordo sbagliato e un buco di vento ci portò a sole sei miglia da *Stelmar* e da altre cinque barche. *VAIO* perse così ottanta miglia in meno di ventiquattr'ore! Senza disperarci e con grande fiducia in noi stessi, sempre concentrati non smettemmo di lottare.

Decisi di puntare la prua a ovest, perché esisteva una remota possibilità di una bassa pressione appena accennata nelle carte meteorologiche. Questa volta toccò ai nostri avversari rimanere intrappolati nelle calme, mentre noi volavamo via a otto nodi, guadagnando centoventi miglia su tutti, tranne che su BG: Big Andy, lo skipper australiano, sembrava deciso ad andare fino al polo Nord pur di evitare le calme; con una rotta duecentocinquanta miglia fuori aggirava l'alta pressione prendendo un vantaggio di duecento miglia su di noi e di oltre trecento sul resto della flotta.

A sole cinquecento miglia dall'arrivo, ancora un altro momento di suspense: ci ritrovammo nuovamente nelle calme di un'alta pressione rapida e improvvisa. Mentre *Barclays* si portava a nord dell'alta pressione quel tanto da guadagnare una ventina di miglia, il resto della flotta recuperava circa cento miglia su di noi. Riducemmo parzialmente questo svantaggio sotto spinnaker nelle ultime miglia, doppiando Nantucket ed entrando nella baia di Boston dopo avere schivato l'ultimo attacco di SAIC.

Saliremo felici e terzi sul podio della quinta tappa!

30

ROTTA VERSO CASA

Siamo a Boston, Massachusetts. Questa parte degli Stati Uniti mi sorprende: è molto differente da New York City, dalla Florida e dalla California che conosco. Qui sembra tutto più europeo, l'accoglienza è più calda, i ristoranti più piccoli, specialmente quelli del North End dove finalmente ci rifacciamo di trentasette giorni di polveri e cibi disidratati. A Boston mi riposo e ho perfino tempo di programmare un break di un paio di giorni a Cape Cod: meritato premio per il risultato ottenuto.

Eravamo all'ancora davanti a Positano. La barca rollava dolcemente nella risacca del golfo. Avevamo trascorso una bella serata a terra. Frittura di paranza innaffiata da un buon vino. Avevamo ecceduto, specialmente quando sulla spiaggia grigia una bottiglia di cognac era spuntata dal nulla. Eravamo risaliti a bordo ondeggiando. Josi più degli altri. Io non dimenticherò mai quella serata e Josi non berrà più cognac per il resto della sua vita!

Eravamo compagni di liceo, quando lui decise di saltare l'ultimo anno presentandosi da privatista alla maturità con un anno di anticipo. Anche in quel caso accettai la scommessa e lo seguii. Lui ne uscì trionfatore con sessanta sessantesimi, io ce la feci con quarantadue. Poi Josi si trasferì in America dove studiò finanza, io invece, matricola della facoltà di medicina, cominciai all'epoca la mia carriera di calciatore professionista.

Oggi Josi è arrivato sul molo di Boston da New York City, dove vive con la mamma, che ci aveva nutrito durante i duri mesi di preparazione alla maturità. Non ci frequentiamo da decenni, ma incontrarci è una festa, perché il legame è rimasto forte e indissolubile. Lo stesso che si crea quando fai una traversata dell'oceano con qualcuno: rimane qualcosa che il tempo non è capace di affievolire.

Marco frequentava la stessa scuola: abbiamo parlato, ricordato, telefonato agli amici e spedito foto via cellulare. Il mio equipaggio assisteva incuriosito a questo incontro dal sapore di altri tempi, forse anche un po' ingelosito.

Tra qualche giorno partiremo per l'ultimo atto di questo giro del mondo e forse non è una coincidenza che io lo abbia cominciato con Marco a Plymouth per terminarlo con Josi a Boston. Forse anche nell'affrontare l'ignoto degli oceani gli amici restano la cosa più importante.

Certo è che quando ci separammo trent'anni fa nessuno avrebbe mai pensato che ci saremmo rivisti a Boston, arrivando io al comando di una barca da Città del Capo, lui alla guida di un'attività finanziaria da New York. Credo che tutti e due abbiamo fatto dei nostri sogni delle realtà.

Sto volando sopra Cape Cod a bordo di un Cessna 172. La penisola che abbiamo doppiato pochi giorno fa a vela a Boston adesso si distende sotto di me, lontana e allo stesso tempo nitida: ne puoi percepire l'insieme ma anche i dettagli. Vedo le lingue di sabbia, le barche a vela che arrivano da Boston per il weekend, le auto che scivolano silenziose sulle lingue d'asfalto e quelle che giacciono inerti, circondate da mucchietti di persone sulle spiagge macchiate dai colori degli ombrelloni e delle sdraio.

Vedo nitido anche il mio recente passato con Alessandra: Talamone durante un weekend di fine settembre di qualche anno fa, appena sbarcato dal mio comando estivo, all'inizio della nostra stagione, quando il giro del mondo era ancora lontano nel futuro.

Poi Pantelleria, la prima di una lunga serie di isole, tra vino, nuotate nel mare blu profondo e soffioni di zolfo nella montagna dove suggellammo la nostra unione; poi fu la volta di Curaçao, la nostra prima volta insieme ai tropici, e ancora le San Blas, Idra in Grecia e l'isola di Wight. Isole quasi come punti, a scandire la nostra navigazione di coppia.

Fotogrammi di luce che scorrono nella mia memoria come i contorni della costa di Cape Cod. Rotta tracciata, rotta importante della mia vita di marinaio errante. Forse la più difficile delle navigazioni mai intraprese, quella in cui ti assumi la responsabilità della vita, di prendere a bordo di questo mondo un passeggero innocente come nostro figlio, nato al passaggio di una boa della regata della mia vita.

Adesso che manca una manciata di giorni alla fine della Global Challenge mi accorgo che insieme all'ultimo risultato, al sunto finale di un anno e mezzo di vita, mi avvicino anche a quel momento in cui il marinaio torna a casa...

Mi ricordo anche di mio fratello Flavio piccolo piccolo le prime volte in barca, quando d'estate tutta la famiglia andava per quasi un mese in crociera – Grecia, Iugoslavia, Sicilia e Sardegna – e lui dormiva nella mezza cuccetta in alto a sinistra... dico «mezza» perché in realtà era un vano portaoggetti sopra la più grande cuccetta in dinette. Il sonno era la sua difesa contro il «duro lavoro» da mozzo e contro le «enormi» onde incrociate del canale di Otranto.

La barca, il nostro Carter 33 di quasi 10 metri, ci sembrava una nave a quei tempi, soprattutto a mio fratello che aveva tredici anni meno di me; io, quasi ventenne, ero già al timone.

Flavio è l'intellettuale della famiglia: la sua carriera universitaria, l'editoria, i libri, la cultura sono oggi il suo mondo, anche se di quelle esperienze giovanili di navigazione ha fatto tesoro ed è l'unico skipper a cui affiderei la mia barca a occhi chiusi. Cosa che d'altronde è accaduta ripetutamente a distanza di anni: in Italia come ai Caraibi, in svariate occasioni, inclusa quella nella quale, sigaretta arrotolata in bocca e una mano sul timone, in una navigazione notturna conquistò il cuore di Marina, ora sua moglie e madre dei loro due figli. Mi fa piacere che sia rimasto legato al mare, adesso che è cresciuto e non entra più nella cuccetta in alto a sinistra. Ama il mare e le barche, e proprio mentre io salpavo da Città del Capo, lui se ne andava in pieno cambio di stagione a fare una crociera da Atene a Creta via Peloponneso, giusto per insegnare ad alcuni amici francesi come si fa. Sigaretta in bocca e mano sul timone come allora e, in più, un pensiero alla famiglia e ai libri.

Sempre attento, posato, riflessivo, è stato in più di un'occasione la spalla sulla quale ci siamo appoggiati un po' tutti: certamente alcuni dei miei viaggi nel mondo ho potuto farli grazie al suo sacrificio. È sempre stato lui che, per motivi di studio, di lavoro o di famiglia, rimaneva a casa quando io non resistevo più alla vita domestica e partivo. Anche quando veniva a farsi una traversata con me fino alle Galápagos, a Las Aves e in altri cento posti, era sempre lui a farsi carico delle responsabilità di famiglia, e così ha finito per essere il saggio al quale tutti abbiamo preso l'abitudine di fare riferimento.

In famiglia, Flavio è anche il più accreditato per scrivere un libro, che invece, ironia della sorte, sto scrivendo io. In realtà avrei voluto fosse lui a tirarmi fuori le parole controvento di quest'avventura e a suo modo l'ha fatto, anche se allora mi sembrò che mi opponesse un rifiuto. Da professionista qual è, alla mia richiesta di aiuto rispose: «Devi scrivere tu. Il libro dev'essere il frutto della tua mente, delle tue sensazioni, delle tue emozioni... L'originalità non può venire da altre mani, neanche dalle mie».

Avrei voluto rinunciare, mi sembrava un'ulteriore chiusura come altre volte era accaduto tra noi in passato, quando le incomprensioni e l'amore/odio fraterno avevano prevalso sul legame di sangue. Ho scoperto che, come sempre, aveva ragione e ho cominciato a scrivere queste pagine contro la mia incostanza e grazie alla caparbietà, ma quando mi veniva in mente che presto o tardi sarebbero state lette da lui, molti brani finivano subito nella carta straccia oppure, con fatica e concentrazione, ne limavo contenuto, stile, forma, lessico, grammatica, argomentazioni, ortografia, punteggiatura e quant'altro, ma alla fine, esausto, li cestinavo comunque. Volevo arrivare a dimostrargli che aveva torto e che si poteva anche scrivere a più mani: infatti il mio libro è scritto da tre mani e pensato da tre teste.

Ma sono convinto che Flavio prima o poi scriverà un libro vero, di quelli che lasciano il segno. Io mi limito a lasciare un ricordo di un viaggio e una vita fatta di pochi ragionamenti, molti entusiasmi, al limite della spericolatezza. Al contrario di mio fratello, non ho seminato molto in questi viaggi di vita: più cicala che formica, non ho cercato mediazioni, come lui invece sempre fa, ma eccessi. Tutto è sempre andato estremamente bene o maledettamente male, ma io non ho mai pensato che la virtù fosse nel mezzo.

Non so se sono riuscito a costruire me stesso come invece ha fatto Flavio, non ne sono consapevole, ma certamente ho costruito e lasciato andare in malora tante cose. Forse non avrei potuto neanche vivere alcune di queste esperienze se lui non mi fosse stato di conforto in tante occasioni.

Alla fine, forse, quello che mi rimane di più caro assieme ai ricordi annotati in questo libro è l'avere un fratello come lui.

Guardo lontano, verso il mare aperto, e rivedo nitidamente anche quel piccolo punto in mezzo all'oceano Atlantico. Quanto piccolo? Diciamo circa dieci metri. Sì, un punto di dieci metri di diametro, in mezzo al mare, dove l'acqua apparentemente si sposta, continuamente soggetta al vento e alla corrente. In quel punto, localizzato esattamente dal GPS in 04 gradi 47.7 minuti Ne, 29 gradi 07.4 minuti W, abbiamo incrociato la nostra rotta di andata.

Che cosa significa? Per me, che esattamente in quel punto, otto mesi fa passavo con *VAIO*, un equipaggio appena messo insieme, tante speranze e una buona posizione in classifica. Significa per quasi tutti noi che abbiamo completato la circumnavigazione del mondo, che, capaci o no, siamo marinai, tra i pochi che si sono potuti permettere questa esperienza o hanno avuto la capacità di riuscire a superare la selezione degli skipper. Può anche significare che stiamo ripercorrendo i nostri passi, che stiamo tornando a casa, o quello che preferite, ma questo punto in mezzo al mare per me e i miei compagni di viaggio «significa».

È il 20 maggio quando, terminato un breve discorso, stappo le tre bottiglie di champagne offerteci da Chay Blyth proprio per festeggiare questa occasione: brindo a lui e a tutto lo staff della Challenge che ha reso possibile questa circumnavigazione. Ho cercato di fare del mio meglio per arrivare primo a questo appuntamento ma, giunti a un solo paio di miglia dal capofila, siamo incappati in un buco di vento e abbiamo perso una decina di miglia.

Incrociare la propria rotta, ripercorrere il cammino già fatto sono modi di dire, ma anche tante e diverse interpretazioni di navigazione e di vita. Abbiamo compiuto qualcosa e, nello stesso tempo, quel qualcosa è ancora in corso, non è finito. È un'esperienza giunta al suo stadio di maturazione ma non tanto da potersi considerare completamente posseduta. Continuo a tenere alto il morale, la competitività ma anche la prudenza, perché in mare non bisogna mai abbassare la guardia. Racconto vicende vissute, come quando, per esempio, pochi anni fa alle regate della Antigua Sailing Week la scotta della randa ruppe l'osso del collo a una bella signora e come, colpiti dal boma, si finisca in acqua svenuti e si possa morire. Dopo avere spaventato tutti, do un paio di comandi relativi alla sicurezza, sorrido e rilasso gli animi a bordo: lo champagne di Chay aiuta!

Per me l'avventura non è finita. Anzi, è il «dopo» la parte che più mi attira e incuriosisce. Alla domanda che mi fanno tutti a proposito di cosa accadrà, io rispondo sempre che non ne ho la minima idea. Che cosa sarò diventato dopo un viaggio come questo? Cosa troverò tornando a casa?

Di certo ho un bambino che muoverà i primi passi a giorni ed essergli stato lontano rende questa esperienza un po' speciale per me, che ho cinquant'anni e un figlio di appena un anno; ho una compagna che ha accettato non solo di fare la «vedova bianca» per un anno e mezzo, ma anche di tirare su da sola questo figlio e che mi aspetta, forse come le donne dei vecchi marinai liguri, lanciando occhiate dai balconi delle case arrampicate intorno al porto. Alessandra ha affrontato per la famiglia le responsabilità e il carico di lavoro che non ho potuto condividere con lei. È stato per me difficile esprimerle completamente l'apprezzamento di avermi dato questa opportunità di vita e di lavoro. Ora mi aspetto da lei baci e abbracci, ma so anche che c'è pronta per me una lista di richieste lunga un miglio da evadere dopo mesi di latitanza. È ormai tempo di ripartire insieme. Poi ci sarà il mare, ancora, dove, chissà... e le mie barche, che mi aspettano anche loro.

E l'arrivo in Inghilterra, a Portsmouth.

Sicuramente ci saranno il ritorno a Roma, nella mia città, a salutare Vittorio dietro il bancone della sua raffinata vineria, la famiglia e gli amici che mi aspettano per riabbracciarmi e per raccontarci... per poi subire ancora il richiamo del mare, di qualche posto lontano e ripartire, non fermarsi. Sì, quel che rende più viva questa esperienza è quel grande punto interrogativo sul dopo: che cosa accadrà, cosa farò, chi sarò diventato. Quel punto interrogativo che apre domande piuttosto che dare risposte è il motivo vero per il quale sono qui.

Ma per me, che sono nel punto d'incrocio della mia rotta e della mia vita, che cos'è? Un punto di partenza? Un punto di arrivo? Forse più semplicemente un punto qualunque. Certamente un punto interrogativo che renderà questa mia esistenza ricca di qualche altra sorpresa. Perché quando torni da un viaggio non è tanto quello che hai visto e provato che fa la differenza, ma ciò che sei diventato.

Oggi è il 29 giugno, è il mio compleanno... gli ultimi sedici anni li ho trascorsi in questo letto. Non ti preoccupare, fratello, so perché non sei venuto a trovarmi: stai navigando lontano, ma sento che sei sulla via del ritorno.

Io sarò lì, sul molo dell'approdo finale di questa tua avventura ad aspettarti. A raccogliere le tue cime di ormeggio, abbittarle e darti la sicurezza di una banchina immobile come io sono.

Sarò qui ad aspettarti, vicino ai tuoi affetti, a darti il meritato conforto dopo tanto viaggiare, ascoltando le tue storie in silenzio e regalandoti la consapevolezza di quanto sei vivo. Forse alla fine capirai che non c'è bisogno di girare il mondo per scoprire che il cielo sopra di te è azzurro...

Tu mi massaggerai la nuca raccontandomi le tue storie di mare e piangerai al ricordo di queste e di quelle che passammo insieme. Un giorno mi presenterai Virgilio Alfa a testimonianza di quella boa che virasti non solo nella tua regata in mare, ma nella corsa per la vita che io persi tanti anni fa.

Io sono l'acqua immobile del porto che ti ha spinto al largo, in mare aperto, tu sei il marinaio che posso accogliere di ritorno.

Ben tornato dalla tua avventura, fratello! Adesso però basta parlare, stiamo un momento insieme, in silenzio...

Priscilla

Ogni volta che metto il piede su una barca, sento quella leggera, impercettibile cedevolezza. Sì, per quanto grande e pesante sia, lei cede di un niente mentre trasferisco me stesso. Nello stesso istante in cui lei si immerge, io sento il sollievo, i pensieri sfuggono dalla mia mente e un senso di benessere si impossessa di me. Dopo tanti anni è ancora così, ogni volta che salgo a bordo.

Quando poi sono in mare aperto, appena la terra sparisce dietro l'orizzonte comincio a sentirmi insignificante, un puntino nella vastità che mi circonda, su un guscio che, per quanto appaia grande a occhi estranei su una banchina, diventa piccolo piccolo in mezzo al mare. Eppure, allo stesso tempo, con la distanza dalle cose terrestri aumenta il mio senso di onnipotenza.

Siamo solo io e lui, il mare. Solo io e lei, la mia barca. Nessuno può dirmi quello che è giusto o sbagliato, chi sono o cosa devo fare: sono un niente in balia delle onde e della sorte, microscopicamente insignificante, e sono tutto, padrone assoluto del mio destino e di chi mi accompagna.

Questo che vi ho raccontato è un frammento di storia, di questa esistenza di mare. Spero con il cuore di essere riuscito a farvi navigare insieme me, attraverso gli oceani e nei porti del mondo, sotto il sole e con le stelle, nelle bufere e nell'immobilità delle assenze di vento; tra personaggi illustri e semplici marinai, nei miei ricordi e nelle emozioni, tra le soddisfazioni e le delusioni, nel sogno e nella realtà, tra coincidenze, caos e destino, tra urla di gioia e silenzi dolorosi, che in queste pagine hanno trovato voce.

Ultimo diario di bordo: luglio 2005

C'è il sole e il vento forte, corposo e sostenuto dell'Atlantico ci spinge verso la nostra destinazione, di ritorno dalle Americhe come gli esploratori, come i coloni, per la prima volta dopo tanti mesi con prua verso est. Verso casa, per tutti.

Il mare si calma e uno strato di nuvole sospese si distende sull'orizzonte. L'ultimo fronte si avvicina, ci raggiunge, ci sovrasta, rende il mare più grigio, incolore, e l'aria diventa pesante. Il vocio gioioso di bordo si spegne lentamente in coperta e dentro di noi. Con il fronte grigio arriva la consapevolezza che stiamo per tagliare l'ultimo traguardo. Forse è un caso, ma manca solo una manciata di miglia. Il risultato, fino a ieri così importante, diventa irrilevante; i rancori e le simpatie di cui ci siamo nutriti per mesi distanti. Il nostro pensiero viaggia più veloce di *VAIO*, lo lascia indietro nella scia che porta verso terra, verso i nostri cari, verso il mio futuro e quello dei miei compagni, verso pensieri e sensazioni ancora da venire.

Il fronte passa sopra di noi, il vento calma ancora, quasi a volerci dare il tempo di riflettere, di assaporare lentamente la trasformazione di cui stiamo per diventare di nuovo protagonisti.

L'arrivo.

Non è più l'arrivo di una corsa, la competizione finisce con l'arrivo. La lotta esiste solo durante, mentre spingi al massimo sul timone, per tenere la rotta più rettilinea e veloce che puoi, non ti chiedi perché e dove, ma vai al massimo e basta. Poi, quando alla fine della planata la barca si raddrizza, tu hai il tempo di tirare il fiato e vedi terra davanti a te. L'agognato traguardo diventa un futile filo di lana che si rompe nell'attraversarlo e si perde nel mare della vita. Sai già che dopo di esso ti guarderai intorno alla ricerca di un viso amico, di un riconoscimento, di un segno tangibile che ciò che hai fatto abbia significato *qualcosa*!

Il fronte finalmente passa, il sole sbuca di nuovo dietro il grigio passeggero e riscalda la brezza leggera che ci accompagna per le ultime miglia. Riscalda i nostri cuori di navigatori planetari. Il vocio in coperta e giù di sotto aumenta di tono, anche l'umore cresce con il diminuire delle miglia.

Ne abbiamo percorse oltre trentatremila, ma le ultime tre sembrano le più significative. Ci sentiamo più leggeri, ci vogliamo più bene e conosciamo meglio noi stessi.

Ormai stiamo per sbarcare. Come alla partenza un sottile brivido di eccitazione attraversa il nostro corpo, corre nei nostri neuroni, perché, ora come allora, prima di cominciare questa avventura, tutti i nostri sensi sono all'erta, le energie al massimo, le fantasie a mille e i ricordi si accavallano... Io ho cercato di raccontarvi perché e come ci si prepara a partire e si gira il mondo controvento e controcorrente in barca a vela.

31

L'EQUIPAGGIO DI VAIO RACCONTA

Fabrizio Onofri, ventitré anni, italiano,
legger *Portsmouth-Buenos Aires*

Chi avrebbe mai detto che, partito da Ancona il 28 di luglio 2004 con un biglietto *low cost* di sola andata per Londra e intenzionato soltanto a sopravvivere lì per un mesetto, mi sarei ritrovato una sessantina di giorni dopo a partire per una strepitosa regata intorno al mondo?

Giunto a Southampton per una scampagnata di qualche giorno prima del rientro in patria, cercavo semplicemente un giaciglio per passare le ultime notti in economia, dopo tre settimane di sfruttamento in un baretto londinese che mi avevano fruttato una paga da fame. Confidando un po' ingenuamente in una sorta di cameratismo fra appassionati di mare, mi sono diretto senza indugio al porto. Dopo avere scoperto che le mie buone intenzioni non bastavano a convincere le persone a ospitare un perfetto sconosciuto dall'inglese maldestro e dall'aspetto indefinito nelle loro barche, sono incappato in Amedeo. Ed è stato da quella breve e surreale conversazione, a tratti incredibilmente premonitrice, che è iniziato tutto.

Qualcuno mi aveva indirizzato alla barca di Amedeo, credendo probabilmente di avere riconosciuto nelle mie parole lo stesso idioma parlato dallo skipper italiano. Non sapendo che tipo immaginarmi, vedo passare in bicicletta sul pontile una persona abbronzata con uno strano copricapo in testa che, scherzando, chiacchiera con tutti.

Io, sperando di sentirmi rispondere in italiano, gli faccio: «Ciao! Tu sei Amedeo? Io sono Fabrizio. Ho sentito dire della regata, sono un grande appassionato...» Amedeo, sempre di corsa, mi squadra un attimo, ed ecco quello che vede: barbetta incolta di qualche giorno, busta del supermercato, zaino dal quale pende ogni genere d'indumento, capello arruffato. Con un sorriso sornione, forse un po' stupito di sentirsi interpellare in italiano, sfodera il suo accento romanesco. «Ciao Fabrizio! Che ci fai qui? Hai voglia di lavorare qualche giorno?» Tutto avevo voglia di fare, tranne che di ricominciare a lavorare. Dalla mia bocca però scappa: « Perché no? Va bene!»

Poi mi chiede, sempre tra il serio e il faceto, che cosa farei se uno mi dicesse di partire il giorno dopo per una regata come la Global Challenge. Non mi costa molto rispondergli in maniera spavalda: «Certo che partirei, scherzi?» pensando che è una cosa così lontana da me in questo momento che posso dirlo proprio a cuor leggero.

Da quel momento è successo tutto in maniera vertiginosa: trasloco sull'allora *Kunachi*, cestinato un primo biglietto aereo del ritorno, lavoro, conoscenza dell'equipaggio, possibilità di partecipare alla prima tappa, cestinato il secondo biglietto, saluti via e-mail agli amici, training formativo, visita dei miei che nel frattempo stavano meditando di diseredarmi e, finalmente, la partenza!

E, ovviamente, che senso di liberazione! Timori, a essere sincero, veramente pochi. In quel mese passato a Southampton a lavorare nella barca, con Amedeo e il resto dell'equipaggio, ho sviluppato una sensazione di fiducia sia nei confronti dei miei compagni, sia nei confronti della barca. Ho avuto modo fin dall'inizio di partecipare ai briefing dell'equipaggio, cominciando da subito a prendermi le prime cazziate dallo skipper. Il quale, però, ha sempre sostenuto la mia causa. Poi ho scoperto perché: a vent'anni si era imbarcato in maniera rocambolesca per la tappa atlantica di una regata intorno al mondo. Quando ci siamo incontrati la prima volta, lui *si è rivisto*.

I briefing, dicevo, questi momenti di confronto, mi hanno subito catturato. Un forte accento è stato posto sull'importanza della comunicazione all'interno del team. Briefing prima di ogni manovra, debriefing alla fine di ogni manovra, briefing se c'è un calo di prestazioni e briefing anche se c'è un miglioramento nelle prestazioni; insomma, briefing periodico. Che non è una pallosa pratica che rallenta le decisioni, bensì un'analisi o una programmazione mirata all'accrescimento del gruppo a partire proprio dagli errori o dalle intuizioni. L'importante è parlare fra noi, tanto più che eravamo in diciotto nella stessa «piccola» barca.

È successo anche che Amedeo interpretasse in maniera del tutto originale questa tecnica, per cui teneva un briefing a modo suo – cioè sbraitando senza quartiere all'indirizzo di tutti – anche *durante* le manovre. In quei rari casi si è unanimemente deciso – perfino col voto dello stesso skipper! – di applicare del nastro adesivo a serrare le fauci della belva, la quale quindi riusciva soltanto a produrre qualche innocuo mugugno. Nelle manovre di emergenza, invece, ci sembrava poco conveniente chiudere la bocca al solo che ci avrebbe potuto tirare fuori, e lui, dopo una serie di improperi irripetibili, generalmente terminava con sinceri complimenti a tutto l'equipaggio.

Che dire dei primi giorni di regata? Uno spettacolo, nel vero senso della parola. Una parte di me *faceva*, l'altra *osservava*. Osservava lo spettacolo di diciotto piccoli esseri umani che si dibattevano all'interno di un aggeggio galleggiante, il quale a sua volta cercava di risalire il vento, fra le onde e schivando la miriade di battelli di linea al largo delle coste inglesi e francesi. Diciotto piccoli esseri umani che i primi giorni si muovevano goffamente e buffamente, ancora senza «piede marino», non abituati a vivere su quella che più che una barca sembrava un toro meccanico, di quelli che tentano, con i loro movimenti bruschi e imprevedibili, di disarcionarti senza alcuna pietà. Mi veniva un sacco da ridere a vederci sbattuti, sottocoperta, da una parete all'altra mentre cercavamo d'infilarci le cerate o semplicemente di andare al bagno.

Poi la situazione è diventata più tranquilla, il vento ha cominciato a venire più o meno dalla parte giusta, la temperatura si è fatta più mite, la testa si è concentrata sulla gara più che sulla sopravvivenza.

Ed è iniziata una rimonta che ci ha regalato grandi soddisfazioni. Amedeo si è dimostrato fondamentale in questa fase, è stato un martello pneumatico su di noi, è riuscito a mantenere alta la tensione della gara, facendoci spingere sempre e riducendo al minimo i momenti di pigrizia, con un'ottima gestione della pressione psicologica e delle energie. Non è facile sentirsi in gara per trentadue giorni consecutivi, ventiquattr'ore su ventiquattro!

Anche qui, singolare il suo metodo: essendo al di fuori del sistema di turnazione, scappava fuori per lo più all'improvviso. Dava un'occhiata agli strumenti elettronici che indicano la velocità del vento, la rotta, la velocità della barca, saliva in coperta e puntualmente esordiva: «Be', che succede? Com'è che andiamo così lenti?» Sempre. Poi iniziava a cambiare qua, toccare là, issa lo yankee 2, ammaina l'1... No, non va bene, rimetti su l'1 e togli il 2 e così via, finché l'equipaggio non era allo stremo e sperava che il cambio turno arrivasse presto. Però, cavolo se ha funzionato! E alla fine tutti eravamo diventati così scassapalle per le regolazioni che Amedeo era decisamente compiaciuto.

La navigazione in quanto tale per me è stata: giornate fatte di albe e tramonti, uccelli solitari mai visti, pesci di vario tipo, la balena!, alisei, zona delle calme – un altro mondo con stranissime e piacevolissime sensazioni – onde grandi, onde piccole, sole, nuvole, cieli stellati sempre in movimento dalle centinaia di stelle cadenti, la Croce del Sud e la Stella Polare... E ancora turni di guardia, sveglie di notte, alimentazione strana – malgrado io e Amedeo non ci siamo fatti mancare un po' d'Italia – e senso di complicità con gli altri.

Dal punto di vista agonistico, invece, salienti sono state le ultime ventiquattr'ore. In seconda posizione, dopo avere perso la leadership una settimana prima ed essere stati autori di un'altra impressionante rimonta, avvistiamo i nostri avversari, *solo* una ventina di miglia davanti a noi. Ingresso nel río de la Plata. Percorso grosso modo obbligato a causa delle secche che caratterizzano la zona. Si gioca tutto sulla pura velocità. Assaporando un possibile sorpasso all'ultimo minuto, tutto l'equipaggio si ritrova in coperta deciso a non risparmiarsi. I turni sono saltati, tutti svegli, Amedeo al timone per lo sprint finale. Durante la notte lo skipper sfodera un paio delle sue improvvisazioni, che ci portano ancora più vicino. Un misto indescrivibile di sensazioni mi ha percorso: scarica di adrenalina da gara; emozione, gioia e attrazione per avere visto dopo tanti giorni la terra e, in particolare, le luci di Montevideo; sforzo, tensione e concentrazione massima per dare gli ultimi brevi cambi ad Amedeo, in un mare pieno di creste verdi fosforescenti e di nuovo insidioso per via della vicinanza alla costa, con traghetti, secche e boe. Col vento forte la velocità aumenta e si avvicina anche il traguardo, sottraendoci tempo prezioso per recuperare.

La mattina, ormai prossimi all'arrivo, tentiamo il tutto per tutto: su lo spi, nonostante le condizioni limite. Si riaccendono le speranze: *Barclays*, il nostro « nemico », appare sempre più grande e vicino. Ma tre « strambate cinesi » – manovre pericolose e incontrollabili – ci ricordano che siamo uomini e non supereroi. Secondi con onore a soli quindici minuti dai primi, dopo trentadue giorni di navigazione!

Quella che scherzosamente abbiamo battezzato « la tappa del Gin&Tonic », una delle meno dure, nella quale ci si potrebbe concedere anche di fare aperitivi, si è conclusa a Buenos Aires il 4 novembre 2004, il centesimo giorno dalla mia partenza da casa.

Nel fare un bilancio dell'esperienza, rischio ovviamente di cadere in numerosi luoghi comuni. Proverò a essere il più sincero possibile.

Da sempre convinto che la vela dia significative opportunità di crescita personale, in questo caso credo di essere cresciuto sia dal punto di vista tecnico, sia, più importante ancora, dal punto di vista umano. Merito della guida di Amedeo, che ho visto quasi come un allenatore piuttosto che come un capitano; e merito del resto dell'equipaggio, gruppo di eccezionali ragazzi dalla spiccata capacità di adattamento, sempre pronti a dare un mano e in grado di tirare fuori un sorriso sincero anche nei momenti più difficili.

Kathryn Ward, trent'anni, inglese, core crew

Iscriversi alla Global Challenge è una procedura così coinvolgente (ci s'immerge e non se ne esce più, questo è il senso) che sembra avere un'enorme importanza raccogliere fondi, dare spiegazioni ad amici, famiglia e colleghi di lavoro. Ma i diciassette mesi trascorsi da quando ho incontrato *VAIO* al *Crew Announcement* durante il Salone nautico di Londra lo scorso gennaio sembrano avere annullato il passato.

Mi sono iscritta come *legger*, uno dei tanti membri di un equipaggio che, a causa del poco tempo a disposizione o delle scarse finanze, possono partecipare solo a una tappa della regata. Grazie alla dipartita del nostro medico, che non poteva o non voleva andare d'accordo con lo skipper, e al fallimento degli organizzatori nel cercare un rimpiazzo ho avuto la possibilità di diventare all'ultimo minuto un vero membro dell'equipaggio e di riuscire così a navigare intorno al mondo. Sono stata l'ultima della flotta a iscrivermi prima della partenza: la decisione si è rivelata piuttosto delicata e importante – abbandonare il lavoro e le persone care –, ma è stato anche il passo più facile che abbia mai fatto. Come molti dei miei compagni velisti dicono, questo è qualcosa che fai perché *non* puoi non farlo, *non* puoi ignorarlo.

Le mie ambizioni all'inizio erano modeste. Essendo una vogatrice a livello agonistico da molti anni, ho fatto parte di un team ristretto che si allenava insieme solo per brevi gare (di sei minuti, venti minuti, al massimo di due giorni). Al contrario, questa gara ti richiede di vivere con il team e di calarti nella competizione ventiquattr'ore al giorno, e ogni volta passi oltre sei settimane per mare. In realtà, la regata e l'equipaggio sono molto più coinvolgenti di questo: abbiamo avuto sei mesi per costruire il team e conoscerci meglio; incluso Amedeo, il nostro skipper. E anche se in porto si sente il bisogno di fuggire alla sorveglianza e al proprio equipaggio, ci sono le pratiche operative per preparare la barca per la tappa successiva e il *team building* dev'essere affrontato prima di riprendere il mare. Ho riposto subito la mia fiducia nel *mental watch*, la capacità di concentrazione, nelle nostre idee, nel lavoro di preparazione psicologica e nel *team building*. Prima che la Sony ci sponsorizzasse, quando mancava poco all'inizio della regata, in ottobre, abbiamo dovuto affrontare queste sfide insieme. Con uno skipper focoso, che ancora stava imparando l'inglese, testardo e mentalmente molto indipendente, i membri dell'equipaggio si sono messi d'accordo velocemente riguardo le necessità immediate; ma restava comunque il problema che Amedeo non era ben integrato con il resto dell'equipaggio.

Mi spiego. Amedeo è uno che reagisce istintivamente e rumorosamente, che esclama: «Voi non siete con me!» invece di: «Per favore sostenetemi»; oppure: «Abbiamo perso due ore di velocità quando potevamo issare lo spinnaker». Tutto è «bianco» o «nero», buono o cattivo, quando la maggior parte dell'equipaggio vorrebbe essere gratificata per avere guadagnato dieci miglia, in modo da controbilanciare la frustrazione per non avere issato prima lo spinnaker. Questo ha generato profonde incomprensioni a livello sia di comunicazione (ci siamo spesso sentiti disillusi sentendoci dire che facevamo sempre male) sia di comportamento (come velisti amatori con preparazioni diverse, siamo propensi a festeggiare il quinto posto in una tappa piuttosto che a prendercela con noi stessi per non essere arrivati quarti). È indubbiamente un compito difficile condurre, insegnare, dare ordini a un equipaggio di adulti professionisti di successo, come molti dei partecipanti alla Global Challenge: non ultimo perché abbiamo differenti ambizioni, esperienze e abilità. In ogni caso, il ruolo dello skipper è sempre quello di guidarci, di chiedere di più, di pretendere miglia in più o, meglio, nodi di velocità, di spronarci a gareggiare per il quarto posto mentre siamo quinti.

La grande sfida di *VAIO* è stata quella di mediare tra le ambizioni dell'equipaggio e quelle dello skipper, per fare meglio e per gareggiare con questa barca intorno al mondo, con il desiderio di veleggiare in armonia gli uni con gli altri, assaggiando un po' la carota e un po' il bastone. Ma naturalmente, con un regime alimentare a base di scatolette di sardine, il caldo soffocante o il freddo eccessivo e la stanchezza, nulla è mai semplice come dovrebbe essere, anche dando per scontato che vogliamo tutti la stessa cosa.

Nella quinta tappa, veleggiando da Città del Capo verso Boston, attraversato l'equatore per la seconda volta, ripercorrendo le tracce della nostra rotta e veleggiando intorno al mondo, abbiamo alla fine trovato qualcosa di «grigio». Il nostro skipper è sempre un personaggio fuori del comune, che non naviga seguendo le procedure del manuale della Challenge Business. Questo significa virare incredibilmente rasente al muro del porto di Wellington, com'è accaduto il giorno della partenza, terrorizzando la folla; nuotare in tremila metri di oceano Atlantico o pescare sotto il sole; o, ancora, avere a disposizione un menu che include olio d'oliva, frutta fresca, formaggio, prosciutto Serrano o altri cibi né congelati né disidratati. Vuole anche dire non navigare per scelta sottobordo alle altre barche; disporre di estremi e innovativi piani di navigazione; non abbandonare mai la regata e tanto meno accettare una posizione di bassa classifica se c'è anche un cinque per cento di possibilità di vincere.

Ci sono molte cose che in questo ultimo anno mi hanno reso orgogliosa di me stessa: dalla banale capacità di sopportazione del mal di mare per quattro tappe, al più esoterico tentativo di trovare i modi per far sentire Amedeo supportato nel suo ruolo di skipper guida-leader-idolo. Ho cominciato da vera principiante, per arrivare a gestire lo *snakepit* di cime al piede dell'albero, dirigere il team delle riparazioni delle vele insieme a Hugh, responsabile del nostro *deck navigation* (ruolo inventato dallo skipper) per migliorare le nostre performance e le misurazioni, lavorare sodo con i media per comunicare le nostre esperienze a quelli del « mondo reale ».

Abbiamo visto bellissimi tramonti, balene, albatri e foche che appartengono a questi luoghi e abbiamo sperimentato la pace del mare aperto. In ogni momento, da quando sono sulla terraferma, mi mancano i trecentosessanta gradi di orizzonte, le notti illuminate di stelle e la comprensione di come gran parte del nostro mondo è acqua. Il mio pensiero ricorrente riguardo ai *Southern Oceans* è che « gli umani non gli appartengono », ma noi siamo sopravvissuti in buona salute e abbiamo continuato la gara. Ho imparato in larga misura ad accettare le cose che non posso controllare – onde, tempeste, persone – e ad applicarmi con determinazione e abilità per ottenere risultati nella prova più difficile, la più dura delle competizioni, che noi, come team, siamo stati in grado di affrontare. Inoltre, abbiamo sempre cercato di contribuire con quel qualcosa in più che fa di noi un equipaggio: il sashimi al tramonto in coperta, le feste di compleanno, i canti per la notte di Natale; le cure e le attenzioni per i compagni garantiscono a tutti noi un altro punto di vista. Questo è quello che ha fatto per me della più tosta regata intorno al mondo una memorabile, entusiasmante e incredibile avventura con alcuni nuovi amici oramai per la vita.

Geoff Hand, sessant'anni, inglese, core crew

La Global Challenge è stata un'esperienza molto più grande di quanto io immaginassi fosse possibile. L'ho trovata totalmente liberatoria, rinvigorente e rivelatoria in un modo e con un'intensità che non mi sarei mai aspettato. Quest'avventura ha coinvolto non solo me, ma anche la mia famiglia, gli amici e i conoscenti – apparentemente un circolo di persone sempre più ampio –, con cui, nonostante i mesi di assenza, ho raggiunto livelli di comprensione e comunicazione altrimenti impensabili.

Sono inesorabilmente attratto dagli oceani: non solo dal mare ma dalla vastità e complessità degli oceani. Sono maestosi, bellissimi e tranquilli e al tempo stesso ispirano un timore reverenziale; possiamo entrare nel loro mondo, fare esperienze, ma mai influenzarli o controllarli. È stato un privilegio per me veleggiare in questi oceani ininterrottamente, per migliaia di miglia, per settimane interminabili, senza avvistare la terra o altri esseri umani. Un infinito mondo di mare, vento, stelle e il semplice, incontrastato imperativo della natura.

Mi è stato possibile vedere oltre l'orizzonte dell'esistenza convenzionale. I fallimenti e i successi, gli amori, le passioni e le tragedie di quella vita rimangono validi e rilevanti, ma non rappresentano più l'intero quadro. Oggi mi ritrovo più forte, più potente della persona che ero all'inizio, eppure allo stesso tempo più umile, più grato e più contento.

La navigazione è grandiosa e la nostra barca della Challenge, VAIO, è magnifica. È stato un tale brivido gareggiare intorno al globo con questa barca speciale. Come ha detto Amedeo, la barca è diventata sia la nostra casa, sia il nostro vascello per circumnavigare il mondo, una combinazione di stanzialità e movimento. Sono estremamente orgoglioso di essere stato l'uomo di prua di VAIO per tutto il giro, di essere stato il più vecchio della flotta e di avere brindato per festeggiare il mio sessantesimo compleanno nel sud dell'oceano Atlantico, veleggiando da Città del Capo a Boston.

Le brevi soste sono state una caratteristica di quest'avventura più grande di quanto mi aspettassi. Ognuna in una grande città, ognuna diversa, ognuna vibrante di atmosfere e culture uniche. Gli arrivi e le partenze sono esperienze indimenticabili, come il cameratismo tra i membri dell'equipaggio e le amicizie individuali con i marinai delle altre barche, così ben espresse alle feste di arrivo e alle premiazioni.

L'equipaggio di *VAIO*, con Amedeo, il nostro skipper, è stato il vero cuore di questi unici e incredibili momenti. Forse sarebbe stato più facile navigare con un altro skipper piuttosto che con Amedeo, però in confronto sarebbe stato un evento insipido e insignificante. Imparare a convivere con Amedeo ha reso possibile la coesione dell'equipaggio. Veleggiare con lui – non solo intorno al mondo ma anche nella regata di Gran Bretagna e d'Irlanda nella preparazione della Global Challenge, quando è nato suo figlio Virgilio – e incontrare la sua graziosa moglie Alessandra ha creato tra noi un legame speciale.

Io critico Amedeo, come sicuramente lui critica me, ma sono orgoglioso di averlo come amico e come skipper e di avere condiviso con lui una vera esperienza di vita. Tutti i miei amici e l'equipaggio di *VAIO* rimarranno sempre con me. Abbiamo condiviso risate, lacrime, paure e allegria.

Siamo davvero tutti fortunati. Torniamo alle nostre vite come persone più forti e arricchite.

Ben Beasley, trent'anni, inglese, core crew

Che sbalorditivo cambiamento di vita in questi ultimi diciotto mesi, da quando è stata formata la squadra nel 2004 al Salone nautico di Londra! È come se fossimo sulle montagne russe, qualche volta paurose, qualche volta divertenti, con tanti alti e bassi nel mezzo!

Al momento mancano ancora due tappe e, riassumendo, abbiamo avuto tre buoni risultati e due cattivi, la prestazione di *VAIO* al momento non si può dire ancora definita. Dopo un ottimo inizio – siamo arrivati secondi nella prima tappa in Argentina – nella terza e quarta tappa ci siamo classificati rispettivamente decimi e dodicesimi; la quinta tappa si è conclusa col nostro ritorno sul podio, con una meritata terza posizione.

Come squadra, abbiamo vissuto dei momenti duri, soprattutto quando i rapporti personali si sono fatti difficili.

Se ripenso ai giorni passati, forse il ricordo più triste è il lungo periodo in cui la maggioranza della squadra ha iniziato a distruggersi ed eravamo noi stessi il nostro più grande sfidante, il nostro più acerrimo concorrente. Come potevamo essere primi dopo due tappe, quando più della metà dell'equipaggio era decisa a eliminare lo skipper? Non lo saprò, né lo capirò mai...

Senza dubbio, una delle sfide chiave è stata quella di far lavorare insieme e nella stessa direzione Amedeo e l'equipaggio: inizialmente dovevano essere superate le barriere linguistiche, le differenze culturali e, più in generale, era necessario riuscire a cooperare efficientemente. L'immensa passione ed emozione di Amedeo sono chiaramente visibili e, a mio parere, lui naviga per istinto naturale, vedendo e sentendo cose come nessun altro riesce a fare. Dirò anche che è un genio della navigazione, ma come tutti i geni pieni di talento ha una o due manchevolezze...

Personalmente, digiuno di vela fino a pochi anni fa, sono molto orgoglioso di quello che sono riuscito a compiere e non sono ancora convinto di averlo completamente metabolizzato. Solo quattro anni or sono ho fatto una regata intorno all'isola di Wight impiegando otto ore: un circuito di sessanta miglia per me era un grande risultato.

Ora ho un obiettivo ancora più ambizioso. Inoltre ho imparato a veleggiare e continuerò a farlo anche dopo questa regata. Ho compreso tante cose di me stesso lavorando in una squadra numerosa e complessa e, senza dubbio, questo mi aiuterà nel futuro; sono anche orgoglioso di essere rimasto al fianco dello skipper quando altri non l'hanno fatto. Questa regata ha dato grandi soddisfazioni non solo a me, ma anche ad altre persone, per esempio alla mia famiglia che ha vissuto e respirato questa sfida insieme a me. Personalmente, rappresenta anche un passaggio verso qualcosa di nuovo e ancora sconosciuto.

Lo stile di VAIO è assolutamente originale, forse perché riflette quello dello skipper: non esiste la monotonia e lo stesso navigare è basato su sensazioni e istinti piuttosto che su schemi prefissati. A bordo scherziamo, dicendo semplicemente: « Su VAIO non c'è mai un momento di noia! » Siamo un team vivace, pieno di passione ed emozioni; non c'è un giorno uguale all'altro, abbiamo sperimentato gli alti estremi come i bassi; peschiamo, quando non c'è vento nuotiamo, vinciamo, perdiamo, ridiamo, piangiamo, brindiamo, ci consoliamo, votiamo, litighiamo, discutiamo, sembra che gareggiamo bene con vento calante...

Ma soprattutto sono felice di dire che stiamo gareggiando insieme e che vinceremo insieme!

Hugh Sutherland, cinquantaquattro anni, inglese,
core crew

Credo che quest'avventura abbia avuto un doppio impatto su di me: fisico ed emozionale.

Dal punto di vista fisico è stato difficile come mi aspettavo, soprattutto nelle tappe dei *Southern Oceans* (Buenos Aires, Wellington e Sydney, Città del Capo). Tuttavia ero arrivato a questa regata più che preparato, dal momento che ho un pacemaker da circa vent'anni. Quando sono stato accettato, ho dovuto sostituirlo perché non mi desse problemi in mare (le batterie normalmente durano dieci anni e le mie ne avevano già quindici). Malgrado tutto, circa due mesi fa, prima dell'inizio della regata, ho fatto un check-up di routine per essere sicuro che tutto andasse bene: invece è stato rilevato che la nuova batteria era difettosa e doveva essere sostituita.

Così sono entrato in ospedale proprio qualche settimana prima della partenza e solo all'ultimo minuto ho avuto il benestare dei medici per partecipare. Non ho potuto allenarmi molto durante quel periodo e quando la regata è iniziata dovevo essere cauto affinché la nuova ferita non si aprisse. Solo dopo un paio di mesi mi sono sentito sufficientemente in forma, in grado di sforzarmi, cosa che fino a quel momento non avevo potuto fare.

Tuttavia, i problemi principali sono stati di natura emotiva: stare lontano dalla mia famiglia per un periodo così lungo, poter comunicare solo via e-mail e per telefono è stato uno shock al quale non ero preparato. All'inizio mi è stata molto vicina mia moglie Ros, che era riuscita a prendersi un anno di aspettativa dal lavoro per viaggiare intorno al mondo, ma in aeroplano! Era con noi a Buenos Aires, Wellington e Sydney e i nostri «bambini» – che hanno circa vent'anni! – ci hanno raggiunto solo a Wellington per le feste di Natale e Capodanno. Comunque, per me è stato difficile stare lontano da loro, specialmente nelle ricorrenze tradizionali della famiglia.

Le cose sono andate peggiorando quando abbiamo lasciato Sydney alla fine di febbraio. La suocera di mio fratello è morta inaspettatamente. Poi la madre di Ros si è ammalata gravemente, per cui lei è tornata in Inghilterra per starle vicino. Era malata di cancro ed è morta poco tempo dopo, mentre noi raggiungevamo Città del Capo. Il mio primo impulso è stato quello di tornare in Inghilterra da Ros e dalla mia famiglia, il che voleva dire non prendere parte alla quinta tappa verso Boston. Ros invece ha voluto fermamente che io continuassi la regata, mentre lei rimaneva in Inghilterra a prendersi cura del padre, rimasto solo. Questo ha significato non poterla più vedere dalla fine di febbraio: la incontrerò all'inizio di luglio, quando raggiungeremo la Francia.

Il risultato più importante di questa esperienza è stato che ho rivalutato il valore della famiglia e degli amici. Per motivi di lavoro negli ultimi dieci anni e più ho trascorso a casa soltanto i weekend, restando lontano tutta la settimana. Ho perso moltissimo della crescita dei miei figli e ho avuto pochi contatti con il resto della famiglia e con gli amici.

Ho capito che l'unica soluzione è un cambiamento radicale: quindi, una volta tornato, cercherò un altro lavoro, che mi permetta di passare più tempo a casa, vicino alle persone che amo.

EPILOGO

Portsmouth, un anno dopo. La stessa banchina, la stessa Millennium Tower, finalmente terminata e ben illuminata. Le stesse facce di curiosi e tifosi che vengono a squadrare questi anomali giramondo. Tanti familiari, amici, *morosi* che vengono ad accogliere i loro amati. La musica accompagna le barche nel loro ritorno a casa; l'approdo è una festa, la conclusione dell'avventura. Soprattutto conta avercela fatta! Ma anche la regata, la competizione che ha giustificato tanti sacrifici, riempito le pagine dei giornali, dei siti internet, tenuto con il fiato sospeso parenti, amici, tifosi e velisti di mezzo mondo.

Ed eccoli, i giramondo.

«Big» Andy Forbes, lo skipper di *BG SPIRIT*, chiamata anche *Big Spirit*, ha dimostrato a se stesso e a tutti noi di poter primeggiare nella vita come nella regata con ottimismo e buon umore. La sua è stata anche una gran prova di carattere: colpito da una brutta malattia pochi anni fa, si è classificato meritatamente primo in questa ultima tappa e nella classifica generale finale.

Stuart Jackson, al comando di *Barclays Adventurer*, secondo sul filo di lana di Portsmouth, ci ha battuto per pochi minuti come aveva fatto a Buenos Aires e a Boston; ha conquistato in extremis la seconda posizione in classifica generale battendo Dave Melville con il suo *BP EXPLORER*, nostro avversario storico fin dalla Round Britain.

Dave ha sfiorato il risultato cui ambiva e per il quale tanto si è sacrificato, lasciando Jasper, nato un mese esatto prima di Virgilio, e Kate, sua moglie, sui moli di tutto il mondo ad aspettarlo e a partecipare al pathos del risultato di ogni singola tappa. Disastrosa, purtroppo, l'ultima, a causa di una boa mancata che lo ha costretto in ultima posizione di tappa e al terzo posto in classifica generale: penso meritasse di più.

Duggie Gillespie, mio compagno di stanza alle selezioni degli skipper due anni fa, timido e riservato, tecnicamente superpreparato, non ha conquistato il risultato che meritava, nonostante il suo spirito di sacrificio: *Spirit of Sark*, come il nome della sua barca. Quarto in classifica generale, arrivando decimo nell'ultima tappa ha mancato di un soffio il podio.

Eero Lehtinen è un amico e compagno di storie di mare, di giri del mondo e traversate con il quale sono sempre stato particolarmente in sintonia. Sono contento per il risultato che ha ottenuto: ha portato *SAIC* La Jolla al quinto posto. Certamente avrò il piacere d'incontrarlo ancora nei mari del mondo.

Clive Cosby con il suo *Team Stelmar* ha recuperato nel finale di tappa riuscendo a mantenere la sua sesta posizione in classifica generale, giungendo solo tre posizioni dietro a noi. Rimarrà nella storia della Global Challenge 2004 per essere tornato a capo Horn due volte per sbarcare dei feriti e avere poi ripreso con determinazione la regata.

Matt Riddel con *Samsung*, che all'inizio aveva mietuto successi e guadagnato buone posizioni, nel finale ha perso un po' di verve concludendo al nono posto. È comunque un buon successo per Matt, ex conduttore radiofonico che non ambiva a conquistare le vette della classifica.

James Allen, skipper di *Me to You*, è giunto settimo: debbo dire che i risultati rendono giustizia a una prestazione sempre costante, priva di grandi picchi ma senza neanche una caduta.

Loz Marriot di *Pindar* con la sua simpatia ha fatto dell'undicesimo posto un risultato positivo.

Il giovanissimo Paul Kelly, skipper di *Team Save the Children*, arrivato dodicesimo, che spesso abbiamo atteso a lungo sui moli, ha consentito la raccolta di oltre trecentomila euro di beneficenza per Save The Children e ha certamente vinto la più importante delle regate, quella della solidarietà.

Purtroppo l'unica rappresentante femminile, Dee Caffari, con il suo *Imagine It Done*, non è riuscita a risalire oltre la decima posizione in classifica, nonostante le vittoriose proteste di cui si è resa unica protagonista.

VAIO è salito ancora sul podio classificandosi al terzo posto nella settima e ultima tappa La Rochelle-Portsmouth. Resta il rammarico di due regate concluse malamente – quattro punti persi stupidamente fuori del campo di regata, sul tavolo della giuria internazionale – che non rendono giustizia alla correttezza con la quale il mio equipaggio e io abbiamo affrontato la competizione. Quattro punti che ci avrebbero permesso di scalare un'altra posizione ma non di conquistare il podio, che abbiamo compromesso con rimpianto dando troppo peso a incomprensioni e problematiche personali; ma forse anche questo faceva parte del grande gioco al quale abbiamo partecipato. Anche se settimo in classifica a pari merito con *Me to You*, io, orgoglioso skipper di *VAIO*, nell'ultimo giorno sono salito sul podio tre volte: primo sulla linea di partenza a La Rochelle, miglior percorso netto nelle 24 ore di questa tappa e terzo arrivato nella tappa finale. Un finale in salita, degna conclusione sul podio dell'avventura che rimarrà per sempre scolpita nella memoria.

Questi i risultati della regata; quelli dell'esperienza fatta non sono quantificabili in numeri o posizioni e rimarranno molto più a lungo dentro di noi, anche se non appariranno nelle classifiche finali della Global Challenge 2004, una grande regata controvento, controcorrente e a favore di noi stessi.

NOTA DELL'AUTORE

Il mio grazie più sentito va sicuramente ad Alessandra, mia sposa, madre di Virgilio e mia prima sostenitrice. Mi ritengo un uomo fortunato se per diciotto mesi ho potuto partecipare a questa navigazione ed è lei che mi ha permesso di restarle lontano durante tutta la gravidanza, il parto e il primo anno di nostro figlio, che ha cresciuto in silenzio e solitudine, trovando anche le energie per raggiungermi con lui in qualche tappa. Ed è a lei che ho pensato e parlato scrivendo queste pagine che concludono un periodo della mia vita, di una gran parte della mia vecchia vita.

E a mio figlio Virgilio Alfa, al quale ho dedicato questo libro, un grazie di cuore per avermi donato inconsapevolmente il suo primo anno di vita, lasciandomi sfidare gli oceani in questa indimenticabile esperienza ed essere più capitano che padre.

All'inizio di questa impresa non avrei mai creduto di pubblicare un libro raccontando di come sono arrivato alla decisione di partecipare con il mio equipaggio a questa sfida agli oceani, descrivendo le nostre giornate di navigazione e le mie emozioni: se ciò è avvenuto è grazie a Fabio Pozzo, giornalista, autore di libri, da sempre appassionato di vela, che mi ha infuso fiducia e dato questa opportunità.

Quando la possibilità di scrivere *Vento di prua* è diventata realtà, mi sono trovato di fronte alla grande responsabilità di scrivere un libro, il primo della mia vita, per di più mentre ero concentrato sulla regata. Le parole si susseguivano veloci, le idee viaggiavano in tutte le direzioni, occorreva mettere in ordine i pensieri ingarbugliati, i frammenti del passato e inserire il tutto nella lunga scia dei diari di bordo. Ringrazio per questo il mio editor, Alessia Vanni, senza la quale questo libro non avrebbe mai preso forma: con dedizione e professionalità, con i suoi suggerimenti e la sola complicità del satellitare, mi ha aiutato e sostenuto in questa ardua impresa di navigazione nel mare delle parole, dando una rotta alle mie parole controvento.

Oltre a Sir Chay Blyth, presidente e fondatore della Challenge Business, grande uomo di mare, cui sono riconoscente per avermi dimostrato la sua stima fin dall'inizio, un ringraziamento particolare va a Jeremy Troughton e Simon Walker che hanno creduto in me, fin dalle prime selezioni per la regata. A Peter e Rosie Mackie della Inspiring Performance che mi hanno preparato al difficile compito. Ad Anne Marie Wood, Vicky Shrwood, Cal Tomlinson e a tutto lo staff della Challenge di Southampton.

Se *VAIO* ha concluso con successo questa circumnavigazione è sicuramente merito di tutto lo staff tecnico della Global Challenge a cominciare da: Andrew Roberts, Matthew Ratsey, Alistair Hackett, Jim Allen; Peter Lucas e Neil Gledhill per il rigging, Paul Tanner e Tony Pearson per i servizi e gli impianti di bordo, Keith Baxter per l'elettronica e Peter Peers per i motori, Rachel Anning per l'ufficio stampa, Kerry Dye, Kate Hayler, Lucy Howell e Dan Wegdwood per il sito web (www.globalchallenge2004.com e www.challengebusiness.com) e di tanti altri incredibili professionisti.

VAIO è stata sponsorizzata nella navigazione intorno al mondo dalla Sony VAIO e un ringraziamento particolare va a Ian Miller e Stewart Burness e agli staff della Sony UK, Sony Argentina, Sony New Zealand, Sony Australia e Sony US che oltre al supporto economico hanno messo la loro passione per la vela. Grazie a tutti i Business Club Members che hanno sostenuto *VAIO* e in particolare a Peter e Joyce Hammond che ci hanno seguito in giro per il mondo; a Richard Sharpe della altoHiway per il sito www.kunachi.com e a Camillo Ayerbe della Interactive1 per il sito www.kunachi.it e www.kunachi.com.

Mai avrei potuto raggiungere risultati importanti come il

secondo posto nella Round Britain and Ireland senza il mio equipaggio di Kunachi. Un caloroso *thank you* per avermi aiutato a cominciare bene a: Emily Pearson, Jonathan Chishick, Angus Pearce, William Allen, Lorraine «Harry» Doddy, Sue Bevan, Martin Palmer, Dan Wedgwood, Harry de Jong, Andy Murrin, Bob Williams, Geoff Hand e Thijs Hagoort.

Ma di certo non avrei potuto condurre *VAIO* intorno al mondo e guadagnare la seconda posizione nella Portsmouth-Buenos Aires e la terza nella Città del Capo-Boston senza il mio VAIO Team, l'equipaggio migliore della Global Challenge 2004: Geoff Hand, Ben Beasley, Charlie Greener, Duncan Paterson, Grant Holden, Joanne Ellman-Brown, Kathryn Ward, Thijs Hagoort, Ylva Johansson, Alex Medhurst, Catherine Jones, Dan Kilty, Hugh Sutherland, Jonathan Beard, Patrick Green e William Marshall. Un grazie di cuore ai miei compagni di avventura con i quali ho condiviso un anno per mare e un grazie ancora a tutti i *leggers* che ci hanno aiutato alternandosi a bordo nelle sette tappe: Fabrizio Onofri, Nicholas Wright, Ines Nandin, Colin Betts, Richard Thorpe, Stewart Burness, Colin Stewart, Amanda Darragh, Richard Loughlin, Alexei Sapsford, Lesley Mansford, Marco Carlucci, Veronica Lane, Peter Hammond e Stuart Miles.

Un grazie affettuoso va anche al mio equipaggio di terra, che ho spesso già citato in queste pagine: Michela Kranner, Carla Anselmi e Antonietta Santoli.

Oltre che un dovere, è un piacere ringraziare tutta la redazione Longanesi per avermi supportato con la sua disponibilità e professionalità nella realizzazione di questa mia opera prima, e Tiziana Lubich e Germana Giancola che hanno curato la parte contrattuale.

Dopo una vita da vagabondo del mare e dei rapporti umani, mi fa piacere in questa occasione ricordare tutte le barche sulle quali ho navigato e ringraziare gli equipaggi e i loro armatori; tutti i capitani, gli equipaggi e gli ospiti che si sono alternati a bordo delle barche del Floating Village; il gruppo di Murales; gli amici e amiche incontrati per mare e per terra: una, Anna Putzolu, per quanti mi hanno sempre sostenuto e fatto sperare che la vita può anche essere un gioco.

INDICE

Fotocomposizione Editype s.r.l.
Agrate Brianza (Milano)

Finito di stampare
nel mese di settembre 2005
per conto della Longanesi & C.
dalla Grafica Veneta S.p.A.,
di Trebaseleghe (PD)
Printed in Italy